D1927503

Aus Freude am Lesen

Walther sitzt an Grethes Krankenbett und sieht hilflos die letzte Chance verstreichen, ihr alles zu erzählen. Jürgen will seinem Vater zur Seite stehen, aber der wehrt seine Hilfe ab. Dennoch entsteht zwischen den beiden Männern eine Nähe, die neu für sie ist. Als Walther damals aus dem Krieg und der Gefangenschaft kam, war Jürgen bereits zehn, er hat seinen Sohn nicht aufwachsen sehen. Diese Jahre haben sie immer getrennt, Jahre, in denen viel geschehen ist, Erlebnisse, für die es keine Worte gibt. Doch nun wird Walther zum Pflegefall und Jürgen zum Pfleger, und Vater und Sohn entkommen sich nicht mehr. Als dann auch noch Jürgens Sohn Nicki sie besucht, der mit Ruth gerade zum ersten Mal erfährt, wie schön und schwer es ist zu lieben, wird die Mauer des Schweigens rissig. Alte, bislang nie ausgesprochene Konflikte bahnen sich wütend ihren Weg an die Oberfläche und führen zu einer vorsichtigen Annäherung.
Mit beeindruckender Sprache und in intensiven Bildern erzählt Harriet Köhler von Trauer und Sehnsucht, von Wut und Liebe, aber auch von der Möglichkeit, zu verstehen und zu verzeihen – und umspannt, fast nebenbei, die Geschichte dreier Generationen, geprägt von den Spätfolgen des Krieges.

Harriet Köhler, geboren 1977 in München, hat Kunstgeschichte studiert und besuchte die Deutsche Journalistenschule. Ihr Debütroman »Ostersonntag« war bei Kritik und Lesern ein großer Erfolg. Sie lebt und arbeitet in Frankfurt am Main.

Harriet Köhler bei btb
Ostersonntag. Roman (73741)

Harriet Köhler

# Und dann diese Stille

Roman

btb

MIX
Papier aus verantwortungsvollen Quellen
FSC® C083411

Verlagsgruppe Random House FSC-DEU-0100
Das für dieses Buch verwendete
FSC®-zertifizierte Papier *Pamo House*
liefert Arctic Paper Mochenwangen GmbH.

1. Auflage
Genehmigte Taschenbuchausgabe Januar 2012
btb Verlag in der Verlagsgruppe Random House GmbH, München

Umschlaggestaltung: semper smile, München nach einem Entwurf
von Barbara Thoben, Köln
Umschlagfoto: plainpicture/Fancy
Druck und Einband: CPI – Clausen & Bosse, Leck
KR · Herstellung: BB
Printed in Germany
ISBN 978-3-442-74200-4

www.btb-verlag.de

*Eine ganz kleine Welt unter Millionen anderer wärmerer oder kälterer kleiner Welten; ein winziges Individuum, das bald nur noch eine leere Hülle sein wird, derer man sich mit Ekel entledigt, macht sich ernsthaft daran, die Geschichte seines Lebens zu schreiben.*
*Welches Lebens? Seines eigenen eben! Dessen, was in dem vor sich geht, was es für sein Hirn hält.*

GEORGES SIMENON

*Die Gegenwart, das ist doch nicht einfach bloß jetzt!*

PETER KURZECK

# 1

AN DEM TAG, an dem seine Mutter ins Krankenhaus kam, packte Jürgen alles, was er für wichtig hielt, in zwei große Taschen und hievte sie in den Wagen. Im Rückspiegel strich er sein graues Haar noch einmal glatt, dann ließ er den Motor an.

Er fuhr zu schnell. Er machte keine Pause. Sein Kopf war leer, und er war froh, dass es so war. Er war im Begriff, wieder bei seinem Vater einzuziehen.

DAS IST ES ALSO, dachte Walther. So fängt die Ewigkeit an. Die Infusionsflasche tropfte, das EKG piepste schwach. Und piepste. Und piepste und er kauerte an Grethes Bett und kauerte sich immer kleiner zusammen. Ganz fest hielt er ihre Hand, die, aus der kein Infusionsschlauch ragte, und das EKG piepste und seine Gedanken kreisten, langsam, dann immer schneller, er drückte ihre Hand noch fester. Als müsse er nicht sie festhalten, sondern sich selbst an ihr.

Er sah sie an. Zwischen all den Schläuchen wirkte sie noch kleiner, als sie ohnehin schon war, ein Bündel Mensch, das in den Armen der Maschinen lag. Wie glatt ihr Gesicht plötzlich war. Die Stirn ganz entspannt. Als hätte man einen Brief zerknüllt und wieder glatt gestrichen, und zwischen den kleinen Linien über den dünnen Augenbrauen stünde ein ganzes Leben geschrieben.

Die Tür ging auf. Walther ließ Grethes Hand los wie ertappt und sah auf. Eine Schwester steckte den Kopf herein, sie sagte etwas, das er nicht verstand. Er fühlte sich zu schwach, um nachzufragen. Die Schwester kam näher. Als sie neben ihm stand, stellte er sich vor, seinen Kopf an ihre Taille zu lehnen, aber er blieb ganz aufrecht sitzen.

Alles in Ordnung mit Ihnen? Kann man Ihnen irgendetwas bringen?

Einen doppelten Cognac vielleicht, sagte er, ohne aufzublicken. Er konnte spüren, wie der Schwester ein Grinsen misslang. Ein paar Sekunden blieb sie noch neben ihm stehen, dann kontrollierte sie den Schlauch, der unter Grethes Nase lag. Zum Abschied streichelte sie ihm tröstend über das Haar, das noch immer weich war wie das eines Kleinkindes.

Wenn Sie etwas brauchen, sagte die Schwester, und schloss leise hinter sich die Tür.

An der Stelle über der Tür, an der normalerweise ein Kreuz hing, war eine Uhr angebracht, groß wie ein Vollmond, zum ersten Mal nahm Walther ihr Ticken wahr. Er versuchte zu erkennen, wie spät es war, aber die Zahlen waren verschwommen, der Zeiger tauchte im weißen Zifferblatt ab, und Walther versank in einem Raum, in dem nur noch Ticken und gleißende Helligkeit war. Es dauerte einige Sekunden, bis er wieder zu sich kam und die Lesebrille abnahm. Kurz vor vier. Fast einen ganzen Tag saß er schon hier. Er blickte wieder zu Grethe, und jetzt verschwamm auch sie, ihr Kopf zwischen den weißen Laken war ein rosafarbener Fleck, eine verwackelte, überbelichtete Fotografie, aber dann wurde das Bild plötzlich schärfer, er sah Grethes weit aufgerissene Augen, ihre starren Pupillen, ein stummer Blick. Er blinzelte, und Grethe war wieder verschwommen. Er setzte die Lesebrille auf. Keine Bewegung in ihrem Gesicht.

Er hatte nur einmal in seinem Leben im Krankenhaus gelegen, damals, nach der Hüft-OP. Grethe hatte neben seinem Bett gesessen, er hatte seine Schmerzen mit so viel Kraft verdrängt, dass auch das schon wieder wehtat. Um nichts auf der Welt hätte er nach der Schwester und mehr Schmerzmitteln gerufen, um nichts auf der Welt hätte er vor Grethe gejammert, aber er war auch zu schwach gewesen, um irgendetwas anderes als Wehlaute hervorzubringen, und so saß Grethe neben ihm und litt mit. Sie sprachen nicht, ganze Nachmittage lang. Und jetzt saß er bei ihr.

Das Krankenzimmer wurde immer weißer, zumindest kam es Walther so vor. Grethes Gesicht veränderte sich nicht, ein leere Maske, auf die er blickte. Es ist uns auf Erden doch nicht schlecht ergangen, hatte sie immer gesagt, der Tod ist nur die Ziellinie des Lebens, da müssen wir alle hinüber. Er erinnerte sich gut, wie Grethe reagiert hatte, wenn wieder einmal eine schwarz umrandete Karte gekommen war: Der Lehmann Paul, jetzt ist der auch schon tot. Sie schüttelte den Kopf, wenn sie das sagte, und steckte die Karte zu den anderen, in die Schublade, in der auch das Telefonbuch, das Adressbuch und die Holzschatulle mit den Briefmarken lagen. Und er hatte genickt und sich klein gemacht.

All die Jahre hatte es so ausgesehen, als sei sie die Gesündere, die Robustere von beiden. Er hatte früher begonnen, seine Schlüssel zu verlegen, das Portemonnaie, die Lesebrille, und als er schon zu schlecht sah, um eine Münze, die ihm aus der Hand gefallen war, jemals wiederzufinden, da wieselte sie noch sicher auf beiden Beinen zwischen Küche, Wohnzimmer und Bad herum. Wahrscheinlich lag es daran, dass sie nie in Rente gegangen war. Sie hatte den Haushalt noch aufrechterhalten, als er schon fast nicht mehr allein vom Sofa hochkam, hatte noch die Fenster geputzt, durch die er oft nur noch völlig leer ins Tal starrte. Kampfameise nannte er sie manchmal, wenn sie mal wieder nicht zu bremsen war und er sich nach ein bisschen Aufmerksamkeit sehnte. Kampfameise, setz dich her zu deinem alten Ameisenbär, der hat nicht mehr lang.

Sag nicht so was, antwortete sie dann in leiser Wut, sag so was nicht. Und sie nahm einen Moment lang neben ihm Platz, strich über den Rücken seiner Hand und sah mit ihm in die Ferne, links oben der Wald, rechts unten das Dorf, die Wipfel der Obstbäume im Garten. Sie saßen nebeneinander wie Liebende, die auf einen Zug warten, der Verspätung hat, und die es nicht wagen, noch etwas anzufangen in der zusätzlichen Zeit, die bis zum Abschied bleibt.

JÜRGEN DROSSELTE kaum das Tempo, als er die Ausfahrt nach Ebersbach nahm. Bis hierher waren seine Gedanken im Leerlauf gewesen. Erst jetzt, nachdem er 350 Autobahn-Kilometer von München in Richtung Frankfurt gefahren war, näherte er sich auch innerlich dem Ziel seiner Reise. Noch eine halbe Stunde durch die Dörfer, in Ebersbach dann den Wolfsweg hinauf, wo ganz oben auf dem Hügel, als das letzte in der Straße, das Haus seiner Eltern stand, dahinter nichts als Wald. Jürgen dachte an das Wohnzimmer, in dem es so oft laut und lustig zugegangen war, wenn er mit Nicki zu Besuch war und mit Colette, als sie noch verheiratet waren. Manchmal war noch sein Vetter Volli aus Biesenberg gekommen oder Onkel Albert, der nach der Pensionierung in die Nähe seines Bruders gezogen war. Und sie erzählten und konnten nicht aufhören zu lachen, bis ihnen die Tränen in den Augen standen, lachten sie, bis sie ganz leer waren und die Wangen schmerzten und sich ihre Blicke in den Reflexionen auf den Fensterscheiben verfingen, hinter denen es dunkel war. Und dann dachte Jürgen an den Abend, der vor ihnen lag, wie die Fenster *sie* spiegeln würden, seinen Vater und ihn, im Schein der alten Stehlampe auf dem Sofa. Er versuchte, sich die Ruhe vorzustellen, das matte Licht. Es gelang ihm nicht. Es wäre keine Ruhe, sondern Stille, ein Schweigen, ein Ziehen.

Man sieht der Welt nichts an, dachte Jürgen, als er endlich nach Ebersbach kam. Das Ortsschild, die Hauptstraße, der Marktplatz. Das Schreibwarengeschäft, der Blumenladen, der Metzger Moser. Schweinenacken im Angebot. Die Häuser standen, wie sie immer standen, kein Krater tat sich auf.

Ebersbach war eine kleine Gemeinde mit vielleicht 4000 Einwohnern, die im Durchschnitt über siebzig zu sein schienen – wer jünger war und die Chance dazu hatte, verließ den Ort, um irgendwo in der weiten Welt, in Hanau, Fulda oder Kassel eine Lehre zu machen. Wo nichts nachwächst, bleibt das Alte stehen. Ebersbach war ein Ort, der fertig war – verputzt, umzäunt und abgeschlossen. Colette hatte das Dorf gehasst, jedes Mal, wenn sie seine Eltern besucht hatten, hatte sie es wiederholt: Ein Glück, dass wir hier nicht gelandet sind. Jürgen hatte immer zustimmend gebrummt, wenn sie das sagte. Als seine Eltern nach der Flucht das Haus bauten, hatte er bereits eine Stelle als Ingenieur in München angetreten, aber zurechtgekommen wäre er auch hier. Während Colette auf Freunde, Restaurants und Boutiquen Wert legte, benötigte er bloß eine Umgebung, die funktionierte: ein paar Läden, einen brauchbaren Baumarkt und eine Tankstelle, die günstig gelegen war. Er hatte vom Leben nie etwas erwartet; es war eine Aufgabe, die es zu bewältigen galt.

Er stellte den Motor ab und sah zum Küchenfenster, aber die Spitzengardine bewegte sich nicht. Ein paar Atemzüge lang blieb er angeschnallt sitzen. Jetzt müsste sie im Flur sein, jetzt an der Haustüre, jetzt müsste ihr Gesicht, jetzt ein Lächeln im Türrahmen erscheinen. Alles blieb still.

Die Steinplatten, die durch den Vorgarten führten, waren schmutziger als sonst. Ein Springkraut kroch dazwischen hervor, er riss es samt Wurzel aus und warf es achtlos in die Büsche. Als er eine Efeuranke beiseitezog, um die Klingel zu finden, bröckelte etwas Putz ab. Er drückte den Knopf und lauschte ins Haus. Nichts. Er fingerte nach dem richtigen Schlüssel am Bund, fand ihn und sperrte auf. Er stellte die Taschen im Gästezimmer ab, ging ins Wohnzimmer, in dem niemand saß. In der Küche fand er nur eine leere Kartoffelsuppendose, die mit Wasser gefüllt in der Spüle stand. Der Büchsenöffner lag auf dem Küchentisch. Das Ehebett seiner Eltern war leer, die zerwühlten Daunendecken bauschten sich. Im Bad roch es nach Urin und dem Duftspender, der auf dem Fensterbrett stand. Jürgen sah die Speichertreppe nach oben, dann die Kellertreppe hinab. Obwohl sein Vater dort kaum mehr hinunterging, seit das mit seiner Hüfte war, sah er nach. Im Wohnzimmer war das Telefonbuch bei T aufgeschlagen. Taxi Neuweiner. Verrückt. Noch nie hatte er erlebt, dass sein Vater ein Taxi rief.

Er nahm den Hörer ab, um es noch einmal bei Nicki zu versuchen. Niemand ging ran. Er suchte die Mobilnummer heraus. Nicht erreichbar. Wo der Junge nur immer war. Er seufzte. Er fühlte sich verpflichtet, seinen Sohn nach Ebersbach zu holen. Es könnte die letzte Gelegenheit sein. Dennoch erleichterte es ihn irgendwie, dass er Nicki nicht erwischte. Das alles würde anstrengend genug werden, auch ohne ihn.

DIESES GESICHT. Dieses Gesicht, aus dem plötzlich etwas gewichen war, die alte Entschlossenheit, der eiserne Wille, aber da war noch etwas anderes, das fehlte. Lange starrte Walther sie an, ohne darauf zu kommen, was es war.

Grethe?

Er fragte so leise, als wollte er sie nicht wecken. Aber natürlich wachte sie nicht auf, sie schlief ja nicht.

Manchmal war er nachts aufgeschreckt, Schweiß im Nacken, er musste geschrien haben, er wusste, dass es so war. Aber wenn er sich zu Grethe umdrehte, um zu sehen, ob sie etwas bemerkt hatte, atmete sie immer nur, leise und gleichmäßig. Er hatte gewusst, dass sie nur vorgab zu schlafen. Er war immer dankbar dafür gewesen, dass sie das tat. Er hatte sein Gesicht ins Kopfkissen gepresst, in die Daunen geatmet, bis es im Herzen wieder ruhiger wurde und im Kopf wieder dunkel und er endlich schlief.

Und jetzt, plötzlich, war die Dankbarkeit verschwunden, und alles, was blieb, war eine Wut auf sie, eine Wut, weil sie ihn damit allein gelassen hatte, weil sie ihm und sich selbst etwas ersparen wollte, das nicht verging. Und er spürte den Impuls, ihr alles zu sagen, ihr alles ins Gesicht zu spucken, in dieses Gesicht, das sich so oft nichts anmerken ließ, damit nur ja der liebe Frieden in der guten Stube nicht verging.

Aber dann kam die Scham, und die Wut verging, und er nahm noch einmal ihre Hand und drückte sie.

JÜRGEN ERSCHRAK, als er am Zebrastreifen vor dem Tengelmann die alte Frau winken sah. Sie winkte schon von Weitem, obwohl die Straße leer war, kein Auto vor, kein Auto hinter ihm, sie winkte, hilflos, bis er angehalten hatte, starrte ihn an, bis er ihr ein höfliches Zeichen gab. Sie machte einen vorsichtigen Schritt von der abgeflachten Bordsteinkante und ging langsam über die Straße. Die festen Schnürschuhe. Die dünnen Beine. Der Plastikbeutel, den ihre Hand umkrallte.

Ganz in der Nähe hatte sein Vater den Unfall gehabt. Um ein Haar hätte er hier vor diesem Supermarkt die Enkelin der Gilmers überfahren, stattdessen hatte er mit seinem nagelneuen Mercedes den Wagen der Winters gerammt, die in der Eisdiele um die Ecke gewesen waren. Acht oder neun

Jahre war das jetzt her, danach hatte sein Vater den Führerschein abgegeben, widerwillig. Mobilität war Freiheit, das galt für ihn, das galt für fast alle seiner Generation. Jürgen schüttelte den Kopf, als er daran dachte, wie entrüstet sich seine Eltern gegeben hatten, als er ihnen damals mit dem Vorschlag gekommen war. Der steile Weg vom Dorf hoch zum Haus, wie sollten sie denn, und ohne Auto? Jürgen hatte eine Haushaltshilfe vorgeschlagen, aber sein Vater hatte nur wütend geschimpft, er bräuchte ein Auto, keinen Pfleger. Das Gefühl, nun völlig abgeschnitten zu sein, hatte sein Vater nur schwer ertragen, genauso wie die Schmach, zu Fuß ins Dorf zu gehen.

Bloß keine Hilfe. Seine Eltern hatten immer im Leben gestanden, wie Ebersbach am Fuße des Hügels lag: Stein auf Stein, ein bisschen geduckt, aber ausharrend. Und kaum kam er ein paar Monate lang nicht zu Besuch, stürzte die sonst so langsam verrinnende Zeit wie ein Erdrutsch herab.

Er bog auf die Landstraße nach Allersköbel ab, die Sonne blendete ihn, als meinte sie es böse. Er kniff die Augen zu, klappte die Sichtblende runter und hielt sich schließlich den Arm vors Gesicht, aber es half nichts, er musste sich am rechten Fahrbahnrand orientieren, an der weißen Linie auf dem Asphalt, die die Straße vom Graben trennte, bis endlich die Einfahrt zum Parkplatz des Kreisklinikums vor ihm erschien.

Es lag nicht am Geruch, dass Jürgen Krankenhäuser hasste, nicht an den Fluren, nicht am Licht. Es waren die Menschen, die sich, kaum dass sie ihre Diagnose erhalten hatten, ablegten, hängen ließen, im Aufenthaltsraum, vor dem Fernseher oder auf einer der Parkbänke draußen, in Betten und Rollstühlen, als sei ein Klinikaufenthalt Urlaub und sie hätten ihn sich verdient. Er selbst war bislang ganz gut durchgekommen, keine Krankheiten, stabiler Kreislauf, er hatte nie geraucht, nie getrunken, keine Laster, nichts, und wenn es hin und wieder einmal ziepte, war es erträglich gewesen, zu ertragen, irgendwie. Seit Jahrzehnten hatte er allenfalls einen Zahnarzt konsultiert, und auch das nur, wenn es wirklich sehr wehtat. Colette hatte ihm das immer vorgeworfen: dass er zu nachlässig mit sich selbst umging, dass er keine Beziehung zu sich hätte, kein Gespür für die Zeichen, die ihm sein Körper gab. Er selbst hätte es als Niederlage empfunden, sich einer Krankheit zu beugen. Er war auch dann noch ins Büro marschiert, wenn er Fieber hatte und sein Puls so heftig gegen die Schläfen pochte, dass er davon Kopfschmerzen bekam.

Die Fahrstuhltür öffnete sich. Er ging den Flur entlang, 319, 321, seine Mutter lag in 314. Er schlich an der offenen Tür des Schwesternzimmers vorbei, er wollte niemanden fragen. Er sah Kunstdrucke an den Wänden, ein Informationsplakat zum Pflegeleitbild, Zettel, die an allen Türen hingen: *Händeschütteln überträgt Grippe – wir verzichten darauf!*

Sein Vater fuhr auf, als er den Raum betrat.

Jürgen, Junge, du schleichst dich ja an, als wolltest du heute noch Braten aus mir machen! Mann, Mann, Mann.

Du bist mir ein bisschen zu zäh, Vater.

Ach, mit ordentlich Sauce, weißt ja.

Sie sahen sich an und grinsten wieder ihr altes Grinsen, und kurz war alles, wie es immer gewesen war.

Dann fiel ihnen nichts mehr ein.

Eine Weile verharrten sie so, Jürgen stehend, sein Vater sitzend, das EKG piepste, die Flüssigkeit im Tropf war durchsichtig; Jürgen versuchte, den Blick auf seiner Mutter ruhen zu lassen, liebevoll, besorgt, zärtlich. Er verschränkte die Arme vor der Brust. Er faltete die Hände vor dem Schoß. Irgendwann hielt er es nicht mehr aus.

Komm, das hat doch keinen Sinn.

Er wandte sich vom Bett ab und ging ein paar Schritte in Richtung Tür. Sein Vater sah erstaunt zu ihm auf, seine Pupillen sahen gefroren aus.

Komm, Vater. Mutter braucht ihre Ruhe. Hier rumzusitzen hilft ihr auch nicht weiter, außerdem ist die Besuchszeit sowieso bald vorbei.

Ja, ja, hast ja recht, sagte Walther, ohne aufzustehen. Hast ja recht.

Also, ich geh schon mal raus, sagte Jürgen, als sein Vater sich immer noch nicht bewegte, und schloss hinter sich die Tür.

WALTHER LEGTE seine Hand auf das Laken, ihm fiel erst jetzt auf, wie kühl es war. Er wusste, dass er seinem Sohn folgen sollte, aber dann dachte er an die Küche, das Wohnzimmer, das Bett, in dem niemand lag –

Er schloss die Augen, schloss sich im Dunkeln ein und dachte an den Moment vor drei oder vier Jahren, als Jürgen angerufen und erzählt hatte, dass er nun ebenfalls in Rente war. Ihn selbst hatte eine Angst ergriffen damals, eine Angst, die er abschüttelte, so schnell es ging. Grethe jedoch war nur still geworden, auf eine innige Weise, wie ein Mensch, der eine leere Kirche betritt. Damals hatte er wieder gespürt, wie nah sie Jürgen war. Sie war ihm immer nah gewesen. Nah, als er zum Studium in den Westen verschwand, nah, als sie in verschlüsselten Briefen die Flucht vorbereiteten, nah, als er Colette heiratete, nah, als die Ehe wieder in die Brüche ging. Walther erinnerte sich noch gut an die Hochzeit, ein Fest war das gewesen, und was für eines, und dieser verrückte Schwiegervater, Jacques oder Pierre oder wie der hieß, und diese Schwiegermutter, Marie, nie wieder hatte er solch eine Frau gesehen, sie schien ihr Leben nicht zu führen, sondern ein Bad darin zu nehmen. Sie hatten ihm Lust auf das Leben gemacht, ja, endlich hatte er wieder das Bedürfnis gehabt zu leben, er wollte Grethe mit beiden Händen greifen und mit ihr in die Zukunft stürmen, aber Grethe hatte misstrauisch in die Runde geschaut, die Völlerei, der

Wahnsinn, und ihr Blick hatte seinen verändert, sie hatte ja recht, die Völlerei, der Wahnsinn, wohin sollte das führen. Dass sie zu Recht besorgt gewesen war, stellte sich schon nach ein paar Jahren heraus, als Jürgen auf einmal mit dem kleinen Nicki an der Hand vor der Türe stand; bis die schlimmsten Scheidungsstreits vorbei waren, blieb der Enkel bei ihnen. Grethe hatte ihn wie einen Sohn geliebt, von ganzem Herzen, und obwohl Walther es sich nie hätte anmerken lassen, verletzte ihn die Freude, die der Junge Grethe bereitete. Jürgens Kindheit hatte er im Krieg verbracht – er hatte seinen Sohn nicht aufwachsen sehen.

Sechzig Jahre lang waren Grethe und er jeden Abend nebeneinander eingeschlafen und jeden Morgen zur selben Zeit aufgestanden, ohne Wecker, das hatten sie immer gerne erzählt: dass ihre Uhren ganz aufeinander eingestellt waren, seit sechzig Jahren genau gleich gingen. Und nun, da Grethes Uhr immer schneller lief, spürte er plötzlich das Ziehen der Zeit, die ihnen fehlte.

DRAUSSEN FÄRBTE die Sonne den Horizont orange und rot ein. Die Wolken türmten sich imposant, ein Hintergrund, vor dem sogar der traurige Sechzigerjahre-Bau des Kreisklinikums fast herrschaftlich aussah. Jürgen lehnte sich mit verschränkten Armen gegen sein Auto und sog die Luft durch die Nase ein.

Endlich schob sich die Automatiktür auf. Sein Vater hatte sich bei einer Krankenschwester eingehängt, Jürgen eilte den beiden entgegen, aber mit der freien Hand scheuchte Walther ihn beiseite.

Kannst du mich nicht ein einziges Mal alleine lassen, wenn ich mit 'ner schönen Frau eine Runde dreh?

Na na, Herr Augustin, sagte die Schwester, es ist schon besser, wenn Sie jetzt mit Ihrem Sohn mitgehen.

Da wär' ich mir nicht so sicher, erwiderte Walther. Wenn Sie wüssten, was mich daheim erwartet!

Wir sehen uns ja morgen wieder.

Ja?, fragte Walther, als hätte sie ihm einen Tag schulfrei versprochen.

Sie nickte zuversichtlich. Und Walther, der sich nun bei seinem Sohn einhängte, sagte: Dann danke ich für diesen Tanz.

Entschuldigen Sie bitte, murmelte Jürgen, mein Vater ist manchmal ein bisschen witziger als nötig. Aber die Krankenschwester kicherte nur, machte winke, winke und ging zum Gebäude zurück. Walther seufzte, Jürgen auch.

Sein Vater war immer manisch darin gewesen, Frauen Komplimente zu machen. Er war dabei nie abstoßend geworden oder auch nur unangenehm, im Gegenteil, irgendetwas an ihm schien Frauen anzuziehen. Schon seine Kundinnen in der Werkstatt damals hatten seinen Charme geliebt, sie waren froh gewesen, dass es im Landkreis einen Mechaniker gab, dem egal war, dass ihnen egal war, was genau ihrem Auto eigentlich fehlte, der es einfach wieder in Ordnung brachte und ihnen obendrein nicht nur einen Freundschaftspreis, sondern auch ein paar Komplimente machte. Auch Grethe tätschelte Walther mit kleinen Scherzen, er erfand Kosenamen für sie und begründete seine Liebe mit so abstrusen Formulierungen, dass sie ihn regelmäßig aus der Küche schicken musste, lachend, so könne sie sich wirklich nicht konzentrieren. Betrogen hätte Walther seine Frau nie, niemals, seine Ehe war ihm immer heilig gewesen, die Flirterei war nur ein Spiel, nicht anders als die Witze, die er ständig machte. Normalerweise hätte Jürgen ihn jetzt aufgezogen: Und wenn du schon beim Bestatter lägest, wenn eine Frau die Leichenwäsche vornähme, du kämest noch einmal zu dir! Aber nun, da er neben seinem Vater im Wagen saß, schwieg er.

Auch Walther war verstummt, als hätte man einem

Springbrunnen das Wasser abgedreht. Jürgen startete den Motor, rollte vom Parkplatz und zurück auf die Straße. Aus den Augenwinkeln sah er, wie sein Vater die Augen schloss. Er dachte an Colette, die sich immer dann, wenn ihr alles zu viel wurde, die Fingernägel in die Stirn bohrte, um sich hinter gesenkten Lidern in Kopfschmerzen zu fliehen.

Alles in Ordnung?, fragte Jürgen vorsichtig.

Ja, ja, nur müde.

Sind ja gleich zu Hause.

Ach was. Walther öffnete die Augen und tat überrascht. Seit der Sache mit der Hüfte damals kannte er die Strecke zum Kreiskrankenhaus auswendig.

Das kann ja was werden, dachte Jürgen. Das kann ja was werden. Er wusste, dass er seinem Vater sagen sollte, dass er gekommen war, um bei ihm zu bleiben, fürs Erste zumindest, bis –

Bis es eine andere Lösung gab.

Er brachte es nicht über sich.

Ich ruf jetzt erst mal Nicki an, sagte er.

Wen?

Deinen Enkel, antwortete Jürgen bissig.

Walther nickte. Jürgen sagte nichts mehr, sondern schaltete das Radio an.

Er sagte nichts, als er den Wagen parkte, sagte nichts über den Vorgarten, sagte nichts zu der Efeuranke, die wie ein gelähmter Arm von der Hauswand hing. Erst als sie sich ins Wohnzimmer setzten, fragte er seinen Vater, ob er hungrig sei, doch der starrte auf das dunkle Fenster und schüttelte den Kopf.

Du musst doch was essen.

Im Kühlschrank fand Jürgen ein paar Becher Joghurt. Der Käse begann zu schimmeln, der Schinken in der Packung sah grünlich aus. Im Brotfach lag ein angebrochenes Päckchen Buttertoast und ein Eck Graubrot, das noch gut zu schneiden war. Er aß zwei Scheiben davon mit Butter und der Blutwurst, die zwischen einigen Dosen Kompott bei den Konserven stand. Er räumte die Sachen wieder weg, goss das Wasser aus der Suppendose in der Spüle, stopfte das Brotpapier hinein und legte die Dose in den Müll. Dann ging er zurück ins Wohnzimmer, wo das Telefon stand.

## 2

MINUTENLANG hielt Nicki den Hörer einfach so in der Hand, ohne es zu bemerken. Dann schüttelte er den Kopf und brachte ihn zurück zur Ladestation, die inmitten eines Haufens Schuhe auf dem Dielenboden im Flur stand. Er legte sich wieder aufs Bett, nahm die Fernbedienung und schaltete den Fernseher ein: Menschen, die sich über eine grüne Fläche bewegten.

Gott, bist du romantisch, stöhnte Ruth, als sie aus dem Badezimmer kam. Sie hatte ein Handtuch um den Kopf geschlungen, verschränkte die Arme beleidigt vor den nackten Brüsten und schob die Hüfte vor. Ihr Schamhaar war zu einem schmalen Streifen rasiert, der, wenn sie die Schenkel zusammenpresste, wie ein kleiner Pfeil aussah.

Was, fragte Nicki, ohne ihr in die Augen zu sehen. Im Fernseher hatte sich ein Spieler den Ball unters Trikot geklemmt und rannte in Schlangenlinien über den Platz.

Oh Mann! Ruth kickte ihr altes T-Shirt mit dem Fuß in Richtung Wäschekorb. Dann ging sie zum Kleiderschrank, zog einen von Nickis Kapuzenpullis heraus und schlüpfte hinein. Sie hatte versucht, ihn davon abzuhalten, ans Telefon zu gehen, während sie mit seinem Hosenstall beschäftigt gewesen war, aber das Klingeln hatte ihn so nervös gemacht, dass er nicht anders konnte, als zum Hörer zu greifen. Fast war er erleichtert gewesen, als sie daraufhin wütend das Bett verlassen hatte und im Bad verschwunden war.

Er schaltete den Fernseher aus, drehte sich auf den Rücken und streckte den Arm nach ihr aus.

Komm her, sagte er versöhnlich.

Sie setzte sich neben ihn und streichelte ihm die Stirn. Er umfasste ihr Kinn, zog es zu sich und küsste sie. Seine Hand glitt unter ihren Pulli, über ihre weiche Haut. Ruth zog sie sanft weg.

Wer war denn eigentlich dran?

Mein Vater.

Und?

Hab ich dir heute schon gesagt, dass du die schönste Frau der Welt bist?

Ein Lächeln huschte über ihr Gesicht, dann räkelte sie sich mit gespielter Verlegenheit, zog den Ausschnitt des Pullis bis über die Nasenspitze und ließ die Wimpern klimpern.

Ach ja?

Sie hob sein Kinn an und nahm es fest zwischen zwei Finger, sie zwang ihn, ihr in die Augen zu sehen. Sie stellte sich auf das Bett, blickte stolz auf ihn hinunter und zog ihr Sweatshirt aus. Dann hob sie ein Bein, ließ die Fußspitze einen Augenblick lang auf seinen Lippen ruhen und gab ihm einen sanften Stoß. Sie hockte sich über ihn, fuhr mit der Hand über sein Gesicht, die Kehle –

Ruth?

Was ist?

Ich kann jetzt irgendwie nicht.

Eben hatte er sie noch packen wollen, aber jetzt erschlafften seine Hände an ihren Hüften, und er spürte eine große Traurigkeit, die sich schwer um ihn legte. Eigentlich wollte er Ruth vom Anruf seines Vaters erzählen, aber er konnte sich nicht dazu überwinden. Krankenhaus. Das Wort steckte auf einmal in ihm fest. Er zog Ruth näher zu sich und drückte seine Wange in den Sweatshirtstoff, er glaubte, das Blut durch ihre Haut strömen zu hören, er wollte sich in sie hineinwühlen, wegtauchen, unter sich hinweg und in sie hinein.

Eine Weile rührten sie sich nicht, dann fing sein Finger wie von selbst an, ihre Schulter zu streicheln, auf und ab und in schließlich immer größer werdenden Kreisen, eine sich öffnende Spirale, bis er an ihre Achselhöhlen kam, – sie zuckte und begann zu kichern, er kitzelte sie weiter, erleichtert, bis sie sich aus seinen Armen wand.

Lass uns ausgehen, sagte Nicki.

Sie sah ihn an wie einen, der in der U-Bahn von seinem Platz aufsteht und aus heiterem Himmel den Hitler gibt.

Na los, munterte er sie auf.

Du spinnst.

Nein, komm, lass uns ins LouLou's gehen, quengelte er, er hatte tatsächlich das dringende Bedürfnis, Nachtluft zu atmen, schwarze, kalte Luft.

Ihr Blick wurde misstrauisch.

Stimmt irgendwas nicht mit dir? Nicki?

Ja, nein, ich mein: jein, begann er zu singen, übertrieben aufgekratzt; er sprang auf und hüpfte wild auf der Matratze umher. Sie hielt sich an der Decke fest, was natürlich nichts brachte. Sie lachte.

Also gut. Wenn du darauf bestehst.

Sie sprang mit einem Satz vom Bett, lief ins Bad und schloss hinter sich die Tür. Nicki vernahm den Wasserhahn, ihre Plastikdöschen, er glaubte sogar den Puderpinsel über ihr Dekolleté gleiten zu hören. Er holte ein frisches Hemd aus dem Schrank, stellte sich vor den Spiegel und fand, dass er angespannt aussah. Doch als er die Klinke der Badezimmertür hörte, fuhr er sich mit der Hand übers Gesicht und rief mit heiterer Stimme:

Fertig?

WALTHER LAG im Bett, ohne sich zu rühren. Still war es, ganz still. Kein Rascheln der Daunen, kein Luftzug ging durchs Haus, kein Treppenknacksen, der Boiler stöhnte nicht auf. Auch von Jürgen, von dem er nur durch eine Wand getrennt war, war nichts zu hören. Die Leuchtzeiger des Weckers neben dem Bett glitten wie eh und je kommenden Zeiten entgegen, unaufhaltsam drehte sich die Erde weiter, weil sie nicht anders konnte. Ihre Bettseite blieb leer. Walther konnte sie spüren, die Leere, so wie man auch Wohnhäuser noch spüren kann, wenn sie abgerissen sind. Die Lücken klaffen.

Grethe, die kilometerweit entfernt in einem Krankenhausbett lag.

Er ohne sie, sie ohne ihn.

Ihm fiel ein, wie Jürgen vorhin ins Telefon gesprochen hatte, so leise, dass er kaum etwas verstand. Wie er den Hörer aufgelegt und dann angekündigt hatte, dass Nicki kommen würde, schon morgen. Er hatte das so selbstverständlich gesagt, als käme Nicki jedes Wochenende, dabei hatten sie den Jungen seit Jahren nicht mehr gesehen, wie lange, konnte er nicht genau sagen; seit er nicht mehr in die Werkstatt ging, war die Zeit kein Faden mehr, sondern ein Knäuel, ein Knoten im Hirn.

Dann war Jürgen zu ihm gekommen. Hatte sich neben ihn aufs Sofa gesetzt, als sei es das Normalste der Welt, ganz vertraut hatte er getan. Und wie nebenbei gesagt, dass er bleiben würde.

Damit jemand da ist, hatte er gesagt. Nur für den Fall.

Er hätte sich wehren sollen. Hätte sagen sollen, dass Jürgen ihn bitte nicht wie ein Kleinkind behandeln solle, dass er bestens allein zurechtkommen würde, er hätte darauf beharren sollen, dass keine Umstände nötig waren, dass er keine Hilfe brauchte, die paar Tage, die Grethe im Krankenhaus blieb, dass er –

Aber dann hatte er auf einmal gespürt, dass ihm nicht nur die Kraft für einen Widerspruch, sondern auch die Worte selbst fehlten. Dein Frühstück machst du dir aber selber, hatte er gesagt, mehr als einer seiner dummen Sprüche war ihm nicht eingefallen. Er hatte sich vom Sofa hochgekämpft und war in die Küche marschiert, stolz erhobenen Hauptes, er kam sehr gut allein klar. Als er hörte, wie Jürgen hinter ihm ebenfalls aufstand und in Richtung Gästezimmer verschwand, war ihm, als zöge ein kalter Zorn durchs Haus. Er hatte den Kühlschrank geöffnet, ohne hungrig zu sein.

Und jetzt lag sein Sohn nebenan im Gästebett, ganz ruhig musste er dort liegen, denn es drang kein Laut durch die Wand, die er einst selbst gezogen hatte, um das große Schlafzimmer in zwei kleinere zu teilen, damit es im Haus ein Gästezimmer gab.

Walther hatte das Haus selbst gebaut, zwanzig Prozent Eigenanteil, auf diese zwanzig Prozent war er immer stolz gewesen und wies Nachbarn und Verwandte, die er durchs Haus führte, gerne darauf hin: die Fliesen in der Küche, im Bad und im Gäste-WC, die Isolation auf dem Dachboden, die Vier-Schichten-Lasur von Fenstern und Türen, das Pflaster der Terrasse hinter dem Haus, die Steinplatten, die durch den Vorgarten führten. Und wenn die Gäste beeindruckt nickten, erzählte er die Geschichte, wie damals der Chef der Baufirma gestaunt hatte, als er nach einem verlängerten Christi-Himmelfahrt-Wochenende wieder auf die Baustelle kam und das Parkett in Wohnzimmer und Flur fertig verlegt und versiegelt war. Und wenn die Besucher dann prüfend mit der Fußspitze über das Eichenholz strichen, sagte er nur: Glatt wie ’n Schluck Klarer. Da könntest du Eisstockschießen drauf. Aber solange Grethe regiert … Panische Angst vor Kratzern. Kein Kratzer im ganzen Haus, nicht einer, geb dir mein Wort drauf.

Die Gäste lachten dann immer, als meinte er das nicht

ernst, aber tatsächlich glänzten Fußböden und Fenster immer, war das Besteck stets poliert, selbst die Schokoladenglasur von Grethes Marmorkuchen sah aus wie lackiert. Frau Schmitz von nebenan hatte immer gesagt, es müsse ein Zauber über dem Haus liegen, der verhindere, dass das Leben seine Spuren hinterließ, ein geheimnisvoller Glanz, der die Lichtschalter gegen graue Tapser, die weiße Küche gegen Fettspritzer, die Tischdecke gegen Kaffeeränder imprägniere. Dabei hatte es natürlich Flecken gegeben, Grethe hatte Stunden auf allen vieren verbracht, mit einem Scheuerschwamm in der Hand, die Zungenspitze entschlossen zwischen die Lippen geklemmt, das Gesicht verkniffen. Dieses Heim sollte ohne Makel sein.

Und Walther hatte geschuftet dafür. Abende und Feiertage und Wochenenden hatte er geopfert, jede Minute, die er nicht in der Werkstatt verbrachte. In jeder Wand und jedem Ziegel steckte auch ein Teil von ihm. Jeden Stein dieses Hauses konnte er spüren. Jedes Rohr, jedes Kabel, jeden Nagel. Sogar das Ölbild von der Talsperre bei Plauen, das über der Kommode hing, den hellen Fleck, der an der Gipswand sichtbar würde, wenn man es abnähme. Die Wand, hinter der jetzt Jürgen lag.

JÜRGEN KONNTE nicht schlafen, obwohl er müde war, hundemüde, zu müde, sich zu wälzen, zu müde, zu denken, zu müde sogar, die Augen geschlossen zu halten. Wie erfroren lag er in seinem Bett, ganz starr. Immer wieder versuchte er, sich zu entspannen, die Zehen zu lockern, die Kiefer zu lösen, um dann doch zu merken, wie sich die Finger erneut ins Kissen krallten. Seine Mutter, sie starb.

Dass es für einen in seinem Alter noch die Angst vor der Zukunft gab –

Er hatte noch nie jemanden beerdigt, das wurde ihm jetzt

klar. Er war 68 Jahre alt und wusste von alldem nur das, was man sich erzählte. Als er ein Kind war, starben die Menschen einfach und wurden verscharrt. Im Krieg hatte der Tod keine Ordnung. Ob er ihr einen Sarg aussuchen musste? Ein Totenhemd? Er dachte an die Nachthemden, die säuberlich gestapelt in ihrer Wäschekommode lagen, an die Taschentücher, von denen manche noch mit dem Monogramm ihres Mädchennamens bestickt waren: GR. Grethe Augustin, geborene Ranschburg. Und was würde auf dem Grabstein stehen? Ihm fiel ein, dass seine Mutter sich gewünscht hatte, Heimaterde bedecke ihr Grab. Wie kümmerte man sich um so etwas?

Und dann musste Jürgen wieder an das Scheppern denken, an das kurze Klirren, das vorhin aus der Küche gekommen war. An den Anblick, den sein Vater geboten hatte, als er dem Geräusch gefolgt und in der offenen Türe stehen geblieben war. Wie hilflos er dastand, der alte Mann, eine schlaffe Scheibe Toast zwischen den Fingern, vor ihm auf dem Boden ein zerbrochenes Marmeladenglas. Und wie sein Vater sich plötzlich bückte, kaum dass er merkte, dass sein Sohn in den Raum gekommen war. Als sei ihm einfach nur etwas heruntergefallen.

Lass nur, Vater, hatte Jürgen gesagt. Und als Walther gebückt blieb, noch einmal, schärfer: Lass nur. Dann merkte er, dass sein Vater sich nicht mehr aufrichten konnte. Ein paar Sekunden lang blieb Jürgen einfach so stehen, starrte auf die Scherben, die graustichige Erdbeermasse, die langsam über die Kacheln rann. Erst dann ging er auf Walther zu und half ihm in eine aufrechte Haltung zurück.

Warum hast du denn nichts gesagt, schalt er ihn, jetzt milder.

Sein Vater antwortete nicht.

Jürgen nahm die Küchenrolle vom Halter neben der Spüle und kniete sich hin, ächzend. Er war selbst nicht mehr der Jüngste. Ein Fluchen unterdrückend sammelte er die Scherben auf. Ein Klebeetikett hielt sie zusammen, ein weißes Papierschild, darauf mit Kugelschreiber die kleine, zaghafte Schrift von Mutters Hand. Er wickelte alles in eine dicke Schicht Küchentücher ein und brauchte noch ein paar, bis die ganze Sauerei zusammengeputzt war. Ein ganzer Berg kam so zusammen, ein blutendes Bündel, das leise klirrte, als er es in den Mülleimer warf.

Das war das letzte, sagte sein Vater, sein altes Gesicht sah verängstigt aus.

Das letzte was?, fragte Jürgen emotionslos.

Erdbeer.

NICKI KONNTE die Absätze von Ruths High Heels auf der Haut spüren. Klack klack klack klack. Er konnte spüren, wie sie sich beim Gehen in den Asphalt bohrten, kleine Nadeln im Nacken der Nacht. Wenn schon, denn schon, hatte sie lächelnd gesagt, als sie vorhin ihren falschen Fuchsfellkragen umlegte, wenn schon, denn schon, hatte sie gesagt und sich vor dem Garderobenspiegel die Lippen ein drittes Mal lackiert. Nach einer Woche Dienst im Krankenhaus, in der es nicht darum ging, den Körper schön, sondern ihn hygienisch zu halten, brauchte sie das.

Ruth lief einen Schritt voraus, instinktiv stolz wie jede Frau, der ein Mann hinterhergeht. Nicki tastete nach seinen Manschettenknöpfen und blickte nach oben. Der Himmel schloss sich schwarz über der Stadt, kein Stern war zu sehen, nur die nackten Zweige der Bäume, die sich ins Dunkel krallten. Er war froh, dass sie noch einmal rausgegangen waren, nach dem Anruf seines Vaters hatte er sich in der Wohnung wie eingeschlossen gefühlt. Er mochte es nicht, wenn etwas in ihm arbeitete, für das es ohnehin keine Lösung gab.

Er beschleunigte seinen Schritt, um Ruth einzuholen, und hängte sich bei ihr ein.

Und jetzt?, fragte sie.

Taxi, antwortete Nicki.

Und dann?

Champagner.

Du kannst dir zurzeit nicht mal Rotkäppchensekt leisten!

Er zuckte mit den Schultern und grinste schuldbewusst: Meine AmEx schon.

Sie seufzte. Sie kannte das schon: Wenn er in der Laune war, Geld auszugeben, war er nicht zu bremsen, nicht einmal durch sie.

Im LouLou's?

Im LouLou's.

Aber das LouLou's war zu, geschlossene Gesellschaft, und der mondäne Übermut, der sie soeben in Oxfords und High Heels hatte schlüpfen lassen, verließ sie wieder. Verloren standen sie auf der Straße.

Und nun?, fragte Nicki.

Wir könnten Lars anrufen, sagte Ruth nach einer Weile.

Und dann?

Na ja, das wäre doch lustig, wir haben ihn lange nicht gesehen.

Stimmt, sagte Nicki und dachte: zum Glück. Lars war kein gemeinsamer Freund, auch wenn Ruth immer so tat. Er war Schlagzeuger, einer von der Sorte, die in der Musik das Rauschhafte suchten und für die das Leben nichts anderes war als eine Bühne, auf der es sich möglichst lässig zu bewegen galt. Sobald Nicki mit ihm über ernsthafte Dinge sprechen wollte, über Musiktheorie zum Beispiel, sah Lars ihn nur an wie einen nervigen Lehrer. Hinzu kam, dass er Ruths Exfreund war.

Nicki gab ihr einen Kuss auf die Wange. Lass uns ins Moloko gehen.

Ruth sah ihm prüfend ins Gesicht, doch weil seine Eifersucht hinter einem Lächeln verborgen blieb, nickte sie.

Das Moloko war eine ihrer Lieblingsbars, ein unkomplizierter kleiner Laden, für den sie eigentlich overdressed waren. Als sie hereinkamen, wurden gerade zwei Plätze an der Bar frei, sie setzten sich und versuchten, sich trotz kleinem Schwarzen und gebügeltem Hemd so lässig zu halten, als hätten sie ebenfalls nur Jeans und Turnschuhe an. Nicki steckte seine Nase in Ruths Nacken, atmete ihren Geruch ein und murmelte: Champagner?

Idiot, antwortete sie, drehte sich zum Barkeeper um und bestellte, ohne Nicki zu fragen, zwei Bier.

Er wusste, dass er schweigsamer war als sonst, aber er gab sich Mühe, heiter zu wirken, und Ruth fragte nicht. Sie tranken, lächelten vor sich hin, bestellten noch ein Bier, stießen an. Eine Weile lang sahen sie einfach nur in den Raum, in dem sich junge, hochgewachsene Menschen um niedrige Couchtische drängten. Die Luft war seltsam durchsichtig, seit das Rauchen in Kneipen verboten war, gleichzeitig war der Geruch nach verschüttetem Bier und Schnaps viel intensiver. Und die Sinnlosigkeit des In-der-Kneipe-Sitzens trat klarer hervor als damals, als die Nacht noch in Nebelschwaden gehüllt war. Hier und da löste sich ein Lachen, ein Gläserklirren, ein kleiner Schrei. Hin und wieder erhoben sich ein paar Leute, um auf eine Zigarette vor die Tür zu gehen.

Wahrscheinlich hätte Ruth ihn nach draußen begleitet, aber er wollte nicht weg von diesem stillen Platz neben ihr. Vor der Tür würde sie anfangen zu sprechen, und er wollte nicht sprechen, nicht jetzt, nicht hier.

Er sah sie an, wie sie die Flasche zum Mund führte und in den Raum starrte, stolz, schön, es war eine Schönheit, die er nicht gleich erkannt hatte, als sie vor ein paar Monaten zusammengekommen waren, denn sie wurde überdeckt von einer gewissen Herbheit, einer Distanziertheit im Blick. Erst als er sie zum ersten Mal schlafend gesehen hatte, hatte er den weichen Schwung ihrer Lippen bemerkt, die Form ihrer Brauen, ihres Kinns. Aber zunächst war es ihre Klugheit gewesen, die ihn angezogen hatte, eine Klugheit, die sich nicht auf die Fähigkeit beschränkte, die Dinge rational zu betrachten, Argumente zu äußern und sie zu diskutieren. Es war mehr als das. Wenn er ihr etwas erzählte, spürte er immer wieder, dass sie nicht nur verstand, sondern *wusste*. Ich weiß, sagte sie manchmal, und dann hatte er das Gefühl, erkannt zu werden, ohne sich erklären zu müssen.

Eigentlich glaubte er nicht an die Liebe, genauso wenig, wie er an Erhabenheit, Schönheit, Wahrheit oder Gott glaubte. Für ihn waren das bloß Worte, Begriffe, mit denen der Mensch bestimmte Unerklärlichkeiten bezeichnete, synaptische Verbindungen im Hirn, die, wenn sie wirksam wurden, starke emotionale Reaktionen auslösten, die ihrerseits ja ebenfalls nur physische Prozesse waren, Prozesse, die dafür sorgten, dass der Körper sich mehr oder weniger angenehm fühlte. Und doch – jetzt, als er neben ihr auf dem Barhocker saß, waren seine Gefühle für sie so stark, dass er fast traurig wurde, so stark, dass er Sehnsucht bekam. Tatsächlich Sehnsucht.

Ganz kurz dachte er daran, sie einfach mitzunehmen, wenn er morgen nach Ebersbach fuhr, ihr sein altes Leben zu zeigen, das Haus, in dem er als Kind so viele Wochen und Monate verbracht hatte, Bauklötze stapelnd, zwischen Zwetschgenbäumen spielend. Die Werkstatt, auf deren Hof er mit dreizehn seine ersten Runden in einem schrottreifen Citroën gedreht hatte, wo ihm im Führerhaus eines kaputten Lkws zum ersten Mal ein Pornoheft in die Finger gekommen war. Den Garten wollte er ihr zeigen, den Apfelbaum, von dem er einmal gefallen war. Und seine Großmutter. Seine geliebte Oma.

Warum fragte er sie nicht? Warum erzählte er ihr nicht, wie schlecht ihm war bei dem Gedanken, seine Großmutter im Krankenbett zu sehen?

Ruth?

Was ist?

Ach nichts, sagte er und lächelte sie an.

Du bist doch betrunken, sagte Ruth gespielt abschätzig.

Aber noch nicht betrunken genug, antwortete er und grinste spitzbübisch.

Warum? Warum schaltete sich jetzt dieser Automatismus ein, der noch an jeder Supermarktkasse Scherze produzierte, wenn ihm eigentlich zum Heulen war? Der ihn in überfüllten Bussen lächeln ließ und es ihm im Büro auch an schlechten Tagen ermöglichte, höflich zu bleiben? Manchmal war er froh darüber, er konnte Mensch unter Menschen bleiben, selbst dann, wenn er gerade aus der Welt gefallen war. Aber jetzt verwirrten ihn seine eigenen Worte, und er fragte sich, wer es eigentlich war, der da sprach, während er die Lippen bewegte. Doch Ruth schien nichts zu bemerken.

Soso, nicht betrunken genug, sagte sie, drehte sich zum Barmann um, runzelte besorgt die Stirn und sagte: Herr Doktor, wir bräuchten bitte dringend noch zwei Bier.

Sie tranken, und Ruth erzählte von ihrer Mutter, die schon jetzt das Osteressen plante, sie erzählte von Bio-Eiern mit Batikmuster und davon, dass es bei ihnen zu Ostern nie Schokolade gegeben hatte. Ihre Eltern waren ganz anders als seine, die Mutter Bildhauerin, der Vater Psychologe aus reichem Elternhaus, Hamburger Bildungsbürgertum, wie es im Buche stand, mit einer starken Neigung zum Esoterischen, auch wenn Nicki nicht genau wusste, wie das zusammenpasste. Ruths Eltern waren gutem Rotwein und italienischem Essen nicht abgeneigt, trotzdem war Ruth anthroposophisch erzogen worden: Waldorfkindergarten, Waldorfschule, Früchtewürfel, Frischkornmüsli. Ihre Mutter meditierte, glaubte an die Vollendung des Menschen auf dem Wege der Reinkarnation und daran, dass es Krankheit nicht gab, sondern nur Symptome einer gestörten Harmonie von Körper, Geist und Seele. Weil Ruth ein nervöses Kind gewesen war, wurde sie zur Heil-Eurythmie geschickt, zur Kunsttherapie, zur rhythmischen Massage, bekam Lavendelöl und Globuli, was alles nichts brachte. Dass mich vielleicht nur dieser ganze Eso-Kram so aufgewühlt hat, hatte Ruth einmal erzählt, auf den Gedanken ist meine Mutter nicht einmal gekommen. Dass ich vielleicht nur deshalb aufgedreht war, weil sie Tag und Nacht auf irgendwelche Disharmonien zwischen Astralleib und Ätherleib gelauert hat. Irgendwann war ich so genervt, dass ich Studien mit nach Hause gebracht hab, in denen bewiesen wurde, dass Homöopathie und dieser ganze Steiner-Quatsch allenfalls Placeboeffekte haben. Meine Mutter und ich haben uns tagelang angeschrien, ich war die materialistische Ignorantin, sie die mystizistische Kräuterhexe. Das musst du dir mal vorstellen: Ihre beste Freundin kriegt Brustkrebs, und sie schickt sie zur Misteltherapie! Ich werde nie vergessen, wie ich im Studium zum ersten Mal zu einem ganz normalen Allgemeinarzt gegangen bin und der mir Antibiotika verschrieben hat – bei uns zu Hause gab es ja nicht einmal Aspirin. Na ja. Inzwischen kann ich mit ihr ja wieder sprechen, eigentlich über fast alles, aber sobald es um diese Dinge geht, kracht es.

Manchmal glaubte Nicki, dass er, der Ingenieur, ein Teil ihrer Ablehnung alles Irrationalen war – was er durchaus als Kompliment nahm.

Was machst du eigentlich an Ostern?, fragte Ruth plötzlich.

Nicki zuckte mit den Schultern.

Du weißt es nicht? Sie war etwas aus der Fassung.

Na ja, eigentlich hatte ich meinem Vater versprochen,

dieses Jahr mit ihm zu seinen Eltern nach Ebersbach zu fahren –

Die sind schon so alt, hast du gesagt.

Ja, sagte Nicki ausweichend.

Wie alt noch mal?

Über neunzig.

Wahnsinn.

Ja, sagte Nicki und starrte seine Bierflasche an, bevor er Luft holte und es endlich schaffte, vom Anruf seines Vaters zu erzählen und davon, dass es seiner Großmutter nicht sonderlich gut ginge und er wohl schon etwas eher nach Ebersbach fahren müsse. Er war erstaunt, wie sachlich die Worte aus seinem Mund kamen, während in ihm –

Was heißt das: etwas eher, wollte Ruth wissen.

Na ja, sagte Nicki leise und schob den Ringfinger in den Hals der Flasche. Morgen.

Morgen?, fragte sie enttäuscht. Aber morgen muss ich arbeiten!

DANN HATTE JÜRGEN die Faxen dicke. Er setzte sich auf und knipste die Nachttischlampe an. Blinzelnd sah er sich im Gästezimmer um. Außer dem Bett befand sich nur ein altes Regal aus Fichtenholz darin und, direkt daneben, das Erlenholzklavier, Schiedmayer & Söhne, es war damals das billigste gewesen, das der Instrumentenhändler in Fassenrath im Angebot gehabt hatte, aber für die wenigen Stücke, die seine Mutter spielte, hatte es gereicht.

Jürgen stand auf und ging zum Klavier. Der Hocker quietschte, als er sich hinsetzte, obwohl er vorsichtig war. Das Klavier war abgesperrt, der kleine Schlüssel steckte. Er klappte den Deckel auf und legte alle zehn Finger auf die Tasten, ganz sanft.

Seine Mutter hatte nie besonders kunstvoll gespielt, aber

sie hatte einen beherzten Griff und ein sicheres Gefühl für Rhythmus gehabt. Als sie zum ersten Mal nach der Flucht den Flohwalzer spielte, glühten ihre Wangen, als würden die Hämmer etwas in ihr anschlagen, nicht nur die Saiten des Klaviers. Melodien: Das Einzige, was sie mit über die Grenze genommen hatte. Melodien und ein Bündel Papiere. Alles andere blieb zurück.

Jürgens Finger wanderten über die Tasten, ohne sie anzuschlagen, aber im Kopf summte er die Akkorde mit. Er beherrschte nur wenige Stücke, den Flohwalzer, »Für Elise«, viel mehr hatte ihm seine Mutter, als er klein war, nicht beigebracht, für mehr war keine Zeit gewesen. In diesem Moment hätte er trotzdem gern etwas gespielt, den Oberkörper sanft vor und zurück wiegend, wie seine Mutter es immer getan hatte, wenn sie nicht bemerkte, dass ihr kleiner Sohn lauschend in der Türe stand.

Aber nebenan schlief sein Vater, und so schloss er den Deckel wieder, leise. Geklimper hatte er Klaviermusik immer genannt. Das dröhnt ja wie Trommelfeuer im Schädel! Grethe hatte das Klavier nicht oft benutzt. Und meist nur, wenn sie alleine war.

Er stand auf. Ein letzter Blick auf die gerahmten Bilder, die auf dem Klavier aufgereiht waren. Sein Vater als junger Mann auf der Spitze des Waldbergs. Das alte Wellersdorfer Haus. Das Hochzeitsfoto. Das Bild von Grethes Eltern. Der gefallene Onkel Werner. Sein Vater als Kind in kurzen Hosen. Ausdruckslose Gesichter, schwarz-weiß und unscharf, mit seltsam stumpfen Augen. Sie starrten ihn an wie einen Unbekannten. Seine Tante Martha, Grethes Schwester, hatte sie irgendwann mit der Post geschickt, nachdem sie erfahren hatte, dass es geklappt hatte mit der Flucht in den Westen. Nur einen knappen Gruß hatte sie mit in den Umschlag gesteckt, unverfänglich und mit dieser Schrift, die alle Frauen ihres Alters hatten: Vergesst uns nicht.

Er sperrte das Klavier wieder zu und verließ das Zimmer. Erst in der Küche wagte er es, Licht zu machen. In der Schublade unter dem Besteckfach fand er zwischen alten Klebeetiketten, Gummiringen, Drahtverschlüssen und kurzen Stücken Paketband auch Papier und einen orangefarbenen Kugelschreiber, *Schmitz Cargobull* stand darauf. Er schüttelte den Kopf, als er sah, dass seine Mutter immer noch alte Pfarrbriefe in Streifen riss, um sie als Einkaufszettel zu verwenden. Er nahm ein paar Zettel, setzte sich mit dem Kugelschreiber an den Tisch und starrte auf die weiße Fläche der Kühlschranktür.

Er stand auf, machte die Küchenlampe aus und setzte sich wieder.

Durch einen Spalt in der Gardine fiel das gelbe Licht der Straßenlaterne auf die Wachstischdecke, ein Streifen, der nirgendwo begann und nirgendwohin führte. Er klickte ein paar Mal mit dem Stift, stützte den Kopf auf beide Hände und atmete durch. Eigentlich hatte er all die Dinge, die ihm den Schlaf raubten, in eine Liste bannen wollen, seine Ängste in Worte fassen, damit sie aufhörten, auf sein Hirn einzuprügeln, doch nun saß er in dieser Küche und fand die Worte nicht.

MÖCHTEST DU darüber reden, sagte Ruth plötzlich in das Schweigen hinein.

Sie richtete sich auf dem Barhocker auf, schlug ein Bein über das andere, schob eine nicht vorhandene Brille hoch und begann, auf einem imaginierten Klemmbrett Notizen zu machen. Aber obwohl Nicki dankbar war, dass sie seine Einsilbigkeit mit Humor nahm, schüttelte er nur den Kopf, führte die Flasche zum Mund und leerte sie Schluck für Schluck.

Warum benahm er sich so? Warum schloss er nun, statt

ein neues Bier zu bestellen und sich Ruth zuzuwenden, die Augen, blendete ihre Anwesenheit aus und versenkte sich in die Geräusche der Bar? Sie verschwammen in seinem Kopf erst zu einem Brei, dann stiegen nach und nach einzelne Töne empor, Klangblasen; hier zerplatzte eine Stimme im Raum, ein Gelächter spritzte, der Zapfhahn, das Bier, das Pluckern der elektronischen Musik, die Ebenen, die darin übereinanderlagen wie Reisterrassen, man konnte sich zwischen ihnen bewegen, hier der Beat, darunter die Bassline, dazwischen das Klackern. Er stellte sich vor, sich auf einer dieser Ebenen zur Ruhe zu legen, das Wummern im Nacken, ein heller Himmel aus Hi-Hats darüber. Eine Welle unter vielen Wellen sein. Er wollte Ruth nicht wehtun, aber er konnte nicht anders.

Was ist los mit dir?, fragte sie noch einmal.

Er sah auf.

Was soll sein?, fragte er, obwohl er wusste, was sie meinte.

Du bist so still.

Ich hör der Musik zu.

Wie du meinst.

Nein, wirklich, sagte er, denn er hatte das Gefühl, sich verteidigen zu müssen, hörst du, die ist wahnsinnig komplex konstruiert, aber in Wirklichkeit ist sie gar nicht so kompliziert, man könnte dem Track eine Schicht nach der anderen wie Haut abziehen, und der Witz ist: Am Ende bliebe nichts übrig, nur ein Haufen einzelner Elemente, aber keine Musik.

Nicki war Ingenieur in der Abteilung Akustik und Schwingungen bei einem der großen Automobilkonzerne. Wenn ihn jemand fragte, der nichts davon verstand, sagte er, er sei Sounddesigner, ja, ja, genau, so einer, der beim Auto die Blinkergeräusche optimiert – davon hatten die meisten schon gehört. In Wirklichkeit waren Blinker oder Fensterheber in seiner Abteilung allenfalls eine hübsche Übung für die Betriebspraktikanten. Eine Soundidentität für einen

Wagen zu entwickeln war komplexer: Es gab ein ganzes Team, das ausschließlich am Computer arbeitete und, schon lange bevor der erste Prototyp gebaut wurde, aufwendig simulierte, wie es klingen würde, wenn der Wagen später einmal auf der Autobahn unterwegs war. Sie entwickelten virtuelle Abgasanlagen, probierten verschiedene Fasern und Vliese für die Innenverkleidung aus, errechneten die Lärmdämmungseigenschaften von unterschiedlich konstruierten Dachhimmeln, arbeiteten an den Motorvibrationen, der Radaufhängung, der Karosserie. Am interessantesten jedoch war die Feinabstimmung, wenn der Prototyp tatsächlich fertig war, wenn Geigen und Flöten quasi gestimmt waren, wenn aus all den Elementen, die in einem Wagen klangen, eine Symphonie werden musste. Herbert von Karajan hatte einmal gesagt, ein Ferrari brauche kein Radio, der Motor klinge wie ein Orchester. Er selbst hatte im Geist nur hinzugefügt: Aber bevor es so weit ist, klingt es, als würden die Musiker ihre Instrumente stimmen.

Ja, er mochte seinen Job, liebte es, das Charivari der Töne analytisch zu durchdringen, und er konnte nichts dafür, dass er es auch bei Spielfilmen, in der Oper oder eben in Kneipen tat. Es war ein Reflex. Musikgeschichte, Musikgeschichten, all das, worüber man Small Talk führen konnte, interessierte ihn nicht. Er interessierte sich für Strukturen, Muster, das innere Konstruktionsprinzip. Er wusste, dass er andere damit nervte. Aber darum ging es gerade nicht. Nicki schwieg.

Wenn du mir wenigstens sagen würdest, dass du nicht reden willst, sagte Ruth, statt einfach so zu tun, als sei nichts. Sag einfach: Ich will nicht darüber reden. Und erzähl mir nicht irgendwelche hirnrissigen Scheißtexte über die verschiedenen Gesteinsschichten in der Hintergrundmusik.

Sie lallte. Er wusste, dass es nichts bringen würde, mit ihr zu diskutieren. Er hätte sie gerne darauf aufmerksam gemacht, dass es idiotisch war, von jemandem zu fordern, darüber zu reden, dass er nicht reden will. Aber er hasste sich, wenn er sich dabei ertappte, rechthaberisches Zeug zu denken, also sagte er nichts, sondern starrte in die Bar und tat so, als spüre er Ruths stechenden Blick nicht.

Manchmal bist du echt so krank, sagte sie. Verschlossen. Wie eine Tür. Eine Stahltür. Und kalt. Die Tür zur Pathologie, das bist du.

Er nahm noch einen Schluck von seinem Bier und starrte die Flasche an. Und obwohl er wusste, dass sie recht hatte, stellte er die Flasche auf den Tresen, zog zwei Scheine aus der Hosentasche und warf sie daneben hin.

Du bleibst gefälligst hier, sagte sie leise.

Ich möchte nicht darüber reden, sagte er kühl und ging, in dem Wissen, etwas Falsches zu tun, und doch unfähig, anders zu reagieren, zur Garderobe, wo sein Mantel hing.

WALTHER STAND im Wohnzimmer, im Schlafanzug vor dem Fernseher, den Daumen an dem Knopf mit dem roten Licht. Der Bildschirm flackerte auf, und auf einmal sind wieder die Blaulichter da, und plötzlich hört er wieder Grethe rufen, und er tappt in den Flur, und sie liegt da, liegt einfach da, und er versucht, sie hochzuheben, aber seine Arme fühlen sich wie Pudding an, und dann ist da wieder das Piepen des EKGs und das Seufzen der Maschinen, und Grethe sieht ihn mit geschlossenen Augen an und sagt: Wozu hast du denn dein Leben lang Motorblöcke durch die Gegend gewuchtet, wenn du mich jetzt nicht aufheben kannst? Und er läuft zum Telefon und ruft Hilfe, in seinem ganzen Leben zum allerersten Mal. Und dann zurück zu Grethe, er zieht die Filzschuhe aus, auf Knien versucht er, sie durch den Flur zu ziehen, durch den Flur, wohin, das Schlafzimmer rückt immer weiter weg, und sein Herz hämmert immer stärker, es will raus, will explodieren, und Klaus ist plötzlich da, sein

Kamerad, den er an den Schultern von der Straße runterzieht, das Heulen der Geschosse, das Gesicht voller Tränen, die bleichen Wangen scheinen zu glühen, aber das ist nur das Feuer, das sich im Himmel bricht. Und dann wird das Licht plötzlich blau und fällt auf ihre Wangen, die Stirn, sie klingeln, klopfen, er kann ihre Umrisse durch die Milchglasscheibe sehen. Er macht nicht auf, viel zu lange nicht. Und dann schnappt der Alukoffer des Sanitäters auf, Grethes Gesicht auf dem Fußboden ist völlig schief, der Sani stellt wie ein Außerirdischer Fragen, und Walther schaltete den Fernseher wieder aus und wusste nicht, wohin.

# 3

ER WACHTE NICHT einfach auf, es überrumpelte ihn im Schlaf: die Wirklichkeit, das Wachsein, der Tag. Sein Herz raste.

Wie immer, wenn er zu viel getrunken hatte, spielte sein Kreislauf am Morgen verrückt, als triebe ihn das schlechte Gewissen hinaus. Sein Körper fühlte sich an wie eine gerechte Strafe. Er drehte sich zur Seite. Die kalte Märzsonne stach blutrot durch seine Lider. Er verzog das Gesicht. Im Suff hatte er vergessen, die Rollos runterzulassen, der Schmerz war wie in seine Hirnhaut geklammert, mit kleinen Widerhaken, alles spannte, schlimm. Er dachte an den Anruf seines Vaters, an seine Großmutter, die blass und klein und –

Und dann fiel ihm auch noch der Streit ein.

Mühsam zog Nicki die Decke über den Kopf. Es roch schlecht darunter, Nachtschweiß, Rauch und Bier. Eines der sieben Beck's musste schlecht gewesen sein. Stöhnend schlug er die Decke wieder zurück und drehte sich auf die andere Seite. Es war, als rolle sein Hirn in einer Tonne einen steilen Abhang hinab. Dann gab er den Kampf auf und öffnete die Augen.

Neben ihm lag Ruth in stillem Schlummer, nicht einmal ihr Atem war zu hören. Ein leichter Schweißfilm auf der Haut, ein silbriges Glitzern. Obwohl ihr Mund ganz entspannt war, sah es aus, als läge ein Lächeln auf ihrem Gesicht.

Wieso ich, hatte er sie einmal gefragt, ganz am Anfang

war das gewesen, als er nicht hatte verstehen können, was eine Frau wie sie an einem Typen wie ihm eigentlich fand.

Weil du du bist, hatte sie gesagt.

Weil du so klug bist, hatte sie gesagt.

Weil du so anders bist als die ganzen Pfeifen, mit denen ich früher zusammen war, weil ich mich neben dir wie eine Frau fühle und nicht wie ein Weibchen, weil du mich ernst nimmst und weil ich das Gefühl habe, dass ich auch für dich da sein kann, nicht nur du für mich. Und …, hier hatte sie gezögert, ehe sie weitersprach: Und weil du vernünftig bist, liebe ich dich, und weil du die Dinge hinterfragst. Und weil du unkompliziert bist und man mit dir reden kann und weil du nicht ständig um dich selbst kreist und dich mir nicht nur dann zuwendest, wenn du denkst, du hättest Mitleid verdient. Und ich liebe es, dass ich dir alles sagen kann, ohne dass du sofort verletzt oder beleidigt bist, und dass du mir gleichzeitig das Gefühl gibst, ich könnte auch einfach nur schweigen, und es wäre okay. Außerdem liebe ich unser Leben, hatte sie gesagt.

Unser Leben. Wieder einmal durchströmte ihn dieses Gefühl, an das er doch eigentlich nicht glaubte und das er nicht kannte – er, der immer nur Kurzzeitaffären mit Kurzzeitfrauen gehabt hatte. Er, das Scheidungskind.

Einen Moment lang verdrängte das Gefühl den Kater fast vollständig. Ihm wurde klar, dass sie gestern nach dem Streit über ihren Schatten gesprungen sein musste, dass sie ihm in seine Wohnung nachgekommen war und sich neben ihn gelegt hatte, ohne ihn zu wecken. Nimm sie doch einfach mit, dachte er, nimm sie einfach mit, er dachte es ein paar Minuten lang, er sehnte sich nach ihr. Nimm sie in die Arme und lass sie erst wieder los, wenn der ganze Scheiß vorbei ist. Aber er sah sie nur an.

Der Kaffee, den Nicki sich machte, war so stark, dass er ihn in den Ausguss kippte. Er riss einen der Zettel von dem

Block, der auf dem Kühlschrank lag, aber statt Ruth eine Nachricht zu hinterlassen, stellte er die leere Kaffeetasse darauf wie auf einem Bierdeckel ab.

Er überwand sich zum Packen, zwang sich zur Eile, versuchte, leise dabei zu sein. Er erwartete, dass Ruth jeden Moment aufwachen würde, aber sie lag noch genauso im Bett wie vorher, zum Fenster gedreht, der Türe abgewandt. Nur die Sonne war weiter gewandert und goss ein Quadrat aus warmem Licht auf die Dielen neben dem Bett. Er hob den Kapuzenpulli auf, den sie gestern getragen hatte, presste den dunkelblauen Stoff auf Mund und Nase und sog ihren Duft ein. Dann stopfte er ihn in die Reisetasche und warf sie sich über die Schulter, ohne den Reißverschluss zuzuziehen.

Er hatte die Schlafzimmertüre hinter sich noch nicht ganz geschlossen, da war ihm, als hätte er ein Geräusch gehört. Er hielt inne. Alles war still. Mit angehaltenem Atem blickte er sich um. Ruth lag jetzt mit dem Gesicht zur Tür. Sie schien immer noch zu schlafen, doch dann ging auf einmal ihr rechtes Auge auf, und sie lächelte ihn an.

WAS SCHLÄFST DU denn so lange?

Was?

Jürgen brauchte einen Moment, bis er begriff, wo er sich befand und dass die unbeherrschte Stimme in der Tür die seines Vaters war. Er konnte es nicht glauben. Er kam sich ertappt vor wie ein kleines Kind und war gleichzeitig so genervt wie damals, wenn Walther sich wieder einmal eingebildet hatte, er könne ihm Vorschriften machen, nur weil er biologisch gesehen sein Vater war.

Ja, ja, sagte er, ich steh gleich auf.

Die Tür ging wieder zu. Jürgen hob den Kopf und fingerte das Nachtkästchen nach seiner Casio ab. Seine Arme waren schwer wie Blei, aber als er sah, dass es tatsächlich schon halb zehn war, wurde er schlagartig wach. Er konnte sich nicht daran erinnern, je so lang geschlafen zu haben.

Im Schlafzimmer seiner Eltern suchte er nach einem Handtuch. Er wühlte sich durch die Nachthemden, Seidenblusen und Wollstrickjacken im Kleiderschrank, er tat es mit angehaltenem Atem. Obwohl er seine Mutter liebte, fühlte er sich wie jemand, der einem Menschen ungewollt zu nahe kam. Als er endlich ein Handtuch fand, wischte er sich damit über das Gesicht und atmete den scharfen Geruch von Lavendel ein. Ihre unermessliche Sehnsucht danach, dass alles duftete, dass nichts so roch, wie es nun einmal roch. Die Baumwolle kratzte. Als Colette seiner Mutter einmal erzählt hatte, dass sie ihre Wäsche in den Trockner gab, hatte Grethe nur gemurmelt, wie teuer der Strom doch war.

Jürgens Knie waren rot und knubbelig, die Oberschenkel sahen dünn und sehnig aus unter dem weißen Bauch. Er hatte sich in der Dusche auf den Klappsitz sinken lassen und beobachtete an die kalten Kacheln gelehnt, wie das warme Wasser die dunklen Haare auf seinen Beinen mit weichen Pinselstrichen in verschiedene Richtungen spülte. Dann drehte er die Dusche ruckartig auf kalt. Er japste, als ihn der harte Strahl traf, aber schon einen Moment später spürte er, wie sein Kreislauf in Schwung kam, und er sprang auf, erquickt. Als er sich mit dem harten Frotteetuch die gerötete Haut trocken rieb, genoss er das Kribbeln, das eigentlich Schmerz war.

RUTHS BAUCH auf seinem Bauch, ihr Haar über seinem Gesicht, ihr Körper goss sich über seinen Körper, wie ausgeschüttet lag sie auf ihm. Er spürte die Wärme ihrer Wangen, ihren Schoß, der zu atmen schien wie ein kleines Tier, er streichelte ihren Steiß, der sich zu zwei Hügeln teilte, doch auf einmal riss sie sich aus der Trägheit und begann ihn zu küssen, kurze, trockene Küsschen, die über und neben, aber nicht auf seinem Mund landeten.

Er schob ihr Haar beiseite, um den Kopf zu heben. Er sah auf die Uhr seines Handys, stöhnte und setzte sich auf. Er fasste ihre nackte Schulter an, als wollte er ihr noch etwas sagen. Dann stand er auf und ging ins Bad. Viel zu lang blieb er unter der Dusche, ein Vorhang aus Wasser, hinter dem er sicher war.

Komm mal her, sagte Ruth, als er fertig angezogen das Zimmer wieder betrat. Missmutig setzte er sich neben sie.

Du hast Angst, nicht wahr?

Er schüttelte den Kopf.

Es wird schon nicht so schlimm, sagte sie und fuhr mit dem Finger seinen Scheitel nach.

Doch, dachte er, doch, was ist, wenn sie stirbt?

Er stand auf, schloss den Reißverschluss der Reisetasche und schulterte sie. Ich ruf dich an, sagte er, aber dann drehte er sich noch einmal um, kam zu ihr ans Bett und gab ihr einen Kuss auf die Stirn.

BEIM TENGELMANN war ein Parkplatz direkt vor dem Eingang frei. Jürgen stellte den Motor ab.

Bin gleich wieder da, sagte er, drehte seinem Vater das Radio an, machte es aber schnell wieder aus.

Er beeilte sich. Sein Blick flog hastig über die Regale, Jonagold-Äpfel, Birnen, Eier. Er hatte vorhin versucht, Frühstück zu machen, hatte aber mit Ausnahme von zwei Joghurts im Kühlschrank nichts Brauchbares gefunden. Die Milch war sauer gewesen, das Toastbrot schimmelig, Jürgen stellte beides in den Einkaufswagen und überlegte, was sonst noch zu besorgen war. Aufschnitt, Käse, Butter. Er griff nach einer Packung Zwieback, aber dann fiel ihm das Glas am Waschbeckenrand wieder ein, das verzerrte Grinsen der dritten Zähne. Er ging zum Regal mit den Konserven und nahm zwei Dosen Kartoffelsuppe, die mochte sein Vater ja offenbar. Zum Schluss stellte er ein Glas Marmelade in den Wagen, Holunderblüte-Himbeer. Jürgen begegnete niemandem, auch an der Kasse stand keiner an. Es war ein kleiner Supermarkt.

Die Kassiererin war blass und hübsch und sah in ihrem Kabuff verloren aus. Kleine Silberkreuze hingen reglos von ihren Ohren, das lange, glatte Haar darüber war schwarz. Jürgen starrte sie an wie ein fremdes Wesen, während er seine Einkäufe auf das Band legte, wie ein seltenes Tier hinter Glas. Die Kassiererin zog die Waren über den Scanner und beachtete ihn nicht. Doch plötzlich verfing sich ihr Blick. Einen Moment lang starrte sie, in ihrer Bewegung verharrend, durch die Eingangstür, während das Band Jürgens Einkäufe weiterschob.

Oje, fuhr sie hoch.

Was?, fragte Jürgen müde, doch sie sprang auf, ohne Notiz von ihm zu nehmen. Teilnahmslos sah er zu, wie sie die Türe zur Straße aufriss. Jürgen bemerkte, dass es keine Automatiktür war, Landleben, dachte er und folgte ihr ein paar Schritte. Draußen lag sein Vater seitwärts auf dem Asphalt und versuchte, sich an der Stoßstange des Wagens hochzuziehen.

DAS ERSTE, was Nicki tat, als er endlich auf dem Bahnsteig von Fassenrath stand: Er gähnte. Die Fahrt hatte sich gezogen, sie war ihm viel länger vorgekommen als früher, obwohl die Züge heute schneller waren. Er ärgerte sich darüber, dass er seiner Gewohnheit gefolgt war, Strecken, die länger als 150 Kilometer waren, mit der Bahn zu fahren, denn er hatte weder gearbeitet noch den *Spiegel* gelesen, wie er es sonst tat, sondern hatte nur gedankenverloren in die Ferne gestarrt.

Er zog sein Handy aus der Tasche und drückte noch einmal die Wiederwahltaste. Es ging immer noch niemand ran. Vermutlich waren sie im Krankenhaus, aber er hatte weder eine Ahnung, welches Krankenhaus das sein könnte, noch wie er von hier aus nach Ebersbach kam. Früher war er entweder mit seinem Vater im Auto gefahren, oder sein Großvater hatte ihn abgeholt, genau hier vor dem Bahnhof. Er suchte die Bushaltestelle, aber als er dort eine Gruppe betrunkener Jugendlicher sah, ging er zum Taxistand und öffnete die Beifahrertür des einzigen Wagens.

Nach Ebersbach, sagte er, und ließ sich in den Ledersitz sinken. Wolfsweg Nummer 18.

Schön, nickte der Fahrer, schön da oben, Blick übers Tal und alles und dann auch noch so nah am Wald.

Ja.

Zu Besuch?

Hmhm.

Fast zwanzig Minuten dauerte die Fahrt, vorbei an Häusern, die schon immer so standen, an Hecken, die nicht höher geworden waren, an Gitterzäunen, die immer gleich gepflegt aussahen. Nicki erkannte die Schilder wieder, die den Weg zu Hallenbad, Kirche, Rathaus wiesen, erinnerte sich an das alte Fachwerkhaus, an das blaue Haus am Ortseingang von Ebersbach, an das Haus mit der hässlich gefliesten Fassade. Sie fuhren an der »Dicken Marie« vorbei, dem Wirtshaus, in dem die Mechaniker aus der Werkstatt seines Großvaters immer gesessen hatten. Über den Namen hatte er sich als Kind jedes Mal wieder gefreut, die dicke Marie, haha. Jetzt blickte er auf dunkle, ausdruckslose Fenster, wo vorher Gardinen und Geranien gewesen waren, eine Holzplatte war vor die Eingangstüre genagelt.

Ja, sagte der Taxifahrer, als hätte er auf Nickis verwunderten Blick gewartet. Die dicke Marie ist letztes Jahr gestorben, einfach über Nacht, das Herz hat nicht mehr mitgemacht, glaub ich, ein paar sagen, dass es die Leber war. Na ja, auf alle Fälle streiten sich jetzt die Erben, was mit dem Haus geschieht, übernehmen will die Wirtschaft keiner, nur das Geld wollen die, aber drum kümmern? Kein Wunder, der eine ist in Frankfurt, die andere in Paris. Und so geht's dann dahin.

Wie schade, sagte Nicki mit einfühlsamer Stimme. Sie waren da wohl öfter?

32 Jahre lang, Junge. Mein erstes Bier hat mir die dicke Marie gegeben.

Nicki schmunzelte. Ein Schmunzeln, in dem keine Wärme lag.

76 ist sie geworden, sagte der Taxifahrer jetzt, und bis zum Schluss ein Riesenherz, sie hat ja immer mitgetrunken, und zwar feste, und das hat sie am Ende umgebracht. Oder die Leber. Oder beides.

Ja, sagte Nicki und dachte daran, dass seine Großmutter über neunzig war.

UND DANN ließ er ihn allein. Es kommt bald jemand, hatte der Pfleger zu Walther gesagt, ehe er ging. Eine Schwester hatte zuvor seine Daten aufgenommen, Medikamente, Krankheiten, Operationen, er hatte ihr von seiner künstlichen Hüfte erzählt, von den dritten Zähnen und den Knoblauchtabletten, die er eine Zeit lang geschluckt hatte, und dass sonst aber noch alles in Ordnung sei, ein ganzer Mann, Sie können sich gern überzeugen! Auf einer Liege wurde er einen langen Gang entlanggeschoben, dann um die Ecke und um noch eine und noch eine, bis zu dem Behandlungszimmer, in dem er jetzt lag.

Bald –

Niemand kam.

Er starrte an die Decke. Er war zu schwach, sich auf die

Seite zu drehen, außerdem fürchtete er sich vor einer falschen Bewegung. Vorhin hatte er zwar behauptet, keine Schmerzen zu haben, aber in Wirklichkeit spürte er ein ganz deutliches Ziehen. Er wollte nicht, dass mit seiner Hüfte schon wieder etwas war. Durch die Abdeckung der Neonröhre konnte er den Schatten eines toten Falters sehen, ein Plexiglassarg, und Grethe, die irgendwo im selben Gebäude wie er lag, unerreichbar, das machte ihm Angst. Wenn er nur aufstehen könnte. Walthers Blick ging zum Fenster, hinter dem ein Himmel hing, wieder einmal war es besser, hinauszusehen. Der Himmel bewegte sich nicht, die Minuten vergingen wie Stunden, er trug keine Armbanduhr, er konnte nicht überprüfen, wie lange er hier schon lag. Meine innere Uhr funkt mir die Zeit durch, hatte er immer gesagt, doch hier in diesem Raum schien alles still zu stehen. Der Himmel war grau und schwer wie altes Packeis, Gott knackte mit den Zehen.

Vom Flur kamen Stimmen, ein Frauenkreischen, erst laut, dann leise, dann wieder laut. Verwirrt horchte Walther, da war wieder etwas, eine beschwichtigende Männerstimme, ist ja gut, ist ja gut, schien sie zu sagen, aber er war sich nicht sicher, das verdammte Hörgerät, es gab bei jeder Kleinigkeit auf. Schweiß, Fieber, Sonnenlicht, egal. Das war der Grund, warum er es ungern benutzte. Aber heute hatte er es angelegt, extra fürs Krankenhaus, und jetzt umgab ihn eine unwirkliche Stille, sie fühlte sich bedrohlich an. Wenn nur endlich der Arzt käme. Walther war unruhig, aber wenn er sich bewegte, fühlte es sich an, als zöge irgendwer in seiner Hüfte die Schrauben nach.

Sein Gesicht zuckte –

Bald –

Der Falter im Plexiglassarg –

Jürgen, der jetzt wahrscheinlich bei Grethe saß, während er hier unten auf einen Arzt warten musste, der Zeit mit ihr verbrachte, die doch ihm zustand. Jürgen, der oben auf seinem Stuhl saß, an ihrer Seite, der ihr die Hand drückte, der ihr die Treue hielt, Jürgen, er wollte nicht an Jürgen denken, aber er dachte an ihn, Jürgen soll mich endlich holen, ich will hier nicht sein, Jürgen, dachte er und schrie, aber er schrie, ohne seine eigene Stimme zu hören –

Jetzt ist es so weit, schoss es ihm durch den Kopf, jetzt bist du verrückt geworden.

JÜRGEN HATTE seine Mutter nur einmal krank gesehen, ein einziges Mal. Sie hatte damals mit einer hartnäckigen Grippe im Bett gelegen, es musste Jahrzehnte her sein. Er war nur zufällig zu Besuch in Ebersbach gewesen, trotzdem war er geblieben, nicht nur, weil sein Vater damals noch berufstätig gewesen war, sondern auch, weil er ihr schon immer geholfen hatte, wenn es nötig war. Er erinnerte sich an den Geruch in ihrem Zimmer, er hatte dem Gestank geähnelt, der unter dem Verband einer entzündeten Wunde entsteht. Seine Mutter war ein Häufchen Elend gewesen, rote, entzündete Lider, Fieberschweiß auf der Stirn. Schon damals hatte er es kaum fertiggebracht, sie anzusehen, trotzdem war er neben ihr sitzen geblieben, in der Hand eine Tasse Tee. Er blieb neben ihr sitzen, bis die Tasse kalt war, bis sie die Augen öffnete und wieder da war, bei ihm.

Und jetzt saß er in ihrem Krankenzimmer, und seine Finger umkrallten das Nichts, und neben dem Bett stand ein Baum, von dem Flaschen und Schläuche hingen, Überlebensmittel, Flüssigkeiten, die kalt in eine frostblaue Vene liefen und sich von dort in ihrem Körper verteilten.

Er wollte etwas tun für sie, sein Leben lang hatte er alles für sie getan, er hatte Felder geplündert, hatte Mehl besorgt, hatte sie gehalten, als die Flieger kamen –

Schon als Kind war er nie einfach nur ihr Sohn gewesen,

sondern immer auch ihr Beschützer und Retter, ihr Ehemann, all die Jahre, als sein Vater im Krieg, in der Gefangenschaft war. Er hatte gelernt, sachlich zu bleiben und stark zu sein, so lange stark zu sein, bis keine Schwäche mehr in ihm war. Er hatte es lernen müssen. Jedes Mal, wenn sie weinte, spürte er, wie er wuchs, wie er größer wurde und ernsthafter und –

Jedes Mal, wenn sie weinte, wurde er zum Mann. Und dieser Erwachsene war er geblieben, sein ganzes Leben lang: verantwortungsvoll, kontrolliert und ohne mitleidig mit sich selbst zu ein.

Und jetzt saß er neben ihr und starrte sie an und wünschte sich nichts sehnlicher, als sie zu umarmen, sie festzuhalten. Er wünschte sich, ein letztes Mal Kinderhände zu haben, um ihre Wangen zu streicheln, sie zu streicheln, bis alles vorbei war. Aber seine Hände waren groß und grob, hatten Flecken und Schwielen, während er sich viel kleiner fühlte als damals, als er den Aufgaben des Lebens noch gewachsen war.

WIE BLÖD muss man sein, dachte Nicki. Er war einfach kopflos zum Bahnhof gelaufen, hatte sich in München in einen Zug gesetzt, in Würzburg in die Regionalbahn, war dann in das Taxi gestiegen. Und jetzt war keiner da. Das Haus war still, die Fenster dunkel. Er drückte noch einmal die Klingel neben dem Gartentor und trat verhalten gegen das schmiedeeiserne Gitter. Es war nur angelehnt und öffnete sich quietschend.

Er ging durch den Vorgarten und stieg die drei Stufen hinauf. Als er vor der Haustür stand, suchte er unter dem Efeu den Knopf und klingelte erneut. Das Gellen klang genauso wie damals. Obwohl er es besser wusste, spähte er durch das Milchglasfenster neben der Tür, aber es war nichts erkennbar. Er rammte die Sporttasche auf die oberste Stufe und setzte sich daneben. Er pustete in die geballten Fäuste, bis die Nervosität ein bisschen abgeflaut war.

In seiner Vorstellung war er direkt an ihr Bett getreten, sie hatte ihn lachend erkannt und sich über seinen riesigen Blumenstrauß gefreut, für mich, so eine Verschwendung, er hatte sie in den Arm genommen und endlich einmal wieder die Ruhe gehabt, mit ihr zu plaudern. Er wollte ihr von Ruth erzählen und ihr Fragen stellen und Ratschläge dazu bekommen, wie man aus einer großen Liebe eine lebenslange macht, denn eines wusste er, dass seine Großmutter liebte und dass sie geliebt wurde, alle hatten sie gern, sogar sein Vater, der sonst nie zu großen Regungen in der Lage war, alle, bis auf seine Mutter, die nie mit ihr ausgekommen war.

Eine ordinäre Person –

Kein Wunder, dass –

Während der Scheidung seiner Eltern hatte Nicki Wochen und Monate bei seinen Großeltern verbracht, er wusste nicht genau, wie lange. Damals hatte er noch nicht begriffen, warum seine Mutter sich von seinem Vater getrennt hatte, inzwischen verstand er es. Noch heute benutzte Maman seine Telefonnummer zu kaum etwas anderem, als über ihren Exmann herzuziehen, über seine Unfähigkeit, Gefühle zu zeigen, seine Unfähigkeit, wie sie manchmal behauptete, überhaupt etwas zu fühlen. Es gibt kein schlechtes Wetter, nur falsche Kleidung – diesen Satz, den er mal bei einer verregneten Wanderung gesagt hatte, zitierte sie immer wieder, um zu beschreiben, was sie meinte. Jürgen habe dabei auf ihre Sandalen geguckt, als sei sie eine dumme Puppe. Jühgänn. So nannte sie ihn: Jühgänn.

Jühgänn, äffte er sie leise nach und warf ein Steinchen ins Beet.

Er hatte nicht einmal an den verdammten Blumenstrauß gedacht.

Keiner da, was?

Nicki schrak auf, sah sich um, aber da war niemand.

Hier, rief die Stimme, und jetzt entdeckte Nicki den alten Mann im Vorgarten nebenan. Krumm stand er da, weißhaarig, und Nicki brauchte einige Augenblicke, bis ihm schwante, dass es Herr Henschel war, der früher immer auf der Bank hinten in seinem Garten gesessen hatte, das Gesicht in der Sonne, die Beine ausgestreckt, die Fersen im Sand und eine Zigarette zwischen den Lippen, Lungentorpedos, so hatte er sie genannt.

Der Krankenwagen war da, vorgestern Abend, hat die Grethe Augustin abgeholt. Ich hoffe, es ist nichts Schlimmes, in dem Alter weiß man's ja nie.

Nicki starrte ihn an.

Na ja, immerhin scheint der kleine Augustin gekommen zu sein, der Sohn aus München. Hab zumindest heut morgen seinen Wagen vor dem Haus stehen sehen.

Der kleine Augustin. Was er selbst dann wohl im Maßstab dieses Mannes war, fragte sich Nicki. Ein Säugling?

Was guckste denn so bedröppelt?

Ach, gar nichts, sagte Nicki schnell. Ich warte hier einfach. Die werden schon irgendwann kommen.

Wenn nur nix passiert ist, sagte Henschel und stach mit dem Finger in die Luft.

Nicki lächelte höflich, doch zugleich breitete sich die Angst um seine Großmutter in ihm aus. Hinzu kam die Wut, die er plötzlich spürte, Wut auf seinen Vater, der weder von einem Krankenwagen erzählt hatte, noch von einem Notfall, sondern bloß gesagt hatte, es ginge ihr nicht gut, sie sei im Krankenhaus. Wieder einmal hatte er nur das Nötigste gesagt, wieder einmal hatte er alles verharmlost, noch im Sterben würde er behaupten, es sei nichts Ernstes, das ginge sicher bald vorbei. Und die Wut auf sich selbst, der nicht nachgefragt hatte. Als wäre die Wirklichkeit weniger real, wenn er sie nur nicht zu genau vor sich sah.

Idiott, sagte er zu sich selbst. Du bis eine plöhdö Idiott. Der Akzent seiner Mutter. Es stand schlimm um ihn.

Henschel betrachtete ihn wie ein fiebriges Kind, dann lud er ihn ein, mit ins Haus zu kommen.

Bist ja ganz blass um die Nase, Junge. Trink einen Tee, das richtet dich auf. Kannst auch 'ne Stulle haben oder ein Schnäpschen, was du willst.

Nicki schüttelte den Kopf, aber da hatte sich der alte Mann schon umgedreht und stapfte zum Haus. Er wollte sich nicht bei ihm in die gute Stube setzen, er wollte nicht der alten Frau Henschel begegnen, und erst recht nicht einem ihrer Kinder, deren Namen er vergessen hatte, vier oder fünf waren es, die ältesten waren schon aus dem Haus gewesen, als Nicki noch mit dem Dreirad im Garten unterwegs war. Die beiden Jüngsten hatten ihn öfter mitspielen lassen, wenn er zu Besuch war. Sie zeigten ihm, wie man Bienen fing und beim Weitpinkeln gewann, bauten mit ihm weit verzweigte Kanalsysteme auf der Terrasse, die bei den Henschels nicht gepflastert war, sondern aus einer dicken Schicht fest getretenen Sands bestand, man konnte Gräben und Staudämme darin buddeln und Dinge finden, wegen derer sich zu Hause in München wahrscheinlich Elterninitiativen gegründet hätten – einmal hatte Nicki ein altes Brotmesser geborgen, oft trat man auf Kronkorken, Plastikreste, Schrauben. Als die beiden dann mit der Schule fertig waren, zogen sie weg, Nicki hatte keine Ahnung, wohin. Sie waren einfach nicht mehr da gewesen, und er selbst war als Jugendlicher ja auch nicht mehr so oft gekommen.

Wo bleibste denn, Junge!

Komme, rief Nicki. Als er aufstand, sah er, dass Henschel sich eine Zigarette angezündet hatte und eine Rauchwolke aus der geöffneten Haustür blies. Nicki ging zum Gartentor, das kleine Stück den Gehsteig hinunter und stand vor dem alten Haus. Das selbst getöpferte Klingelschild war an einigen Stellen aufgeplatzt, Lina musste es gebastelt haben. Lina. Er atmete auf. Toftof und Lina, so hießen die beiden. Toftof, das bedeutete wohl Christof, ein Name für einen erwachsenen Mann.

Als er eintrat, fiel ihm auf, wie selten er in dem Haus der Nachbarn gewesen war. Sie hatten auf der Straße gespielt, im Garten, aber er konnte sich nicht daran erinnern, überhaupt je in diesem Flur gestanden zu haben, oder daran, dass Toftof und Lina einmal im Haus seiner Großeltern gewesen waren. Irgendetwas musste seine Oma gegen die Henschels gehabt haben. Wahrscheinlich der Dreck, dachte er, als er die schmutzigen Schuhe unter der Garderobenleiste sah. Altes Laub, Schmutz und Haare sammelten sich dazwischen. Obwohl Nicki wusste, dass Toftof und Lina inzwischen über vierzig sein mussten, wunderte er sich, dass an den Haken nur ein paar Altmännerjacken hingen. Keine Spur davon, dass hier einmal Kinder gespielt hatten.

Komm rein, komm rein, murmelte Henschel, als Nicki die Küche betrat. Er war unschlüssig, wo er seine Tasche abstellen sollte. Der Linoleumboden klebte, Geschirr stapelte sich neben alten Fernsehzeitungen, auf dem Tisch standen Aschenbecher, die alle am Überquellen waren. Schließlich ließ Nicki sie neben einem Papierbeutel voll Altpapier fallen.

Du bist der Enkel, hab ich recht, fragte Henschel, nachdem er den Tisch notdürftig frei geräumt hatte.

Nicki nickte und nannte seinen Namen. Es wirkte nicht so, als würde sich der alte Mann daran erinnern. Er räusperte sich nur, soso, Nicki, dann stand er noch einmal auf, um zwei Wassergläser aus dem Schrank zu nehmen.

Jäckchen?

Nein, danke.

Henschel stellte das eine Glas in die Spüle, goss sich das andere halb mit Cognac voll. Skol, nickte er eher sich selbst zu und trank.

Wie geht's Christof, wollte Nicki wissen.

Toftof? Ach ja, gut, gut.

Das ist gut, sagte Nicki und tat erfreut. Und Lina?

Lina, ach ja. Hat mich zum Großvater gemacht, ist ein gutes Mädchen. Wohnt jetzt in Hamburg, hat's nicht leicht ohne Mann.

Ja, sagte Nicki und schwieg.

Du weißt es noch nicht, sagte Henschel nach einer Weile.

Was?

Dass wir allein sind. Alle zusammen.

Doch, stotterte Nicki, ohne zu begreifen.

Weißt du, Lotte –

Henschels Mund zuckte, seine Augen verengten sich, Nicki sah betreten zu Boden und wünschte sich weg von hier. Er hatte Angst davor, diesen alten Mann weinen zu sehen.

Da ist man ein halbes Jahrhundert lang zusammen, alles ist eins, und dann ist man plötzlich … dann merkst du auf einmal, dass nichts mehr da ist, nichts.

Aber in Ihrem Herzen, Herr Henschel, sagte Nicki und schämte sich sofort.

Im Herzen leben die Toten weiter, ja, ja. Seine Stimme wurde jetzt lauter. Soll ich dir sagen, was noch in meinem Herzen ist, Junge? Willst du es wissen?

Nicki wagte es nicht einmal zu nicken.

Es bleibt nichts von den Toten, sagte Henschel. Ein Schrank voller Kleider, ein paar Bilder, die kann man anschauen. Der Rest … Er klopfte sich an den Kopf: Isse Flasche leer.

Nicki lächelte verständnisvoll und dachte an Ruth und wusste plötzlich, dass er sie niemals vergessen würde, nie.

Noch ein Jäckchen, sagte Henschel und richtete sich auf. Und weil das Lächeln in Nickis Gesicht unverändert blieb, stand er auf, ging zum Schrank und holte ein zweites Glas.

NEIN. Doch! Oder nicht? Da, wieder: ein Zucken in der rechten Hand, als träumte sie. Wieder ein Zucken, ganz deutlich, ein Zucken, das durch den ganzen Körper ging. Er stand auf und beugte sich über sie, um ihr die Decke ganz über die Schultern zu ziehen, um sie zu beschützen, um etwas zu tun –

Da riss sie plötzlich ein Auge auf, ein trüber Blick, ein wütendes, blindes Tier.

Dabes Munfi!

Jürgen bewegte sich nicht. Es war kein menschlicher Laut.

Soain.

Sie stieß es durch die zusammengepressten Zähne aus, und dann noch einmal: Soain.

Jürgen fuhr zurück, erschrocken, entsetzt, denn jetzt wurde sie auch noch laut, Mutti, rief Jürgen, aber sie hörte ihn nicht.

Dabes manpipi, loh, loh –

Er packte sie an der Schulter, rief jetzt lauter, Mutti, hör auf, Mutti, erst jetzt ging eine Reaktion durch ihr Gesicht, zumindest durch die rechte Hälfte, einen Moment lang starrte sie ihn an, angsterfüllt, dann schloss das Auge sich. Sie war jetzt ganz still. Es war, als würde in Jürgens Bauch ein Eisbrecher sinken.

Er zwang sich durchzuatmen.

Mutter –

Er nahm ihren Arm, diesmal sanfter. Sie reagierte, das Auge ging auf, ihr Blick wanderte durch den Raum, in seine Richtung, durch ihn hindurch, an ihm vorbei. Sie sah ihn nicht.

Er nahm ihre Hand, sie zuckte, dann ruhte sie in seiner. Das Auge schloss sich, ganz kurz hatte er das Gefühl, sie lächle, ein schiefes Lächeln, das gleich wieder verschwand. Ihre Finger fühlten sich knochig an, als bestünden sie nur aus sprödem Porzellan. Die Stelle mit den Schwielen, die sie früher immer mit Nivea eingerieben hatte, war ganz weich in seiner rauen Hand.

Ant gol badi bon fa?, sagte sie, als stellte sie sich selbst eine Frage.

Er ließ sie nicht los, als er sich über ihren Kopf beugte, um nach der Schwester zu klingeln.

Bolk ban bibibo la, sagte sie, und diesmal klang es, als wollte sie etwas erklären.

Jürgen strich ihr sanft die Haare glatt. Sie waren genauso störrisch wie immer, kaum nahm er seine Hand weg, bauschte sich die Krause wieder auf.

Swein swein, sagte sie, das war es, und auf einmal schoss es ihm mit Hochdruck durch die Adern, er klingelte ein zweites Mal nach der Schwester, mit einem Mal war alles wieder da, seine Mutter, die Männer, die dumpfe Luft im Kleiderschrank –

Panisch drückte er die Klingel noch einmal, lief zur Tür und ein paar Schritte den Flur hinab, aber niemand kam. Er ging zurück ins Zimmer, er sah sie an und wusste nicht, was er fühlen sollte, sie hatte –

Sie hatte zu reden angefangen.

Dann kam die Schwester, Gott sei dank nicht die, die sein Vater gestern so blöd angemacht hatte, es wäre Jürgen peinlich gewesen, jetzt so hilflos vor ihr zu stehen. Er sprang von seinem Stuhl auf, ohne sie zu begrüßen, ohne ihr zu sagen, wer er war, sie redet wirres Zeug, sagte er, sie ist aufgewacht und hat angefangen, wirres Zeug zu reden, er glotzte die Schwester an, die Worte versagten ihm, sein Mund fühlte sich an wie eine ausgeschabte Wunde.

Die Schwester eilte auf das Bett zu, legte ihm im Vorbeigehen die Hand auf die Schulter, so beruhigten sie verrückte alte Männer, das wusste er.

Frau Augustin? Frau Augustin?

Seine Mutter merkte auf, blickte aber in die falsche Richtung. Die Schwester nahm ihre Hand und drückte sie, aber die Hand reagierte nicht. Jürgen ging um das Bett herum, sah, wie ihre Pupillen völlig unkontrolliert hin und her jagten, die rechte im offenen Auge, die linke unter dem hängenden Lid. Die Schwester forderte ihn auf, auf dem Gang zu warten. Jürgen fühlte sich, als hätte er die Welt sein Leben lang falsch verstanden und würde das erst jetzt kapieren.

Als sie aus dem Zimmer kam, bat ihn die Schwester, sich zu setzen. Sie ließ einen alten Mann am Rollator vorbeiziehen, sein Frotteemantel hing schief, der Mund, das Gesicht. Er brauchte lange für die wenigen Meter bis zu seinem Zimmer.

Sie sind ihr Sohn, oder?

Jürgen nickte und spürte sein Gesicht zu Beton werden. Er würde vor dieser Frau nicht weinen.

Die Sprachstörung ist eine Folge des Insults, sagte sie, und weil ihr Gegenüber sich nicht rührte, erklärte sie, dass so ein Schlaganfall ganz unterschiedliche Folgen haben könne, er habe ja gerade eben den Patienten gesehen. Es gibt auch verschiedene Ursachen, Ihre Mutter hatte einen primären ischämischen Hirninfarkt, das heißt, dass es einen thrombotischen Verschluss in ihrem Hirn gegeben hat, einen Blutspfropfen, wenn Sie so wollen, und der hat zu einer Unterversorgung des Gehirns geführt, zu wenig Sauerstoff, zu wenig Zucker, deshalb sind bestimmte Regionen des Gehirns einfach abgestorben. Die für Sprache zum Beispiel, man nennt das Aphasie. Vielleicht auch noch andere, wir können das noch nicht mit Bestimmtheit sagen. Wir haben hier keine eigene Stroke-Unit, wissen Sie.

Die Schwester sprach weiter, Jürgen hatte die Tränen jetzt heruntergeschluckt und versuchte, sich wieder auf ihre Worte zu konzentrieren, er nahm sich vor, sich die Begriffe zu merken und nachzuschlagen, aber es waren zu viele, und so gab er auf und starrte ihr nur ins Gesicht.

Haben Sie ungefähr verstanden, worum es geht?

Jürgen nickte. Ich fürchte, der Herr Doktor muss mir das nachher noch einmal genauer erklären.

Die Schwester seufzte. Der Herr Doktor bin ich.

WALTHER FEIXTE den Arzt an. Ein Schmerzmittel? Früher hätten wir so was aushalten müssen, basta. Glauben Sie, damals im Krieg wär uns einer mit einer Pillenschachtel hinterhergerannt? Aber heute ist ja jeder Brummschädel gleich Migräne.

Wissen Sie, Herr – der Arzt blickte noch einmal auf die Patientenakte. Herr Augustin. Das mag sein, dass Sie den Schmerz im Kopf wegblenden können. Aber Ihre Schmerzempfindlichkeit sinkt dadurch nicht, sie steigt. Wenn ich Ihnen zwanzig Mal mit einer Nadel in dieselbe Stelle steche, werden Sie da immer empfindlicher. Gegen Schmerzen kann man sich nicht abhärten. Und früher waren Analgetika einfach noch nicht sehr verbreitet, das ist der einzige Grund, warum Sie nie welche genommen haben.

Ach, ach, machte Walther gekünstelt. So ist das Leben, und dem Leben hat bisher nur der Tod geschadet.

Der Arzt seufzte. Wenn das Mittel nicht ausreicht, kommen Sie wieder, ja? Und auf alle Fälle kommen Sie in sieben Tagen, ich werde die Schwester bitten, Ihnen einen Termin zu geben. Wissen Sie, wie Sie nach Hause kommen?

Walther nickte genervt. Ja, ja.

Der Arzt griff zum Telefonhörer und rief einen Zivi, dann erhob er sich von seinem Stuhl, um Walther über den

Schreibtisch hinweg die Hand zu geben. Aber der machte keine Anstalten, ihm seine zu reichen.

Gibt es sonst noch etwas? Der Arzt setzte sich wieder.

Na ja. Walther räusperte sich.

Ja?

Dieses Schmerzmittel, was ist das genau.

Diclofenac, das ist ein nicht steroidales Antirheumatikum, im Prinzip dasselbe wie Voltaren.

Und wird mir das nicht schaden?

Es könnte sein, dass Sie leichten Durchfall davon bekommen, manche Patienten berichten von Übelkeit, aber –

Wissen Sie, ich bin ein alter Mann, das ganze Gift im Körper, ich will nur nicht, dass mir das Zeug in die Kniekehlen tritt. Ich brauch mein Herz noch ein paar Jahre.

Um ihr Herz machen Sie sich mal keine Sorgen, Herr Augustin. Sie sollen die Tabletten ja nicht dauerhaft nehmen, außerdem wird Diclofenac in der Leber abgebaut.

Die Leber, rief Walther. Hab mein Lebtag lang nichts getrunken, und jetzt wollen Sie mir –

Also, wenn sie wirklich kaum Alkohol zu sich genommen haben, Herr Augustin, dann macht ihnen das bisschen Diclofenac auch nichts mehr aus.

Meine Frau, sagte Walther und deutete hinter sich, die liegt hier im Krankenhaus, Schlaganfall, zack, war sie weg, und sie hat doch diese Medikamente genommen, die ihr der Doktor Landgrebe verschrieben hat.

Ist das Ihr Hausarzt?

Walther nickte.

Hören Sie, Herr Augustin, Medikamente lösen im Allgemeinen keinen Schlaganfall aus. Im Gegenteil, Aspirin zum Beispiel kann sogar davor schützen.

Aspirin? Warum kann ich denn nicht einfach *das* nehmen statt diesem Diclogeschnack?

Zu schwach für Ihre Hüfte, Herr Augustin. Zu schwach.

Aber machen Sie sich keine Sorgen, Diclofenac beeinflusst die Blutgerinnung ebenfalls positiv. Er sah auf die Uhr. Wo, sagen Sie, liegt Ihre Frau?

Walther antwortete, der Arzt notierte sich etwas und ging dann zur Tür. Doch als der Zivi das Zimmer betrat, protestierte Walther. Er wollte nicht geschoben werden, er wollte gar nicht im Rollstuhl sitzen, er wollte laufen, so wie er es gewohnt war.

Hier, sehen Sie, Herr Doktor, ich bin so schmerzfrei, ich spüre nicht einmal das! Er biss sich in den Daumen und sah den Arzt herausfordernd an.

Und eben deshalb, Herr Augustin, nehmen Sie den Rollstuhl.

So ein Quatsch, schimpfte Walther, und als der Zivi nach dem Rollstuhl griff, um ihn fortzuschieben, fegte er dessen Hand beiseite und rollte aus eigener Kraft los. Der Zivi zuckte müde mit den Schultern und trottete ihm nach.

JEDES MAL, wenn er hörte, dass sich draußen ein Auto die Straße hochschob, blickte Nicki zum Fenster, obwohl man durch die spiegelnden Scheiben überhaupt nichts sah.

Sind se nich, Junge, sind se nich, grummelte Henschel. Ich erkenn jeden einzelnen Wagen hier in der Straße am Geräusch. Er zeigte auf sein Ohr. Mit denen kannste Fruchtfliegen orten. Seit fast neunzig Jahren. Ich sag dir dann schon, wenn sie's sind.

Okay, sagte Nicki, ein bisschen beschämt darüber, dass er selbst keine Ahnung hatte, wie der A2 seines Vaters klang.

Die Flasche auf dem Tisch war zu zwei Dritteln leer. Nicki hatte damit nichts zu tun, er hatte nach dem dritten Glas abgewunken und beim nächsten wieder, bis Henschel es kapiert hatte und sich eingoss, ohne ihn zu fragen. Es war still geworden in der Küche, die Worte waren versiegt, er hat uns ausgetrunken, dachte Nicki, er hat uns leer gemacht.

Ohne ein Wort zu sagen, stand Henschel auf. Nicki wusste inzwischen, dass er häufig auf die Toilette ging. Wieder nutzte er die Gelegenheit, um auf das Display seines Handys zu sehen. Wieder: nichts. Er bekam Angst, Angst, einen Fehler gemacht zu haben, indem er ohne sie gefahren war. Als er mit Ruth zusammengekommen war, war Lars gerade in den USA gewesen, sechs Monate lang, sie hatte ihn verlassen, als er wiederkam. Wegen ihm. Er musste an die Nachrichten denken, die damals spätnachts kamen, an seine Beklemmung, wenn Ruths Handy piepste, sie die eingegangene Nachricht dann aber nicht las, weil er neben ihr lag. Er steckte das Handy in das Seitenfach seiner Reisetasche, holte es dann aber doch wieder heraus und rieb es unter dem Tisch in der Hand. Ruth meldete sich nicht.

Offensichtlich hatte Henschel seinen Besuch vergessen, als er von der Toilette wiederkam. Am Hosenschlitz fummelnd blieb er überrascht in der Türe stehen. Dann entfaltete sich ein Lächeln auf seinem Gesicht, er strahlte richtig, Junge, Junge, sagte er und setzte sich. Noch ein Jäckchen?

Na gut, ein allerletztes.

Hast ganz recht, Junge, nuschelte er, alleine trinken, das is doch nix.

Sie stießen an, ein heller Ton in der Stille, kristallin und kristallin kollidieren, doch sie zerbrechen nicht, das ist doch das eigentlich Feierliche an der Sache, dachte Nicki, zwei Gläser stoßen zusammen und erklingen. Ihm war warm zumute. Draußen auf der Straße näherte sich ein Motorengeräusch, Henschel hob den Kopf und lauschte aufmerksam.

Jetzt, nickte er. Jetzt sind sie da.

Nicki richtete sich auf und lauschte. Der Motor, der erstarb, die Autotüren, ein leises Schimpfen. Der Summer des Gartentors, verhaltene Stimmen, die Haustür, dann verschluckte sie das Haus. Nicki rührte sich nicht. Henschel goss sich nach, abwesend legte Nicki die flache Hand auf sein Glas. Der alte Mann kippte den Schnaps, stellte das Glas auf den Tisch und füllte es noch einmal. Die Flasche auf dem Tisch war fast leer.

Willste nicht rüber, Junge?

Unmerklich schüttelte Nicki den Kopf, aber dann stand er auf, schob das Handy in die Jacke und nahm seine Tasche. Henschel folgte ihm zur Tür.

Also dann.

Sie gaben sich die Hand, ein fester Druck, der Nicki das Gefühl gab, etwas sagen zu müssen, aber als er dem alten Mann in die Augen sah, merkte er, dass dessen Blick irgendwo in der Dunkelheit hinter ihm verschwand. Ein Abschied unter Männern, Gott sei dank.

Aus irgendeinem Grund bemühte sich Nicki, so lautlos wie möglich hinüberzugehen. Als er an Jürgens Wagen vorbeikam, spürte er die Wärme des knacksenden Motors. Er berührte mit den Fingerspitzen die Kühlerhaube, silbergraues Metall.

Durch das Milchglas des Fensters neben der Eingangstüre war jetzt ein Lichtschein zu sehen. Nicki drückte die Klingel und postierte sich in Konfirmandenhaltung vor der Tür, im Magen ein flaues Gefühl. Solange er sich erinnern konnte, war es seine Großmutter gewesen, die ihm die Tür aufmachte. Er hatte keine Ahnung, was nun kam.

# 4

DIE TÜR ging auf, doch in Jürgens Gesicht erschien kein Lächeln, kein Erstaunen darüber, wie und wann Nicki in Ebersbach eingetroffen war. Er öffnete und wendete sich gleich wieder ab, drehte sich um und eilte zurück in den Flur, als hätte er nur eben die Katze reingelassen, während im Fernsehen gerade das Elfmeterschießen lief. Nicki stand auf der Schwelle und sah seinem Vater hinterher, erstaunt, verwundert, erbost. Da drehte sich sein Vater noch einmal um, als wolle er »Bier steht im Kühlschrank« sagen, aber er sagte: Die Oma ist tot.

Die Oma –

Ist –

Und Nicki –

Nicki schluckt, und er schluckt die Tränen runter und fragt – dämlich, wie er später fand, als sei der Tod etwas Ungeheuerliches, etwas, das nicht erwartbar war:

Was?

Aber Jürgen war im Wohnzimmer verschwunden. Der Flur war dunkel und antwortete nicht.

Sie saßen vor dem Fernseher, sein Vater auf dem Sofa, sein Großvater auf einem der Stühle, die eigentlich zum Esstisch gehörten und viel zu hoch für den niedrigen Wohnzimmertisch waren. Auf dem Tisch wie immer ein hübsches Deckchen, auf dem Deckchen wie immer die Fernbedienung, im Fernsehen wie immer Fußball, auf irgendeinem Sender gab es immer Fußball, Fußball oder Krieg. Sein Großvater sah ihn an, Nicki ließ sich vorsichtig in den Sessel sinken und versuchte ein Lächeln, das ihm nicht gelang. Er starrte die Fernbedienung an und schwieg.

Er schwieg, und als sein Vater sich räusperte, zuckte Nicki zusammen. Schnell wandte er sich dem Fernseher zu, in dem tonlos das Spiel lief, wie ein Kind, das hofft, eine Strafpredigt zu überstehen, indem es die Scherben am Boden zählt. Aber sein Vater sagte nichts, und Nicki starrte weiter auf den Bildschirm; seine Großmutter war gestorben und er glotzte den Fernseher an. Er fühlte sich schuldig deswegen, aber er konnte dem Reflex nichts entgegensetzen, das Geschehen hielt seinen Blick ganz automatisch gefangen, und dann fiel auch noch ein Tor, ein Spieler sprang dem anderen ins Gesicht, der jubelnde Trainer, fast hatte Nicki das Bedürfnis, die Fernbedienung zu greifen und den Ton anzustellen, aber da räusperte sich sein Vater erneut, ein Fan mit einem Filzbierkrug auf dem Kopf weinte vor Glück, und Nicki wischte sich übers Gesicht, der Rotz hinterließ eine glänzende Spur auf dem Handballen, wohin damit, er hatte keine Ahnung, warum wusste er in solchen Situationen nie, was zu tun war. Zum dritten Mal räusperte sich sein Vater. Nicki zog den Kopf ein.

Er hörte die Lungen des Großvaters rasseln, das Geräusch erinnerte ihn an einen Menschen ohne Kehlkopf, der durch ein Mikrofon spricht. Es folgte ein Husten, dann schluckte Walther und atmete vorsichtig weiter, als müsse er das Atmen erst ausprobieren. Noch einmal räusperte er sich und schluckte.

Verdammtes Getriebe. Da kannste husten, wie du willst, die Lunge hat immer schon ’ne neue Überraschung parat.

Er grinste ein Zahnweh-Grinsen, Nicki versuchte, seinen Ekel zu verbergen, und grinste zurück, nicht wissend, ob er erleichtert oder entsetzt sein sollte, dass endlich jemand sprach.

Tja, die haben 1913 halt noch nicht rostfrei produziert, sagte Jürgen müde.

Aber so ein Pfusch wie dein Buckel wär damals nicht passiert, schoss der Großvater zurück.

Buckel? Nicki kam sich vor wie im falschen Film. Seit wann hast du denn was am Rücken, Dad?

Jürgen winkte ab. Ach.

Ach? Nicki wollte gerade zu einer Rüge anheben, da sagte sein Großvater:

*Dad* nennst du deinen Vater? *Dad?*

Nicki schwieg.

Das Spiel im Fernsehen hatte an Tempo verloren, ein müdes Gekicke, und in Nicki wurde plötzlich ein alter Ärger wach, darüber, wie die beiden Männer hier saßen, lebende Standbilder, Ehrensäulen, denen sogar noch die Vorfreude auf Weihnachten sentimentaler Seelenschmalz war. Immer ehernen Herzens und glasklaren Verstands, unemotional, unbeirrt, immer schön stramm wie ein tapferer Wandersmann, immer schön tun, als ob nichts wäre, so waren sie, so war sein Großvater, so war sein Vater, während seine Oma –

So. Matratzenhorchdienst!

Sein Großvater hob die Hand zum militärischen Gruß. Nicki spähte ungläubig zu seinem Vater, der den Blick nicht vom Fernseher nahm und ohne auch nur eine Augenbraue zu heben sagte: Kommst du zurecht?

Erst jetzt sah Nicki die Krücken, die an den Stuhl gelehnt waren. Er wollte aufstehen und seinem Großvater helfen, doch der winkte ab. Es dauerte quälend lange, bis er auf beiden Beinen stand, und noch länger, bis er das Gleichgewicht gefunden hatte.

Gute Nacht, Opa, sagte Nicki. Walther räusperte sich, murmelte etwas Unverständliches und schloss die Tür hinter sich.

Es ist noch nicht einmal acht!

Nicki konnte es nicht glauben. Er hatte seinen Großvater noch nie vor der Tagesschau zu Bett gehen sehen. Doch sein Vater schüttelte nur den Kopf, müde, resigniert. Degeneriert, dachte Nicki kurz. Nein, degeneriert nicht. Im Fernsehen vergeigte ein Spieler seinen Freistoß.

Seit wann hat er denn Krücken?

Ist heut hingefallen, muss irgendwie gestolpert sein, und natürlich voll auf die Hüfte, wenn die nicht eh schon aus Nirosta wäre, hätt's übel für ihn ausgesehen. Sie hatten ihm eigentlich einen Rollstuhl verordnet im Krankenhaus, aber er hat sich einfach die Krücken geschnappt, als grad keiner aufgepasst hat. Na ja. Halt ein alter Infanterist –

Nicht die alten Heldengeschichten vom Krieg, dachte Nicki, bitte nicht heute.

Sag mal … was war denn eigentlich, ich meine, was ist denn passiert? Er vermied es, das Wort auszusprechen.

Passiert?

Na ja, mit der Oma?

Schlag, sagte sein Vater.

Schlag? Es dauerte eine Sekunde, bis Nicki begriff. Ein Schlaganfall. Er wusste kaum etwas darüber, kannte nur ein paar Geschichten, herunterhängende Unterlippen, Lider, Menschen, denen eine Schulter abgesackt war, die sabbernden Mundwinkel des Onkels eines Freundes fielen ihm ein, das unverständliche Stammeln und Spucken. Nicki versuchte zu verstehen, aber er verstand es nicht. Wann? Wie? Warum?, wollte er fragen, aber als er zu seinem Vater blickte, hatte der sich wieder in sein Schweigen zurückgezogen.

Auf einmal wusste Nicki, dass er Ruhe brauchte, Ablenkung, ein Bett, seinen iPod, Ruth, er wünschte sich, Ruth wäre da, sein Kopf in ihren Armen.

Und jetzt?, fragte er seinen Vater.

Was und jetzt?

Na ja, mit Opa. Mehr als diesen Halbsatz bekam er nicht hin, ganze Sätze fühlten sich so –

Sie fühlten sich brutal an. Konkret.

Ehe Jürgen antworten konnte, kam ein Fluch aus dem Gang, dann ein Scheppern. Das Badezimmer, dachte Nicki.

Dann erneut ein Rumpeln, ein Plastikrumpeln.

Der Hochsitz fürs Klo, sagte sein Vater und sah ihn mit großen, mit viel zu großen Augen an.

VATER!

Walther machte einen Schritt nach rechts und hielt sich an seiner Krücke fest, um ein Haar hätte er im Gras das Gleichgewicht verloren. Was denn, dachte er erschöpft und hob den Arm, um Jürgen zu signalisieren, dass er ihn gehört hatte. Er hob den Arm, aber wandte den Blick nicht von der Hecke ab.

Vater, rief es jetzt noch einmal, Vater!

Endlich drehte sich Walther um.

Sein Sohn stand oben auf dem Balkon vor dem Wohnzimmer und rief etwas. Aus der Ferne fiel Walther zum ersten Mal auf, dass Jürgen fast denselben Körperbau wie er selbst hatte: dürre Beine, dürre Arme, dazwischen die harte Wölbung des Bauches, die den Rest des Körpers noch ausgemergelter erscheinen ließ. Was ihn daran erschreckte, war nicht die Tatsache, dass auch Jürgen bereits einen alten Körper hatte – sondern dass er selbst inzwischen so dürr wie sein Sohn geworden war. Jürgen war schon immer ein eher zarter Junge gewesen, ein Träumer, ein Tüftler, verschlossen, blass, ewig kränkelnd, ohne je wirklich krank zu sein. Wie gemacht für den Bürojob in der Mühle, in der er am Ende gelandet war.

Was willst du?

Bestatter, das war das Einzige, was er verstand.

Er spürte, wie ihm das Blut aus dem Gesicht wich.

Mach nur alleine, rief Walther und wandte seinen Blick wieder der Hecke zu, er hoffte, dass Jürgen nicht bemerkt hatte, wie käsig er war. Die Hecke sah aus wie immer. Hinter ihm wurde die Balkontür zugeschoben, ein Geräusch, das wütend klang.

JÜRGEN WAR nicht wütend. Oh nein, wütend war das falsche Wort. Er war enttäuscht. Verletzt. Frustriert. Sein Vater, der sich immer noch in alles eingemischt hatte, schon damals, als er mit zu krummem Buckel an den Hausaufgaben saß, die Nase zu dicht überm Papier; sein Vater, der ihn zum schnelleren Studium gedrängt hatte; sein Vater, der ihm in Nickis Erziehung reingeredet hatte, in die Ehe, die Finanzen, den Kleinwagenkauf; sein Vater, dessen Forderung nach Disziplin ihm noch während eines Familiensommerurlaubs in Südfrankreich im Nacken saß, dessen kontrollierenden Blick er noch auf den Händen spürte, wenn sie, eingeölt, über Colettes Rücken glitten – dieser Vater stand jetzt mit hängenden Schultern im Garten und hielt sich raus. Aus allem. Tat so, als ginge ihn der Tod seiner Frau nichts an.

Jürgen lief ins Bad, hielt die Hände unter das kalte Wasser, kühlte den Puls, aber sein Herz hörte nicht auf zu schlagen. So ähnlich hatte er sich als Kind manchmal gefühlt, wenn er spürte, dass sein Vater seiner Mutter unrecht tat, einer jungen Frau, die am Küchentisch saß und ergraute, leise und verzagt, während ihr Mann so tat, als bemerke er nichts. Still sah Jürgen zu, wie sie still wurde, und wenn sein Vater zum Holzhacken im Garten verschwand oder im Keller irgendwelche Dellen aus Blechplatten schlug, wollte er diesem Mann die Axt aus der Hand reißen und ihm das Blech ein paar Mal über den Schädel ziehen, aber er blieb sitzen, die

Daumen umklammert, so fest, dass kein Blut mehr darin war. Und seine Mutter stand auf, strich ihm über den Schopf und machte sich wieder daran, mit ihren rissigen, kleinen Händen den Boden zu wischen oder das Geschirr zu spülen. Jürgen drehte das kalte Wasser ab und das heiße an, ließ es über seine klammen Hände laufen, als er merkte, dass ihm Rotze aus der Nase rann. Wie ein kleiner Junge, dachte er, aber dann wurde ihm klar, dass er weinte, weil er ein kleiner Junge *war,* von der Mutter verlassen, und er weinte, weil er begriff, dass er nun endgültig ein alter Mann und kein Sohn mehr war. Er weinte und stand da und dachte an seinen Vater, der wahrscheinlich immer noch vor der Hecke stand, und weinte noch mehr, weil er wusste, dass seine Gefühle ungerecht waren, dass er Sohn seines Vaters war und Vater eines Sohnes und er dennoch nichts gegen das Gefühl tun konnte, völlig allein zu sein.

FAST WÄRE Nicki gestolpert, als Ruth endlich ans Telefon ging.

Hallo, sagte er und schob mit dem Fuß das T-Shirt beiseite, das vor dem Bett auf den Dielen lag. Er war nur einen Tag weg gewesen, trotzdem fühlte er sich, als käme er von einer langen Reise, seine Wohnung wirkte fremd, und Ruth, die am anderen Ende schwieg –

Es kam ihm vor, als sei er Wochen von ihr getrennt gewesen.

Ruth?, fragte er leise und ließ sich auf das Bett sinken. Wie geht es dir?

Sie antwortete einsilbig, überhaupt nicht wie Ruth, es war, als würde er mit einem Knacksen in der Leitung telefonieren.

Was ist los?, fragte er ängstlich.

Sie machte ein genervtes Geräusch, dann fuhr sie ihn an.

Was los ist? Du fährst allein zu deinen Großeltern, ich hab

gedacht, okay, er wird schon wissen, aber dann meldest du dich nicht ein einziges Mal, keine SMS, kein Anruf, nichts, und da –

Ruth –

Was.

Hör zu, es ist einfach –

Was ist einfach?

Er wollte es ihr erklären, wollte ihr sagen, dass seine Großmutter tot war, wollte von dem Abend erzählen, dem Schrecken, dem Schweigen, das überall gewesen war, aber dann bekam er den Mund nicht auf, seine Stimme blockierte, die Stimmritze, der Kehlkopf, alles stand still wie in einem großen Krampf. Seine Zunge bewegte sich im Mund auf und ab.

Ich liebe dich, weil du unkompliziert bist und man mit dir reden kann –

Der Satz fiel ihm plötzlich wieder ein. Er wusste, dass er nicht wahr war, mit einem Mal nicht mehr wahr war.

Es war nicht so, dass er nicht über seine Gefühle sprechen konnte. Natürlich konnte er es. Er konnte sagen: Ich liebe dich. Er konnte sagen: Ich bin so froh, dass es dich gibt. Er konnte sagen: Ich bin mir selbst so nah, wenn ich bei dir bin. Er konnte davon erzählen, wenn er sich überfordert fühlte, konnte von seiner Angst zu versagen sprechen, von seiner Verlustangst und manchmal sogar darüber, dass er eifersüchtig war. Seine Mutter hatte ihn immer wieder davon abgehalten, sich still in sein Zimmer zu sperren, wenn etwas nicht stimmte, damit er nicht so würde wie sein Vater, nicht so stur und in sich gekehrt. Und doch hatte es Situationen gegeben, in denen sie ihn durch die verschlossene Tür fragen musste, was denn nur sei, und er auf seinem Bett liegen geblieben war, ohne zu antworten, der Türe abgewandt.

Es gab diese Gefühle, über die er sprechen konnte, aber

Nicki wusste, dass sie Standardgefühle waren, Gefühle, die alltäglich waren und die im Leben eines jeden Menschen existierten, Gefühle, die man analysieren konnte und mit denen man umgehen konnte. Aber es gab noch etwas anderes, das in ihm war, etwas, das tiefer saß. Etwas, das ihm sehr nahe kam.

Etwas wie ein Schmerz.

Oder die Angst vor einem Schmerz.

Etwas, das es ihm unmöglich machte, sich wirklich zu öffnen.

Etwas, das ihm *zu* nahe kam.

Nicki nahm den Hörer jetzt ganz fest in die Hand.

Ich liebe dich, sagte er, fast lautlos.

Ist das alles?, fragte sie leise.

Ja. Nein. Ruth –

Er atmete durch, und sein Rachen entspannte sich, und es klang fast normal, nur ein bisschen heiser, als er sagte: Ruth, ich muss noch was erledigen, und dann melde ich mich, okay?

Okay, sagte sie und legte auf.

Nicki schloss die Augen. Okay, sagte er noch einmal, okay. Und mit einem Mal sah er sich wieder im Ebersbacher Wohnzimmer sitzen, sah seinen Großvater, seinen Vater, sah, wie sie sich nicht bewegten und schwiegen, alle drei.

SIE STANDEN Ihrer Mutter sehr nah, nicht wahr?

Was?

Jürgen blickte auf. Sein Blick war an den Fliesen am Fußboden haften geblieben, beige marmorierte Steinzeugfliesen, wie man sie im Baumarkt für ein paar Euro bekam. Er hatte sich vorgestellt, dass in solchen Räumlichkeiten alles aus Marmor war, aus Marmor oder Granit, mit dunklem, schwerem Mobiliar. Aber das hier war Ebersbach, und der

Schreibtisch, an dem er diesem grauhaarigen Mann, dessen Namen er schon wieder vergessen hatte, gegenübersaß, dieser Schreibtisch war aus Birke, furniert.

Verzeihen Sie bitte. Ich bin gleich wieder bei Ihnen.

Von hinten sah Jürgen die Sitzfalten in seinem Sakko. Autofahrerfalten.

Auf dem Tisch waren Unterlagen ausgebreitet, Formulare, Prospekte, eine Zeitschrift lag aufgeschlagen da, irgendein Branchenfachblatt für die Trauerindustrie. Auf der rechten Seite war ein metallisch glänzender Gebirgssee zu sehen, über den zwei Schwäne glitten, an dem steinigen Ufer stand, wie in das neblige Panorama versunken, ein zum Leichenwagen umgebauter Mercedes.

*Würde hat ihre Form gefunden*
*BINZ – Bestattungswagen.*

Direkt daneben eine zweite Anzeige, eine Illustration von zwei Männern, die ein Stück weißen Stoff wie eine Hängematte zwischen sich spannen.

*bewährt: EINWEG-TRAGELAKEN*
*neu: SAUGFÄHIG bis 1500 ml*
*Flüssigkeitsundurchlässig*
*Reißfest*
*Verbrennbar*
*Verrottbar gemäß VDI 3891*
*160 × 250 cm*
*BESTELLEN SIE IHR KOSTENLOSES*
*PROBEEXEMPLAR*

Verzeihen Sie bitte.

Jürgen blickte auf. Der Bestatter saß jetzt wieder am Schreibtisch.

Wir haben gerade umgeräumt, wissen Sie. Er packte die Zeitschriften beiseite, öffnete den Reißverschluss einer schwarzen Ledermappe und schlug diese auf. Lassen Sie sich von der Unordnung bitte nicht stören.

Jürgen fiel auf, dass der Mann unrasiert war.

So, sagte er und faltete die Hände unterm Kinn. Wie kann ich ihnen behilflich sein?

Wir müssen eine Überführung machen, sagte Jürgen, meine Mutter wollte in ihrem Heimatdorf beerdigt werden, das hat sie zumindest immer gesagt, und –

Langsam, langsam, signalisierte der Bestatter mit der Hand. Die Manschettenknöpfe an seinem Hemd hatten die Form von schwarzen, silbern umfassten Kreuzen. Jürgen riss sich zusammen.

Er riss sich zusammen, als der Mann zunächst die persönlichen Daten aufnahm, Name, Adresse, geboren am. Er riss sich zusammen, als er nach dem Ort fragte, an dem sie sich im Augenblick befand. Er riss sich zusammen, zumindest versuchte er es, aber immer wieder blieb sein Blick an irgendeinem Detail des Raumes haften, das große Regal hinter dem Schreibtisch, in dem verschiedene Urnen ausgestellt waren, kupfern, silbern, golden, es gab welche in metallischem Grün und glitzerndem Blau, in der untersten Reihe des Regals waren Ordner aufgereiht, blaue und graue Rücken wechselten sich ab, wie Deko in einem Möbelkaufhaus.

Schwebt Ihnen schon etwas vor?

Was?

Nun, da es sich um ihre geliebte Mutter handelt, darf ich davon ausgehen, dass es nicht gerade ein Sperrholzsarg sein soll?

Jürgen starrte ihn an.

Ich zeige Ihnen gern unsere Ausstellung. Oder möchten sie lieber aus dem Katalog –

Nein, nein, sagte Jürgen schnell, er dachte an den beiseitegeräumten Zeitschriftenstapel auf dem Schreibtisch, Ausstellung wäre gut vielleicht, ja.

Alle Särge tragen das neue Vollholzsiegel, sagte der Bestatter, als sie den lang gestreckten, weiß getünchten Nebenraum betraten. Wissen Sie, seit die Ukrainer den Markt mit Billigware überschwemmen, hat sich die deutsche Sargindustrie zu einer radikalen Qualitätsoffensive entschlossen.

Jürgen nickte. Die Särge waren in einem angedeuteten Halbrund aufgereiht, Seite an Seite, von Deckenscheinwerfern angestrahlt, am Scheitelpunkt der Aufstellung stand ein Kreuz aus Zinn oder Blei, ein Feldkreuz, dachte Jürgen, ohne genau zu wissen, ob es so etwas gab. Er berührte einen der Särge mit den Fingerspitzen, strich schüchtern über eine Truhe, die schwarz lackiert wie eine Staatskarosse war. Die obere Hälfte war aufgeklappt, heraus quollen wollweiße Satinkissen und ein protziges Blumengebinde, das bei genauerem Hinsehen aus Plastik war. Jürgen ging weiter, er bemühte sich, beim Gehen keine Geräusche zu machen. Er berührte Griffe aus Chrom, Holz und Messing, fühlte glattes Wurzelholz und naturbelassene Lärche, fuhr mit der Hand die dunkel ausgelegten Schnitzereien eines über und über ornamentierten Sarges entlang.

Das ist der E 03, sagte der Mann. Unser schönstes Modell. Eiche Vollholz. Alles handgeschnitzt. Ganz edel im altdeutschen Stil. Ein würdevolles Stück für die letzte Ruhe.

Jürgen räusperte sich und ging weiter, der Mann folgte ihm in diskretem Abstand. Er ging an noch mehr Eiche vorbei, an Fichte, Kiefer, bis er zu einem weißen Sarg kam, dessen Form an einen griechischen Tempel gemahnte. Daneben leuchtete es pink. Knallpink.

Unsere Designer-Särge. So etwas ist wohl eher nichts für Ihre Frau Mutter.

Jürgen schüttelte den Kopf. Neben dem pinkfarbenen

Modell stand eines in rosa. Jürgen trat näher und sah das goldgerahmte Bild auf dem Deckel an.

Ein wunderbares Exemplar. Eine Claude-Monet-Replik, sehen Sie? So leicht und heiter wie das Leben und genauso flirrend und unbegreiflich, genauso schwer festzuhalten … Er seufzte gekünstelt. Ob Ihrer werten Mutter so etwas gefallen hätte?

Jürgen stöhnte leise.

Nein?

Jürgen drehte sich um, entfernte sich einen Schritt, blieb stehen. Er atmete ein, wieder aus und noch einmal tief ein. Dann wandte er sich wieder dem Bestatter zu.

Meine Mutter hat immer aufs Sparsamste gelebt. Hat nie viel für sich ausgegeben. Ich weiß nicht, ob so eine Limousine das Richtige –

Aber umso wichtiger ist doch, sie mit aller Wertschätzung auf den letzten Weg –

Sie meinen, ich soll ihr noch mal richtig was gönnen?

Wenn Sie es so nennen möchten.

Jürgen lächelte. Er hält mich für einen Geizhals, dachte er.

Nun, sehen wir uns doch vielleicht erst einmal die Totenwäsche an, danach können wir ja immer noch, sagte der Mann und verließ den Raum.

Talare. Jürgen wusste nicht, dass man Totenhemden Talare nannte, er kannte Talare noch aus der Zeit, als die jüngeren Kommilitonen gegen den Muff darunter aufbegehrt hatten, mit handbemalten Plakaten vor der großen Aula. Er selbst hatte damals nicht verstanden, was sie da taten. Er war neu gewesen in Westdeutschland und hatte sich vor allem auf das konzentriert, was ihm in der DDR unmöglich gemacht worden war: studieren.

Der Mann blätterte durch den Katalog, Bordüren, Spitzen, Rüschen zogen an ihm vorbei, hoch- und ganz hochgeschlossene Kragen, schließlich zeigte Jürgen auf irgendein

Bild, dabei wusste er, dass die Kommode seiner Mutter voll von solchen Nachthemden war.

Den Rest der Planungen nickte Jürgen einfach bloß ab. Traueranzeigen nein, Karten nein, Sterbebildchen nein, sie hatte ja ohnehin niemanden. Keine Totenwache, keine Feier. Jürgen wünschte sich nur noch, das Ganze sei endlich vorbei. Am Ende begann der Mann doch wieder über den Sarg zu sprechen, und obwohl er wusste, dass der Gedanke schwachsinnig war, ärgerte sich Jürgen, dass er der Sache nicht entkam. Sie gingen noch einmal in den Ausstellungsraum, die lange Reihe der wartenden Särge, Totenkisten, sein Blick fiel noch einmal auf den aufgeklappten, schwarz lackierten Sarg, die Plastikblumen, die glänzenden Polyesterpolster. Dann sah er das Totenhemd, das seine Mutter tragen würde, sah sie noch einmal im Krankenhaus, das weiße Kissen, das wirre Haar, die wilde Pupille, Swein, dachte er, Swein, und schloss die Augen.

NICKI STELLTE sich vor, wie das Telefon im Wohnzimmer klingelte, sah seinen Großvater seinen Vater ansehen, seinen Vater, der sich vom Sofa erhob, über den Wohnzimmerteppich zum Telefon ging, jetzt abnehmen würde, nein, beim nächsten Läuten, beim übernächsten –

Nicki legte auf und ließ sich rücklings aufs Bett fallen. Er starrte an die Decke seines Zimmers, gekränkt, er war es nicht gewohnt, dass sein Vater nicht erreichbar war. Als er noch gearbeitet hatte, war er entweder im Büro gewesen oder zu Hause, und wenn nicht, dann konnte er bei der Sekretärin oder auf dem Anrufbeantworter, der im Flur der kleinen Dachgeschosswohnung stand, eine Nachricht hinterlassen. Seit er in Rente war, war es sogar noch einfacher geworden, denn er hatte sich keine Hobbys zugelegt und nahm den Hörer mit einer Heftigkeit ab, als hätte er auf den

Anruf seines Sohnes gewartet. Nicki wälzte sich auf die linke Seite, zog sich ein Kissen unter den Kopf und begann, an der Unterlippe zu knabbern.

Er hatte sich manchmal vorgestellt, wie er unter der Erde lag und sich die ersten Maden durch seine Augäpfel fraßen, ihm die Augen aushöhlten, die Augen verwesen bei Leichen als Erstes, die Genitalien ganz am Ende. Er hatte sich vorgestellt, wie sie sich über sein Gehirn hermachten, durch die Lunge hinab in den Bauch drangen, ihn leer fraßen, wie sich zuletzt seine Hoden in eine stinkende, sumpfige Masse verwandelten. Er hatte sich vorgestellt, wie er in einen Kremierofen geschoben wurde, wie sich die Schiebetür hinter ihm schloss, wie die Flammen an ihm leckten, 1200 Grad. Er hatte sich sogar einmal im Internet eine Computeranimation einer Verbrennungsanlage angesehen: Sargeinfahrmaschine, Hauptbrennkammer, Ausbrennkammer, Nachbrennkammer, Abgaswärmetauscher, während die Abluft des einen noch durch die Filter bläst, schieben sie vorne schon den Nächsten rein, verticken Titanhüftgelenke für wohltätige Zwecke, er hatte sich das alles angesehen, um es zu verstehen, rein technisch. Und jetzt? War seine Großmutter tot und er konnte sich nichts darunter vorstellen, jedenfalls nichts Konkretes. Er sah ihre Seele, ein helles Licht, in dem ihr Lächeln war. Ausgerechnet die Seele, von der er wusste, dass es sie nicht gab –

Er fuhr auf. Das Telefon. Der hässliche Ton des Festnetzapparats. Nicki stürzte zum Hörer, sein Herz raste, er dachte an Ruth, aber sein Vater war dran, er hätte es sich denken können. Sein Vater war der Letzte, der noch das kostengünstige Festnetz nahm. Selbst seine Mutter rief auf dem Handy an.

Hör mal, sagte sein Vater, er sagte es, als würde er ihn darum bitten, unterwegs eine Packung Zwölferdübel zu besorgen. Hör mal, die Beerdigung ist am Donnerstag. Am besten du kommst hierher, und wir fahren dann gemeinsam nach Wellersdorf.

Nach Wellersdorf? Warum denn dort?

Jürgen erklärte es knapp und sachlich, ganz der Ingenieur, der er war. Nicki spürte, dass er Kopfschmerzen bekam, und legte sich zurück auf das Kissen.

Und wo sollen wir übernachten?

Nirgends. Wir fahren nach der Beerdigung wieder zurück.

Willst du denn nicht wenigstens ein bisschen Zeit dort verbringen, wenn du schon mal da bist?

Jürgen antwortete nicht, aber Nicki wusste, dass er stumm den Kopf schüttelte, wie immer, wenn er etwas nicht erklären wollte. Sein Vater hatte seine ganze Kindheit in Wellersdorf verbracht. Er war der unsentimentalste Mensch, den Nicki kannte.

Ach so, Nicki, rufst du deine Mutter an?

IM FERNSEHEN liefen Nachrichten. Es hatte seit Langem mal wieder eine Grube erwischt, ein Steinkohlebergwerk, einen riesigen Stollen. Der Name des Ortes sagte ihm nichts, aber der Dialekt, den sie im Fernsehen sprachen, hörte sich hessisch an. In Polen hatte er mal in einem Panzerloch gesteckt, ein enges, schmales Loch in der Fahrbahn, in das nur er und der Sprengsatz passten. Büchsenöffnen nannte man das: ein Loch, ein Mann, eine Ladung, ein paar Äste drüber, und wenn der Panzer kam, brachte man von unten den Sprengsatz daran an. Allerdings mussten die Mistkerle das Loch entdeckt haben, der Panzer hielt genau über Walthers Kopf und fing langsam, genüsslich an, sich zu drehen. Sie hatten ihn einschrauben wollen, die Schweine, normalerweise stürzten die Löcher bei diesem Manöver sofort ein, machten Quetschkartoffeln aus einem, aber wie durch ein

Wunder: Es trommelte gerade mal eine Ladung Erde auf seinen Knitterfreien, er bekam ein paar Kiesel zwischen die Zähne, das war's. Nachdem er sich am Abend den letzten Staub aus der Feldbluse geklopft hatte, schrieb er Grethe, was passiert war, schrieb von dem Gefühl, das er hatte, als das Motorengeräusch genau über ihm war, wie er auf einmal den Sprengsatz in seiner Hand vergaß, als er kapierte, was passierte, und dass er dann, in diesem Moment, als der Dreck auf ihn runterkam, nur noch an sie dachte und daran, wie sehr er sie liebte.

Kohlenstaubexplosion, sagte der Reporter, im Bild zerrten sie gerade einen völlig verschmutzten Menschen auf eine Trage, es war nicht ganz klar, ob er tot oder wie schwer verletzt er war, überhaupt war nicht klar, wie viele noch eingeschlossen waren.

Das ist jetzt die alles entscheidende Frage, sagte der Reporter, wie viele Kumpels sind dort unten noch lebendig begraben? Die Männer auf dem Bildschirm blickten angestrengt drein, ernst, wichtig, sie kniffen die Augen zusammen, wenn sie in die Kamera sahen. Ihre verdreckten Helme nahmen die Rettungshelfer auch dann nicht ab, wenn sie weitab an einer der Bierbänke bei dem Bratwurststand, den wohl irgendeine Hilfsorganisation hatte aufstellen lassen, Interviews gaben. Die Angst verlässt dich nicht, nur weil die Gefahr weg ist, dachte Walther beifällig, wenn sie dir erst mal in den Knochen sitzt, steckt sie drin. Als er sah, dass sogar der Reporter vom Öffentlich-Rechtlichen einen Helm trug, noch dazu einen mit Stirnlampe, fand er das aber doch zum Lachen, er sagte das Jürgen, wie sehr er das zum Lachen fand, guck dir die an, die Wichtigtuer, er musste jetzt tatsächlich lachen, und da, schau mal, der da hinten, lutscht einen Kosakenpimmel und hat dabei 'nen Helm auf! Walther sah den Mann mit der Bratwurst an, sah seinen Sohn an, doch der stöhnte auf und verließ das Wohnzimmer.

Das Gefühl, das Walther überkam, war so ähnlich wie Müdigkeit. Er rieb sich die Augen, atmete ein, er wollte auch traurig sein, wollte ebenfalls weinen, Jürgen konnte es, er hatte vorhin seine roten Augen gesehen, er wollte sich die Leere aus dem Leib weinen, sich selbst aus dem Leib weinen, aber es gelang ihm nicht. Gelang ihm einfach nicht. Gestern Nacht hatte er es versucht, aber die Tränen hatten ihn erst im Schlaf übermannt, als er nichts davon bemerkte. Am nächsten Morgen hatte er auf einem feuchten Kissen gelegen, und die Leere war wieder da gewesen, und jetzt saß er da wie eine blöde Hülle, ein Automat, und spuckte hohle Sprüche aus. Kosakenpimmel. Warum hatte er das gesagt?

Die Frage ist jetzt, wie viele Kumpels sind dort unten noch am Leben, und wie lange wird ihnen der Sauerstoff reichen, der Reporter klang wie in der Schlussphase eines Fußballspiels. Die Zeit arbeitet gegen die Rettungsmannschaften, die Zeit arbeitet jetzt für das gegnerische Team, dachte Walther, dann sagte er leise, die Zeit arbeitet immer gegen dich, Arschloch, und schaltete den Fernseher aus. Mit einem Schlag war wieder die Wut da und die Reue, die Scham. Belogen hatte er Grethe, als er den Brief aus dem Panzerloch schrieb. Wie jedes Mal, wenn er dem Tod nah gewesen war während dieses Krieges, hatte er nichts empfunden, sondern nur nackte Angst um sein Leben gehabt.

NICKI VERSUCHTE, sich auf die Arbeit zu konzentrieren, es gelang ihm nur mühsam. Monitore, Schalter, Regler. Sein Team arbeitete wieder an einem Prototypen, die Entwicklung war bereits weit vorangeschritten, Motor, Abgasanlage, Karosserie, Anbauteile, sogar die Innenraumakustik war so weit fertig, sie hatten eine neue Schallschluckmatte eingebaut und besonders stark schallabsorbierende Polyestertextilien, die die Kollegen aus der Materialentwicklung für die Sitzbezüge, die Türverkleidung und den Dachhimmel ausgetüftelt hatten. Die Fahrgeräusche im Fond waren jetzt gut drei Dezibel leiser als im Vorgängermodell, man fühlte sich in der Fahrerkabine geborgen, geschützt, abgeschirmt, wie umarmt von einer großen Stille. Als hätte man Beruhigungsmittel geschluckt, hatte sein Kollege Alex das Gefühl genannt, genau das Richtige für diese Prozac-Bonzen. Sie gaben den Kunden, die einen bestimmten Wagen später fahren sollten, fast immer solche Schimpfnamen, je nach Modell: Versace-Neureiche, PS-Poser, Vollgashonk, neurotische Zahnarztgattin, und danach entwickelten sie die Sounds. Das Grollen wird den Testosterontüten gefallen, das ist doch mal ein Pling-Pling-Blinksignal, das das Fabrikantentöchterchen schätzen wird, mit dem Auspuff will man doch gleich noch eine Runde auf der Leopoldstraße drehen. Jedem Männchen sein Klängchen. Dabei mochten die meisten in der Akustik-Abteilung ihren Job, das alles war reine Komplexitätsreduktion, letztlich ging es tatsächlich nur darum, die Vorstellungen und Wünsche der Menschen besser zu verstehen, die den Wagen irgendwann kaufen sollten. Vor ein paar Wochen hatte Nicki der Typus »hysterische Fußballergattin« auf die Idee gebracht, nicht nur den Klang beim Beschleunigen und Bremsen zu modellieren, sondern auch das Geräusch, das erklang, wenn ein Fahrer den Motor absaufen ließ. Nicki stellte sich vor, dass auch dieses Geräusch alles verlieren sollte, was kraftlos, spöttisch und lächerlich klang. In den Tagen seiner Abwesenheit hatten die Kollegen bereits an der Sache rumgebastelt, stolz präsentierten sie Nicki bei seiner Rückkehr das Ergebnis, ein sattes Geräusch, fast beruhigend, und dennoch gefiel Nicki irgendetwas daran noch nicht, es klang noch nicht nachsichtig genug, eher so, als teile der Wagen seine leise Enttäuschung mit, dass er ausgerechnet jetzt und hier falsch behandelt worden war. Hinter einer Glasscheibe stand der Prototyp im fast schalltoten Raum, und der Kollege, der im Wagen saß, reagierte immer wieder aufs Neue auf die Zeichen, die Nicki ihm gab.

An, rief er. Und, bei drei: töten.

Manchmal kam ihm der Wagen vor wie ein müdes, großes Tier. Und jedes Mal, wenn der Motor wieder erstarb, begann es in Nickis Kopf zu hämmern, es gibt keinen Gott, es gibt keine Seele, sie haben keine Seele, nie.

# 5

SIE VERLIESSEN die Aussegnungshalle, überquerten den kleinen Vorplatz, bogen auf einen Weg ab, knirschender Kies, triefendes Grün. Es hatte aufgehört zu regnen, die Luft war kühl. Nicki neben ihm schien zu frieren, er griff sich immer wieder an die Oberarme, als wolle er sichergehen, dass sie noch dran waren. Ganz vorne ging mit gesenktem Kopf der Pfarrer, dahinter ein Ministrant, der das schwankende Vortragekreuz in die Höhe hielt, ihm folgten die vier Männer, die den Wagen schoben, auf dem der mit einem Blumengesteck geschmückte Sarg aufgebahrt war, dahinter Walther, Nicki und er. Aus der Entfernung sahen die Blumen wie aus Plastik aus.

Das Grab war noch nicht zu sehen. Jürgen drehte sich nach seinem Vater um, der schon wieder zurückblieb, er benutzte seine Krücken nicht mehr, aber daran lag es nicht. Unwillig und träge folgte er dem Trauerzug, stöhnend. Jürgens Blick fuhr genervt in den grauen Himmel, die Wolkendecke war so dick, man konnte nicht einmal erahnen, wo die Sonne stand.

Seine alte Sekretärin hatte ihm einmal erzählt, wie viel Arbeit so eine Beerdigung mache, die Organisation, die Planung, die Formalitäten, das alles, während man über dem Abgrund schwebe, der sich auftue, wenn man einen engen Angehörigen verloren hat. Die Beerdigung ist das Schlimmste an der ganzen Sache, hatte sie gesagt. Und das Allerschlimmste ist, die nehmen einen aus, das ist die reinste Mafia, die verkaufen einem einen Eichensarg und tauschen ihn, noch bevor man beim Leichenschmaus die Vorsuppe gegessen hat, durch Astkiefer aus. Als so arg hatte er das alles nicht empfunden. Im Gegenteil, er staunte darüber, wie zügig und einfach die ganze Zeremonie durchgezogen wurde, es gab wenig zu entscheiden und kaum etwas zu tun. Herr Mayerschen vom Bestattungshaus hatte beim Standesamt Grethes Sterbeurkunde beantragt, sie beim Einwohnermeldeamt abgemeldet und ihre Krankenversicherung gekündigt. Freunde und Verwandte, die zu benachrichtigen gewesen wären, gab es nicht mehr. Er hatte seinem Sohn aufgetragen, Colette anzurufen, immerhin war Grethe einmal ihre Schwiegermutter gewesen, doch der hatte sie nicht erreicht, sie war mit irgendeinem neuen Mann für drei Wochen auf La Réunion verschwunden. Ohnehin war die Beziehung zwischen seiner Exfrau und ihrer Schwiegermutter eher schwierig gewesen. Colette wäre allenfalls aus Pflichtgefühl gekommen.

Der Bahrwagen bog rechts um die Ecke, Jürgen konnte den Sarg noch einmal von der Seite sehen. Er beschloss, es nicht mehr länger zu bedauern, dass er seiner Mutter keine Eichentruhe mit schmückendem Schnitzwerk, keine Klavierlackkiste, keine Monet-Replik gekauft hatte, sondern nur dieses Ding. Immerhin war es auch keine Astkiefer, und durch die kirschbaumfarbene Beize sah das Holz fast wie Mahagoni aus. Der Sarg hatte ihn an den Couchtisch erinnert, der in seiner und Colettes ersten gemeinsamen Wohnung stand und den seine Mutter so gelobt hatte.

Der Wagen bog jetzt nach links, durch eine Lücke in einer niedrigen Buchsbaumhecke, vorbei an einer tropfenden Ulme. Dann tat sich das Grab auf. Er wunderte sich, dass er trotz des trägen Tempos ein wenig aus der Puste war, denn der Friedhof war nicht sehr groß, für einen Dorffriedhof zwar weitläufig, aber längst nicht so riesig wie das, was man manchmal am Rand von größeren Städten sah. Vermutlich hatte man einmal damit gerechnet, dass Wellersdorf weiter wachsen würde, was es dann nicht tat. Und als die Mauer gefallen war, hatte sich die Einwohnerzahl fast halbiert, so wie es fast überall in Ostdeutschland geschehen war. Hinzu kam, dass es in der DDR üblich geworden war, Menschen einzuäschern, statt sie dem Acker eines Gottes zu opfern, den es nicht gab. Das ausgeschachtete Grab lag mit einigem Abstand zum nächsten in der Reihe, er hatte seinen Vater davon überzeugt, sich eine Grabstelle neben ihr zu reservieren. Jürgen sah sich nach ihm um, er stand immer noch hinter ihnen, mit gesenktem Kopf, nicht gewillt aufzusehen. Er nahm ihn am Arm und zog ihn nach vorne. Eigentlich war in den letzten Tagen nur sein Vater anstrengend gewesen. Trotzig hatte er zu jedem Schritt gezwungen werden müssen, zu jedem Schluck Wasser, zu jeder Scheibe Brot. Heute Morgen hatte er ihn ins Auto zerren müssen wie ein müdes Stück Rind zum Bolzenschussgerät. Das hat doch alles keinen Sinn!, mehr hatte er nicht von sich gegeben.

Der junge Pfarrer warf einen Blick in den Himmel, aber eher so, als wolle er sichergehen, dass es nicht plötzlich zu regnen begann. Erst dann fing er an zu sprechen, so leise, als seien verständliche Worte der Situation unangemessen, als ginge es hier nur um Gott und die Seele und nicht auch um den kleinen Rest der Angehörigen, der aufgestellt in einer Reihe zurück im Leben blieb. Jürgen warf Nicki einen Hilfe suchenden Blick zu, aber der Junge hatte die Augen geschlossen und wippte mit dem Körper sanft vor und zurück. Er sah zur anderen Seite, wo sein Vater stand, den Blick auf den Sarg gerichtet, der auf zwei quer über dem Schacht liegenden Holzträgern aufgebahrt war. Er sah den Pfarrer, das Grab, die Träger hoben den Sarg an und schoben die Holzbalken mit den Füßen beiseite. Er blickte noch einmal zu seinem Vater, der nicht wegsah, als der Sarg jetzt in der Erde verschwand.

Die Träger stemmten sich gegen die rutschige Erde, bemüht darum, den Sarg einigermaßen waagerecht, gleichmäßig und würdevoll herabzulassen und zu verhindern, dass er einfach mit einem Krach im Schacht versank. Es machte ein nasses Geräusch, dann entspannten sich die Männer, holten die Seile ein und traten ein paar Meter zurück. Der Pfarrer griff in eine Schale mit Erde, die neben dem Grab aufgestellt war, murmelte etwas und warf die Erde ins Grab. Es klang, als hätte er eine Handvoll Schlamm in einen Teich geworfen, aber er tat, als sei nichts, und sah Jürgen auffordernd an.

NICKI HATTE nicht schon wieder weinen wollen, wirklich nicht, aber als er in die Schale griff, sich seine Finger in die kalte Erde bohrten und er eine Handvoll davon in das Grab warf, merkte er, wie ein lang gezogenes, wimmerndes Fiepsen aus seiner Kehle drang. Er presste die Lippen zusammen, ging schnell ein paar Schritte weiter, hinter die Büsche, zurück auf den Weg, von dem aus die ganze Szene nicht mehr sichtbar war. Wasser tropfte von dem Baum, unter dem er stand, es tupfte dunkelschwarze Flecken auf sein schwarzes Jackett, aber weil ihm plötzlich einfiel, dass er sich vom Grab entfernt hatte, ohne sich mit den dreckigen Fingern bekreuzigt zu haben, wagte er es nicht, sich noch weiter wegzubewegen. Er stand da, das Laub tropfte, das Heulen steckte ihm immer noch in der Kehle, er zog laut die Nase hoch, schnäuzte in ein Taschentuch und wischte sich anschließend damit die Hände ab, was sollen die Schuldgefühle, du glaubst nicht an Gott, er schniefte noch einmal, dann ging es wieder. Er hatte nicht schon wieder weinen wollen, nicht vor seinem Vater, nicht vor seinem Großvater, nicht vor den Menschen, denen Großmutters Tod viel nähergehen musste als ihm. Es war, als hätte er kein Recht auf diese Tränen. Weinte er auch deshalb, weil sie es doch waren, die weinen mussten?

Als sein Vater um die Ecke kam, wischte er sich noch einmal über die Augen. Dieser alte Mann, dachte er und blinzelte ihm mit roten Lidern entgegen, er hob die Hand, versuchte ein Lächeln, versuchte, ihn nicht direkt anzusehen. Sein Vater stellte sich neben ihn und blickte mit verkniffenem Gesicht in den Himmel, als wolle er sich versichern, dass das, was aus der Baumkrone kam, auch wirklich kein Regen war. Ein dicker Wassertropfen zerplatzte direkt zwischen seinen Augen.

Wir hätten die Schirme nicht im Auto lassen sollen, sagte Nicki und bot ihm ein Tempo an.

Na ja, es regnet ja nicht, sagte Jürgen, wischte sich übers Gesicht und steckte das Taschentuch in die Manteltasche.

Und jetzt?, fragte Nicki und sah seinen Vater an. Ich würde mich gern irgendwo reinsetzen, auf einen Kaffee, außerdem haben wir ja noch nicht gefrühstückt, und –

Seine Erklärung verlief sich, als sein Großvater um die Ecke geschlurft kam, hustend, sein weiches, tiefes Husten, er seufzte erschöpft, als er damit fertig war. Nicki sah ihn mitleidig an.

Geht es, Opa?

Sein Großvater seufzte noch einmal.

Jetzt ist es vorbei, sagte er dann defätistisch, und Nicki wusste nicht, ob das ernst gemeint oder nur einer seiner Späße war.

Opa –

Er streckte die Hand aus, um sie ihm auf die Schulter zu legen, aber Walther machte einen Schritt zurück.

Fahren wir jetzt wieder nach Hause?, fragte er wie ein quengeliges Kind.

Nicki hat Hunger, sagte Jürgen.

Ich nicht! Walther schüttelte entschlossen den Kopf.

Aber ich würde gerne irgendwo eine Suppe essen, sagte

Nicki, und außerdem wollte ich mir doch endlich mal das Haus anschauen.

Ich habe keinen Hunger, sagte Walther, und fragte einen kurzen Moment später: Welches Haus?

Na das, in dem ihr gelebt habt, früher.

Da sind wir doch vorhin vorbeigefahren.

Wir sind an dem Haus vorbeigefahren?, fragte Nicki. Warum hast du denn nichts gesagt, Papa?

Ach, wir waren doch sowieso schon viel zu spät dran.

Der junge Pfarrer kam auf die Gruppe zu, er breitete die Arme aus, die weiten Ärmel seines Gewands bauschten sich, obwohl kein Windhauch spürbar war. Liebe Familie, sagte er und ließ die Arme sinken, als keine Antwort kam.

Bleiben Sie noch ein wenig?

Nein, wir fahren gleich nach Hause, sagte Walther und wollte sich schon umdrehen und gehen.

Aber vorher möchten wir noch eine Kleinigkeit essen, sagte Nicki und sah den Pfarrer fest an. Seit seiner Firmung hatte er keinen Pfarrer mehr gesehen, obwohl er immer noch in der Kirche war, wollte er nichts zu tun haben mit diesen fundamentalistischen Spinnern. Er hatte eine ganze Zeit lang daran gedacht, auszutreten, anfangs, um sich von der Idiotie jeden religiösen Glaubens zu distanzieren, später eher aus steuerlichen Gründen, bis ihm irgendwann klar wurde, dass die Steuern eigentlich das Beste an der Kirche waren. Eine Gießkannenspende für den Erhalt großer Kunstdenkmäler und für eine ganze Reihe wohltätiger Organisationen, so konnte er, ohne sich um irgendetwas zu kümmern, etwas für sein soziales Gewissen tun. Er sah dem Pfarrer in die Augen und hatte auf einmal das Gefühl, dass der ihm seinen Atheismus ansah.

Du hast doch auch Hunger, Papa, nicht wahr?

Es gibt hier in der Nähe ein Wirtshaus, in das wir nach der Zeremonie immer gerne –

Danke, wir kennen das Wirtshaus, sagte Walther schnell.

Ich meine nur, wir könnten –

Auf Wiedersehen, sagte Walther bestimmt und stapfte den Weg zurück, den sie hergekommen waren. Nicki staunte, wie sicher sein Großvater plötzlich wieder auf den Beinen war.

Ich geh lieber mal hinterher, sagte Nicki schnell. Es war ihm unangenehm, den Pfarrer einfach so stehen zu lassen, aber mit einem Mal hatte er Angst davor, mit ihm an irgendeinem Tisch zu sitzen und sich durch ein Gespräch zu quälen.

Komm, schubste er seinen Vater an, doch der blieb unbeirrt stehen.

Danke, hörte er ihn sagen, ich danke Ihnen. Auf Wiedersehen.

Nicki musste sich nicht umdrehen, um zu wissen, dass der Pfarrer jetzt die Arme ausbreitete und seinem Vater die Hände auf die Schultern legte.

Gehe hin in Frieden, hörte er ihn säuseln.

Dank sei Gott dem Herrn, dachte Nicki bitter. Das war eine Sache, die er an seinem Vater nie verstanden hatte: wie ein Mann, der an Mechanik, Dynamik und Genetik glaubte, beten konnte. Nicki war erleichtert, dass er seinen Vater nichts erwidern hörte. Dank sei Gott dem Herrn.

Walther wartete schon ungeduldig an der nächsten Wegkreuzung, kurz darauf kam auch Jürgen.

Das war nicht richtig, sagte Jürgen, den Pfarrer einfach so stehen zu lassen. Das war nicht richtig von euch.

Ja, murmelte Nicki. Walther sagte nichts. Lass uns was essen gehen, sagte Nicki und ging voran. Jürgen folgte ihm. Hinterher kam Walther, unwilliger denn je. In einer Reihe marschierten sie zum Parkplatz, vorbei an matt gewordenen Grabsteinen, umgefallenen Grablichtern, welken Blumen, vorbei an dem großen Drahtkorb, in dem verrottende Kränze, schmutzige Schleifen, zersprungene Plastikblumentöpfe lagen, vorbei auch an dem Grablichtautomaten, der darauf wartete, dass die nächste fromme Witwe ein neues Plastiklämpchen zog. Wie die Gebrüder Dalton marschierten sie hintereinander her, und der Kies knirschte unter ihren Schritten.

ALS DIE KELLNERIN mit den zusammengeklappten Speisekarten zurück in Richtung Küche wogte, rief Walther sie noch einmal zurück.

Fräulein, für mich doch auch noch so ein Süppchen!

Die Kellnerin nickte kurz über die runde Schulter und beschleunigte ihren Schritt. Dreimal Knällersubb auf Sieben, hörte man sie in die Küche rufen, dann ging sie an den Ausschank, wischte sich die Hände an der weißen Schürze ab und öffnete zwei Flaschen, obwohl in der Speisekarte stand, das Pils sei vom Fass. Jürgen seufzte. Walther saß mit Unschuldsmiene am Tisch und tat, als spielten sich im Raum zwischen Nickis Kopf und seinem hochinteressante Szenen ab.

Also hast du doch Hunger gehabt, stellte Jürgen fest.

Sein Vater machte bloß: Pfff.

Pfff, machte Jürgen ihn nach. Pfff. Das werde ich das nächste Mal sagen, wenn mich die Polizei in einer Dreißiger-Zone stoppt.

Na, wenn ihr unbedingt was essen müsst –

Dann musst du das auch tun, oder was?

Walther winkte ab und Jürgen beschloss, nichts mehr zu sagen. In Wirklichkeit war er froh, dass sein Vater endlich einmal wieder hungrig war.

Wahrscheinlich hatten sie alle drei das Gefühl, nun etwas über die Beerdigung sagen zu müssen, aber dann brachte die Kellnerin das Bier. Erleichtert griff Jürgen zu und hielt das Glas in der Luft, bis auch Nicki seines hatte.

Du willst wirklich nichts trinken?

Walther schüttelte den Kopf. Jürgen schreckte ein wenig davor zurück, einfach so Prost zu sagen, aber sein Vater nickte ihm zu und hob die leere Hand.

Zum Wohle, auf unsere Grethe!

Auf Oma, stimmte Nicki zu, es klang zögerlich, aber dann sagte auch Jürgen, auf Mutti. Sie stießen an und hoben ihre Gläser in Walthers Richtung.

War mal ein gutes Bier, sagte Walther, als Jürgen sich mit dem Daumen den Schaum von der Nase strich. Wernesgrüner. 46 enteignet. Hat dem Bier geschadet, sag ich dir.

Hm, stimmte Nicki nachdenklich zu und nahm mit der Fingerspitze einen Tropfen von der Außenseite des Glases auf. Dann ging ein Lächeln über sein Gesicht. Also, ich find's gut. Besser als das bayerische Helle. Magst du nicht mal probieren?

Er hielt seinem Großvater das Glas hin, doch der schüttelte den Kopf, brabbelte etwas von Suppe und genügend Wasser drin.

Zum Glück sieht der Junge nicht mehr so traurig aus, dachte Jürgen und beobachtete Nicki aus dem Augenwinkel, während er einen Schluck nahm. Aber war es ein Wunder? Als Kind hatte er seine Oma sehr lieb gehabt, doch das war lange her, inzwischen waren seine Besuche seltener geworden. Sie waren zwei unterschiedliche Menschen, der Bub, der seiner Großmutter der liebe Enkel gewesen war, und der erwachsene Mann, der hier im schwarzen Jackett beim Bier saß. Zwei unterschiedliche Menschen. Er war froh, dass Nicki die Beerdigung so gut zu verkraften schien. Er hätte es nicht ertragen, ihn länger traurig zu sehen. Er hätte ihn trösten müssen, ein Gedanke, der ihn ängstigte.

Gab es das Wirtshaus hier eigentlich damals schon, wollte Nicki wissen.

Ich denke, ja, sagte Jürgen und ließ seinen Blick nachdenklich im Raum herumschweifen. Ich bin mir –

Na klar gab's den Grünen Baum damals schon, fiel ihm Walther ins Wort, und wie es den gab, den haben doch die Lohmeiers betrieben, von drüben aus Liebnitz. Aber oft sind wir nicht hier gewesen. So was konnte man sich nicht leisten damals, einfach so ins Wirtshaus zu gehen, da gab's das, was es zu Hause gab, und so gut, wie deine Großmutter gekocht hat, wären wir gar nicht –

Stimmt, auf den Gedanken wären wir nicht gekommen, sagte Jürgen, nicht einmal zum Geburtstag wäre uns das eingefallen, einfach mal so ins Wirtshaus zu gehen.

Das Essen kam, kleine Henkelschüsseln mit dampfender, goldener Knällersubb, einer Vogtländischen Spezialität, die aus einer einfachen, kräftigen Brühe mit Fleischklößchen, Möhren und Erbsen bestand. Auf den Untertassen krümmte sich je eine dicke Scheibe Brot, wie von einer Bauersfrau unter dem Arm abgeschnitten. Während Nicki noch mit scheuem Hunger in der Schüssel rührte, begann Walther sich sofort mit ordentlichem Appetit die Suppe in den Mund zu löffeln, demonstrativ wie immer, als gelte es zu beweisen, dass man fleißig, gesund und reinen Herzens war. Typisch, dachte Jürgen und nahm einen zaghaften Löffel, auch zu Hause am Küchentisch hatte sein Vater nie gewartet, bis alle so weit waren. Er nahm sein Brot, pulte etwas Teig heraus und formte ihn zwischen den Fingern zu einer Kugel.

Du isst ja, als hättest noch nicht mal Milchzähne drinne, bemerkte Walther, ditschte ein Stück Brot in die Suppe und biss hinein. Ich, sagte er kauend, ich habe immerhin schon die dritten!

Danke, sagte Jürgen. Ich hab keinen Hunger mehr.

Dann ess ich sie eben, sagte Walther, schob seine leere Schüssel zur Seite und zog sich die seines Sohnes heran.

VORSICHT, zischte Jürgen, als Nicki die Klinke des Gartentors herunterdrückte und daran rüttelte.

Ja, ja, sagte der und ließ los. Das Gitter ließ sich nicht öffnen. Enttäuscht trat er erst einen Schritt zurück und dann doch wieder näher.

Nicki war zum ersten Mal in der ostdeutschen Provinz. Die Landschaft hatte er überraschend hübsch gefunden, im Gegensatz zu den meisten Häusern, die er an diesem Tag gesehen hatte. Einfamilienkasernen, wie aus einer Staublunge über die Hügel gehustet, kleine, schmutzig graue Klötzchen, aufs Fundament gekloppte Schachteln, links ein Fenster, rechts ein Fenster, obendrauf ein schlichtes Satteldach, in der Mitte die Tür. Schmutzige Fußmatte davor, schmutzige Satellitenschüssel drüber und vor den Gardinen ein bisschen staubiges Grün. Als sein Opa sich endlich hatte breitschlagen lassen, zu dem Haus zu fahren, hatte er mit dem Schlimmsten gerechnet, mit dem DDR-Elternhaus einer DDR-Flüchtlingsfamilie, er hatte es sich vielleicht ein bisschen größer vorgestellt als die anderen, aber kein bisschen weniger grau. Und nun stand er da und stellte beschämt fest, dass er nicht daran gedacht hatte, dass die DDR vor siebzig Jahren eben noch nicht die DDR gewesen war. Das Haus war ein wunderschöner Altbau, bezaubernd windschief, über und über mit Efeu bedeckt, dessen nasse Blätter wie grüne Scherben glänzten. Die vorstehenden Erker konnte man durch das Laub kaum erahnen, allein die Form des Schieferdachs wies darauf hin. Der große Hof davor lag still, dem Unkraut unterlegen, an seinem Ende stand eine alte Tränke, aus der noch mehr Grünes quoll, daneben, alles überragend, ein ebenfalls von Efeu umwucherter Baum. Gegenüber eine Scheune oder ein großer Schuppen, er erkannte es nicht genau. Ans Haus gelehnt ein kleinerer Schuppen, ums Haus herum Büsche, verwachsene Beete, große Steine, die einen Pfad begrenzten, den es nicht mehr gab. Nicki stellte sich sofort vor, selbst in diesem Haus zu wohnen, und er dachte an Ruth, aber dann gingen seiner Vorstellung die Farben aus, und eine sepiagetönte Familie trat ihm vor Augen, seine Familie, seine Großeltern, sein Vater, in der Scheune dort hinten die Hühner, im Wohnzimmer ein Kachelofen, der Küchenboden mit Schachbrettmuster, ein massiver, mehlbestäubter Eichentisch, auf dem der Teig für die Hefeklöße ruhte, die er in Ebersbach so oft und gern gegessen hatte. Hefeklöße mit Quetschenkompott, genau, Quetschen hatte seine Großmutter statt Zwetschgen gesagt. Und Hiefekließ. Obwohl sie keinen groben Dialekt hatte, sondern einigermaßen Hochdeutsch sprach, nannte sie doch alle ihre Gerichte bei ihren alten Namen; geschimpft, gekost und gegessen hatte sie immer auf Vogtländisch. Mei gleins Gickerle. Du alter Gnatschkopf. Halt den Nüschel. Hier, ein Stiggl Stollen fier mein Gutschmecker, immer mehr Ausdrücke schossen Nicki durch den Kopf, kämm dir de Zusseln, Grautwiggl, Griene Kließ, Hiefekließ. Er sprach die Worte innerlich nach, wiederholte sie, kostete sie, Quetsche, Quatterich, Quarkglitscher, sie hatten ihm als Kind Spaß gemacht, das Essen auch.

Ein Irrsinn.

Was? Nicki wendete sich seinem Vater zu, in dessen Augen kein Funken Nostalgie zu erkennen war. Stattdessen war da diese strenge Furche auf der Stirn, die er so gut kannte.

Die haben den Efeu wuchern lassen, als ob kein Haus darunter wär, sondern ein Grab.

Ist doch schön!

Schön, schön, äffte sein Vater ihn nach, was heißt hier schön? Siehst du die Ulme da hinterm Haus? Die ist tot, der Efeu hat sie erwürgt.

Na und?

Nicki! Der Efeu richtet am Mauerwerk immense Schäden an, das Zeug sprengt einem den ganzen Putz ab, da könntest du gleich Säure über das Haus kippen, ich verstehe das nicht, dass die den so leichtsinnig haben wachsen lassen. Irrsinn ist das.

Moment mal, in Ebersbach wächst der Efeu doch auch wie wild, und ich hab noch nie den Eindruck gehabt, dass darunter das Haus zerbröselt. Oder dass ihr was dagegen unternehmt.

Deine Oma wollte das nicht. Die hat ihn ja gepflanzt, hier übrigens auch, hat irgendwie gedacht, dass das hübsch aussieht oder romantisch ist, wenn man das Haus vor lauter Grünzeug gar nicht mehr sieht. Nee, der Efeu muss weg. In Ebersbach, aber eigentlich auch hier.

DAS IST DOCH alles nicht wahr, dachte Walter. Am Zaun fraß sich das Unkraut hinauf, er ließ die Finger über die Eisenstangen streifen und entfernte sich ein Stück von den anderen. Mit der Schuhspitze stieß er gegen eine Motoröldose und kickte sie zur Seite. Alles völlig verlottert, dachte er und ergriff das Gitter, um sich wackelnd hoch auf die Zehenspitzen zu ziehen und so besser über den Zaun sehen zu können. Ganz hinten im Hof glaubte er die alte Emaillewanne zu erkennen, dort das Fundament für den Misthaufen, den Werkzeugschuppen neben dem Haus. Über alles zog sich der Efeu wie Schimmel über schmutziges Geschirr. Er ging noch ein paar Schritte weiter, bis er hinter dem Grundstück den Wald sah. Dunkel türmten sich die Bäume auf. Eine wuchernde Mauer.

Nicki und Jürgen waren vorne vor dem Tor stehen geblieben, sie schienen aufgehört zu haben, sich unsinnige Sätze zu sagen. Ob das Haus nun im Efeu unterging oder die Welt im Krieg, der Mensch hatte ohnehin niemandem zu gefallen, jedenfalls keinem Gott, keinem Schöpfer, das wusste er. Walther sah zu ihnen hinüber, wie sie einträchtig über das Gitter in Richtung Haustür spähten, zu der vier gemauerte Stufen führten. Einige Stücke waren aus der Treppe herausgebrochen, eine Stolperfalle, dachte er und stellte sich noch einmal auf die Zehen. Er konnte nicht erkennen, ob das Kreuz noch über der Türe hing, es hätte ihn interessiert, aber –

Das schwarze Schmiedeeisen, um das sich seine kalte Hand krallte, fühlte sich rau an, Dreckszaun, dachte er, er hatte tatsächlich Rost angesetzt, ganz so, wie er es damals befürchtet hatte, als ihn der Spengler vom Gegenteil hatte überzeugen wollten. Alles Rost und Staub. Er legte den Kopf in den knarzenden Nacken und blickte in den Himmel. Es ist doch alles nicht wahr. Er atmete ein, atmete aus, Rost und Staub, dachte er, seine Lunge rasselte, bald würde wieder der Husten hochkommen, ein dicker Pfropfen, ein Schlammloch, das er täglich neu ausheben musste. Je älter er wurde, umso mehr hatte er das Gefühl, immer weniger Geist und immer mehr Körper zu sein oder ein Geist, dessen ganze Aufmerksamkeit dem Körper galt, der stockte, ruckelte, zuckte und verdaute. Und jetzt dieses mulmige Gefühl im Magen. Er ging noch einen Schritt, unter seinem Fuß knirschten die Scherben irgendeines Plastikspielzeugs. Nur die Knällersubb, beruhigte er sich. Er hätte die Knällersubb nicht essen dürfen. Aber er hatte seine Hand um den Löffel gekrallt und sich die zerfallenden, fetten Klöße zwischen die Dritten geschoben, als sei alles wie immer. Er hatte sogar ein paar laue Witzchen von sich gegeben, Witze wie Fürze, Walther Augustin, den bringt so schnell nichts um.

Einen Moment lang schwindelte ihm, er griff den Zaun fester, bis es wieder ging. Rostpartikel, die sich in die Haut bohrten.

Es war immer noch sein Haus, ihr Haus, das Haus, in dem er mit Grethe gelebt hatte und Grethe ohne ihn. Die Familie, der sie es nach der Flucht übereignet hatten, hatte nichts daran verändert, oder kaum etwas. Es mochte sein, dass die Fensterrahmen früher einmal eine andere Farbe gehabt hatten, nicht weiß, sondern hellblau, aber sicher war er sich nicht. Selbst der Zaun, so schief und rostig er auch war, es war immer noch der Zaun, den er damals entlanggegangen war, und das Tor war immer noch das Tor, vor dem er stehen geblieben war, damals, und der Hof war immer noch der Hof, auf dem er seinen Sohn hatte spielen sehen, von Weitem schon –

Abgesehen von diesem Efeu-Irrsinn hat sich kaum was verändert, oder?, sagte Jürgen, der plötzlich neben ihm stand.

Der Misthaufen ist weg.

Aber schau, da hinten in der Ulme, dieses eingewachsene Ding, das muss immer noch ein Teil vom Baumhaus sein. Und da vorne, da war doch die Sandgrube, in der ich als Kind –

In der deine Mutter das gute Besteck vergraben hat.

Den Tortenheber hab ich beim Spielen gefunden.

Ja, sagte Walther, ja, und sein Blick glitt ins Leere. Eine plötzliche Müdigkeit überkam ihn, mit einem Mal fühlte er sich mehr denn je wie der alte Mann, der er war.

Mit einer Knallbüchse und einem Ball hast du gespielt, murmelte er abwesend, einem roten Ball, nicht wahr?

Richtig, hörte er Jürgens Antwort, eine Blechpistole war das, aus der ein Gummipfeil kam, ich hab versucht, den Ball damit so zu treffen, dass er möglichst weit springt, das war gar nicht so –

Auf einmal war der Ball wieder da. Deutlich sichtbar hüpft er über den feuchten Kies, glänzt im wässrigen Licht des Tages, und mit einem Mal fährt der Kopf des Jungen hoch, weit aufgerissene Kinderaugen, ganz kurz hat Walther das Gefühl, dass ein Erkennen in ihnen steht, doch dann springt Jürgen auf und läuft dem weggeworfenen Ball hinterher, um nach ein paar Metern aber wieder einen Haken zu schlagen, zur Eingangstür, Mutti, Mutti, da ist ein Mann, und auf einmal steht Grethe auf der Schwelle –

Wollt ihr nicht klingeln und fragen, ob ihr reinkommen dürft?

Nickis Stimme riss ihn zurück. Nein, sagte er, und auch Jürgen schüttelte den Kopf.

Wirklich nicht?, fragte Nicki enttäuscht.

Nein, Junge, das ist vorbei, sagte Walther, drehte sich um und ging ein paar Schritte

Natürlich hatte Grethe sich damals gefreut, dass er am Leben war. Natürlich war sie ihm entgegengestürmt, kleine, lachende Schritte, die letzten Meter war sie ihm fast entgegengesprungen, strahlend, und er hatte ebenfalls gelacht, sie lachend in den Arm genommen, bis er auf einmal bemerkte, dass seine Wange feucht war. Er schob sie ein bisschen von sich, sah sie ernst an und tupfte ihr mit den Fingern die Tränen aus dem Gesicht, aber Grethe lachte nur und wischte seine Hand beiseite, lass nur, sagte sie, lass nur, das ist doch nur das Glück. Er hatte sie noch einmal an sich gedrückt, dann hatte sie seine Hand genommen und ihn mit sich gezogen. Alles war jetzt wieder da. Der dampfende Topf Saure Eier auf dem Herd. Der Geruch von Senf, Essig und Kartoffeln, das Geräusch der Blasen, die die dicke Sauce warf. Sein Schweigen. Als hätte es ihm die Kehle abgeschnürt.

Eine neue Lampe, eine neue Schüssel, sein altes Holzbrettchen, Grethe will ihn an den Tisch schieben, aber er setzt sich nicht. Er geht zurück in den Flur, wo er seinen Ranzen hat fallen lassen, wo neben Grethes und Jürgens Pantoffeln seine Schuhe nicht stehen, meine Schuhe, denkt er und sagt nichts und geht die Treppe nach oben ins Schlafzimmer, er bemerkt kaum, dass nur eine Seite des Bettes bezogen ist, er öffnet den Kleiderschrank, erst die linke, die mittlere, dann die rechte Tür, aber überall nur Bettwäsche, Handtücher, eine Bettdecke, geblümte Kleider. Er sieht

Grethe an, die hinter ihm im Türrahmen steht, eine Strähne fällt ihr ins Gesicht. Ihre Augen, entschuldigen sie sich? Er schließt die Schranktür, will um Verzeihung bitten, tut es aber nicht.

Bist eben lang weg gewesen, sagt er sich später, als er im frisch bezogenen Ehebett liegt und hört, wie Grethe den Jungen oben auf dem Dachboden ins Bett bringt. Mehr als zehn Jahre von der Platte, da ist hinterher nicht alles wie immer.

Grethe knipst das Licht nicht aus, als sie endlich neben ihm liegt. Sie hat ihn beim Umziehen nicht angesehen, hat ihre Sachen nur eilig zusammengelegt, ist ins Bett geschlüpft und hat das Plumeau bis unter die Nase gezogen, verschämt, ja, verschämt. Und jetzt knipst sie das Licht nicht aus, und er starrt ins Leere und wagt es nicht, sie anzusehen. Er kann sie atmen hören, er hat völlig vergessen, wie ihr Atem klingt, er klingt vertraut, macht ihn müde, wie angenehm die Lider nach unten ziehen.

Du bist nicht wiedergekommen, sagt Grethe plötzlich, es ist eine Erklärung, kein Vorwurf, trotzdem wird er starr vor Schreck, aber Grethe redet weiter, wie ein Fluss, dem es egal ist, wie unbeweglich die Felsen an seinem Ufer stehen. Es muss raus aus ihr.

Ich hab nicht geglaubt, dass du tot bist, weißt du, wirklich nicht, aber die Zeit ist vergangen, und jedes Mal, wenn irgendwo einer heimgekehrt ist, in Liebnitz oder in Erlenau, bin ich hin, aber keiner wollte was von dir gehört haben, niemand hat dich gesehen, außer dem Henschel natürlich, aber das war da ja schon Jahre her gewesen, dass ihr gemeinsam im Felde wart. Und anfangs, als noch hin und wieder die Rotkreuzkarten von dir kamen, auf denen stand, dass es dir gut ergeht, dass die Russen nicht schlecht zu euch sind und ihr oft an zu Haus denkt mit den Kameraden, aber dann … Weißt du, du darfst wirklich nicht denken, dass ich die Hoffnung verloren hab, nein, aber irgendwann hast du dich nicht mehr gemeldet, und, und ... Walther, es ist so viel passiert.

Seine Augen fühlen sich an, als wollten sie platzen, er will nicht weinen jetzt, nicht wegen ein paar Hosen, nicht wegen seiner Schuhe, nicht aus Reue, das mit dem Schreiben irgendwann aufgegeben zu haben, weil ihm der Mut fehlte und der Glaube daran, dass Grethe nach all den Jahren immer noch an einem Tisch sitzt, der auch für ihn gedeckt ist.

Weißt du, sagt Grethe, die Henschels wollten fort nach dem 7. Oktober, zu Fritzens Schwester nach Hessen, ich wär auch fast mit, aber ich wusste auch nicht, wie ich das mit dem Kleinen hinkriegen sollte, ganz allein mit dem, und na ja, ich hab der Lotte zwei Kleider von mir gegeben, und der Fritz hat doch auch nix zum Anziehen gehabt, und da hab ich ihm die Sachen von dir mitgegeben, er hat sie doch nötig gehabt.

Und seine Augen platzen jetzt wirklich, und auch der Kloß im Hals explodiert, und Walther schaut an die Decke und schafft es, etwas zu sagen, das beiläufig klingt: Der Henschel-Fritz hat über die Grenze gemacht? Und du wolltest mit? Aber warum denn eigentlich?

Er begriff damals noch nicht, was passiert war in den Jahren seiner Gefangenschaft. 1950 war es gewesen, als die Russen ihr ewiges »skoro domoj«, bald nach Hause, endlich wahr gemacht hatten. In einem Güterwaggon war er durch Steppen und Wälder zurück gen Heimat gekrochen, ein Gedankenwirrsal im Kopf, das Herz voller Sorgen, das Herz, das auf den mühsam geflickten Gleisen ratterte und holperte und durchgeschüttelt wurde. Natürlich hatte er gehört, dass der ganze Osten des Landes erst sowjetisch besetzt und dann plötzlich »sozialistischer Arbeiter- und Bauernstaat« geworden war, die Wachen hatten es höhnend verkündet, Deutschland, Deutschland, demütiger kleiner Bruder des Sowjetstaats, aber er konnte sich nicht vorstellen, dass seine Heimat bei seiner Rückkehr ein anderes Land sein sollte als sein Vater-, Sohn- und Ehefrauland, das Land, in dem er frei gewesen war. Noch in den Baracken des Heimkehrerlagers Gronenfelde glaubte er, das zu spüren, eine fast mütterliche Fürsorge in den kalten Fingern der Schwester bei der Entlausung. Irgendein SED-Mann namens Müller oder Meier erklärte ihm, dass das faschistische System zusammengebrochen und das neue Deutschland nun demokratisch war, und drückte ihm ein Flugblatt in die Hand. Fast zwei Wochen behielten sie ihn in Quarantäne, und manchmal saß er irgendwo hinter der Näherei oder der Verwaltungsbaracke im Gras, las das Flugblatt, in dem etwas von Recht auf Urlaub und Umschulung, von Fürsorge und Sozialversicherung und Kampf um Frieden stand, er blätterte in den Zeitungen, die es im Lager kostenlos gab, *Märkische Union, Bauernecho* und *Neues Deutschland,* er sah Bilder von Grotewohl und Pieck und den kraftstrotzenden Turnern der BSG Stahl Riesa, er versuchte sich vorzustellen, was eine Deutsche Demokratische Republik wohl war. Es gelang ihm nicht recht, er war es nicht mehr gewohnt, sich Vorstellungen zu machen, sein Geist kannte nur noch Anweisungen, Befehle. Aber zumindest hatte er keine Angst. Volkssolidarität, Befreiung der Arbeiter, das alles hörte sich ja gar nicht so übel an. Dann, eines Morgens, sagten sie ihm, dass am nächsten Tag der Zug nach Plauen führe, sie steckten ihm zwei Tagesrationen Brot in den geflickten Ranzen, Wurst, Salz, Zucker, morgen geht's nach Haus. Er schlief nicht in der Nacht und war wackelig auf den Beinen, als sie am nächsten Morgen mit dreißig Mann langsam vom Lager in Richtung Bahnhof marschierten, aber schließlich tapsten sie alle ihren langsamen, kraftsparenden Kriegsgefangenenschritt, Spätheimkehrer, Zuspätheimkehrer, die das hinnehmen mussten, was übrig war, sie alle waren schwach und krank, befallen von derselben fleckigen Blässe, sie sahen aus, als würden sie für alle Zeiten Hunger haben, Hunger und Angst. Walther versuchte, erhobenen Hauptes zu gehen, Haltung zu bewahren, selbst als er im Zug nur noch einen Platz auf dem Boden fand. Haltung, das war es, was man brauchte, wenn die Welt um einen herum schwankte und stürzte und in Trümmer zerbrach. Haltung war alles, was er gehabt hatte, und nur einmal in seinem Leben hatte er sie verloren, nur ein einziges Mal, aber er will nicht daran denken, nicht in diesem Moment, in dem er nach all den Jahren zum ersten Mal wieder neben Grethe liegt, der Frau, die er doch liebt und die sich jetzt zur Seite dreht. Die Schulter unter weißem Leinen, er will sie greifen, doch er wagt es nicht.

Ich bin doch hiergeblieben, sagt sie, mehr zu sich als zu ihm. Und Walther, der versteht und sich schämt, nickt, was sie nicht sieht. Er versteht, dass das Wichtigste ist, dass sie hiergeblieben ist, und er möchte sie fragen, ob sie wirklich gehofft hat, dass er wiederkäme, oder ob ihr nur der Mut fehlte, zu gehen. So viel will er sie fragen und ihr alles erzählen, vom Krieg, vom Lager, vielleicht sogar von dem Mädchen, von dem, was geschehen ist, mit ihm geschehen ist. Aber in dem Augenblick, in dem er Luft holt, Luft für ein langes Gespräch, greift Grethe zum Licht. Es ist viel passiert, sagt sie noch einmal, und plötzlich ist es dunkel und er fühlt sich einsamer, als er es in Kuibyschew je gewesen ist. Er schläft lange nicht.

Was vorbei ist, ist vorbei, murmelte er jetzt und starrte das Haus an. Mit einem Mal war er sich sicher, dass das Kreuz noch über der Türe hing, von Efeu überwachsen, aber da. Er hatte es nicht abgehängt, als er damals wiedergekommen war, es hatte ihm der Mut gefehlt zu der großen Geste, mit der er demonstriert hätte, dass sie ihm Gott aus den Knochen geprügelt hatten. Und als sie später nach Westdeutschland flohen, hatte er es zurückgelassen, wie alles andere auch, denn das allein war ja der Grund gewesen: ein neuer Anfang, irgendwo, um endlich wieder der Mensch zu werden, der er nicht mehr war. Er erinnerte sich noch gut daran, wie sie am Tag vor der Flucht die wichtigsten Sachen packten und Grethe ihm fragenden Blickes mit dem Kreuz entgegenkam. Kein Platz, hatte er gesagt, und Grethe hatte das Kreuz zurückgehängt, damit niemand im Dorf Verdacht schöpfte.

Es hängt noch, dachte Walther und merkte plötzlich, wie übel ihm wirklich war. Er griff nach Jürgens Arm, um ihm zu signalisieren, dass es nun endgültig Zeit war zu gehen, doch seine Hand griff ins Leere, Jürgen und Nicki waren nicht da.

# 6

JÜRGENS VISION: Er fährt dem Sarg hinterher, Tempo 130 und vor ihm der Sarg, die Blumen bleiben völlig unbewegt, zittern nicht einmal, der Sarg glänzt, die graue Autobahn.

Jürgens Vision: Der Sarg rast vorbei an Tannenwäldern, Notrufsäulen, Leitplanken.

Die gefalteten Hände seiner Mutter im rasenden Sarg.

Jürgens Vision: dass der Sargwagen keine Bremsen hat.

Die Nächste, sagte Nicki plötzlich, und Jürgen fuhr auf.

Was?

Die nächste Abfahrt müssen wir raus.

Ach so, ja.

Ein Blick nach rechts, sein Vater neben ihm schien zu schlafen. Jürgen suchte die Augen seines Sohns im Rückspiegel, doch der sah ihn nicht an. Wie er aus dem Fenster starrte.

Hier?, fragte er, als die Ausfahrt kam.

Hm, machte Nicki, was genervt klang.

Sicher, dass du nicht lieber in Fassenrath den Zug nehmen willst?

Papa, ich fahr mit dem ICE!

Ja, ja, ist ja gut, sagte Jürgen, setzte den Blinker und wechselte die Spur. In der engen Kurve fiel sein Blick wieder auf den Beifahrersitz. Sein Vater neben ihm hatte die Hände gefaltet und rührte sich nicht.

ES IST VORBEI, dachte Walther die ganze Autofahrt lang. Sie fuhren durch die Landschaft, graue Landschaft, weiße Streifen, die wie Blitze an den geschlossenen Lidern vorbeiflogen, das Brummen des Motors, das Brummen des Kopfes, keine Tränen, Dunkelheit. Einmal hielt das Auto an, und Nicki sagte etwas, aber Walther verstand ihn nicht, er tätschelte stattdessen dem Jungen den Arm und nickte, nickte so lange, bis er die Bahnhofstreppe hinauf und aus seinem Blickfeld verschwunden war. Dann schloss er die Augen wieder. Es ging weiter geradeaus, und er hatte nur diesen einen Gedanken, es ist vorbei, das war alles, was er dachte, und er dachte es wieder, als er am Radius der Kurve die Ausfahrt nach Ebersbach erkannte, als er spürte, wie der Wagen mal nach links, dann nach rechts, wieder nach links abbog, er wollte gar nicht wissen, wo genau sie waren, aber er merkte, wie die Kurven, Steigungen und Senkungen immer vertrauter wurden, wie er sich nicht mehr dagegen wehren konnte, dass ihm die Umgebung vor die geschlossenen Augen trat, der Zebrastreifen vor der Kirche, die Ampel vor dem Tengelmann, der Nibelungenweg, die letzte enge Kurve –

Jürgen, der in den vergangenen Stunden kein Wort gesprochen hatte, stellte den Motor ab. Walther machte keine Anstalten, sich zu bewegen, sondern hob nur die rechte Hand und deckte damit die geschlossenen Augen ab.

Komm. Wir sind da.

Jürgen wartete nicht lange. Er stieg aus, warf die Tür zu, Schritte zum Kofferraum, Klappe auf, die Mäntel, Klappe zu, sie waren ohne Gepäck gefahren. Er klopfte noch eine Aufforderung an das Seitenfenster, Walther senkte die Hand und wischte sich damit über Stirn und Nase, hielt sie sich vor den Mund, öffnete die Augen.

Durch die geschlossene Scheibe: Jürgen, der auf die Tür zugeht. Ganz kurz wirkte es, als wolle er klingeln, Walthers Blick ging zum Küchenfenster, aber die Gardine hing still.

Jürgen zog den Hausschlüssel aus der Hosentasche und steckte ihn ins Schloss, wieso hat der Junge einen Schlüssel zu meinem Haus, dachte Walther, obwohl er wusste, dass er von Anfang an einen gehabt hatte, zur Sicherheit. Die Haustür ging auf, aus der Entfernung wirkte es, als schiene nicht das Tageslicht in den Flur, sondern andersherum: als strömte die Dunkelheit des Flurs durch die offene Tür nach draußen. Jürgen trat ins Haus, ohne sich umzudrehen, die Tür blieb offen, sein Hemd ein weißer Fleck, dann hatte ihn die Dunkelheit geschluckt.

Vorbei, dachte Walther noch einmal und öffnete schließlich die Beifahrertür. Jeden Druck auf die Hüfte möglichst vermeidend zog er sich auf die Beine. Die ersten Schritte schmerzten. Die lange Autofahrt. Er hielt inne, atmete ein, aus. Er war 95 Jahre alt, er war *alt,* seine Frau war vorausgegangen, sein Körper verfiel seit Jahren, und dennoch fühlte er, wie sich plötzlich die Zeit vor ihm auftat, eine Wüste ohne Himmel, plan- und grenzenlos.

ENDLICH allein. Jürgen streifte die Schuhe ab, ließ sich aufs Bett fallen, atmete aus. Es musste Nicki komisch vorgekommen sein, dass er das Angebot, ihnen in Ebersbach noch ein, zwei Tage Gesellschaft zu leisten, abgewiesen hatte, es war immer komisch, wenn Trauernde auseinandergingen, wenn man allein zur Tagesordnung überging. Es fühlte sich an wie etwas, das sich nicht gehörte, das unanständig war, unmenschlich. Aber andererseits: Man konnte ja auch nicht ewig rücksichtsvoll beieinandersitzen, nicht ewig so tun, als stünde kein Geschirr in der Spüle, als hätte man keine Blähungen von der Knällersubb, als hörten andere Dinge auf, wichtig zu sein, als sei alles blasphemisch, was man nicht mit gesenktem Kopf und rot geränderten Augen vor einem schwarz gerahmten Foto tat.

Der gedämpfte Knall der Haustür, schlurfende Schritte auf dem Teppich im Flur. Ein Fluch, irgendetwas fiel auf den Boden, dann setzte sich das Schlurfen fort. Jürgen stand nicht auf, um nachzusehen. Er wollte es vermeiden, seinem Vater das Gefühl zu vermitteln, er sei nur aus Sorge um ihn da.

Im Geiste hörte er die schnellen, kleinen Schritte seiner Mutter, sah, wie sie durch den Flur hastete, um aufzuheben, was ihrem Mann heruntergefallen war, sie hatte ihm hinterhergeputzt, hatte sich ums Essen gekümmert, hatte ihm sogar die Haare geschnitten. Jürgen drehte sich auf die andere Seite. Er würde ihn schon dazu bringen, sich Mühe zu geben, auch in seinem Alter konnte man noch lernen, sich seinen Kaffee selbst zu machen. Er starrte das Klavier an, das Bücherregal, das Stickdeckchen auf dem Nachttisch –

Das war jetzt sein Zimmer –

Fürs Erste, verbesserte er sich. Nur fürs Erste. Vielleicht ging es ja.

Und wenn er wieder fiel, wie neulich vor dem Supermarkt?

Ein Fluch aus dem Badezimmer. Jürgen zuckte, aber er sah nicht nach. Er schloss die Augen, verfolgte die Geräusche, der Klodeckel, das Plätschern des Wasserstrahls, die Spülung, er versuchte, sich auf etwas anderes zu konzentrieren, aber er war zu nahe am Badezimmer dran, er hörte alles. Er hatte den Hochsitz eingebaut, als er bei einem seiner letzten Besuche merkte, wie schwer sich seine Eltern ohne Hilfe taten; er hatte ihn besorgt, um seine Mutter zu entlasten, nachdem sein Vater nach seinem sonntäglichen Vollbad plötzlich nicht mehr aus der Wanne gekommen war.

Er hatte da schon eine Weile darüber nachgedacht, wie es seinen Eltern in einem Heim ergehen würde, hatte Szenen aus Fernsehdokumentationen über Pflegeheime im Kopf gehabt, Bettpfannen, Krankenhausmöbel, Gehhilfen, eine Vorstellung, die er nicht ertragen hatte. Aber er hatte nie daran gedacht, dass ein alter Mensch auch außerhalb eines Pflegeheims zum Pflegefall werden konnte, dass einem die Würde nicht nur geraubt werden, sondern dass sie einen ganz ohne fremdes Zutun verlassen konnte, so wie ein Schließmuskel seine Kraft von selbst verliert. Sofort war er in das große Sanitätszentrum in Fassenrath gefahren und hatte seinen Vater mit ausklappbarem Duschhocker, Toilettenhochsitz und diversen Haltegriffen im Bad schockiert.

Niemals, hatte Walther geschrien. Nie! Ich setz mich doch nicht auf dieses Ding!

Er hatte es dann doch getan, nicht ohne beständig zu fluchen, so als seien seine Beschwerden mit diesen Seniorenhilfen schlimmer als ohne sie.

Jürgen hörte, wie sich sein Vater ächzend von der Toilette erhob und den Deckel herunterklappte. Die Badezimmertür, Schritte durch den Flur, dann aus dem Schlafzimmer ein Rascheln und Kruschen, als würde er etwas suchen. Jürgen erwartete, gleich noch einmal zusammenzuzucken, wieder Schritte, diesmal in Richtung Wohnzimmer, er lauschte, die Wohnzimmertür ging auf und schloss sich, und obwohl er nun nichts mehr hörte, das Gefühl der Anspannung blieb. Es hatte von seinem Körper Besitz ergriffen. Jürgen drehte sich zur Wand, es war immer noch nichts zu hören, er schloss die Augen und versuchte zu schlafen. Er hätte nicht sagen können, wie viel Zeit verging, bis er endlich wegdämmerte. Sie hatte ihn alleingelassen, allein mit ihm.

RUTH?

Ruth, es tut mir alles so leid.

Ruth, bitte, ich –

Ruth, können wir uns treffen, bitte? Ich komme gleich am Hauptbahnhof an, ich könnte in einer halben Stunde bei dir –

Komm vorbei, sagte sie und legte auf. Nickis Herz machte einen Satz, er war sich nicht sicher, ob aus Angst oder Freude. Er sprang auf, merkte, dass das noch keinen Sinn hatte, setzte sich wieder. Hastig blätterte er durch die Zeitschrift, die auf dem Platz neben ihm lag. Als er durch war, fing er wieder von vorne an. Keine einzige Zeile, nicht ein einziges Bild nahm er wahr. Dann, endlich, die Bremsen, den Bahnsteig hinab, überall Menschen mit Rollkoffern, Rucksäcken, Reisetaschen, die es kein bisschen eilig hatten –

Beim Blumenladen verlangsamte er seinen Gang, aber die Sträuße sahen aus wie für Seniorenheimbesuche gemacht, und er rannte weiter.

Schlecht wurde ihm erst, als er vor ihrer Tür stand. Die Klingel, er zählte die Sekunden, elf, zwölf, dreizehn, dann, endlich, der Summer. Er drückte die Haustür auf, sein Herz schlug, mit festen Schritten ging er die drei Stockwerke nach oben, als gäbe ihm die Entschlossenheit auch seine Haltung zurück. Die Reise nach Wellersdorf hatte etwas in ihm verändert, hatte etwas in ihm geweckt, das ihn willensstark und weich zugleich machte.

Ruth stand in der Tür und sah ihn mit einem Gesichtsausdruck an, den er nicht lesen konnte. Zögerlich nahm er sie in den Arm und war erleichtert, als er ihre Hand an seinem Rücken wahrnahm. Diese Hand an seinem Rücken, nie wieder wollte er eine andere spüren.

Kaffee?, fragte sie, als sie in die Küche traten, und Nicki nickte automatisch, gern.

Setz dich.

Ruth, sagte er, als er an seinem angestammten Platz saß. Ruth, ich muss dir das alles erklären.

Musst du nicht, sagte sie, während sie Kaffeepulver in den Siebeinsatz stopfte. Sie drückte den Knopf und die Espressomaschine sprang mit lautem Brummen an.

Doch, sagte er, aber er sagte es zu leise. Der Krach der Maschine schluckte es. Ruth hantierte mit Tassen. Erst als der Kaffee durchgelaufen und die Milch geschäumt war und der dampfende Cappuccino vor ihm stand, sah sie ihm wieder ins Gesicht.

Er setzte an –

Du musst mir nichts erklären, stoppte sie ihn sanft. Ich will nicht, dass du jemals das Gefühl hast, mir irgendetwas erklären zu müssen. Sie lächelte ihn an. Er senkte den Kopf, hob ihn hastig und senkte ihn wieder.

Du bist toll, sagte er und starrte dabei seine Tasse an.

Sie beugte sich vor, ihre Hand fuhr durch sein Haar.

Schleimer.

Er tippte mit dem Finger in seinen Cappuccino, betrachtete den Milchschaum auf seiner Fingerspitze.

Ruth, ich … Du sollst nur wissen, es ist ja gar nicht schlimm, es ist nur –

Später, sagte sie, stand auf, nahm seine Hand und wollte ihn aus der Küche ziehen.

Ruth! Er hielt sie fest und blickte ihr ernst ins Gesicht. Bleib mal hier.

Was ist, sagte sie und zog fester.

Er stand auf, sagte ihren Namen noch einmal, Ruth, dann kniete er sich vor sie hin. Sie japste, von hier unten konnte er nicht erkennen, ob es ein Weinen oder ein Lachen war.

Bitte nicht, sagte sie, aber er ging darüber hinweg, nahm ihre Hand und sagte den Satz, den er nicht geprobt hatte und der ihm leichter als jeder Satz zuvor über die Lippen ging. Als sie sich zu ihm beugte, ihn küsste und sehr, sehr fest umschlang, war es, als befreite ihn etwas aus einem engen Griff. Die Welt, die ihn bis jetzt umschlossen hatte, fiel von ihm ab wie eine leere Hülse.

Das war so kitschig, lachte sie, als sie später auf dem Bett lagen.

Heiratsanträge sind immer kitschig, sagte er und rückte etwas von ihr ab.

Stimmt.

Aber in Wirklichkeit sind sie es natürlich nicht, verbesserte er sich.

Nein?

Nein. Sie sind sublim.

Sublim?

Erhaben. Heilig, überwältigend, erschütternd. Weit über das hinausgehend, was man einfach nur als schön bezeichnet.

Und das aus deinem Munde, sagte sie grinsend.

Was soll das heißen, aus meinem Munde.

Na ja, ich würde mich weniger wundern, wenn du jetzt anfangen würdest, die biochemischen Prozesse der Rührseligkeit in ihre Einzelbestandteile zu zerlegen.

Er grinste amüsiert.

Ja, ja. Eigentlich dürfte ich dich auch nicht lieben, weil Liebe nur eine neuronale Fehlzündung ist.

Und, liebst du mich?

Nur wenn du aufhörst zu versuchen, mir mit meinen eigenen Argumenten ein Bein zu stellen.

Schade, lächelte sie. Du gefällst mir so gut, wenn du vor mir auf dem Boden liegst.

Biest, sagte er und küsste sie.

HOFFENTLICH IST ER bald weg, dachte Walther und schaltete den Fernseher ein. Er stützte sich auf dem Tisch ab, ließ sich auf den Stuhl sinken, legte die Hände auf der Tischplatte ab. Bitte, lass ihn nicht länger als eine Woche bleiben. Er griff zur Fernbedienung, RTL, ein Bericht über eine Flutkatastrophe, Sat 1, ein glitzerndes Mädchen mit Nasenring, das im Scheinwerferlicht einer Bühne sang, HR, Volksmusik, im Ersten die Tagesschau, Moment, an den Nachrichtensprecher erinnerte er sich, die Wiederholung einer alten Sendung. Vielleicht doch lieber Fußball. In spätestens einer Woche würde er ins Dorf laufen müssen. Er hatte die Dinger im Kleiderschrank versteckt, hinter den alten Hemden, er hatte sie gezählt, fünf Stück waren noch da. Länger als eine Woche würden sie nicht reichen. Die Spieler auf dem Platz, denen der Schweiß in Strömen über das Gesicht lief, sie machten ihm feuchte Hände. Er schaltete zurück zur Tagesschau. Wetter. Eine Woche, höchstens. Er könnte die restlichen von Grethe verwenden, das gäbe ihm noch etwas Zeit. Er merkte, dass ihm das Blut in den Kopf schoss, allein der Gedanke, im Sanitätshaus zu stehen und das Wort sagen zu müssen, Einlagen, Herren-Einlagen, leicht bis mittelstark. Bislang hatte Grethe das erledigt, gewiss war es auch ihr peinlich gewesen, bestimmt, denn peinlich war es, der Mensch als rostiger Wasserhahn, das Tropfen nicht abstellbar … Im Fernsehen Bilder von Mielke, diesem Schwein, er schaltete wieder zurück zu Fußball, Grethe hatte ihm eines Tages ein Päckchen mitgebracht, nicht gleich beim ersten Mal, aber nachdem es ein zweites und ein drittes Mal passiert war, es waren ja nur ein paar Tropfen gewesen, na gut, ein kurzer Schwall, und auf einmal lagen die Einlagen da, gleich neben der Toilette: Tena for Men Level 1.

Grethe!

Er war aus dem Badezimmer gestürzt, die Gürtelschnalle noch offen, er hatte sie zurechtweisen wollen, gedemütigt wie er war, er stieß die Schlafzimmertür auf – und sah sie da stehen, ohne Nachthemd, ohne Kleidchen, nur in Unterhose und BH, sie hatte ihm den Rücken zugewandt und drehte sich nicht um.

Was?, fragte sie und blieb stocksteif stehen, sie drückte das Päckchen an sich, sodass er es nicht sah, aber die Sekunde beim Hereinkommen hatte genügt, er hatte es erkannt.

Oh, machte er und wollte aus dem Zimmer gehen.

Was ist denn passiert?, fragte sie, ohne sich umzudrehen. Sie vermied es immer noch, sich nackt zu zeigen.

Schon gut, sagte Walther. Nichts.

Zurück im Bad ließ er sich auf die Brille sinken, sie war noch warm. Er hatte keine Ahnung gehabt. Keine Ahnung. Er hatte nie etwas dabei gefunden, dass sie sich bedeckte, kaum dass er das Zimmer betrat, im Gegenteil, er zeigte sich ja auch ungern nackt, das war normal, aber Grethe mit einem Päckchen Einlagen in der Hand! Kurz fragte er sich, ob es Einbildung war, ob es an der Situation lag, in der er sich befand, aber als Grethe am nächsten Vormittag in der Küche Kartoffeln stampfte, fand er das Päckchen in der Wäschekommode und nahm es in die Hand: Tena Lady Normal. Mit Odour Control.

Er gab sich noch einen Tag und noch einen, dann war er so weit und riss das Plastikpäckchen auf.

Er hatte sie sich wie Matratzen vorgestellt, weiße, weiche Dinger aus Watte, dick wie Windeln, er hatte sich seinen Witz schon zurechtgelegt, hätten wir so etwas ein wenig größer im Krieg gehabt –

Aber es waren keine Watte-Matratzen, sie waren dünn und hatten eine seltsam körnige Füllung, vorne schmal und hinten breit, mit einem langen Klebestreifen.

Er konnte sich nicht daran gewöhnen, und es half ihm wenig, dass er in der Fernsehzeitung plötzlich Reportagen darüber las. Dass er auf einmal Anzeigen für Kürbiskerntabletten entdeckte. Dass überall nur noch alte Leute zu sehen waren. Dass das alles völlig normal sein sollte. Normal! Im Fernsehen zeigten sie neuerdings Werbung für Inkontinenzprodukte. Mit Frauen allerdings, und inzwischen war er überzeugt, dass das mit der Inkontinenz für Frauen etwas anderes war. Für sie war es ja normal, etwas zwischen den Beinen zu tragen. Ganz kurz dachte er daran, im Sanitätshaus einfach Einlagen für Frauen zu kaufen, aber was dann? Wenn sie wussten, wer er war? Er konnte sie tuscheln hören, die fremden Frauen, denn er stellte sich vor, dass es Frauen im Sanitätshaus waren: Der Alte, seine Frau längst tot, und er kauft Tena Lady!

Grethe.

Er sah wieder zum Fernseher, Unterhaching hatte gewonnen, jetzt aßen blonde Frauen Joghurt für die Darmflora. Junge, blonde Frauen, sie lachten ihn an.

Er vermisste sie jetzt sehr. Jetzt, in diesem Augenblick vermisste er seine Frau, vermisste die ganzen letzten sechzig Jahre. Dann wieder der Husten, er verschluckte sich, der eigene Schleim, er hustete und hustete, bis ihm die Tränen in die Augen stiegen, er hustete noch einmal, und plötzlich war der Gedanke da, dass er nicht noch einmal leben konnte, nicht noch einmal anfangen. Das sagten die Leute, wenn einer starb, er selbst hatte es auch gesagt, wenn irgendein Freund oder Verwandter in seiner Traurigkeit versank. Du musst wieder anfangen zu leben!

Zweimal hatte er völlig neu angefangen, ganz von vorn, das erste Mal, als er aus der Kriegsgefangenschaft entlassen wurde, das zweite Mal, als er endlich über die Grenze und in Westdeutschland war. Jetzt wartete kein neues Leben mehr auf ihn, auch keine neue Freiheit, er war zu alt, er war am Ende, es würde nichts mehr kommen, es half nichts, sich etwas anderes vorzumachen, und selbst der Himmel, auf den letztlich ja doch alle hofften, war ein Versprechen, das schon auf Erden längst gebrochen war. Der Krieg! Der Krieg. Warum musste er immer wieder daran denken? Er schaltete um, wieder Werbung, es war ihm egal. Egal, das dachte er. Die Entscheidungen seines Lebens waren allesamt getroffen, jetzt war nichts anderes mehr als der Stillstand, der das Alter war.

ES WAR NUR, weil ich dich davor schützen wollte, sagte Nicki, der Tod, der Schmerz, die alten Männer. Weil ich nicht wollte, dass du das mit durchmachen musst. Und weil da auch irgendetwas war, das mich dazu gebracht hat zu denken, ich müsse das Ganze irgendwie alleine durchstehen. Es war nur –

Es war nicht schön, weißt du.

Und weil ich dich doch so liebe, darum war's.

Solche Sätze kamen aus seinem Mund, Erklärungsversuche, sie sah ihn an, seine Stirn in Falten, ihre glatt, seine angestrengten Lippen, Sprechblasen, nicht gelogen, aber auch nicht ganz wahr.

Verstehst du mich, sagte Nicki und hoffte, dass nun eine Antwort käme, eine Absolution. Er riss die Augen auf, unschuldig, bettelnd: Sag, dass du das verstehst.

Alles gut, murmelte Ruth und lächelte schwach, mitleidig, wie Nicki fand. Sie beugte sich zu ihm, küsste ihn auf die Stirn, alles gut, aber er wusste, dass es nur halb gut war. Sie hatte ihn nicht verstanden, sie hatte ihm nur verziehen.

Wir können doch mal dort hinfahren, zu diesem Haus in, wie heißt der Ort noch mal?

Wellersdorf.

Wellersdorf, genau, ja.

Nicki schwieg.

Ich war noch nie in Ostdeutschland. Die Ostsee ausgenommen. Und Berlin, natürlich.

Wie wärs mit Dresden? Leipzig? Görlitz soll schön sein –

Ich möchte das so gern sehen, woher du kommst, wo deine Familie war.

Ach, Ruth, sagte Nicki leise. Am Ende hab ich damit doch nichts zu tun. Mein Vater ist aus der DDR geflüchtet, als er 18 war, und die Großeltern sind hinterher, sobald sie konnten.

Aber wenn du davon erzählst, hört es sich, ich weiß

nicht … wie ein großer Sehnsuchtsort an. Der Efeu, der Garten und das. Das hört sich an, als hättest du selbst dort gespielt oder als würdest du dich danach sehnen, dort gespielt zu haben.

Mein Vater hat viel davon erzählt.

Komisch, oder? Was für Erinnerungen man hat. Ich habe zum Beispiel ganz deutlich die Erinnerung daran, dass bei uns zu Hause mal Einbrecher waren, sie haben alles verwüstet, die Schubladen aufgerissen, die Schränke, ich erinnere mich sogar an das Eiswürfelfach, aus dem es tropft, an die offenen Türen des Badezimmerschranks, ich könnte schwören, das alles ganz deutlich vor mir zu sehen, aber meine Eltern sagen, dass ich damals noch gar nicht geboren war. Der Einbruch fand vor meiner Geburt statt und trotzdem erinnere ich mich. Verrückt, nicht?

Davon hast du noch nie erzählt.

Ist ja irgendwie auch nicht meine Geschichte, sagte Ruth und zuckte hilflos mit den Schultern.

Sperrst du deshalb nachts von innen ab?

Sie grinste schief.

Und deshalb schläfst du lieber bei mir, als allein in deiner Wohnung zu sein?, stichelte Nicki.

Moment mal, sagte sie lachend. Jetzt unterstell mir nicht, dass ich dich nur liebe, weil ich ein Einbrechertrauma hab.

Tu ich ja nicht. Mein armes Mädchen! Nicki nahm sie in den Arm wie ein trostbedürftiges Kind. Ein paar Momente lang lagen sie einfach so da, und kurz dachte Nicki, dass sie vielleicht gar nicht so ein Flatterröckchen war, wie er es manchmal geglaubt hatte. Dass sie vielleicht wirklich jemanden brauchte, der nachts bei ihr war.

Aber die Zeit, in der du weg warst, flüsterte sie ihm leise in den Nacken.

Hm?

Es war sooo schrecklich!

Oooh, machte Nicki mitleidig und begann, sie in den Armen hin und her zu wiegen.

Hör auf!

Ruth schlug nach ihm und befreite sich lachend aus seiner Umarmung, sie wand sich aus dem Bett, sprang auf, beugte sich zu ihm hinunter und drückte ihm einen Kuss auf die Stirn.

Denkst du, du kannst dir übernächste Woche freinehmen?

Wieso?

Ich hab keinen Dienst.

Was hast du vor?

Ruth tat geheimnisvoll. Ich weiß nicht.

Ruth, nicht nach Wellersdorf, bitte nicht, ich möchte dir das Haus wirklich gern zeigen und das Grab, aber nicht jetzt gleich, ich –

Blödsinn, aber ans Meer könnten wir fahren oder in die Berge oder an einen See –

Da machst was mit, ächzte Nicki gespielt, als er sich vom Bett erhob. Dein alter Mann braucht jetzt erst mal keine Ferien, sondern eine riesengroße Bistecca alla Fiorentina.

Vielfraß!

Was? Wir haben bis jetzt nur gefrühstückt und es ist schon halb acht!

Du willst ins Sardegna?

Ins Portofino.

Wenn das dein Vater wüsste. Ruth sah ihn tadelnd an, konnte sich das Grinsen dann aber doch nicht verkneifen.

Nicki nahm ein Buch vom Tisch und hob es drohend in die Höhe. Er verdiente ja nicht schlecht als Soundingenieur, aber das Portofino war tatsächlich nicht ganz ihre Preisklasse. Dennoch: Das Bistecca alla Fiorentina war auch das Geld wert, das er nicht hatte. Chianina-Rind. Und das Vitello Tonnato –

Zieh dir was an und sei still, drohte er.

Ich schweige, wenn wir nachher den Orvieto bestellen.

Nicki nahm das Buch noch höher. Für den Preis einer Flasche konnte man nach Mallorca fliegen.

Nein, noch besser, lachte sie, diesen sizilianischen Chardonnay!

Eine Reise nach Dubai! Er holte noch weiter aus: Du willst mich erpressen? Du willst mich erpressen?

Ruth kreischte, Nicki verfolgte sie lachend, bis er sie in eine Ecke des Bades gedrängt hatte, wo er so tat, als würde er ihr mit dem Buch den Hintern versohlen, sie dann aber doch in den Arm nahm und küsste. Dann trieb er sie mit einem letzten Klaps auf den Po endgültig zur Eile an.

DAS TELEFON. Wie oft hatte es schon geklingelt? Jürgen hob den Kopf und sprang vom Küchentisch auf.

Im Wohnzimmer lief der Fernseher, Bitburger, alles für diesen Moment. Sein Vater saß davor auf dem Stuhl, ganz steif, eine Vaterpuppe, das Telefon, schnell hob Jürgen ab.

Nicki war dran, offensichtlich verwirrt, er hatte gerade wieder auflegen wollen.

Was gibt's?

Nicki erzählte etwas von Urlaubsplänen, er würde mit Ruth nach Sardinien fliegen, eine Woche ans Meer.

Ah, sagte Jürgen. Sein Vater auf dem Stuhl rührte sich nicht. Lauschte er? Nicki fragte, was er damit meine, mit ah. Was sollte er damit schon meinen? Der steife Vater sah beunruhigend aus.

Dad?

Ja?

Dad, Ruth hat in den letzten Wochen einen Haufen Nachtdienste gehabt, Doppelschichten, mit allem Drum und Dran. Wir wollen einfach ein paar Tage ausspannen, zu zweit, wir haben uns ja auch kaum gesehen in letzter Zeit.

Ausspannen, dachte Jürgen. Ausspannen! Plötzlich merkte er, dass sein Vater, anders als er es einen vagen Moment lang befürchtet hatte, doch nicht tot war. Es klang, als werfe er seine Lunge fetzenweise aus. Ausspannen. Ein bisschen arbeiten, dann ausspannen, dann ins beste Restaurant, wieder ausspannen. So war er, sein Sohn. Warf das Geld zum Fenster hinaus, als würde immer alles so weitergehen. Er verteidigte sich sogar noch damit, dass er ohnehin keine Rente bekäme, schon jetzt 24 Prozent Alte, 2040 werden es über 50 sein. Dann halt dein Geld zusammen, hatte er Nicki oft genug ermahnt, aber es half nichts.

Na dann, spannt mal schön aus, sagte er und versuchte, sich seinen Ärger nicht anhören zu lassen, was ihm offensichtlich nur mäßig gelang.

Dad?

Ja?

Oder soll ich lieber nach Ebersbach kommen für ein paar Tage? Kann ich dir irgendwie helfen da oben, Löcher bohren, den Rasen mähen oder –

Der Junge redete weiter, aber Jürgen hörte ihm nicht mehr zu. Sein Vater hatte begonnen, über irgendetwas zu schimpfen, vielleicht beschwerte er sich über den Krach, vielleicht wollte er, der schließlich die Rechnung bezahlte, aufgeklärt werden, wer am Telefon war.

Oder wolltest du nicht den Efeu schneiden endlich mal?

Lass nur, Nicki. Lass nur. Wir kommen hier schon klar.

Sicher?

Entspannt euch mal schön, fahrt ans Meer, ihr habt euch das verdient.

Danke, Dad.

Bitte. Also. Wiederhören.

Er hielt den Hörer in der Hand, eine Minute lang, vielleicht zwei, dann erst legte er auf. Die Vaterpuppe saß unbewegt auf ihrem Stuhl. Nur ihr Atem rasselte, als rattere man mit einem Stöckchen einen Heizkörper entlang.

Wieso bist du nicht drangegangen?

Was?

Wieso du nicht drangegangen bist?

Du bist doch hier.

Müde winkte Jürgen ab. Er ging zurück in die Küche, sah auf die Uhr, es war immer noch Nachmittag. Er ärgerte sich nicht mal über seinen Vater, er hatte das alles einfach nur satt. Der Kühlschrank roch, er wusste nicht genau, wonach, er hatte alles, was abgelaufen war, zur Mülltonne gebracht. Eigentlich hatte er vorgehabt, Bratkartoffeln mit Spiegeleiern zu machen, aber dann schnitt er sich doch nur eine Scheibe Brot ab, holte Butter und eine Dose Fleischwurst aus dem Vorratsschrank. Das Brot war drei Tage alt, genau richtig, wie er fand, Nicki hätte es nicht mehr angerührt. Nicki kaufte Baguettebrötchen und Kornkraftsemmeln, man bekam einen viertel Laib Brot für das Geld, das zwei Stück davon kosteten. Vielleicht hatten sie ihn verwöhnt.

Er bestrich eine zweite Scheibe mit Butter, biss zu, kaute, schob zwischendurch Stücke von der Fleischwurst nach. Als Kind hatte er nichts von dem gehabt, was sein Sohn später für selbstverständlich nahm, gutes Brot, frische Milch, Butter, die nicht ranzig war, ein eigenes Zimmer, ein beheiztes Zimmer sogar, Schwimmkurs, Judokurs, Tennistraining, einen Basketballkorb, Schuhe mit Stollen und dann einen Familienkombi, der ihn überallhin kutschierte, ins Freibad, zum Fußball, nach Österreich zum Skifahren, wo Colette und er unten auf der Hütte mit dem Essen warteten, sich stritten, weil er Zeitung lesen wollte und sie seine Aufmerksamkeit, und sich schließlich anschwiegen, bis der hungrige Junge auf eine Portion Bratwurst oder Germknödel kam. Alle Freiheiten! Eine Mutter, die ihn umherzte und umhegte, einen Vater, der dem Jungen alles besorgte, was er brauchte. Bis zum Examen hatte er ihn unterstützt, materiell und moralisch. Klar, Nicki hatte sich als Student hier und da etwas dazuverdient, hatte schon damals so etwas wie ein Einkommen gehabt, aber natürlich war das Geld bei ihm schon immer und immerzu knapp gewesen, ein Leben am unteren Ende des Dispos, so hatte er es genannt, es war ihm egal gewesen, es hatte ihm wahrscheinlich noch Spaß gemacht. Ein neues Fahrrad? Rufe ich Papa an! Der Computer kaputt? Die Kreditkarte bitte! Ein Motorroller, ein IKEA-Großeinkauf, die Kaution für die erste Wohnung, die Waschmaschine, die King-Size-Latexmatratze –

Er hatte seinem Sohn den Herd angeschlossen, die Lampen montiert, Regale angebracht, immerzu war etwas zu tun gewesen, und immer hatte er es gern getan, denn was konnte ein Vater beim Leben schon groß helfen, und war es am Ende nicht das, was wichtig war? Dass man nicht immer nur zuhörte und redete, sondern tatsächlich etwas tat?

Niemals sollte Nicki dieses Gefühl kennenlernen. Allein zu sein. Das Gefühl, wenn die eigene Mutter weinte vor Angst, und er –

Er hatte sie trösten müssen, er, das Kind, in Kniestrümpfen und kurzen Hosen, die Mutter weinte, und er saß auf ihrem Schoß und hielt sie umarmt, und der Himmel vor dem Fenster war rot und orange, in der Ferne die Stadt, sie brannte, und seine Mutter saß da und er drückte ihre Hand, die sich in seine krallte, und er sagte, hab keine Angst, Mama, hab keine Angst –

Er hatte es gelernt, keine Angst zu haben.

Keine Angst, als ihm die Lehrer klarmachten, dass er sich noch so anstrengen könne, sie würden ihn nicht zur Oberschule zulassen und damit auch nicht zum Abitur, nicht, solange sein Vater selbstständig bliebe –

Diese rotlichtbestrahlten Affen!

Keine Angst, als er sich, nachdem er mit Fleiß und Lügen

und Charme die Oberschule dann doch abgeschlossen hatte, um einen Studienplatz bewarb – und es auf einmal hieß, er müsse ohnehin erst mal zur Fahne, und danach, da solle er sich mal keine Hoffnungen machen, er solle mal schön bei seinem Vater anheuern, dies sei ein Arbeiter- und Bauernstaat, keine Dienstleistungsgesellschaft für Söhnchen aus besseren Familien –

Junge, sieh zu, dass du rübermachst!

Und dann als Student, in dem schäbigen kleinen Zimmer, Waschnische, Kühlschrankfach, vier Unterhosen, drei Hemden, ein Lawine von Prüfungen, das Tagesmenü 1 und Leitungswasser –

Und wehe, die Spitze vom Zirkel brach ab –

Und dann, nachdem er sich durchs Examen gespart hatte und wochenlang nur Rübenkraut, Margarine und Toastbrot aß, Rübenkraut, 1963! Und alles nur, weil ihm dieses Vorstellungsgespräch bevorstand, einen Anzug wollte ihm ein Kommilitone borgen, Hemd und Schlips sein Zimmernachbar aus dem Wohnheim, er wusste, so würde er ordentlich und seriös aussehen, doch was ihm fehlte, waren Schuhe –

Man durfte keine Angst haben. Und Nicki wollte er sie um jeden Preis ersparen, wollte verhindern, dass er je auch nur ihren Schatten im Nacken spürte, dass er je das Gefühl hatte, dem Leben da draußen nicht zu genügen.

Rübenkraut – Jürgen stand auf, räumte seinen Teller weg und packte Wurst und Butter in den Kühlschrank. Er dachte an den Becher, den er im Schrank gesehen hatte. Sein Leben lang hat er kein Rübenkraut mehr angerührt, schon der Gedanke daran ließ ihn schaudern. Er hielt inne, hielt das schmutzige Messer unter den laufenden Wasserhahn –

Nein. Er hatte Nicki nicht verwöhnt. Und am Ende hatte der Junge ja trotzdem gelernt, einigermaßen für sich zu sorgen, er hatte Arbeit, bekam seine Steuern und Versicherungen bezahlt, und wenn er doch wieder einmal pleite war, nun, es gab ja ihn, ihn und alles, was er hatte. Sollte er doch in seinen Urlaub fahren, er brauchte seine Hilfe wirklich nicht. Es war gut so, wie es war.

WALTHER HÖRTE seinen Sohn in der Küche rumoren, die Besteckschublade, das Brotmesser, ein Teller, er hörte genau hin. Hoffentlich war er bald wieder weg. Jürgen hatte nicht einmal daran gedacht, ihn zu fragen, ob er vielleicht auch Hunger hatte, ob er ein Bier wollte, ein Glas Wasser vielleicht. Das verletzte ihn. Er dachte kurz daran, seinem Sohn einfach in die Küche zu folgen, sich zu ihm an den Tisch zu setzen, aber er ahnte bereits den Schmerz in der Hüfte, wenn er, nachdem er so lange unbeweglich auf diesem Stuhl gesessen hatte, versuchen würde aufzustehen. Hinzu kam, dass er nicht hungrig war.

Dabei hatte er den ganzen Tag noch nichts gegessen. Grethe hatte immer darauf geachtet, dass er regelmäßig aß, und immer hatten sie ihre Mahlzeiten zusammen eingenommen, auch wenn es manchmal nur etwas Brot gewesen war, nicht viel, nur eine kleine Scheibe, aber immer hatte Grethe sie mit etwas belegt, das er gern hatte, Mettwurst, Lyoner, die Pfälzer Leberwurst vom Metzger Moser –

Aber jetzt war sie tot, fort, und nur noch sein Sohn war da, der ihm offensichtlich auch noch irgendetwas beweisen wollte –

Sie war tot, und man musste es ertragen.

Jahrzehntelang hatte er gearbeitet und gearbeitet, um es ihr schön zu machen, Cromargan-Besteck und gusseiserne Bräter, Einbauküche mit Einbauherd, einen Geschirrspüler später und eine Mikrowelle, als sie begann, für die Woche im Voraus zu kochen, einen elektrischen Teleskop-Fensterputzer, als sie nicht mehr so gut –

Alles hätte er für sie getan, für sie und dieses Leben, das

doch ihr gemeinsames Leben war, und immer gab es noch eine Zukunft, ein Loch im Gartenschlauch, eine lockere Schraube –

Ohne Grethe gab es keinen Grund mehr, irgendetwas zu kitten, gab es überhaupt keinen Grund mehr. Jetzt kam nur noch das Ende. Sein Ende, ohne sie. Und Jürgen, der wieder einmal seine Pflicht tat –

War es das, was Jürgen ihm beweisen wollte? Dass er zu ihm hielt, zu ihm, seiner Familie? Er hatte sie immer unterstützt, Grethe und ihn, hatte vom Westen aus ihre Flucht organisiert, hatte sich auf der anderen Seite des Grenzstreifens im Wald postiert, hatte sein Leben für sie riskiert. Und dann die ersten Tage in der Bundesrepublik – er hatte sich die Mahlzeiten seiner Eltern vom Mund abgespart, hatte in den Semesterferien wie ein Besessener gearbeitet, auf dem Bau, in der Fabrik, und seinen ganzen Lohn hatte er ihnen gegeben, ihnen, die mit nichts anderem über den Acker gerannt waren als dem, was an ihren Körpern hing.

Er wollte nie vergessen, dass er seinem Sohn zu Dank verpflichtet war, aber manchmal –

Manchmal fühlte er sich ihm so fremd, saß mit ihm vor dem Fernseher wie mit einem fremden Mann, seinen Mechanikern hatte er sich näher gefühlt, obwohl er nie besonders sentimental mit seinen Angestellten gewesen war. In der Küche rumorte ein fremder Mann, irgendeiner, nur dass dieser hier vor vielen, vielen Jahren einmal sein Sohn gewesen war. Obwohl – war er das?

Manchmal erinnerte ihn seine bloße Anwesenheit daran, was in einer Familie möglich war, an das, was er versäumt hatte, als er nicht da war.

Die ersten Jahre nach seiner Rückkehr aus Russland hatte er sich wie ein Eindringling gefühlt, wie einer, der Anspruch auf etwas erhebt, aber kein Recht darauf hat, wie ein dicker Mann in einem engen Lift, der versucht, den Bauch einzuziehen, und die anderen drängen sich an den Rand und lächeln höflich und verdrehen die Augen hinter seinem Rücken, aber natürlich hatte er Jürgens Ablehnung gespürt, seinen Blick, die kalte Wut, die darin lag.

Wenn Grethe ihm auf die Finger klopfte, sobald er zu essen begann –

Erst wenn der Vater angefangen hat!

Wenn sie beieinandersaßen und die Zukunft berieten, und Jürgen saß in der Ecke und wollte etwas zeigen, etwas spielen –

Still, Jürgen, wenn der Vater spricht!

Wenn er sich scheute, mit der Mutter zu schmusen, solange er im Zimmer war –

Weil es dem Vater das Herz bricht?

Er hatte das nie gewollt und doch war es so gewesen: Jürgen und Grethe waren sich nah, und er war der dicke Mann, der sich in ihr Leben drängte, Jürgen hatte sich noch enger an Grethe geschmiegt und ihm nur Blicke zugeworfen, die eiskalt und glühend zugleich gewesen waren. Und Grethe, die arme Grethe hatte versucht, sich nichts anmerken zu lassen.

Grethe, die ihm beim Umziehen den Rücken zudrehte. Grethe, die sich, kaum dass sie sich endlich zu ihm legte, wegdrehte und das Licht ausknipste. Grethes weiße Schulter –

Nein, sie war nicht kalt gewesen zu ihm, das nicht, manchmal hatte sie ihn gestreichelt, einfach so, in Gedanken versunken, manchmal, wenn sie glücklich oder traurig gewesen war, war sie in seine Arme geschlüpft –

Aber wehe, wenn seine Hand auf ihrem Bauch, ihrem Schenkel, ihrer Hüfte lag, dann wurde sie starr, leichenstarr, wie er manchmal dachte, ganz hart wurde ihr dünner Körper, sie versuchte, sich nichts anmerken zu lassen, und er ließ seine Hand liegen, wo sie war, ein paar Minuten lang, in denen er dachte, dass ihr etwas geschehen war, aber er wagte nicht zu fragen, er wollte nur, dass ihre Angst verging, dass sie wieder weich wurde, und so drückte er ihr einen Kuss auf die Wange, und sie bewegte die Arme, die Beine, um sich auf die Seite zu drehen.

Auch das war Jürgen: Die Erinnerung an das letzte Mal, als sie miteinander geschlafen hatten. Es war am Abend vor dem Fronteinsatz gewesen, im September 1939, am nächsten Tag sollte es in Richtung Ostpreußen gehen –

Ihre Arme. Ihr Kuss. Ihr Schoß. Es war so still gewesen in ihrem Schoß. Nur sein Atem und ihrer. Dass es auf der Welt einen Ort gibt, hatte er damals gedacht. Er hatte keine Angst gehabt. Und als sie am nächsten Morgen gemeinsam vor der Haustür standen, der junge Henschel wartete schon, da sah Walther ihre verheulten Augen und sagte nur: Dass es dich gibt … Ganz deutlich erinnerte er sich an das Bild: wie sie in der Türe stand, die toten Augen, die zum Abschied erhobene Hand, ein heller Fleck, der sich immer weiter entfernte. (Und dann noch diese Erinnerung, die zu den anderen nicht passte und die er beiseitedrängte, wann immer sie kam: dass er aus der Tür gegangen war, durch das Gartentor die Straße hinab, ohne sich nur ein einziges Mal umzusehen.) Mehr als zehn Jahre dauerte es, bis er zurückkam. Und als er zurückkam und Grethe wieder auf der Schwelle stand, mit einem Blick, der nur langsam verstand, und sie ihm schließlich entgegenrannte –

Sie hatten versucht, so zu tun, als sei nichts passiert, nur der Krieg eben, an dem nun mal nichts zu ändern gewesen war.

Er hatte kein Problem damit. In den letzten zwanzig Jahren war das Geschlechtliche ohnehin gestorben für ihn. Selbst als dann auf einmal die Viagra-Tablette kam, hatte er keine Sekunde lang auch nur daran gedacht, dafür zum Arzt zu gehen. Wäre es anders gewesen, wenn sie sich ein einziges Mal zu ihm umgedreht hätte in all den Jahren? War er insgeheim nicht sogar froh gewesen, dass es nicht mehr zu der Sache kam?

Die Jahre hatten ihn verändert. Die Gefangenschaft, der Krieg. Er war heimgekehrt als ein Mensch, der wusste, was aus dem Menschsein werden konnte, wenn es sich nicht selbst zum Menschsein zwang, das Tierische, es steckte in jedem drin und drang hervor, sobald der Mensch drum herum nur einen Augenblick lang erschlaffte, und es war so mächtig, dass kein Gott der Welt es aufhalten konnte, es war die Raserei, das Fressen, der Krieg. Gottes Ebenbild? Gott, der ein fickendes, plünderndes Schwein war? Manchmal hatte er das Gefühl, dass er deshalb überlebt hatte: weil er sich nicht auf die Knie geworfen und mit ineinander gekrallten Fingern zum Himmel gebetet hatte, bis der Aufseher mit dem Knüppel kam.

Immer wieder hatte er sich gefragt, ob sie es gespürt hatte, ob sie gespürt hatte, dass das Tierische in ihm war. Wenn sich ihr Körper versteifte unter seiner Hand –

Es war, als käme ihr ein gefährlicher Hund zu nah, ein Hund, der die Angst seines Opfers riecht. Sie hatte Angst vor ihm gehabt, das wurde ihm jetzt in diesem Augenblick –

Herrgott!

Walther fuhr zusammen, er hatte Jürgen nicht bemerkt, war völlig in Gedanken gewesen, bis seine Hand plötzlich auf seiner Schulter lag.

Hab ich dich erschreckt?

Ja, verdammt noch mal!

Verzeihung, Vater.

Was ist denn nur?

Ich wollte bloß fragen, ob du nicht auch was essen willst.

Nein, antwortete Walther, nein!

Sein Herz klopfte wie verrückt, er war aus einem Gedanken gerissen worden, kurz bevor, das merkte er genau, kurz bevor etwas Bedeutsames kam, er spürte, dass in seinem Kopf etwas war, etwas, das wichtig war –

Wirklich nicht?, fragte Jürgen.

Mein Leben will ich zurück, sonst nichts.

Jürgen machte einen Schritt nach hinten und sah ihn auf diese Weise an, schon als Junge hatte Jürgen diesen Blick gehabt, diesen skeptischen, forschenden Blick, und immer noch erschrak Walther über diese Augen, die Pupillen, die sich zusammenzogen, als sei er ein fremdartiges Ding.

Also gut, sagte Jürgen und ging.

Walther sah ihm nach und musste daran denken, wie er damals zu zweifeln begonnen hatte, das ihn so abschätzende Gesicht ebenfalls abschätzte, wie er es sehr genau studierte, aus der Ferne, beim Spielen, am Abendbrottisch, und wie er immer wieder nachrechnete, die Monate zurückzählte, die Jahre, aber das Kind war von ihm, ohne Frage, der Zeitpunkt passte wie die Form der Augenbrauen, wie Haar- und Augenfarbe.

Was blieb, war dieser Blick. Und jetzt wusste Walther auf einmal, was es war: Jürgen sah ihn nicht nur an wie einen Fremden, sondern so, als sehe er das Fremde in ihm.

SIEH DOCH!

Was?

Du musst schon gucken!

Nicki beugte sich über Ruths Schoß und spähte durch das Kabinenfenster. Ein Teil des Flügels stach in die Luft, dahinter ein Sonnenuntergang, gelb, orange, pink. Einzelne Quellwolken darunter.

Es sieht aus, als würde die Sonne schmelzen und über dem Himmel zerfließen, hörte er sie neben sich.

Ja, lächelte er und lehnte sich zurück.

Es sieht aus, als würden sich die Wolken verbeugen vor diesem Licht!

Mhm, machte er zustimmend, ohne dabei das Plastikglas mit dem Rotwein von den Lippen zu nehmen.

Es sagt dir nichts, nicht wahr?

Sie sah ihn enttäuscht an. Nicki seufzte. Er hatte ihr einmal *Homo Faber* zu lesen gegeben, denn er fühlte sich Walter Faber nah, der nicht nur an Technik, sondern vor allem auch an die Vernunft glaubte, an die Ratio als menschliches Prinzip, und dem das Leben wieder und wieder einen Strich durch die Rechnung machte, das nicht so war, wie er das wollte. Ruth hatte das Buch gleichmütig gelesen, es hatte nichts in ihr ausgelöst. Erst gegen Ende fand sie eine Stelle, die sie aufmerken ließ, es war die Szene, in der Fabers Exfrau Hanna ihn beschimpft: dass die Technik nur sein Kniff sei, die Welt so einzurichten, dass man sie nicht erleben müsse, und das Tempo ein Mittel, um die Realität zu verdünnen. Seit sie das gelesen hatte, sagte Ruth immer dann, wenn er bloß vernünftig war: Du drückst dich nur davor, die Welt zu erleben. Was natürlich Quatsch war.

Doch, lächelte Nicki und griff ihre Hand. Schön, ein schöner Sonnenuntergang. Er legte den Kopf auf ihre Schulter und bemühte sich, den Gedanken zu vertreiben, der ihm jetzt ganz ungewollt kam. Dass die in der Peplosphäre schwebenden Aerosole das blaue Licht stärker streuten, sodass mehr rotes Licht zum Betrachter durchkam, dazu die Prismen-Effekte, der grüne Blitz –

Er musste lachen. Ich bin nicht Faber, lachte er, er packte ihren Kopf und drückte ihr einen Kuss auf die Lippen. Ich! Bin! Nicht! Faber! Und ein Sonnenuntergang ist ein Sonnenuntergang und wunder –

Ich weiß doch, sagte sie und tätschelte ihm die Hand. Ich weiß.

Als Nicki wieder aufwachte, setzte das Flugzeug gerade

zum Sinkflug an. Die Stewardess hatte seinen Wein weggeräumt und das Tischchen hochgeklappt. Im Fensteroval das Meer, der erste Landzipfel, die Küste, Felder, Dörfer, die immer näher kamen, Kirchtürme, Autos, dann hüpfte die Maschine über die Landebahn. An die Geräusche, die die Maschine beim Bremsen machte, hatten sie noch keinen Sounddesigner rangelassen, es war ein Keifen, bei dem es Nicki die Hirnhaut zusammenzog, er legte den Kopf in den Nacken, bis endlich die Panflötensauce des Bordprogramms erklang. Passagiere sprangen auf und rafften ihre Sachen zusammen, auch Nicki löste seinen Gurt, wollte wie alle anderen schon mal das Handgepäck –

Schschsch, machte Ruth und hielt seine Hand. Wir haben keine Eile.

Nicki sank zurück in den Sitz und schaltete sein Handy an, keine neue Nachricht.

Nervös spähte er nach vorn, die Menschen drängten sich immer dichter, die Türe konnte noch nicht geöffnet sein. Er hasste es, so lange im Flugzeug zu brüten, die Gurte, die Enge, das Eingeschlossensein, er spürte es immer dann besonders intensiv, wenn der Augenblick des Aussteigens nahte.

Schschsch, machte Ruth, da klingelte plötzlich das Handy.

Das ist nicht der richtige Moment, dachte er. Auf dem Display stand: Maman.

Maman?

Ja, ich weiß, ich habe angerufen, wirklich, siebzehn Mal.

Maman, seid ihr noch auf La Réunion?

Nein, wir sind gerade auf Sardinien gelandet, wir wollten eine Woche –

Maman, es ist so –

Maman, sei doch mal –

Seine Mutter redete, er hörte sie kaum, das Gewühl um ihn herum wurde immer lauter, Menschen riefen sich Sätze zu, rissen Hartschalen-Beauty-Bags aus den Gepäckfächern, Trolleykoffer, Laptoptaschen.

Maman! Er fiel ihr laut ins Wort, aber sie redete einfach weiter, sie plapperte und plapperte, bis sie irgendwann unvermittelt sagte, sie hätte sich nur melden wollen, also dann –

Also dann. Ruth küsst dich auch. Adieu, aber da hatte sie bereits aufgelegt.

Ruth sah Nicki an, keine Auskunft verlangend, verwundert eher. Nicki blickte, vom Wortschwall seiner Mutter überfahren, ebenso perplex zurück.

Diese blöde Ziege, fluchte er und drückte auf Rückruf.

Maman!

Ihr Erstaunen am anderen Ende der Leitung, eine ruhige Sekunde –

Maman, ich muss dir etwas sagen. Oma ist gestorben.

Die Stille im Hörer hielt nicht lang, seine Mutter stellte Fragen über Fragen.

Ja, vor drei Wochen.

Was? Ein Schlaganfall, ganz plötzlich.

Ja, natürlich, Opa, Papa und ich.

Nein, sonst niemand.

Traurig war es.

Sehr.

Ja.

Nicki, der sich mühsam beherrschte, gab seine Antworten so sachlich aus wie eine Mensamitarbeiterin die Knödel.

Ja, vielleicht rufst du mal bei Papa an, er ist ganz allein mit Opa in Ebersbach.

Wie lange? Hat er nicht gesagt.

Hör zu, wir müssen jetzt ausstei –

Ja, adieu.

Ja.

Moi aussi.

Nicki sah sich um, der Gang war jetzt fast leer. Meine

Mutter, erklärte er unsinnigerweise, während er sich, um Ruth nicht ins Gesicht sehen zu müssen, aus seinem Sitz erhob und sich nach dem Gepäckfach streckte. Er war von seinen Pflichten befreit. Was sein Vater nicht hinbekommen hatte, nämlich die Nummer seiner Exfrau zu wählen und sie über den Tod seiner Mutter zu informieren, hatte er getan. Es war erledigt. Er war froh, dass sie mit etwas Mitgefühl reagiert hatte und nicht mit jenem höhnischen Unterton, der sonst immer in ihrer Stimme lag, wenn von seiner Großmutter die Rede war. Es war kein Hass, der sie so kalt über Oma sprechen ließ, seine Mutter hatte einmal in einem langen Gespräch versucht, ihm das zu erklären, aber damals war er ein Kind gewesen und hatte es nicht kapiert. Wir haben es miteinander probiert, deine Großeltern und ich. Es hat nicht mit uns funktioniert. Wir sind zu verschiedene Menschen. Nicki erinnerte sich noch, dass er auf ihrem Schoß saß, als sie ihm das sagte, es war kurz vor der Trennung gewesen, vielleicht kurz danach. Man mag sich oder man mag sich nicht, hatte er damals gedacht. Inzwischen wusste er es besser. Es gab Maman, mit tiefem Dekolleté und viel zu kurzem Röckchen, Maman, die glaubte zu ersticken, wenn sie nicht sprach, die durch ihre eigenen Worte atmete, Maman, die am liebsten nackt und spätnachts vor der geöffneten Kühlschranktür aß, Käse, Oliven, Bayonner Schinken, und es gab seine Großmutter, die plötzlich in der Türe stand und es einfach nicht kapierte, dass man mitten in der Nacht, nach dem Abendessen –

Alles in Ordnung?, fragte Ruth, als sie in der Abenddämmerung vor dem Flughafen standen.

Nicki hielt eine Sekunde lang den Rauch in der Lunge, sah einen startenden Flieger, dann atmete er so kontrolliert aus, als könnte etwas danebengehen, und blickte sie an.

Ja. Entschuldige.

Er nahm noch einen Zug. Es war nur, Mama wusste noch nichts, sie war doch auf Réunion mit diesem Lukas –

Ruth nickte. Sie verstand. Sie sah ihm einfach zu, wie er hastig an der Zigarette zog, dann griff sie nach ihr.

Du rauchst wie verhungert, lächelte sie, nahm, obwohl sie gar nicht rauchte, einen Zug und gab ihm die Zigarette zurück.

Bin ich auch.

Dann lass uns ganz schnell ins Hotel und dann essen gehen.

Bombenplan, sagte er, die Zigarette flog durch die Luft und rollte auf dem Gehsteig aus, während Nicki schon zum Taxi lief. Er warf das Gepäck in den Kofferraum, sie nahmen auf der Rückbank Platz, er beugte sich nach vorne und zeigte dem Fahrer einen Computerausdruck, auf dem die Adresse stand.

Die Ausfallstraße, die Vororte, die Mutter, die in die Ferne rückte, dann endlich so etwas wie Innenstadt. Das Herz, die Altstadt, das alte Herz der Stadt. Ruth sah aus dem Fenster, er griff nach ihrer Hand, sie erwiderte den Druck, sanft, und blickte ihn, als er ihre Finger zu seinem Mund führte, erstaunt an.

Hunger, sagte er und knabberte an ihrem Daumen. Nach dir, Liebste!

ER GAB SICH keine Mühe mehr. Seit Tagen saß sein Vater nur noch auf diesem Stuhl, wollte nicht aufstehen, nichts essen, nichts trinken, wollte überhaupt nichts mehr. Jürgen fragte, ob er ein Glas Wasser wolle, sein Vater antwortete: Und, was soll ich dann damit? Jürgen fragte, ob sie nicht einmal einen Spaziergang machen sollten, sein Vater antwortete: Wozu? Jürgen sagte, er müsse mal wieder zum Friseur, wie es denn mit ihm sei, sein Vater antwortete: In der Gefangenschaft haben wir uns monatelang nicht rasiert. Jürgen sagte: Man müsste sich mal um den Garten kümmern, sein

Vater antwortete: Mach, was du willst. Drei Wochen war ihr Tod jetzt her.

Vater, hast du schon gefrühstückt?, fragte er jetzt.

Das hat doch keinen Sinn mehr.

Vater, man isst nicht aus philosophischen Gründen.

Sein Vater antwortete nicht.

Jürgen wollte sich das Gefühl verbieten, aber langsam strengte es ihn an. Er wusste, dass drei Wochen keine Zeit für einen Trauernden waren, er trauerte auch, zumindest würde er es gern tun, doch sein Vater verhinderte es, indem er alle Aufmerksamkeit auf sich zog, wie ein Krater in der Straße. Nur ganz selten gelang es ihm, in sein eigenes Loch zu fallen, bei sich zu sein. Es wird schon wieder werden, tröstete er sich.

Er ging in die Küche, um ein Glas Wasser hinunterzustürzen, dann kam er ins Wohnzimmer zurück.

Vater, ich werde heute mal anfangen, dem Haus das Fell über die Ohren zu ziehen.

Sein Vater reagierte nicht. Auch das war anstrengend, dass er weder Witze machte noch auf seine reagierte – so nervig sein ewiges Herumgeulke manchmal auch gewesen war, es war besser als alles gewesen, was jetzt war.

Vater?

Ja!

Vater, ich werd nachher mal anfangen, den Efeu runterzumachen.

Wirst du nicht, antwortete sein Vater leise.

Was soll denn das auf einmal heißen.

Wirst du nicht.

Doch, das muss getan werden, und das weißt du genau.

Wirst du nicht.

Vater, ich mache heute den Efeu ab!

Das, was sein Vater jetzt brüllte, verstand er nicht, er wusste nur, dass es Wut war, ohnmächtige, übermächtige Wut.

Jürgen stand auf und verzog sich wortlos in sein Zimmer. Er schloss die Tür und drehte den Schlüssel um. Natürlich ging er nicht davon aus, dass sein Vater gleich mit rotierenden Fäusten ins Zimmer stürzen würde, dennoch fühlte er sich wie ein Schüler, der eine Sechs mit nach Hause gebracht hat, eine Sechs und eine Verwarnung wegen unentschuldigten Fehlens, er kannte das Gefühl gut –

Es wird vorbeigehen, sagte er sich, es geht vorüber. Er sagte es sich, ohne recht daran zu glauben.

RUTH, WIE SIE das Weißbrot bricht und ihm die Hälfte über den Tisch reicht. Ruth, die sich den Mund mit Pflegestift einschmiert, ihn mit den Lippen verreibt, einen Probekuss in die Luft drückt. Ruth, die ihm mit der Pinzette einen Glassplitter aus der Ferse zieht, ihr Ärztinnengesicht. Ruth, die seinen Kopf mit beiden Händen umfasst.

Einmal liefen sie durch einen Supermarkt, Ruth wanderte mit den Augen das Süßigkeitenregal ab, wollte gerade eine Packung Gianduiotti hervorziehen, da nahm er sie plötzlich in den Arm und drückte sie und sagte: Ich will immer bei dir bleiben, immer, bei dir.

Einmal, er hatte sich aufs Bett gelegt, um zu warten, bis Ruth endlich fertig angezogen war, im Fernseher lief MTV, ein idiotischer Hit, aber Ruth sang mit, tanzte halb nackt zwischen Kleiderschrank und Koffer auf und ab, bewegte halb erotisch, halb ironisch die Hüften, da erwischte er sie am Höschen, zog sie zu sich und sagte: Du bist die schönste Frau der Welt, und ich liebe dich.

Einmal blieben sie am Ende der Mole stehen, er hob sie in die Luft, tat, als wolle er sie ins Hafenwasser schmeißen, sie kreischte und lachte und schrie, bis er sie wieder herunterließ, sie versetzte ihm ein paar Stöße, rannte gackernd weg, er verfolgte sie, erwischte sie wieder, hob sie noch einmal über die Brüstung, und Ruth krähte, krakeelte und keuchte, bis Nicki sie fragte, und du willst wirklich meine Frau werden, ja? Versprich es! Schwör es mir!

Ruth mit Lachtränen in den Augen. Ruth mit geröteten Wangen. Ruth, die ihn in die Arme nimmt, die Ruth-Wärme in ihrem Nacken.

Als er ihr vor ein paar Wochen den Antrag gemacht hatte, hatte er selbst nicht so genau verstanden, was mit ihm passierte. Er hatte auf der Rückfahrt von der Beerdigung ein Ziehen in der Brust gespürt, eine Leere, er hatte an seine Großmutter gedacht, das Grab, das Haus, ein Kopf voller Bilder, trotzdem hatte er nicht das Gefühl gehabt, dass das Ziehen nur Trauer war. Er hatte angefangen, mit seinem Handy zu spielen, sich durch das Telefonbuch zu klicken, Freunde, Kollegen, Chefs, Frauen, mit denen er einmal etwas haben wollte, und Frauen, die seine Freundinnen gewesen waren, Nummern von Frauen, die nur unter ihren Vornamen gespeichert waren, weil er nie bis zu ihren Nachnamen kam, ein paar Einträge, von denen er nicht einmal wusste, wer diese »Andrea«, diese »Linda«, diese »Simone« war. Er hatte überlegt, diese Nummern endlich zu löschen, es aber wieder nicht gewagt, und während der Zug München immer näher kam, war das Ziehen in der Brust stärker geworden. Und auf einmal hatte er gewusst, dass dieses Gefühl in ihm eine Sehnsucht war, ein Liebenwollen war und dass es nur einen Menschen gab, den er lieben wollte, bei dem er bleiben wollte, bis nichts mehr war.

Ruth, völlig verheult unter den zerzausten Haaren. Ruth, die sich zu ihm herunterbeugt. Ruth, die seine Tränen wegküsst. Ruth, die Ja sagt, die ihn küsst und auch in die Knie geht und Ja sagt, ja, ja, ja, ich will. Ruth, die ihm in die Hand beißt, weil ihr die Worte fehlen.

Einmal standen sie in einem Kaufhaus an der Kassenschlange an, Ruth brauchte eine Packung Tampons und hatte ein riesiges Schokoladenherz zum halben Preis unterm Arm. Die Schlange bewegte sich kaum, die Kassiererin war dünn, anämisch und so langsam, dass Ruth sich zu ihm wandte und die Augen verdrehte. Nicki grinste zurück und schwieg. In diesem Moment wusste er ganz, ganz sicher, dass es richtig war.

DIE BALKONTÜR ging immer schwerer, Walther musste den Hebel mit seinem ganzen Gewicht herunterdrücken, das große Schiebefenster mit vollem Körpereinsatz zur Seite ziehen, fast fiel ihm dabei die Flasche Bier aus der Hand. Er blieb einen Moment lang auf der Schwelle stehen, die kühle Luft schon im Gesicht, er selbst noch in der Stube. Es tat Walther nicht leid, dass er Jürgen gegenüber so kiefig geworden war, er hatte es einfach satt, sich zu benehmen. Er war aus der Haut gefahren, und es hatte sich gut angefühlt, als hätte er sich aus einem Panzer befreit, einer dicken Hornschicht. Er blickte über das Tal, das Dorf, die kleinen, stummen Schornsteine. Er nahm einen Schluck aus der Flasche, sah das Grün, die Beete, den Garten. Das Bier war nicht kalt, er hatte es aus der Garage geholt, wo immer ein Kasten stand, es war sein erstes Bier seit Wochen, das war ihm aufgefallen, als er den Staub auf den Flaschen sah. Doch dann hatte er gedacht, es sich allein aus diesem Grund verdient zu haben –

Manchmal hatten sie zu zweit hier gestanden, den Blick in der Ferne, kein Wort hatten sie gesagt, und wenn Grethe etwas eingefallen war, die Waschmaschine, das Abendessen, hatte sie ihn nur kurz am Arm berührt, ihre Art zu sagen: Ich geh dann mal wieder rein. Sie brauchten nicht mehr viele Worte, mussten sich nichts erklären, mussten nicht streiten, sie spürten einfach, wenn der andere verärgert, erschöpft oder einfach nur einen Moment lang leer war. Grethe, leg dich doch eine halbe Stunde hin. Grethe, trink ein Glas Bier mit mir. Und wenn er ihr zeigen wollte, dass es ihm leidtat, genügte es, wenn er einfach eine halbe Stunde lang auf dem Balkon den Geist auslüftete, weil Grethe dann Bescheid wusste und zu ihm trat, ihre Hand auf seine legte, die das Geländer umfasste, und murmelte: Ist ja nicht so schlimm.

Sie brauchten überhaupt nicht mehr viel nach all den Jahren.

Frische Luft und Leitungswasser, sagte er manchmal, wenn man ihn nach seinem Rezept für die Liebe fragte, und wenn Grethe danebensaß, fügte sie hinzu: Und ein willensstarkes Herz. Und er: Man muss es wollen. Und Grethe: Und man muss sich mögen. Und er: Und man braucht eine Frau, die einem hin und wieder ein Bier gewährt. Und sie: Und vor allem eine, die einem das zweite aus der Hand nimmt.

Er nahm einen Schluck aus der Flasche, es war der letzte, er war erstaunt, wie schnell es ausgetrunken war. Er hielt das grüne Glas ins Licht, um zu sehen, ob nicht noch ein Rest Schaum darin war, hielt sich die Flasche vors Auge: eine ferne Welt.

Walther, rief es da von unten.

Walther ließ die Flasche sinken, hob automatisch die freie Hand zum Gruß. Der verkürzte Körper, das kleine Gesicht. Henschel, der in seinem Garten steht und ins Licht blinzelt.

Walther, es tut mir so leid!

Walther sah ihn nur an. Er hatte nicht daran gedacht, Henschel zur Beerdigung einzuladen, einfach nicht daran gedacht. Vielleicht hätte er es tun sollen, aber wie er hier stand, spürte er, wie fern sie einander inzwischen waren. Seit Lotte tot war, waren sie sich nicht einmal mehr auf der Straße begegnet, Henschel verließ das Haus noch seltener als er selbst. Ganz kurz fragte er sich, ob Grethe damals zu ihrer Beerdigung gegangen war, aber er wusste es nicht.

Walther, möchtest du kurz rüberkommen?

Er sah auf das Gesicht, in dem sich ein Mund bewegte, schüttelte langsam den Kopf, ein verzweifeltes Nein, Henschels Augen blinzelten jetzt nicht mehr, sondern waren groß, geweitet, Löcher, die sich mit Tränen füllten.

Kann ich irgendetwas tun?

Er bewegte den Kopf nach rechts, dann nach links, starrte den Mann da unten an wie ein seltsames Gebilde, wie einen Totalschaden, bei dem man nicht weiß, wo man anfangen soll, für den man keine Idee hat.

Du weißt, wo du mich findest, rief Henschel und rührte sich nicht vom Fleck. Geh endlich weg, dachte Walther und führte die Flasche zum Mund, ein letzter, bitterer Tropfen, er setzte die Flasche nicht ab, während er langsam die Blickrichtung veränderte, die Hügel, die Wolken, ein Schritt zur Seite, noch einer, bis er von unten nicht mehr zu sehen war. Er trat über die Schwelle zurück ins Wohnzimmer, die schwere Tür, das Krachen, als sie sich schloss. Ein letzter Blick auf das Dorf, die Dächer. Walther, der in die Küche schlurfte, hinter ihm, draußen auf dem Balkongeländer, leuchtend grün im Licht, die Flasche.

WIEDER die Nudeln mit Spanferkelragout?

Hm, machte Nicki, ohne aufzusehen. Ich überlege, ob ich nicht doch das Steinpilzrisotto nehme. Und du?

Weiß auch noch nicht.

Sie blätterten ein bisschen in ihren Speisekarten, Nicki gab auf und nahm die Weinkarte zur Hand. Wieder einmal las er sich die Weißweine durch, nicht, dass er sich wirklich ausgekannt hätte, aber es gab ein paar Namen, die ihm etwas sagten, da war zum Beispiel ein Gavi di Gavi, den es bei dem Weinhändler in Schwabing gab, und diesen Vermentino hatte auch das Portofino auf der Karte.

Was meinst du, sollen wir vielleicht mal den Soave probieren?

Nein, antwortete Ruth, ohne aufzusehen, lass uns doch beim Vermentino bleiben, da weiß man, du weißt schon –

Es war ihr letzter Tag in Alghero. Sie saßen in dieser Osteria auf der Piazza Civica, die sie am zweiten Abend entdeckt hatten und die sie nur »die Osteria« nannten, als sei sie die einzige in der Stadt. Sie hatten es schnell aufgegeben, sich durch die engen Gassen der Altstadt treiben zu lassen, in der Hoffnung, der Abend spüle sie in irgendein anderes Lokal, in eines, das verlockender, sardischer, heimeliger war. Schon beim zweiten Besuch hatten sie ihren Lieblingsplatz, beim dritten Mal erkannte sie der dicke, traurige Kellner wieder und besah sie mit einem Lächeln, das vielleicht nur ein Zucken im Bart war. Und jedes Mal lasen sie die ganze Karte wieder, von vorne bis hinten und wieder nach vorn, um dann, wenn der Kellner mit seinem Bestellblock kam –

Alora?

Pappardelle Porcheddu, per favore … e a secondo … il Agnello allo Zafferano. Grazie.

La segnora?

Pane frattau e …

Coniglio con Patate?

Si.

Prego. Aqua? Vino?

Sie bestellten immer das Gleiche, Gang für Gang, der Kellner bemühte sich weiterhin um dialektfreies Italienisch und nickte mit melancholischem Charme. Dennoch waren sie ein wenig beschämt deswegen. Sollte diese Reise nicht eigentlich eine Flucht aus der Routine sein? Etwas anderes als die ewig gleichen Straßen mit den ewig gleichen drei, vier Restaurants und Bars, auf die sie sich geeinigt hatten? Vor allem Nicki empfand es so. Er hatte sich immer gesträubt gegen Ruths Wunsch, Rituale zu schaffen, gemeinsame Orte zu finden, wie sie es nannte, Heimat, er hatte es faul gefunden, langweilig, sedierend. Gewohnheitsmenschen – waren das nicht die Leute, die sich in Routinen flüchteten, um dem Druck zu entgehen, der darin lag, sich immer wieder neu zu entscheiden? Die Freunde brauchten und Sicherheit und die es nicht ertragen konnten, mal einen Abend lang etwas anderes als sie selbst zu sein? Und jetzt saß er hier auf Sardinien, die Sonne ging auf, unter und wieder auf, und er saß hier mit Ruth und genoss das sanfte Schaukeln, das in der Gewohnheit lag.

Ein allerletztes Mal, verteidigte Nicki ihre Bestellung, nicht ohne über sich selbst zu grinsen. Stell dir vor, sagte er und hob die Rechte zur Deklamation in die Höhe, stell dir vor, wir säßen an unserem letzten Abend in irgendeinem geschmacklosen Laden und der Wein wäre schlecht und das Essen scheußlich –

Idiotisch, sagte Ruth, wie schnell man sich auf manche Dinge fixiert hat, oder?

Wieso? Dich will ich doch auch jeden Abend wieder, sagte Nicki charmant.

Ruth tat beschämt, machte eine gezierte Geste, fing dann aber noch einmal an.

Im Ernst, Nicki, woran liegt das? Ich meine, geht es tatsächlich nur darum, schlechte Erfahrungen zu vermeiden, indem man einen auf Nummer sicher macht?

Nicki verschränkte die Arme vor dem Oberkörper, während sie sprach, dann stützte er sich auf die Ellenbogen und lehnte sich nach vorn. Debattierclub-Haltung hatte Ruth das einmal genannt.

Hm. Ich glaube, das hat eher etwas mit diesem Teletubby-Ding zu tun, nach dem Kinder so verrückt sind, weil pro Sendung ungefähr 36-mal das Gleiche passiert. Angeblich, weil sie auf diese Weise lernen. Ich persönlich glaub ja, dass der Mensch ganz prinzipiell die Wiederholung liebt. Alle jubeln, wenn sie auf einem Konzert den Text auswendig kennen. Man freut sich, wenn man beim München-Tatort das eigene Viertel sieht. Oder wenn man in Büchern etwas wiedererkennt, einen Ort, ein Zitat, eine Eigenart.

Du meinst, wir sind wie Hunde, die immer wieder nach demselben Stöckchen springen?, fragte Ruth. Nicki sah ihr an, dass sie mit dem Gedanken nicht einverstanden war.

Nein, sagte er und dachte einen Moment nach, ehe er weitersprach. Nein, ich glaube, es hat eher etwas damit zu tun, dass der Mensch überall nur sich selbst sucht, seinen Spiegel, das, was er als ein Stück seiner Geschichte empfindet, als Teil seiner Identität. Deshalb tun wir uns auch so schwer damit, etwas Neues zu sehen, etwas anderes zu mögen. Ich vermute, das Ganze ist neurobiologisch bedingt.

Die bösen Muster im Hirn!

Ja, nein, ach, ich bin müde, wehrte Nicki mit verlegenem Lachen ab.

Ruth wurde noch einmal ernst. Früher waren wir nicht so, sagte sie und wirkte tatsächlich ein wenig deprimiert.

Genau, und jetzt werden wir alt und spießig, versuchte Nicki sie zum Lachen zu bringen, und wir werden uns von Schwarzwälder Kirsch und Hackbraten ernähren, wie als Kinder! Und das Schönste ist: Wir können ganz ohne schlechtes Gewissen so futtern, wir können ja nichts dafür! Weil Traditionen, Nicki erhob den Finger, weil Traditionen nämlich in Wirklichkeit nichts Soziales sind, sondern etwas, das uns das Hirn diktiert!

Sag so was nicht. Ruth lächelte betrübt. Nicki nahm ihre Hand und streichelte sie, er hatte doch nur Spaß gemacht und hoffte, sie würde es verstehen, wenn er beim Spaß blieb:

Weine nicht, du holdes Wesen, es wird schon nicht so schlimm.

Ihr Gesicht hellte sich auf. Abrupt zog er die Hand vom Tisch. Der Kellner näherte sich. Nicki machte eine Kopfbewegung in seine Richtung.

Achtung, da kommt der Dottore mit den Crostini!

Sie hatten den Ober eines Abends beschwipst so getauft, dabei sah er mit seinem Schnauzbart und dem müden Blick eher wie ein suizidgefährdeter Schafhirte aus. Er stellte ihnen traurig zwei Teller hin, je drei geröstete Brotscheiben lagen darauf, mit frischen Tomaten, Olivenpaste und Hühnerlebercreme. Er öffnete den Wein, ließ Nicki geduldig probieren, der nickte, der Ober füllte die Gläser und zog sich zurück. Chinchin! Sie stießen an, der Wein war köstlich, Nicki legte sein Tomaten-Crostino auf Ruths Teller, Ruth lächelte dankbar und gab ihm eines von ihren, das mit der Hühnerlebercreme, die sie nicht mochte. Sie begannen zu essen, kauten, Nickis Blick verirrte sich, traumverloren blickte er irgendwo in Richtung Nachbartisch –

Weißt du, was das Gute ist?, fragte er unerwartet, auch für ihn selbst. Ruth sah ihn an, voller Erwartung, aber dann sagte er nur: Ach, nichts.

Ruth lächelte und kaute weiter, auch ihr Blick schweifte ab. Er nahm noch einen Bissen, leckte sich ein wenig Olivenpaste von der Oberlippe und musste lächeln. Das Gute war, dass diese Diskussion völlig müßig wurde, wenn die ewige Wiederholung so wunderbar war wie dieser Moment.

EIN PAAR MINUTEN lang saß Jürgen vor dem geschlossenen Klavier, er berührte mit dem Finger die Spitzendecke, die auf dem Deckel lag, hell- und dunkelrote Blüten, die Blätter in Form von Tropfen, mit Fäden gemalt. Er sah seine Mutter über eine Plattsticharbeit gebückt im Sessel sitzen, damals, in der Wellersdorfer Wohnstube, sah sich selbst in einer Ecke mit seinem Blechauto spielen, in einem Buch blättern, einem Weltatlas, einem Tierleben, vielleicht las er auch *Moby Dick.* Er wusste noch, wer ihm das Buch geschenkt hatte, es war Tante Martha gewesen, Grethes Schwester, die in Plauen lebte, sie hatte es ihm bei einem ihrer Besuche in Wellersdorf mitgebracht. Immer wieder war sie mit Geschenken gekommen, mit altem Spielzeug seiner Cousins, das heile geblieben war. Sie war es auch gewesen, die nach der Flucht ihrer Schwester die wertvollsten Sachen aus dem Haus gerettet hatte, Fotos, das Silberbesteck, die Stick- und Spitzendeckchen, die dann zu Weihnachten, zu Ostern, zum Geburtstag nach und nach in Päckchen aus braunem Packpapier aus der DDR nach Westdeutschland kamen. Er dachte an seine Cousins, Winfried und Georg, er konnte sich nicht an sie erinnern, nicht wirklich, aber er hatte Bilder von ihnen im Kopf, Gruppenfotos mit Onkel Fritz in Uniform, er sah sie mit den bayerischen Lederhosen, die sie wiederum von anderen Cousins geerbt hatten, er sah sie in der HJ-Uniform, er sah sie im Luftschutzkeller liegen, kirschrote Gesichter –

Lange hatte er geglaubt, Tante Martha hätte ihm die Sachen nur geschenkt, damit sie nicht in den Mülleimer kamen oder in den Gebrauchtwarenladen, damals hatte man Dinge ja noch nicht einfach so weggeworfen, man hatte Mäntel aus alten Wolldecken und Wolldecken aus alten Mänteln gemacht, aus altem Brot wurden Knödel, aus alten Knödeln eine Bauernpfanne. Und so dachte er, es ginge auch hier um eine Art Altstoffverwertung am Kinde, er war dankbar, denn seine Mutter war schon froh, wenn sie ein Pfund Zucker bekam. Als er Jahre später mit dem Abitur in der Tasche im Zug nach Berlin saß, um dort die Sektorengrenze zu überschreiten und das Land zu verlassen, musste er in Plauen umsteigen, und weil er drei Stunden Wartezeit zu überbrücken hatte, besuchte er Martha in ihrer neuen Wohnung, die ganz in der Nähe des Oberen Bahnhofs lag.

Ich wollte nur noch einmal vorbeischauen, hatte er gesagt und dabei in eine Ecke geschaut, und sie hatte ihn angesehen und gesagt: Ach Junge, und dann: Lass uns an die Luft gehen. Sie suchten sich eine Bank vor dem Oberen Bahnhof, der damals noch immer eine Behelfsbaracke war, setzten sich, er hatte den gepackten Koffer zwischen den Beinen, sie redeten über seine unmittelbaren Pläne in Berlin, über Geld, die Formalitäten, hin und wieder ergriff sie seine Hand, um sie gleich wieder loszulassen, er war ja kein Junge mehr, sondern ein junger Mann. Sie sprachen über sein gewähltes Studienfach, Elektrotechnik, darüber, wie gut die Berufsaussichten waren. Irgendwann nickte sie in Richtung des Koffers und sagte: Deine schönen Bücher kannste wohl nicht mitnehmen? Er schüttelte den Kopf, beschämt, obwohl ihr Gesicht ohne Arg war. Schade, sagte sie, als du klein warst, hast du mir so schön von *Moby Dick* erzählt. Mit sooo großen Augen, sagte sie und zeigte es mit den Fingern, und dann sagte sie den Satz, den er nie vergessen hatte: Manchmal hab ich das Gefühl gehabt, dass Winni und Georg noch da sind, ganz einfach nur, weil du wie sie *Moby Dick* geliebt hast.

Jürgen musste schmunzeln, als er an Tante Martha dachte, er riss zum Spaß die Augen auf, sooo groß, er stand vom Klavier auf, ohne gespielt zu haben, stellte sich vor das Regal, zog hier und da einen Band heraus, nur einen Zentimeter weit, und schob ihn dann wieder zurück in die saubere Reihe, die Adenauer-Biografie, *Der Name der Rose,* Verschiedenes von Peter Scholl-Latour, aber kein *Moby Dick*. Er ging nach nebenan ins Wohnzimmer, aber auch dort fand er das Buch nicht.

Er nahm gedankenverloren einen anderen Band zur Hand, Heinrich Böll, *Der Engel schwieg,* die Seiten knarzten, als er es aufschlug, es war ungelesen. Auf dem Vorsatzblatt las er die Widmung:

*Dem Vater zu Weihnachten,*
*Jürgen*
*1992*

Er hatte das Buch selbst gelesen und nicht gemocht, er fand es übertrieben, aufgeblasen, kitschig fast, er blätterte darin, um sich zu erinnern, ja, kitschig war das richtige Wort, sinnheischend, wo kein Sinn war, Schicksalsgötter vermutend, wo es keine gab: Natürlich schweigen Engel, wenn sie aus Marmor sind! Er zog ein anderes Buch heraus, Nossack, *Der Untergang*, ebenfalls ein Geschenk von ihm:

*Dem Vater zum 51. Geburtstag,*
*Jürgen*
*Februar 1964*

Wieder blätterte er darin, ihn graute es, als er die Sätze darin las, den von der Kuh, die anklagend und hilflos von einer fernen Weide schrie, den von dem Entwarnungssignal, das nach dem großen Angriff verschüchtert erklang, und den von dem gellenden Todesschrei der Autos, die durch die Stille fuhren.

Aber Kühe klagten nicht an, Sirenen hatten noch nie Mut gehabt und Autos konnten kaputtgehen, aber nicht um ihr Leben kreischen. Es waren Worte, nichts als aufgebauschte Worte, die die Wahrheit verkünstelten wie ein Drechsler, der aus einem Stück Eichenholz ein Rokokostuhlbein macht. Er hatte die Bücher damals gelesen, in der Hoffnung, endlich zu verstehen, was das für Bilder waren, die seinen Kopf nicht verließen, für die er keine Worte, nicht einmal Farben fand. Nie wieder hatte er so ein Rot gesehen, so ein Gelb, so ein Orange wie das, das am Himmel über Plauen stand, und nie wieder hatte er etwas so grün wachsen sehen wie das Gestrüpp, das schon kurze Zeit später aus dem Schutt kam, und nie wieder hatte er so eine Sonne gesehen wie die, die durch die leeren Fenster der in den Himmel ragenden Fassaden schien, und keinen Kirchturm hatte er so ragen sehen wie diesen erstarrten Finger, der aus dem Trümmerhaufen stach. In keinem Buch fand er diese Bilder wieder, die Worte erinnerten so wenig daran, wie ein Völkerschlachtdenkmal an den Tod von Menschen erinnern kann. Und dennoch hatte er seinem Vater diese Bücher geschenkt, Jahr für Jahr.

Warum? Um ihn zu quälen? In der Hoffnung, vielleicht so über etwas zu kommunizieren, über das man eigentlich nicht sprach? Immer wenn er nach ein paar Monaten nachgefragt hatte, ob er inzwischen mal Zeit gehabt hätte, reinzusehen, hatte sich sein Vater mit der Arbeit herausgeredet, er komme ja kaum mit der Zeitung durch. Er las sie einfach nicht. Probehalber holte er einen Márquez-Band aus dem Regal, *Hundert Jahre Einsamkeit,* völlig unverfänglich, aber der Rücken knarzte, als er ihn aufschlug. Er las einfach nicht.

Im obersten Fach sah er ein paar Bildbände stehen, *Schöne Müritz, Harzer Wanderwege,* er nahm einen Band mit dem Titel *Wanderungen im Bezirk Neubrandenburg* zur Hand, *VEB Brockhaus, Leipzig, 1963,* er sah vorne nach. Sein Vater hatte eine Tante an den Uckermärkischen Seen gehabt, sie hatten sie nur einmal besucht, er überlegte, wie der Ort hieß, direkt am See hatte sie ihr Haus gehabt, ein See, der dunkel und klar zugleich gewesen war, die Oberfläche ganz glatt, bis auf die Fußtapser, die die Wasserläufer hinterlassen hatten, er blätterte und blätterte, Tollensesee, Malchin, Kummerow, Reuterstadt, Müritzgebiet, FDGB-Urlaubersiedlung »Völkerfreundschaft« Klink, aber sosehr er suchte, er konnte den Ort nicht finden oder erkannte ihn nicht wieder. Er stellte den Band zurück und entdeckte ein dickes Buch, dessen Rücken bereits so abgegriffen war, dass sein Blick vorhin darüber hinweggeglitten war. *Kleine Geschichte von Wellersdorf* stand da in verblasster Goldschrift auf beigefarbenem Leinen. Er zog es heraus, schlug es auf, blätterte. Dann hatte er es plötzlich eilig.

Er fand seinen Vater gedankenverloren auf der Gartenbank. Sie hatten sie gemeinsam vor ein paar Jahren auf die Terrasse gestellt, hatten lange überlegt und diskutiert, wo der ideale Ort für sie wäre, nah an der Hauswand wegen der abstrahlenden Wärme am Abend, unter dem Balkon, falls es regnete, und an einer Stelle, die mittags im Schatten lag, abends jedoch Sonne bekam. Jetzt hingen Wolken am Himmel, es regnete zwar nicht und war auch nicht kalt, dennoch war das Wetter nicht so angenehm milde, dass man gern auf der Terrasse saß.

Woher hast du das?, fragte Jürgen, als er neben ihm saß.

Sein Vater warf einen trägen Blick auf den Band auf seinem Schoß.

Müsstest du Grethe fragen.

Jürgen sah ihn an, hilflos, wütend, traurig.

Martha wird es geschickt haben, erbarmte sich Walther.

Tante Martha. Hab ich mir fast gedacht. Hast du's dir schon mal angeschaut? Es interessierte Jürgen, ob der Band schon so zerblättert angekommen war.

Immer wieder mal, sagte Walther schwach und blickte auf das Buch, jetzt schon aufmerksamer, dann sah er weg und tat, als interessiere es ihn nicht, guckte dann doch wieder hin, und wieder weg, als sei es ein besonders knuspriges Stück Bratkartoffel auf einem fremden Teller.

Wollen wir? Jürgen hielt ihm den Band hin, wollte ihn aufschlagen, aber sein Vater stoppte ihn.

Jetzt nicht, ich muss mal los, sagte er plötzlich, als wolle er zur Arbeit gehen, und stützte die Hand auf die Armlehne auf.

Wo musst du denn so dringend hin?, fragte Jürgen neckend.

Ins Haus.

Walther rutschte mit dem Hintern ein wenig vor, stand aber nicht auf.

Und?

Er sank zurück auf die Bank.

Ich will doch noch ein wenig bleiben.

So saßen sie und schauten in den Garten, in dem das Gras hoch stand und das Unkraut zu wuchern begann. Es hatte ein paar Mal kräftig geregnet in letzter Zeit.

Man müsste sich dann doch mal wieder um den Garten kümmern, sagte Jürgen vorsichtig.

Ja.

Ich werd morgen mal mähen, was?

Ja.

Und hier? Jürgen berührte eine von Walthers Haarsträhnen mit den Fingern, sie wuchsen schon über die Ohren. Die Geste gelang ihm mit einer Sanftheit, die ihn selbst überraschte.

Jürgen, lass das. Walthers Stimme war ruhig, eine verzweifelte Ruhe.

Na gut, sagte Jürgen, seufzte und stand auf. Ich muss dann mal. Er legte sich ein extraschelmisches Grinsen ins Gesicht, aber Walther starrte nur weiter vor sich hin. Jürgen bemerkte, wie er errötete, und sah zu, dass er wegkam.

Jürgen!

Jürgen fuhr herum, ging ein paar Schritte zurück, sein Herz hüpfte, jetzt, dachte er, jetzt!

Hilf mir mal auf.

Jürgen reichte ihm die Hand. Walther griff zu und versuchte, sich hochzuziehen, hatte aber nicht genug Kraft, Jürgen musste ihn mit der freien Hand am Oberarm packen und seinerseits ziehen – ein paar wackelige Sekunden, dann stand Walther breitbeinig da. Er sah an sich hinunter, strich sich die Hände am Oberkörper ab und warf ihm einen Blick zu, den er nicht verstand. Oder doch? Die Bank hatte er bislang noch immer alleine geschafft. Jürgen ging voraus, um seinen Vater nicht durch noch mehr Zuwendung zu beschämen. Im nächsten Moment hörte er einen Fluch, einen Fall.

Jürgens Vision: sein Vater, der tot auf der Terrasse liegt.

Schon als er ihm aufhelfen wollte, fing Walther an zu streiten. Und als sie endlich wieder im Wohnzimmer standen, war er dem Schreien nah.

Nein!

Vater!

Jürgen! Jetzt gibt's aber gleich was auf den Nischl.

Vater, pflaum mich nicht an!

Jürgen, ich sag's dir jetzt zum allerletzten Mal! Ich brauche keinen Arzt!

Walther machte ein paar Schritte durchs Wohnzimmer, drehte wieder um, breitete die Arme aus und winkte ihn wie ein Boxer mit der rechten Hand heran.

Na? Siehst du?

Aber du bist hingefallen!

Gestolpert!

Aber da unten ist nichts, über das man stolpern kann!

Die Terrassenplatten! Sind offensichtlich nicht ordentlich ausgelegt worden!

Jürgen versuchte durchzuatmen. Er hatte die Terrasse gepflastert, in der sengenden Sonne, tagelang, er hatte zwei Wochen Urlaub genommen, in denen Colette sich gelangweilt hatte und unausstehlich gewesen war, in denen Nicki nicht aufgehört hatte, um ihn herumzuhampeln, der Kleine wollte ein Steinplatten-Fort bauen, das um ein Haar über seinem zarten Schädel eingekracht wäre.

Vater, wenn du so weitermachst, reise ich ab.

Endlich! Endlich! Auf den Satz warte ich schon wochenlang!

Jürgen machte ein wütendes Geräusch, marschierte in sein Zimmer, warf ein paar Sachen in einen Koffer und verließ das Haus. Er ließ die Haustür knallen, das Gartentor, die Klappe des Kofferraums. Dann startete er den Motor und gab Gas.

EIN AUGENBLICK des Sieges. Zufrieden stand Walther im Wohnzimmer, selbstgewisses Lächeln, strahlender Blick. War der Herr Aufpasser endlich weg! Es wäre ja auch zu lächerlich gewesen. Sein Sohn! Hier! Der nur darauf wartete, dass ihm etwas passierte, der darauf lauerte, ihm Vorwürfe zu machen, ihn zu ermahnen, zurechtzuweisen – zu erziehen!

Zufrieden ging er zu seinem Stuhl. Ehe er sich hinsetzte, legte er ein Sofakissen darauf, so war die Sitzfläche höher, so würde es gehen. Vorsichtig stützte er sich auf dem Tisch ab und lauschte in seine Hüfte hinein, als er sich niederließ. Der Schmerz, war er etwa schlimmer –

Es ging. Er saß. Das Ziehen in der Hüfte ließ auch langsam nach. Er wartete, bis es ganz abgeklungen war. Als er sich vorbeugte, um nach der Fernbedienung zu greifen, stach der Schmerz wieder zu. Verdammt noch mal. Wie wütend Jürgen gewesen war. Er kannte ihn so nicht. Überhaupt nicht. Und er selbst –

Ein beherrschter Junge war Jürgen immer gewesen, vielleicht ein bisschen zu verzärtelt und zu sehr auf die Mutter fixiert, aber niemals bockig oder eingeschnappt, schon als Kind nicht, er hätte es sich auch verbeten, Jähzorn war was für Hunde, die Katzen jagen. Und er selbst –

Es hatte rausgemusst. Er hatte es nicht mehr ausgehalten, sich zusammenzureißen, hatte die Schnauze voll von dem ewigen Vater hier, Vater da. Zugegeben – er war vor sich selbst erschrocken. Dieses Mal noch mehr als vor ein paar Tagen. Er war kein Mann, der brüllte oder sonst wie eine lose Gosche hatte. Jähzorn war was für Hunde, die –

Das wohltuende Gefühl des nachlassenden Schmerzes. Er schloss die Augen. Wie ein inneres Unwetter zog er ab, die Frische, Kühle danach. Er ließ den Daumen über die Knöpfe der Fernbedienung gleiten. Die Stille im Haus.

Stille –

Stille –

War er zu weit gegangen? Er drückte einen der Knöpfe, schaltete aber sofort wieder aus. War da etwas?

Jürgen?

Jürgen?

Er hatte sich verhört. Verdattert schüttelte er den Kopf, schaltete den Fernseher erneut ein, Fußball, er drehte den Ton sofort leiser. Hin und wieder glaubte er, ein Geräusch zu vernehmen, und fuhr auf, aber immer war es nur ein Knacksen gewesen, die Heizung, eine Diele, das Haus. Er war froh, dass es bloß ein Zweitligaspiel war, in der Ersten Liga oder der Champions League konnte er auch dann nicht mehr gut folgen, wenn der Ton ganz aufgedreht war – der Fußball war immer schneller geworden über die Jahre, ganz im Gegensatz zu ihm. Anfangs hatte ihn das nervös gemacht, inzwischen nahm er es hin. Meistens guckte er ohnehin nur, weil nichts Besseres kam. Spielertransfers, Auf- und Abstiegskämpfe, all das interessierte ihn längst nicht mehr. Ein Ball auf einem Spielfeld, Männer in Bewegung, schöne Tricks und öffnende Pässe, das war Fußball für ihn, darin konnte er versinken.

Als das Spiel zu Ende war, merkte er, dass er Durst hatte, ein wenig Hunger auch. Er dachte an Grethe, die nicht in der Küche war. Er begann, zwischen den Kanälen hin und her zu schalten, lauschte noch einmal in Richtung Eingangstüre, von Jürgen war immer noch nichts zu hören. Ob er wirklich zurück nach München gefahren war?

Etwas machte ihn nervös. Er versuchte, sich an der Tischplatte hochzuziehen, um doch etwas zu trinken, aber seine Hand zitterte so stark, dass es ihm erst beim dritten Anlauf gelang. Als er stand, merkte er, dass es draußen dunkel geworden war. Keine einzige Lampe im Zimmer brannte, nur der Fernseher streute sein bläuliches Licht.

Er sah nicht mehr gut bei Nacht.

Genau genommen sah er im Dunkeln so gut wie überhaupt nichts mehr.

Eine Hand an der Tischplatte, wartete er ab, bis der Bildschirm etwas Weißes oder zumindest Helles zeigte, dann tappte er los in Richtung Lichtschalter. Aber auf halber Strecke verdunkelte sich das Bild, um ihn herum wurde es Nacht, und Walther wurde klar, dass er alleine war.

ES WAR SPÄT, als Jürgen die Tür aufsperrte. Er hielt inne, nahm einen letzten Zug von der kalten Nachtluft, dann erst trat er ein. Im ersten Augenblick verwirrte ihn die Dunkelheit. Er hatte ein bisschen was getrunken, nicht viel, ein Pils, zwei Cognac, aber genug für einen, der keinen Schnaps gewohnt war. Er musste sich nicht die hohle Hand vor den Mund halten, um seinen Atem zu riechen. Ein wenig bereute er seine Schwäche, andererseits hatte das Brennen im Hals gut getan, ihn ruhiger gemacht. Eigentlich hatte er nur ein Bier trinken wollen, aber dann hatte er das Gefühl, dass sich in der »Dicken Marie« etwas verändert hatte, er wusste nur nicht genau, was. Der Alkohol brachte ihn auf andere Gedanken, er genoss es, so zu sitzen, er nahm einen zweiten Schnaps und kam darüber mit dem Mann ins Gespräch, der an seinem Tisch saß.

Augustin? Grethe? Tot? Oh weh!

Der Mann war der Metzger Moser, stellte sich heraus. Bei dem sie die gute Leberwurst kaufte, fragte Jürgen nach, Moser nickte nicht ohne Stolz, und Jürgen dachte noch, dass Gesicht und Schultern viel zu schmal für einen Metzger waren, das Gesicht blutleer wie bei einem Vegetarier, spillerig, so hätten sie früher gesagt. Jürgen verkniff sich einen Kommentar und fragte nach seinem Geheimrezept. Moser beugte sich über den Tisch, sodass sein Kinn fast auf der Tischplatte lag, ein tiefer Blick von unten, die alkoholschweren Lider halb geschlossen, ein müder Straßenköterblick. Der Metzger holte Luft, zählte ein paar Zutaten auf, da hob Jürgen, der längst nicht so besoffen war, die Hand und sagte: Stopp!

Moser fuhr auf.

Majoran, rief Jürgen triumphierend. Majoran, Nelken und eine Spur Muskat. Na?

Moser schaute noch verdutzter. Koriander, sagte er dann langsam.

Jürgen formte mit der Hand eine Pistole und zielte damit auf die Stirn des Mannes, der seinen Kopf nun auf die Hand stützte.

Koriander, das war's!

Jürgen ließ sich noch etwas über die Herstellung erzählen, wie viel Fleisch, wie viel Leber, welcher Darm, bis Moser schließlich völlig betrunken war. Meine Frau, der Schnaps, erklärte er und machte eine kreisende Handbewegung, die die Verzweiflung der ganzen Welt umfasste. Mit ausladenden Schritten wankte er in Richtung Ausgang, hob dabei noch einmal die Hand, ohne sich umzudrehen, und stieß gegen den Türrahmen. Jürgen grüßte zurück, als sei nichts, und ließ die Rechnung kommen. Ein absurd niedriger Betrag. Er stieg ins Auto und fuhr im Schneckentempo zurück in Richtung Wolfsweg, lächelnd über den gelungenen Abend. Alkohol ist ein Lösungsmittel, der Spruch fiel ihm ein, als er im Flur die Schuhe von den Füßen streifte. Fast hätte er laut gekichert.

Er war nicht überrascht, als er seinen Vater schnarchend auf dem Sofa fand. Der Fernseher lief, irgendein Teleshopping-Nachtprogramm, er fand die Fernbedienung auf dem Teppich liegend, darüber hing wie eine tote Spinne Walthers erschlaffte Hand. Er hob die Fernbedienung auf, nahm das Sofakissen vom Stuhl, setzte sich und schaltete den Fernseher aus. Augenblicklich versanken die Möbel im blassen Licht des Mondes, der vor dem Fenster –

Gott!

Nein, ich! Jürgen war bestens gelaunt und beobachtete lächelnd, wie Walther mit beiden Händen orientierungslos Sofa und Wolldecke abtatschte.

Sind sie da?

Wer? Es amüsierte ihn, seinen verwirrten Vater zu foppen.

Müssen wir schon los?

Kommt drauf an, wo du hinwillst. Jürgen meinte es nicht böse, es war nur Spaß –

Dann rief sein Vater nach Grethe.

Grethe?

Ein Wort, ein Blitz, der ihn ins Herz traf. Zu lang brauchte er, um zu überlegen, was jetzt zu tun und zu sagen war, Grethe, rief Walther schon wieder, Grethe, kommen sie?

Was er nur meinte? Das Geschrei machte Jürgen Angst, sein Vater träumte ja nicht, er war wach. Ihn beruhigen, dachte Jürgen, beruhigen, also griff er nach ihm und erwischte durch die Wolldecke hindurch das Schienbein, den harten Knochen, er wollte es fest streicheln oder irgendwas, plötzlich ein Tritt, ein Strampeln, Grethe, plärrte sein Vater jetzt richtig laut –

Vater, brachte er endlich hervor, ich bin's doch nur, Jürgen!

Jürgen? Jürgen? Sein Vater rief nun nach ihm, nicht minder laut als vorher, sodass Jürgen schrie:

Ja! Ich bin da!

Jürgen! Langsam beruhigte er sich.

Du bist vor dem Fernseher eingeschlafen, ich hab nur ausgeschaltet, damit du Ruhe hast.

Sein Vater glotzte ihn an, helle, stumpfe Flecken zwischen dunklen, tiefen Falten, ein Gesicht wie ein Lavafeld, es glotzte, ohne auch nur ansatzweise Verstehen oder Erkennen zu zeigen.

Möchtest du ins Bett?

Das Gesicht nickte stumm.

Okay, lass mich eine Sekunde sitzen, ich helf dir gleich.

Der Kopf fiel zurück aufs Kissen. Jürgen atmete durch, ein paar Atemzüge lang, dann hörte er seinen Vater schnarchen. Jürgen sah ihn an, sah sein Gesicht im Mondlicht, die eigenartigen Wege, die die Furchen zogen. Im Halbdunkel wirkte es, als schliefe er gar nicht, sondern zermartere sich das Hirn. Was träumst du da?, fragte Jürgen leise, als der Körper sich unter der Bettdecke zu bewegen begann, Walthers Hände ballten sich zu Fäusten, rafften die Wolldecke zusammen, die Beine fingen zu strampeln an, zaghaft zog Jürgen die Decke wieder zurecht, aber kaum dass der Körper wieder ganz bedeckt war, ging das Strampeln weiter, als würde er Fahrrad fahren oder einen Berg besteigen. Die Decke landete irgendwo zwischen seinen Beinen.

Im Gästezimmer zog Jürgen sich aus, langsamer, als er es gewohnt war. Er schlüpfte in seine Schlafanzughose, ließ wie immer das Unterhemd an, setzte sich auf dic Bettkante und streckte die Beine aus. Er bewegte die Zehen im Dämmerlicht, Leichenzehen, dachte er fasziniert, alter Mann. Er sah rüber zum Klavier, das Grabfeld der Bilderrahmen, hundert Augen, die aus dem Halbdunkel starrten. Das Porträt seiner Mutter als junge Frau, sie sah auf Fotos immer so skeptisch aus, ängstlich sogar, man wollte sie beschützen, sie, die jeden Schutz immer von sich gewiesen hatte, die es alleine schaffen wollte, alles allein, dachte er und musste einen Moment lang die Augen schließen, weil sonst Tränen kamen, er blinzelte und ließ seinen Blick zum Fenster gehen. Das Haus, die Welt, wie leer seitdem alles war, leer gefegt wie ein verlassenes Zimmer. Er rieb sich mit der flachen Hand über das Gesicht, spürte die Bartstoppeln, die Haut, die trocken war, er rieb und rieb –

Du bist müde, beruhigte er sich und gähnte, obwohl ihm nicht danach zumute war. Einfach müde, beschwor er sich, schlug die Decke zurück und legte sich ins Bett. Er drehte sich auf die Seite, eine Hand unters Kissen, die andere darüber vors Gesicht, als wolle er sich den Daumen in den Mund schieben, aber das tat er nicht. Hoffentlich hat er heute Nacht nicht einen seiner Träume, dachte er noch und beeilte sich einzuschlafen.

Doch dann schrie er wieder. Jürgen wusste nicht, ob es schon tiefer Schlaf oder nur ein kurzer Schlummer war, aus dem er erwachte. Sein Vater schrie. Verzweifelt, wie ein verzweifeltes Tier. Als Kind hatte Jürgen oft voller Angst in seinem Bett im Dachboden gelegen, als der fremde Mann ein Stockwerk tiefer um sein Leben schrie, später lernte er, dass Beten half, irgendein leise hervorgestoßenes Nachtgebet, aber als er es zum ersten Mal gehört hatte, war er aufgestanden und wie ein Traumwandler die Treppe nach unten gestiegen, die Schlafzimmertür seiner Eltern quietschte leise, das Ehebett erschien im Dunkel, spukhaft und weiß ... Er sieht die Mutter, die im Bett sitzt, das Nachthemd ist ihr von der Schulter gerutscht, sie sitzt da, neben ihr ein mit den Laken kämpfender Vater, sie legt den Zeigefinger auf die Lippen und schaut ihn ganz ruhig an. Jürgen geht auf sie zu, Schritt für Schritt, die Hände voran, dringt zu ihr vor durch das Geschrei und Gestrampel des Mannes, das plötzlich verstummt, als er an ihrer Bettkante sitzt. Psst, macht sie noch einmal und wartet, ob Walther wirklich schläft.

Er träumt, flüstert sie. Er träumt vom Krieg.

Jahrelang hatte sein Vater geträumt, seine ganze Kindheit lang. Erst nach der Flucht, als sie bereits eine Weile im Westen waren, hatte seine Mutter ihm einmal gesagt, dass es aufgehört habe. Jetzt sind die sauren Zeiten vorbei, hatte sie gesagt, jetzt kommt endlich das Glück dran! Er hatte ihr die Schulter gedrückt, und sie hatten sich angesehen, lange und tief.

Und nun waren die Träume zurück. Inzwischen kamen sie fast jede Nacht, vielleicht sogar jede, er konnte es nicht mit Bestimmtheit sagen. Das erste Mal hatte er ihn in der Nacht nach Grethes Beerdigung gehört, als er schlaflos am Klavier gehockt hatte, die Klappe offen, die Finger berührten die Tasten, eine mit stummen Lippen gesummte Melodie, da begann das Brüllen. Mach, dass es aufhört, hatte er gedacht, bitte, mach, dass es bald zu Ende geht, und er hatte weitergespielt – bis es vorbei war. Das stille Spielen hatte geholfen, wie früher das Beten geholfen hatte, vielleicht weil Musik und Gebete sich nicht unähnlich waren, die sanften Melodien, der ruhige Strom der Rhythmen –

Jürgen drehte sich im Bett, das Brüllen hörte nicht auf, hörte einfach nicht –

Bevor des Tages Licht vergeht,
hör, Welterschaffer, dies Gebet:
Der du so milde und so gut,
nimm gnädig uns in deine Hut.

Er hatte vergessen, wie das Gebet weiterging, und so wiederholte er die Verse, klammerte sich an den Zeilen fest, um sie nicht zu verlieren, er wiederholte sie, bis er sich selbst darin verlor. Dann war es plötzlich still, und mit einem Mal fiel Jürgen die nächste Strophe wieder ein.

Gib, daß kein böser Traum uns weckt,
kein nächtlich Wahnbild uns erschreckt:
Die Macht des Bösen dämme ein,
daß unser Leib stets bleibe rein.

Seine Mutter hatte es mit ihm gesprochen, immer wieder, sie hatten sich ihre Angst weggebetet, wenn alles schlimm war.

# 7

SIE VERBRACHTEN jetzt kaum noch eine Nacht getrennt voneinander. Nicki und Ruth, unser Leben. Frühstück, Abschiedskuss, Arbeit, Abendessen. Hin und wieder eine Verabredung, aber seltener als früher; die gemeinsame Zeit schien plötzlich zu wertvoll, um sie an irgendwelchen Kinokassen abzugeben. Schließlich war da immer noch das Krankenhaus, das mit seinem romantikimmunen Dienstplan wieder und wieder Morgenstunden und ganze Abende aus ihren Tagen riss.

Nicht mehr ewig, sagte Ruth, es wird besser, du wirst sehen, und irgendwann, wenn ich erst eine eigene Praxis habe –

Sie hatten einige Zeit gebraucht, um sich an den Gedanken zu gewöhnen, dass sie nun für alle Zeiten zusammenbleiben würden, konnten es eigentlich immer noch nicht glauben. Eine Weile erzählten sie niemandem von ihren Plänen, sondern genossen ihr geheimes Versprechen, das so noch intimer, noch größer war. Du und ich und sonst keiner.

Erst nach ein paar Wochen traten Ruth und er den gemeinsamen Besuch bei den Eltern an, ein Wochenende in Hamburg, nur du und ich und jetzt ganz offiziell: wir – ein Paar.

Der Flug, die S-Bahn-Fahrt. Sie sprachen kaum während der Reise, Ruths Blick hing der Welt vor dem Fenster nach, Nicki blätterte in der Zeitung, nervös, was ihn nun erwarten würde –

Ruths Eltern Arm in Arm im weißen Rahmen der Eingangstür.

Sie empfingen ihn bezaubernd, ganz so, als ahnten sie bereits etwas, obwohl Ruth später schwor, nichts verraten zu haben.

Sie trugen ihre Hochzeitspläne mit ernstem Gesicht vor, sachlich, eine wohlüberlegte Entscheidung, die Mutter schlug die Hände vor dem Gesicht zusammen, riss Mund und Augen auf, der Vater verschwand wortlos im Keller, Nicki sah Ruth bang an, aber dann kam er mit einer Flasche Champagner wieder herauf.

Ein 1976er Dom Pérignon!

Aus deinem Geburtsjahr, rief die Mutter, und der Vater gab zu, dass er die Flasche eigens zu diesem Anlass angeschafft hatte.

Ruth sprang auf, fiel ihrem Vater in die Arme, die Mutter kam dazu, schließlich winkten sie Nicki, der leicht betreten neben den dreien stand, ebenfalls heran.

Mein Junge!

Der Champagner knallte, wie sich das bei solchen Anlässen gehörte, man sah sich beim Anstoßen fest und herzlich in die Augen, man machte Fotos vom glücklichen Paar, vom glücklichen Schwiegervater, der glücklichen Schwiegermutter, und ehe das zweite Glas eingeschenkt wurde, boten Ruths Eltern Nicki das Du an. Nicki versuchte, nicht daran zu denken, dass er den Champagner trank, der für ihn vorgesehen war, dass er einen Platz in einem lang gehegten Plan einnahm.

Katharina, Cornelius, sagte er beim Abschied, ich danke euch für diese wunderbare Tochter.

Er hatte sich den Satz schon auf dem Hinflug überlegt, hatte gefunden, dass er männlich wirkte, erwachsen, aber als er ihn dann ausgesprochen hatte, hatte er das Gefühl, dass er nur manierlich, ja sogar ein bisschen schmierig klang. Ein Gebrauchtwagenhändlersatz, doch die Mutter hatte ihn glücklicherweise nicht so verstanden, was Nicki noch beschämender fand.

Das war jetzt sein Platz, dachte Nicki, als er neben Ruth im Taxi zum Flughafen saß, sein Platz an ihrer Seite. Und obwohl er wusste, dass es normal war, auch Angst zu haben, war er erleichtert, als er merkte, dass die Angst nur klein und das Glück viel größer war.

Noch während sie darauf warteten, dass ihr Flug aufgerufen wurde, riefen sie Ruths Schwester an, erzählten es Freunden, Kollegen, Nicki durfte sogar mithören, als Ruth es Lars verkündete: Wir heiraten! In der folgenden Woche verbrachten sie ganze Abende am Telefon, um es allen zu sagen, aufgeregt, jauchzend, heiter, sie besuchten Maman, die sich nicht mehr beruhigen konnte und im Wohnzimmer hin und her sprang, während Lukas, der neue Mann an ihrer Seite, ein wenig ausgeschlossen in seinem Sessel saß. Jetzt fehlte nur noch Nickis Vater.

Du musst es ihm endlich sagen, sagte Ruth eines Tages.

Er mochte mich doch, sagte Ruth.

Du wirst doch wohl keinen Schiss haben, sagte Ruth.

Schisser, sagte Ruth.

Nicki hatte es natürlich längst in Ebersbach versucht, mehrmals sogar, an den Abenden, an denen Ruth Spätschicht gehabt hatte, aber es war nie jemand rangegangen. Er hatte tatsächlich ein bisschen Bammel, aber das hatte nichts damit zu tun, dass sein Vater etwas gegen die Hochzeit haben könnte, im Gegenteil, er mochte Ruth, eine seriöse Frau mit einem seriösen Beruf, er war ihr von Anfang an mit großem Interesse begegnet. Er hörte zu, wenn sie sprach, ließ sie ausreden; einmal, als er eine Halsentzündung hatte, bat er sie sogar um ihren medizinischen Rat. Dass er diesen Rat dann nicht beherzigte, war eine andere Sache. Sein Vater war einer, der Krankheiten als etwas sah, das man entweder ignorieren oder durchstehen musste, er hätte sich selbst eher einen Furunkel aus dem Schenkel geschnitten, als wegen so etwas zum Arzt zu gehen. Selbst mit dem Zahnarzt wartete er, bis es aus dem Mund faulig zu riechen begann. Für alles, was vorher war, gab es Ibuprofen.

Das liegt bei uns in der Familie, hatte Nicki ihr damals erklärt, aber Ruth hatte den Kopf geschüttelt.

Das ist die Generation, mein Lieber. So sind die in dem Alter alle. Die haben eine andere Vorstellung vom Körper, der Körper ist eine Maschine, die zu funktionieren hat, und zwar ohne dass man Rücksicht darauf nehmen müsste. Zur Not braucht sie halt ein Ersatzteil. Die pflegen ihre Autos besser als sich selbst. Guck nicht so! Wir haben die Leute ja massenweise im Krankenhaus! Die gehen erst nicht zur Vorsorge und tauchen dann zur Nachsorge nicht mehr auf, und wehe, du willst sie dazu bringen, irgendwas an ihrem Leben zu ändern – vergiss es, vergiss es einfach. Dabei müssten die alle mal lernen, ein bisschen kürzerzutreten, schau dir deinen Vater an, wie der durchs Leben pest, wie ein Duracell-Häschen. Ich sag dir, das ist immer noch der Krieg, vor dem die alle fliehen, die Erfahrung jagt die alle – so etwas in der Art hatte Ruth gesagt. Und er hatte nur geantwortet, dass sein Vater nicht im Krieg gewesen war.

Dein Vater ist wie alt?

68.

Also 1940 geboren.

Er war damals noch ein Kind, er kann sich kaum erinnern, das hat er selbst gesagt.

Ja, ja, sagte Ruth und fing an, Studien zu zitieren, über psychosoziale Krankheitsätiologie der Kriegskindergeneration, über eindeutig belegte Zusammenhänge zwischen funktionellen Symptomen und der Abwesenheit des Vaters in den ersten Lebensjahren, über die Rolle, die frühe Kriegserfahrungen später bei koronaren Herzkrankheiten spielen, sie sprach von Überaktivität und Risikofaktoren, aber da hörte Nicki schon nicht mehr richtig zu, er dachte daran, wie sein Vater ihm immer vom Krieg erzählt hatte, wie aus der Ferne, als sei es ein Film, an dessen Handlung er sich kaum erinnern konnte, hirngelähmt und unemotional, als sei es ihm unangenehm, darüber zu sprechen, und das, obwohl er als kleines Kind doch nun wirklich nichts dafür gekonnt hatte. Nur wenn es um die kleinen Alltagsepen ging, um die großen Abenteuer, die die Trümmer, der Mangel, der Hunger bargen, fing er an zu erzählen, anschaulich und in den buntesten Farben. Beides hatte ihn schon immer genervt: die Verstocktheit und die Abenteuergeschichten. Es mochte sein, dass sein Vater ein Kind seiner Zeit war. Aber manchmal war Wissen nicht Macht, sondern Ohnmacht, denn was half Nicki diese Erkenntnis jetzt weiter? Was brachte es denn zu wissen, warum ein geblendetes Reh wie erstarrt auf der Straße stehen blieb, wenn man es nicht dazu bringen konnte, sich mit einem Sprung zur Seite zu retten? Sein Vater würde sich nicht mehr ändern, im Gegenteil, er war schon jetzt stur wie ein Bundesminister. Und dieses ominöse Rückenleiden – was half es, darüber nachzudenken, wenn er sich ohnehin weigern würde, deswegen zum Orthopäden zu gehen? Die Schwachen holt der Tod, man muss stärker sein und schneller, das hatte Ruth auch noch gesagt.

Und, was ist, wann sagen wir's ihm, wollte sie jetzt wissen.

Ich probier's heute Abend noch mal, versprach Nicki.

Wenn ich Spätdienst hab, stellte Ruth fest.

Nicki zuckte mit den Schultern.

Warum machen wir das nicht persönlich? Ich meine, das gehört sich doch irgendwie, und unfair ist es auch, wenn dein Vater als Einziger mit einem Anruf abgespeist wird.

Ja, vielleicht.

Ist dein Vater noch bei deinem Opa in –

Ebersbach.

Genau.

Ich glaube schon.

Den hab ich doch auch noch nicht kennengelernt.

Stimmt.

Und? Was meinst du?

WAS IST DENN nur los, dachte Jürgen. Er legte den trockenen Teller zurück zu den anderen, hielt inne, stand vor dem offenen Küchenschrank, lauerte. Schritte. Er ging zurück zur Spüle, trocknete das Brotmesser ab, das Buttermesser, öffnete die Schublade, hielt noch einmal inne, schloss die Schublade wieder. Was tut er denn?

Jürgen schlich zur Wohnzimmertüre, öffnete sie einen Spalt und linste hinein. Sein Vater stand vor dem Regal, zog ohne Sinn und Verstand Bücher heraus und baute Stapel in den leeren Fächern.

Was machst du denn da?, fragte er, aber sein Vater hörte nicht.

Was machst du denn?, fragte er.

Das ist doch Unsinn, was du machst, sagte er.

Lass mich in Ruhe, presste sein Vater hervor, Schweiß stand ihm auf der Stirn, lief ihm über eine neue Schramme, woher auch immer die schon wieder kam. Er strengt sich zu sehr an, dachte Jürgen, er übernimmt sich mit seinem Gewühle.

Jetzt setz dich doch mal hin!

Lass mich. Fahr nach Hause.

Vater!

Dieser Sturkopf, dachte Jürgen, dieser bockbeinige Mann. Seit ein paar Tagen schon nahm er das Haus auseinander, im Keller hatte er damit angefangen, in Kisten zu wühlen, Jürgen hatte keine Ahnung, wie er da unfallfrei runtergekommen war. Anfangs hatte er noch vermutet, er würde Sachen aussortieren, Erinnerungen an Grethe sammeln, er hatte gedacht, er könnte ihm dabei zur Seite stehen, endlich einmal eine Aufgabe, aber dann –

Kann ich dir irgendwie helfen, Vater?

Mäh lieber endlich den Rasen!

Es war ihm so vorgekommen, als suche er etwas, aber je länger er zusah, oder besser: so tat, als sähe er nicht zu, desto deutlicher wurde, dass die Räumarbeiten keinem Plan folgten. Sein Vater räumte Stapel von A nach B, wie ein Irrer, wie ein Verwirrter, in den letzten Tagen hatte er sogar angefangen, Sachen nicht mehr einfach nur umzuräumen, sondern geradewegs aus den Schränken herauszureißen, Bücher, Fotos, Stickdeckchen, die dann irgendwo auf dem Boden lagen. Währenddessen hörte er nicht auf, durch die Zimmer zu laufen, den Flur auf und ab, ins Wohnzimmer, auf den Balkon hinaus, wie ein tollwütiger Tiger durch seinen Käfig streifte er durchs Haus. Er spülte die Toilette nicht mehr und hatte sich seit einer Woche nicht mehr rasiert, das Hemd, das er trug, war fleckig. Er roch. Manchmal wollte Jürgen ihn stoßen, ihn am Arm packen und auf seinen Stuhl stoßen, wollte ihn festbinden und knebeln, aber dann polierte er doch nur Besteck, bis das Gefühl weg war. Manchmal nahm er sich vor, ihm einfach nicht aufzuhelfen, wenn er fiel, als Lehre, aber wenn er den Knall dann hörte, durchfuhr es ihn doch wieder, und er lief los, um nach ihm zu sehen. Sechs Mal war Walther in den letzten Tagen gefallen, gestolpert, wie er behauptete, aber immer wenn Jürgen ihn ermahnte, er solle doch einfach mal auf seinem Stuhl sitzen bleiben und stillhalten, er würde sich schon um alles kümmern, forderte Walther ihn nur grantig zur Abreise auf. Jürgen hatte die Teppiche und Läufer zusammengerollt und auf den Speicher getragen, alle außer dem im Bad, wo es manchmal rutschig war, aber auch das hatte nicht geholfen. Er hatte auch die Tischdecken entfernt, nachdem sein Vater neulich beim Versuch, sich an der Tischplatte vom Stuhl hochzuziehen, das ganze Abendessen mit sich gerissen hatte. Zwei Teller waren dabei zerbrochen, die Butter war in die Scherben gefallen, und er hatte die ganze Scheiße mit Lappen und Schwamm vom Boden schrubben müssen, auf allen vieren, wobei er mit der rechten Hand in eine Glasscherbe gegriffen hatte. Er sah ja selbst nicht mehr so gut ohne Lesebrille.

Sein Vater war nicht aufzuhalten. Neulich hatte er sich sogar aus dem Haus geschlichen, vermeintlich unbemerkt, doch Jürgen hatte ihn gerade noch ganz unten am Wolfsweg die Straße entlangtrapsen sehen. Als er eine Stunde später zurück war und wieder im Schlafzimmer herumkruschte, leugnete er einfach: Da ist nichts heimlich gewesen!

Gartenarbeit half ein wenig. Es gab ja genug zu tun – es war wärmer geworden in den letzten Wochen, das Gras, die Pflanzen, das Unkraut, alles wucherte und spross und trieb. Die Natur griff um sich, und Jürgen, der bislang allenfalls einmal seiner Mutter beim Rasenmähen geholfen hatte oder im Sommer ein paar frische Tomaten fürs Abendbrot pflückte, hatte seine liebe Mühe. Er hatte in einem von Walthers Bücherstapeln einen dicken Band mit dem Titel *Der schöne Garten* gefunden, nach dessen Anleitung er nun Holzgerüste um die Hecken baute, um die wuchernden Zweige wieder in Form zu trimmen. Mithilfe von Draht tötete er die gefräßigen Blausieb-Raupen in den dünneren Zweigen der Apfelbäume ab, er befestigte die Tomatenstauden vorschriftsmäßig an spiralförmigen Plastikstäben, er schnitt Geiztriebe weg, lichtete die Rosensträucher aus, entfernte alle toten Hölzer. Er verteilte Rindenmulch, zupfte Löwenzahn, pulte das Moos aus den Ritzen zwischen den Wegplatten im Vorgarten. Er genoss die Arbeit nicht, das ewige Gebücke machte sein Rücken nur widerwillig mit, abends saß ihm die Schufterei wie eine Klinge zwischen den Wirbeln, der Schmerz metzelte selbst dann noch seinen Rücken, wenn er regungslos im Bett lag. Er versuchte, daran zu denken, dass manche Menschen in der Gartenarbeit Ruhe fanden, aber nachdem er einen halben Tag lang auf Knien durch die Gemüsebeete gekrochen war, wusste er: er nicht. Trotzdem war es draußen besser als drinnen.

Immer wieder sah er hoch zum Haus, wo durch die dunklen Fenster nichts zu sehen war. Immer wieder horchte er nach Geräuschen, immer wieder legte er die Schaufel beiseite und zog an der Türschwelle die Stiefel aus, um nach dem Rechten zu sehen – wobei er an das, was er als recht akzeptieren konnte, von Tag zu Tag geringere Ansprüche stellte, mittlerweile war er schon zufrieden, wenn sein Vater nicht versuchte, den Wohnzimmerschrank zu erklimmen, und dann mit einer neuen Schramme auf dem Boden lag. Die Nervosität aber blieb. Der Alte schien den Verstand zu verlieren. Und er selbst gleich mit. Jürgen war versucht, den Efeu vor seinen Augen zu vernichten, das Gestrüpp von diesem Haus abzureißen wie das Fell von einem frisch geschlachteten Tier. Er dachte fast täglich daran, wahrscheinlich musste man die Pflanze erst abtöten und verdorren lassen, damit die Haftwurzeln, die sich wie die Saugnäpfe einer Krake an den Putz klammerten, austrockneten und nicht gleich die ganze Fassade mit sich rissen. Wahrscheinlich war der Putz ohnehin schon geknackt, er hatte vom Laub verdeckte Risse und Platzwunden entdeckt, die ihm nicht geheuer waren. Er hatte die Stelle gesucht, an der die Pflanze ihre Basis hatte, von der aus sie um das Haus griff wie eine riesige, vielgliedrige Hand. Ganz nah an der Hauswand verlief der Stamm, diese Hauptschlagader, er hatte sich davorgehockt und versucht, herauszufinden, wie das Wurzelwerk verlief, vielleicht hatte es sich schon ins Fundament getrieben, hebelte das Haus von unten aus –

Es würde Arbeit werden, eine unangenehme Arbeit, die jedoch getan werden musste, und etwas tun musste er ja ohnehin, dachte er, während er mit einem kleinen Handspaten Löcher in die harte Erde der Rosensträucher hieb.

Nicht runterbeugen, immer schön in die Knie gehen!

Jürgen hob den Kopf, seine Hand fuhr zum Kreuz, ein Stich im Rücken.

Sag ich doch, ist schlecht für 'n Buckel!

Jürgen konnte immer noch niemanden sehen.

Hier, lachte es von irgendwoher, dann endlich sah Jürgen das Winken von der anderen Seite des Gartenzauns.

Herr Henschel!

Jürgen wollte ihm die Hand über den Zaun reichen, aber das Gebüsch, das davorgepflanzt war, war zu dicht, er kam nicht durch.

Pass nur auf deine Hosen auf, sagte Henschel und steckte sich eine Zigarette an.

Wie geht's denn so?, fragte Jürgen über die Sträucher hinweg. Er sah Henschel fast nie, seit dem Tod seiner Frau kam er kaum noch aus dem Haus.

Und dir?

Na ja, sagte Jürgen und sah seine schmutzigen Hände an.

Schlimm, was?

Jürgen nickte. Henschel kannte die Familie noch aus Wellersdorfer Zeiten, so lang, dass Jürgen sich ihm gegenüber immer noch fühlte wie ein Kind. Er konnte sich noch an die Aufregung erinnern im Dorf, als die Henschels als Erste in den Westen gegangen waren, seine Mutter hatte ihnen noch Kleidung mitgegeben, Schuhe und Kuchen für den Weg. Der Dank kam dann, als seine Eltern Jahre später ebenfalls die DDR verließen und Henschel ihnen die Hälfte seines riesigen Grundstücks überließ – für einen lächerlichen Betrag. Augenblicklich schämte sich Jürgen.

Vor ein paar Wochen ist sie hier noch wie ein Piepmatz durch die Beete gehüpft, schüttelte Henschel den Kopf. Traurig ist das, traurig. Dein Vater leidet bestimmt.

Er hält sich, behauptete Jürgen leise, und Henschel sah ihn an, als wüsste er, dass das gelogen war.

Bist wohl in Rente inzwischen?, fragte Henschel.

Wohl oder übel, zuckte er mit den Schultern. Eine kurze Vision: zwei alte Männer, die verloren in ihren Gärten stehen.

Dein Vater hat ja gearbeitet, bis er 83 war, nicht aufzuhalten, ein respektabler Mann.

Ich hätt auch gern noch ein paar Jahre gemacht, sagte Jürgen, er fühlte sich angegriffen, obwohl er wusste, dass es nicht so gemeint war. Aber wissen Sie, in so 'nem großen Unternehmen, da kloppen die einen nach Ablauf des Verfallsdatums automatisch in die Tonne, völlig egal, ob man noch was taugt oder nicht.

Ja, Grethe hat so was erzählt. Na ja. Ist schön, dass du deine Zeit so nutzt. Dein Vater kann ein bisschen Verstärkung wahrscheinlich gebrauchen.

Wahrscheinlich kann er das, ja.

Auch wenn er sie nicht will.

Henschel lächelte listig und drückte, ohne hinzusehen, die Zigarette an einem der Betonpfosten des Gartenzauns aus. Jürgen musste grinsen. Das Gefühl hatte er früher schon immer gehabt: Der Henschel ist einer, der's kapiert.

Na denn. Er tippte sich an die Stirn. Ich geh mal wieder rein. Wir sehn uns. Jürgen.

Wiedersehen, rief Jürgen ihm hinterher.

Nach ein paar Metern drehte Henschel sich noch einmal um. Und grüß den alten Herrn von mir!

Mach ich, sagte Jürgen, aber das hörte der andere schon nicht mehr.

DER STAPEL mit den Unterhemdchen auf dem Nachttischchen. Ein Haufen Pullover auf dem Stuhl. Ein Berg Blusen am Kopfende des Bettes, am Fußende die warmen

Kleider, dazwischen die Röcke, einzelne Teile auf dem Boden, Walther mittendrin. Strickjacken, Unterröcke, Sommerkleider. Leere Hüllen, die noch einmal flattern, wenn Walther sie auf einen der Haufen wirft. Jedes Einzelne ihrer Kleidungsstücke geht durch seine Hände, hin und wieder sieht er eines genauer an, befühlt den Stoff mit den Fingerspitzen, um ihn dann doch aufs Bett zu legen. Manchmal nimmt er etwas in die Hand und schenkt ihm keine Beachtung, legt es unbesehen auf den Stapel. Wolle, Baumwolle, Seide, Mischgewebe, Kunstfasern. Grethes knisternde Hüllen. Leere Seidenstrümpfe. Winterhandschuhe, zwei Paar aus Leder, das gute fast ganz neu, das schlechtere abgetragen. Grethes Hand. Grethes Hand landet wieder in der Schublade, die Schals daneben, die leere Kommode wird wieder aufgefüllt, so, wie sie war. Die Kleider auf den Bügeln baumeln wieder schlaff auf der Stange, die Pullover bilden neue Stapel, die Unterhemdchen, die Angorasachen. Walther im wieder aufgeräumten Schlafzimmer, als wäre nichts geschehen. Nur das Bett ist von den Kleidern etwas eingedrückt, Walther hebt die Decke, um sie noch einmal ordentlich in der Mitte zu falten, er betrachtet einen Augenblick lang das leere Laken, dann legt er die Decke auf die Matratze zurück. Sucht er etwas? Er nimmt das Kissen hoch, wieder das leere Laken, er schüttelt es auf, drapiert es auf seinem Platz. Kurz ist ihm, als würde er tatsächlich etwas suchen, er öffnet das Türchen des Nachttischchens, sieht die Schokolade, die sie dort versteckt hielt, als sei immer noch ein naschendes Kind im Haus, er sieht: Sarotti Traube-Nuss, Prinzenrolle und After Eight, er schüttelt sich, schließt die Tür wieder zu, steckt den Schlüssel in die Hosentasche –

Warum er das tat –

Einmal saß er auf dem Duschhocker und lehnte den Oberkörper ein wenig zurück, um nach Gesicht und Achseln nun auch seinen Penis zu waschen, der schlaff immer noch zwischen seinen Beinen hing; er schob die gräuliche Vorhaut zurück, sah die Wasserperlen im aschfarbenen Schamhaar, und plötzlich war dieses Gefühl da; er drehte sofort den Hahn zu und trocknete sich eilig ab, um wieder halbwegs vollständig bekleidet in den Keller zu steigen, wo diese Kiste mit den alten Küchensachen stand, Emailletöpfe, der alte Durchschlag, der Fleischwolf, den sie nicht mehr brauchte, als es irgendwann doch weniger mühselig schien, den Metzger zu bitten, das Fleisch durchzudrehen, er nahm Stück für Stück einzeln in die Hand, aber alles war verloren.

Warum er das tat –

Einmal war er gerade dabei gewesen, einen Becher Joghurt auszulöffeln, er stieß mit dem Besteck an den Plastikboden, ein Geräusch, das ihn zusammenfahren ließ, er warf den Becher in den Müll, er suchte Jürgen im Garten, um ihm zu sagen, er solle nach Hause gehen.

Einmal war er ins Dorf gewankt, und als er im Sanitätshaus an der Kasse stand, schoss es ihm blutrot ins Gesicht, der Verkäufer musste gedacht haben –

Warum das so war –

Walther kämpfte mit der Balkontür, die von Tag zu Tag schwerer ging. Er sah Jürgen, der gerade eine weitere Schicht Rindenmulch um die Bäume streute, überflüssigerweise, wie er wusste, Grethe hatte vor Ewigkeiten damit aufgehört. Er spürte den kurzen Impuls, hinunterzugehen und ihm zu erklären, dass das Wurzelwerk dieser Bäume alt und kräftig genug war, dass es denen egal war, ob das bisschen Gras an der Oberfläche ihnen einen Teil der Kraft aus der Erde abzwackte oder nicht, aber dann schien Jürgen zu bemerken, dass er einen Zuschauer hatte, er sah hoch zu ihm, sah ihn an, und Walther wich zurück. Im Wohnzimmer nahm er sich den Schrank vor, die alten Vasen, die Plätzchenschalen, der Underberg-Vorrat, der erzgebirgische Weihnachtskerzenhalter.

Warum er das tat –

Einmal, es war nach einem seiner Ausflüge ins Dorf gewesen, als er, immer im Blick, wo der nächste Zaun, die nächste Mauer, der nächste parkende Wagen zum Festhalten war, wieder nach Hause gegangen war, da hatte er plötzlich dieses Gefühl gehabt; er sah über die Schulter, aber da war niemand, er blieb an einer Ecke stehen, wartete ab, aber keiner kam. Bis er zu Hause war, bildete er sich ein, jemand beobachte ihn –

Warum?

Wäre Grethe noch da –

Aber Grethe war weg, das war es, und mit ihrem Abschied waren plötzlich tausend Dinge wieder da, alle gleichzeitig, Gedanken, die ihm keine Ruhe ließen, sein Kopf war so voll und das Haus so leer, und Grethe war weg und –

Er ertrug sich nicht.

Er hatte sich sein Leben lang Mühe gegeben. Er hatte sein Leben unter Autos liegend verbracht, in Ersatzteillagern, in den Führerkabinen von Sattelschleppzügen, vor offenen Motorhauben. Keine Minute lang hatte er aus Faulheit oder Unmut vor Feierabend eine Pause gemacht, und kein einziges Mal hatte er sich zum Abendbrot verspätet, nicht ein einziges Mal hatte er vergessen, die Besorgung zu machen, die Grethe ihm am Frühstückstisch aufgetragen hatte. Er hatte nie gelogen, allenfalls um sie zu schonen war er hin und wieder unehrlich gewesen, wenn es in der Werkstatt einmal zwei Wochen lang mäßig lief oder wenn es wegen angeblich unsauber ausgeführter Reparaturen Ärger mit einem Kunden gab.

Seine Werkstatt. Es war sonderbar, dass er kaum mehr an sie dachte. Er hatte sich nie vorstellen können, eines Tages den Schraubenschlüssel aus der Hand zu legen, selbst als Karsten, sein treuester Mechaniker, den Betrieb übernommen hatte, war er noch täglich an seinen alten Arbeitsplatz gekommen, um nach dem Rechten zu sehen. Aber als sie ihm dann den Führerschein weggenommen hatten und das Grundstück mit der großen Halle plötzlich unerreichbar weit entfernt war –

Er hatte schnell aufgehört, sich nach Hebebühne und Schweißgerät zu sehnen. Keinen Gedanken verschwendete er mehr daran. Inzwischen fragte er sich sogar, ob er seinen Beruf wirklich geliebt hatte. Wirklich geliebt – was bedeutete das im Grunde?

Er hatte sein Leben lang versucht zu beweisen, dass er kein anderer war als er selbst, nur der alte Walther, nicht mehr. Dabei war er nie er selbst gewesen. Wie denn auch. Das hätte ja bedeutet, auch mit dem zu leben, was passiert war. Er dachte an den Moment, den es in ihrer Ehe nicht gegeben hatte, den Moment, in dem er weint und sie ihn streichelt und er die Wahrheit sagt.

Einmal, es muss in der Nacht vor der Flucht gewesen sein, die letzte Nacht in ihren Wellersdorfer Betten, eine Nacht, in der nervöse Gedanken seinen still liegenden Kopf umschwirrten –

Einmal, in dieser Nacht vor der Flucht, es waren Jahre vergangen, seit er aus der Gefangenschaft wiedergekommen war, da hatte Grethe sich zu ihm umgedreht, wahrscheinlich hatte sie an die bewaffneten Grenzer gedacht, sie hatte sich aufgerichtet, ein ängstlicher Glanz in den Augen: Ob er eigentlich jemanden getötet habe, damals? Walther hatte den Kopf geschüttelt, erst zögerlich, dann bestimmt, er hatte ihre Hand genommen und gedrückt: wirklich nicht. Ich weiß ja, antwortete sie, ich weiß ja, ich musst's nur sicher wissen, sie schmiegte sich an seine Schulter und flüsterte, bitte denk jetzt nicht … Nein, ich denke nicht, beruhigte er sie leise, obwohl Jürgen längst nicht mehr im Hause war, und seine Stimme wurde heiser, als es aus ihm herausbrach: Aber ich hab Tote gesehen, Grethe, massenhaft, Köpfe, Füße, alle Einzelteile, ich hab tote Kinder gesehen, Grethe,

Kinderblut auf sandigen Straßen, aber Grethe legte die Hand auf seinen Mund und Tränen traten ihr in die Augen, als sie flüsterte: Bitte … bitte nicht. Und Walther, dem wieder einfiel, was in seiner Abwesenheit passiert war, in Plauen, in Rosdorf und in Liebnitz, überall, Walther ließ die Chance vorüberziehen und sagte: Wein nicht, Grethe, weine nicht. Und als sie nicht aufhörte zu weinen, sagte er: Morgen fangen wir neu an, Grethe, und die alten Geschichten, die lassen wir zurück.

Hand in Hand hatten sie geschlafen in jener letzten Wellersdorfer Nacht, am nächsten Morgen waren sie aufgestanden, es hatte ein kräftiges Frühstück gegeben, alle Eier, die noch im Vorratsschrank waren, der letzte starke Kaffee mit viel Zucker und Milch und das letzte Brot mit dem Rest aus dem großen Marmeladeglas. Dann parkte Walther seinen VOMAG an einer geschützten Stelle, Grethe stieg in das Fass, das mit warmen Anziehsachen und Walthers gutem Anzug ausgestopft war, Walther klopfte noch einmal auf den Deckel und flüsterte beschwörend, hab keine Angst. Er stieg ein, die Hydraulik seufzte, und Walther fuhr so zielstrebig wie unauffällig zu der Stelle der Grenze, an der immer noch kein Stacheldrahtzaun gezogen war. Das war ihr Glück gewesen, dass Walther wegen seiner Lieferungen eine Erlaubnis für diesen Streifen hatte. Immer wieder spähte er hinüber in den Wald, wo Jürgen mit einem weißen Schild warten musste, das er hochhalten würde, sobald die Luft rein war. Aber da war kein Schild, weit und breit nichts Weißes, und weil er nicht einfach stehen bleiben konnte und warten, ohne die Aufmerksamkeit der Grenzer auf sich zu ziehen, fuhr er gemächlich bis zum nächsten Dorf weiter, wo er eine Runde drehte, um unauffällig zu wenden.

Diesmal sieht er das Schild von Weitem. Er reißt das Steuer nach rechts, das Rumpeln des Wagens auf der nassen Wiese, er gibt Gas, seine Augen suchen panisch die Landschaft ab, nach Grenzern, Gewehren, einem blitzenden Objektiv, immer schneller rast er über die Wiese, er hat jetzt wirklich Angst, er hört, wie auf einmal das Fass umfällt, wie es über die Ladefläche rollt und gegen die Wände schlägt, er fährt noch schneller, die Grenze ist ganz nah, doch plötzlich kommt der Wagen mit einem einzigen Ruck zum Stehen. Sein Herz will zerspringen, er blickt sich um, der Ohnmacht nahe, versteht nicht, bis er plötzlich genau unter dem Führerhaus den Graben sieht. Das Gras steht hoch, er kann nicht abschätzen, wie tief die Mulde ist, er gibt Gas, aber die Halme biegen sich nur müde, vorsichtig drückt er das Pedal noch einmal, aber die Reifen drehen sich in der Luft, nichts passiert. Er versucht es fast eine Minute lang, als plötzlich Grethe unter dem Fenster steht, sie ist aus dem Fass gekrabbelt und will zu Fuß weiter, obwohl der VOMAG doch alles ist, was sie haben, ihre einzige Hoffnung, das Kapital für den Neuanfang, Walther drückt noch einmal aufs Gas, die Reifen heulen, Erde fliegt – der Wagen bewegt sich nicht. Walther will schreien, aber da schreit schon Grethe, die kommen, Walther, die kommen, und dann rennen sie und rennen, und als sie das weiße Schild erreicht haben, wirft Jürgen es einfach ins Gebüsch und rennt mit, erst weinend, dann lachend, Tränen im Gesicht. Als sie den Wagen erreichen, den Jürgen ausgeliehen und im Wald versteckt hat, fallen sie in die Sitze, Jürgen startet den Motor, und so fahren sie schnaufend und schniefend nach Hof, ohne sich ein einziges Mal umzusehen.

Sie hatten alles zusammen durchgestanden, Grethe und er, alles. Die Flucht, das Auffanglager, die Wochen, in denen sie keine Ahnung hatten, wohin es gehen würde, wohin es ging. Wie gern er sie noch einmal geküsst hätte im Krankenhaus. Wie gern er sich zu ihr gelegt hätte, um ihr endlich, endlich alles zu erzählen, aber noch im Piepsen des EKGs hatte er ihren Wunsch gehört: Bitte, bitte nicht.

Und jetzt war er allein mit sich, und die Träume waren

wieder da, und die Szenen gruben sich durch sein Hirn, dunkle Tunnel, tief und bröckelig, in die kein Licht fiel, in denen es stöhnte und wimmerte und keuchte –

Er stellte den Kerzenleuchter zurück in den Wohnzimmerschrank, nahm stattdessen eine bauchige Porzellanvase heraus. Jürgen hatte sie Grethe zum siebzigsten Geburtstag geschenkt. Er fühlte das dünne Porzellan, sah den Goldrand, die blässliche Rose, die daraufgemalt war. Dann sah er, wie die Vase langsam aus seinen Händen glitt, das helle Klirren, die Splitter, zwischen denen seine Pantoffeln sich nicht rührten. Mit einem Mal war Walther sehr, sehr müde. Er ließ die Schranktür offen stehen, die Scherben liegen und ging.

Im Bett schloss er die Augen, Ruhe fand er nicht. Wenn er wenigstens noch arbeiten könnte. Der totale Vernichtungskrieg war wieder da, hier, jetzt, in seinem Hirn.

PUTZEN HALF bedingt. Es half, wenn es um die üblichen Dinge ging: Staub auf der Anrichte, Schmutz an der Fensterscheibe, Fingertapser an den Türen. Eigentlich hatte er die Putzwut seiner Mutter immer ein bisschen belächelt, ihren ewigen Feldzug mit Schrubber und Staubsauger, mit Stahlwolle und Sidolin Streifenfrei, ihre nimmermüde Drüberwischerei und Durchfegerei, er hatte es übertrieben gefunden, Reinlichkeit war ihm noch nie besonders wichtig erschienen. Aber jetzt, da er sich um ihren Haushalt kümmerte, fühlte er sich fast ein bisschen so, als würde er auch ihr Werk weiterführen. Auf einmal sah er das blitzende Badezimmer durch ihre Augen, er spürte ihren Stolz, wenn er noch einen letzten Kalkrest auf dem Wasserhahn wegpolierte, fühlte ihren Triumph im Kampf gegen Wollmäuse, Haare im Abfluss, den Staub auf der Rückseite des Heizkörpers im Gästezimmer. Er putzte immer noch nicht gern, aber immerhin fühlte es sich jetzt, ja, sinnvoll an. Etwas anderes war es mit den Spuren, die sein Vater hinterließ: der Abwasch in der Spüle – na gut. Die Krümel auf der Anrichte, die Wasserränder auf dem Esstisch – wenn es sein musste. Aber die braunen Spuren in der Toilettenschüssel –

Und dann die zerbrochene Vase neulich, die aus dem Badezimmerschrank gerissenen Handtücher, das in einer Ecke hinter dem Sofa auf einen Haufen geworfene, zerknüllte Papier –

Dennoch, hin und wieder spürte er so etwas wie Barmherzigkeit in sich, Warmherzigkeit gegenüber dem störrischen, alten Mann. Auch darin fühlte er sich seiner Mutter ähnlicher werden.

Manchmal betete er, ohne rechte Überzeugung. Glaubte er an Gott? Es hatte ihm nichts ausgemacht, als die ganze Familie aus der Kirche austrat, nachdem klar wurde, dass es mit ihm und der Oberschule garantiert nichts werden würde, wenn er nicht nur Sohn eines Selbstständigen, sondern obendrein auch noch Christ war. Warum war er trotzdem bei Gott geblieben? Warum hatte er trotzdem gebetet, als die Ehe mit Colette in die Brüche ging, als er hinter diesem Busch nahe der Grenze lag, als seine Mutter starb? Sogar als er sich im Schrank versteckt hatte, während sie –

Er hatte die Augen geschlossen und die Lippen bewegt.

Die Gebete blieben Gebete. War es das?

Während um ihn herum alle ihre Überzeugungen wechselten wie multiple Persönlichkeiten ihre Gesichter, war ihm stets Gott das einzige ewige Gesetz gewesen. Diese Gewissheit war in ihm gewachsen, als er im Westen zum ersten Mal vom Holocaust erfuhr und ihm klar wurde, dass die Lehrer, die ihn in der DDR nicht an die Uni lassen wollten, vom Antisemitismus und Faschismus und Rassismus zum Sozialismus und Antiimperialismus und Atheismus konvertiert waren. Und kaum hatte er das verdaut und sich daran gewöhnt, dass es im Westen niemanden mehr kümmerte, ob und was man dachte oder tat, fingen sie auch hier plötzlich an, gegen die soziale Marktwirtschaft und für Mao, Lenin und Marx zu demonstrieren. Es war sogar schlimmer als drüben, weil sie aus eigener Überzeugung brüllten, statt beim Fahnenappell nur tonlos die Lippen zu bewegen, er verstand es nicht, er tat es als studentische Spinnerei ab, er fühlte sich zu alt dafür. Zu gern hätte Jürgen den Erstsemestern an ihren Infoständen von dem erzählt, was der Sozialismus wirklich war, von der Unterdrückung in den Klassenzimmern, den Parolen an den Wänden, dem Unterricht in Staatsbürgerkunde. Einmal hatte er es einer Gruppe diskutierender Kraftfahrzeugtechnik-Studenten im Vorbeigehen zugezischt: Im Sozialismus wäret ihr Bürgersöhnchen jetzt nicht an der Uni, sondern Monteure im VEB Barkas-Werke Karl-Marx-Stadt, aber das hatte keiner von ihnen gehört. Auch das hatte Jürgen irgendwann gelernt: Ständig allen die Meinung zu sagen war ebenso überflüssig wie die Parolen, gegen die man antrat. Vielleicht war auch ein leiser Neid im Spiel gewesen, ein Neid auf Menschen, die sich offensichtlich frei und abgesichert genug fühlten, um sich gegen ihre Väter und deren verlogenes System aufzulehnen, die zu jung waren, um zu wissen, was genau der Krieg war, die seinen Schrecken nicht kannten, denen es leichtfiel, ihre Eltern zu verurteilen. Er konnte das nicht. Seine Eltern brauchten ihn. Sie waren ihm in den Westen gefolgt, sie fingen ganz von vorne an, und er arbeitete sich auf dem Bau kaputt, um ihnen einen Boden unter den Füßen zu errichten.

Er hatte alles gesehen: die Öko-Bewegungen, den Neoliberalismus, den neuen Antiamerikanismus, die Wirtschaftskrise, den neuen Boom von Marx … Auch deshalb war er bei seinem Glauben geblieben: Er hatte Ideologien kommen und gehen sehen, dabei müssten die Menschen einfach nur nach den Zehn Geboten leben, mehr brauchte die Welt seiner Ansicht nach nicht.

Und du bräuchtest sie am meisten, dachte Jürgen, als er wieder irgendeinen Krach vernahm. Er hatte seinen Vater oft die Augen rollen sehen, wenn jemand am Tisch über Gott sprach. Jetzt, wo nicht einmal mehr Grethe da war, um ihm ein bisschen Halt zu geben, zeigte sich, was ohne Halt passierte. Sein Vater taumelte in der Welt herum und verwandelte alles in Chaos, obwohl die Wirrnis doch in ihm selbst war. Jürgen wollte gerade eine von der Garderobe gefallene Jacke aufheben, da klingelte das Telefon.

Ein paar Minuten später fand er seinen Vater vor dem Kleiderschrank, Grethes silbergraues Sommerkleid in der linken, ihre dunkelblaue Strickjacke in der rechten Hand, er hielt die beiden Stücke übereinander und sah sich im Spiegel an, genau in der Kombination hatte sie sie immer getragen. Er schien ihn nicht gehört zu haben.

Vater, sagte er laut.

Schrei nicht so, ich hab es ja drin.

Ah.

Was ist?

Vater, Nicki hat angerufen, er will ein paar Tage zu Besuch kommen.

Schön, sagte er abwesend und hängte die beiden Kleidungsstücke zurück in den Schrank. Dann hob er eine Bluse vom Bett auf und fragte: Wer noch mal?

Nicki, dein Enkel.

Ah.

Und seine Freundin wird er auch mitbringen.

Freundin, sagte Walther, nicht ohne leise Verachtung, Freundin. Er hatte wenig Verständnis für die Unfähigkeit der Jugend, sich auf einen endgültigen Partner festzulegen.

Na ja, hoffentlich was Nettes.

Vater –

Was ist?

Du musst immer schön dein Hörgerät tragen, wenn die beiden da sind.

Ja, ja, mach ich schon, hältst du mich für blöd?

Und dich ein bisschen zusammenreißen.

Zusammenreißen?

Na ja –

Jürgen deutete auf das Bett, den Fußboden, die Stühle. Das Zimmer sah aus, als sei der Kleiderschrank explodiert.

Jürgen, sagte sein Vater drohend. In meinem Haus mach ich, was ich will.

Mutter würde sich für dich schämen.

Deine Mutter ist nicht mehr hier.

Vater –

Was ist?

Jürgen starrte auf die Kleider, die auf dem Fußboden verstreut waren. Jürgen atmete ein, aus, noch einmal ein. Jürgen hielt die Luft an, hob den Kopf, sah seinem Vater in die Augen, in denen Wut lag und Befremden, ein ferngesteuerter Blick. Ganz klein fühlte Jürgen sich plötzlich, doch dann riss er sich zusammen.

Vater, ich erkenne dich nicht wieder.

Das trifft sich ja prima, antwortete Walther kalt. Er ließ die Bluse auf den Boden fallen und ging an Jürgen vorbei aus dem Zimmer. In der Türe blieb er noch einmal stehen.

Jürgen wagte es nicht, sich umzudrehen.

Du hast mich noch nie gekannt, sagte sein Vater und verließ das Schlafzimmer.

Alles in Jürgen rebellierte. Er starrte die weiß getupfte Bluse am Boden an, dann hob er sie auf. Seine Mutter hatte in den letzten Jahren manchmal über Walthers Benehmen geklagt, er sei so unruhig, seit er nicht mehr in die Werkstatt könne. Jürgen war damals nichts weiter aufgefallen, es war ihm völlig verständlich erschienen, dass einer nach einem dreiviertel Jahrhundert im Dienst nicht zwölf Stunden des Tages vor dem Fernseher verbringen wollte, sondern hin und wieder auch mal in Haus und Garten herumsprang. Jetzt fragte er sich, ob sie nicht etwas anderes gemeint hatte.

Jürgen hängte die Bluse auf einen Bügel und zurück in den Kleiderschrank. Er packte die Kleider auf dem Bett zusammen, räumte die Teile vom Fußboden zurück, faltete die Unterhemden zusammen. Er verschob die Frage, was mit Grethes Anziehsachen passieren sollte, legte einen letzten Pullover ins Fach zu den anderen. Er sah sich im Zimmer um, schüttelte ihr Bettzeug auf. Dann wusste er nicht mehr weiter. Er lauschte nach seinem Vater, hörte aber nichts, was fast noch schlimmer war.

Ihm wurde schlecht bei dem Gedanken, dass Nicki und Ruth kamen.

MANCHMAL blieb Walther im Schlafzimmer stehen, sah sich um und wusste nicht, was er dort eigentlich gewollt hatte. Manchmal stand er in der Küche, wurde wütend und wusste nicht, warum. Manchmal lag er im Bett und sehnte sich nach etwas und war sich, obwohl er sich das wünschte, nicht sicher, ob es Grethe war. Manchmal bekam er Angst, hatte das Gefühl, etwas Wichtiges vergessen zu haben, wusste aber nicht, was.

Er wusste, dass es keine Demenz war. Er erinnerte sich an alles. Mehr als je zuvor erinnerte er sich.

Er wusste, dass es vom Herzen her kam. Eine Unruhe, sie fühlte sich fast organisch an. Als schlüge sein Herz nicht mehr im richtigen Takt.

Manchmal warf er einfach Sachen auf den Boden. Bücher, Kleider, Kleinkram. Er wusste, dass er das tat. Er war nicht verrückt. Er hatte nur manchmal das Gefühl, verrückt zu werden, wenn er es nicht tat.

Manchmal hielt er sich die Hand auf das Herz, versuchte es zu spüren, was nicht einfach war.

Er wusste, sein Herz war schwach.

Manchmal schlug es schnell und laut, manchmal ganz langsam und matt. Wenn er hustete, hatte er das Gefühl, es setze aus. Manchmal hustete er und dachte, gleich würde es gehen, gleich finge er zu weinen an. Aber nichts passierte.

Er wusste, dass er im Schlaf weinte, er wusste es, weil morgens sein Kissen feucht war. An die Träume, in denen er weinte, erinnerte er sich nicht.

Manchmal fühlte er sich betrogen um diese Träume, die nachts zu ihm kamen und wieder entflogen, bevor er erwachte. An alle anderen erinnerte er sich. Er war nicht dement. Er erinnerte sich an alles. Mehr als ihm lieb war, erinnerte er sich.

Manchmal war das Mädchen wieder da, ihre Augen, ihr langes Haar, ihre Augen öffneten sich, immer weiter öffneten sie sich, als rissen gleich die Augenwinkel auf.

Er wusste: Das Gedächtnis bestand aus größeren und kleineren Verbindungslinien, die zusammengenommen das ergaben, was man selbst war. Manchmal wünschte er sich, dass es einem Buch gliche, in das das Leben geschrieben war, dann könnte er einzelne Seiten herausreißen und in der Faust zerknüllen.

Manchmal wünschte er sich, Grethe wäre da und würde ihre warme Hand auf seinen Hinterkopf legen, so lange, bis er wieder eingeschlafen war. Manchmal lag er stundenlang wach und starrte ihre Seite des Bettes an.

Er wusste, dass man sein Leben nicht noch einmal leben konnte. Er wusste, dass er es ein paar Mal versucht und dabei geglaubt hatte, es würde funktionieren, wie ein Besessener hatte er an dieses neue Leben geglaubt, aber er wusste jetzt, dass er sich belogen hatte. Das Leben ist ein Fluss und fängt bei einer kleinen Quelle an, und egal, wie sich der Lauf ändert, egal, wie sehr man nach neuen Betten strebt, das Wasser bleibt dasselbe.

Manchmal wünschte er sich, er könnte im Boden versickern oder verdunsten oder sich auflösen in dem stillen Ozean, der der Tod war und in dem alles mit allem verschwamm. Aber das Leben ging einfach weiter, und er wusste selbst nicht so genau, was man dagegen tun konnte.

SCHAU MAL, da vorne, rief Nicki.

Ruth sah auf.

Was denn?

Na, da! Er deutete in die Ferne, musste die Hand aber wieder aufs Lenkrad nehmen, weil sie auf der linken Seite ein Wagen mit Anhänger überholte und dabei bedrohlich nahe kam.

Was denn?

Na, die Burg da oben, dort! Nicki wich dem Wagen fast bis auf den Standstreifen aus. Jedes Mal, wenn wir zu Oma und Opa gefahren sind, hab ich die ganze Strecke über nur auf diese Burg gewartet – das totale Highlight für kleine Jungs. Leider sind meine Eltern da nie mit mir hingefahren.

Ach so, sagte Ruth und unterdrückte ein Gähnen. Möchtest du jetzt?

Nein. Schon gut.

Okay, sagte Ruth. Sie schien gar nicht richtig zugehört zu haben und starrte weiter auf das Handy in ihrer Hand. *Sein* Handy, wie er aus dem Augenwinkel erkannte.

Was machst du da eigentlich?

Ich guck mir unsere Urlaubsbilder an.

Sein Gesicht hellte sich auf: Ja? Es machte ihn immer glücklich, wenn er spürte, dass auch Ruth an ihrer gemeinsamen Vergangenheit hing.

Hier, guck mal, kicherte sie und hielt ihm das Handy vor die Nase.

Ich kann jetzt nicht. Was ist denn drauf?

Der Dottore und ich.

Nicki lachte. Obwohl sie schon sehr, sehr betrunken gewesen waren, als er das Bild gemacht hatte, erinnerte er sich gut. Sie hatten auf der Terrasse ihrer Osteria gesessen, waren bereits beim Dessert angelangt, als der Dottore wieder einmal vorbeischlich und müde fragte: Tutto bene, Signora? Ruth hatte zur Antwort nur laut geseufzt, hatte sich den Bauch gerieben, die Augen verdreht, ihm schließlich einen Löffel Mascarponecreme zum Kosten hingehalten, und Nicki hatte mit einer Selbstverständlichkeit, die er nur nach einer Flasche Wein an den Tag legte, abgedrückt.

Dein trauriger Freund, der deinen Löffel verschmäht, rief Nicki. Grandioses Bild.

Ich wette, er hat das Essen, das er serviert, selbst noch nie probiert, nach einem Löffel dieser Mascarponecreme kann man nämlich gar nicht mehr unglücklich sein.

Ruth drückte sich weiter durch die Bilder, kicherte gelegentlich, lenkte ihn aber nicht noch einmal ab. Hin und wieder versuchte Nicki, etwas zu erspähen, doch seine Aufmerksamkeit galt der Straße.

Was ist denn das für eine Baracke, fragte Ruth plötzlich und hielt ihm das Handy hin, genau jetzt, da die Autobahn gerade stark abschüssig verlief, die Bremslichter der Wagen vor ihm nervös aufleuchteten und wieder ausgingen. Jetzt bloß keinen Auffahrunfall riskieren, dachte Nicki und fragte, welches Bild sie meine, das öffentliche Klohäuschen unten am Meer? Das haben wir doch zusammen –

Nein, das hier, das muss in Deutschland sein, dieses völlig verwilderte Haus mit diesem verfallenen Geräteschuppen.

Er musste das Bild nicht ansehen, um zu wissen, welches

es war. Das ist das Haus, sagte er knapp und sah stur auf die Fahrbahn.

Welches Haus?

Das Haus in Wellersdorf.

Oh, sagte Ruth nur.

Was gefällt dir daran nicht? Ruths Reaktion ärgerte ihn.

Und da drin ist dein Vater groß geworden?

Ja, sagte Nicki. Ich mag das Haus sehr, es ist alt, es ist schief, es ist verfallen, man sieht ihm an, dass es ein Leben auf dem Buckel hat –

Ich weiß. Ruth legte ihre Hand auf seine, die ein bisschen verkrampft den Schaltknüppel umschlossen hielt. Ich weiß doch, sagte sie noch einmal. Psch.

Sie sagte es wie zu einem wütenden Kind, was ihn noch mehr reizte. Gar nichts wusste sie. Gar nichts.

Nicki atmete langsam aus und versuchte, die Finger seiner Hand zu entspannen, die unter der ihren auf dem Schaltknüppel lag. Es gelang ihm einen Moment lang, aber als er einen Lastwagen überholte, war sie wieder verkrampft.

Es war sonderbar: Er fühlte ganz deutlich, dass sie nicht nur seine zukünftige Frau, sondern seine Familie war, sein Heim, sein Wir, ohne das er obdachlos in der Welt war. Aber jetzt, als er mit ihr zu seiner Familie unterwegs war, wurde ihm klar, dass die Familie eben nicht dasselbe wie ein Stammbaum war, nichts, das sich natürlich und wie vorherbestimmt ausbreitete und verästelte und wuchs, sondern dass es Brüche gab in dem Labyrinth der Linien, Äste, die abfielen, und Äste, die angesetzt und wieder abgestoßen wurden. Er wunderte sich darüber, dass er erst jetzt darauf kam, er dachte an seine Mutter, die ebenfalls nie Teil der Familie geworden war. Wie es wohl werden würde mit Ruth?

Sie hatte das Handy zurück in die Ablage gelegt und nahm die Hand nicht mehr von seiner, auch sie schwieg jetzt, vielleicht weil sie spürte, dass etwas nicht stimmte, vielleicht nur, weil sie müde war.

Nicki brauchte eine Weile, bis er es wagte, sanft seine Hand hervorzuziehen und das Radio anzudrehen, doch dann bat er Ruth, indem er ihre Hand nahm, sie wieder auf die seine zu legen. Und so fuhren sie gemeinsam den Tagen in Ebersbach entgegen, sie schwiegen, während aus den kleinen Lautsprechern des gemieteten Ford Fiesta die Beach Boys schepperten.

WALTHER LEGTE das Hörgerät an, fummelte an dem Knopf herum, schaltete es ein. Walther ging ins Bad, nahm einen Kamm, sein Haar war inzwischen tatsächlich ein bisschen zu lang, trotzdem wurde der Scheitel fast ganz gerade. Walther schloss die Schlafzimmertür, zog die alte Einlage aus der Unterhose, obwohl allenfalls erst ein klitzekleiner Tropfen darin war, grabbelte eine frische aus der Packung und steckte seinen Schwanz in die dafür vorgesehene Mulde. Er stopfte die alte in einen Plastikbeutel, knüllte ihn in der Hand zusammen und schlich zur Mülltonne. Im Flur sah er sich im Spiegel an, zupfte am Kragen seines Hemdes und entschied sich, doch noch eine Strickjacke aus dem Kleiderschrank zu holen. Er zog sie an, ging zurück zum Spiegel und betrachtete sich noch einmal. Er starrte sich an, bis ihm die Röte ins Gesicht schoss, marschierte zurück ins Schlafzimmer und schleuderte die Jacke wütend aufs Bett. Was sollte das Ganze? Was sollte er hier den Märchenopi spielen?

Vater, rief es aus dem Flur.

Vater? Es klopfte.

Da bist du ja! Nicki muss jede Minute kommen.

Ja, ja, knurrte Walther, und Jürgen verschwand. Er nahm die Jacke wieder vom Bett, schlüpfte hinein, zog die Ärmel zurecht, zupfte am Kragen. Dass er auf seine alten Tage noch einmal so ein Geschiss machen musste. Jürgen benahm sich wie Grethe früher, wenn Gäste kamen, alles musste perfekt sein, die Möbel poliert, der Fußboden glänzend, die beste Tischdecke und das gute Meissener Kaffeegeschirr, das Hemd gebügelt, die Nägel gebürstet, die Haare frisiert. Es war lächerlich. Wahrscheinlich turnte er gerade um den vorgeheizten Ofen herum und belegte Apfelkuchen mit Streuseln. Walther hätte Lust gehabt, in die Küche zu laufen und ihm ein Backblech über den Schädel zu ziehen. Er hätte Lust gehabt, ihn am Kragen zu packen, aus dem Haus zu werfen und die Tür hinter ihm zuzusperren. Er hätte Lust gehabt, sich die Haare zu zerzausen, wieder sein bequemes Hemd anzuziehen und dann einen Meissen-Teller nach dem anderen vom Balkon zu schmeißen, so lange, bis das Herzklopfen weg war. So lange, bis er weinte. Er griff sich an den Brustkorb. Nichts. Er ging in die Küche, um nach Jürgen zu sehen, nicht einmal Kuchenteller standen da. Er ging ins Wohnzimmer, sah im Gästezimmer nach. Er riss die Tür zum Badezimmer auf, lief zurück in den Flur, um im Vorgarten nachzusehen, da hörte er plötzlich die Spülung auf dem Gästeklo.

Was läufst du denn schon wieder in der Weltgeschichte herum?, fragte Jürgen mit sanftem, aber nicht zu überhörendem Vorwurf und zog den Reißverschluss seiner Hose zu.

Walther schnappte nach Luft.

Komm mit, sagte Jürgen und ging voraus in Richtung Wohnzimmer. Walther war folgsam und ging hinterher, sein Herz raste jetzt, trotzdem ließ er es sich nicht nehmen, im Vorbeigehen den Schlüsselbund, der wie zusammengebrochen auf der Kommode lag, auf den Boden zu fegen. Jürgen ließ sich nichts anmerken, er drehte sich auch nicht um, als er ein paar Jacken von der Garderobe riss. Als er die Wohnzimmertür hinter sich schloss, saß Jürgen bereits auf dem Sofa.

Komm, setz dich. Er zeigte auf den Stuhl, als hätte er vergessen, wo sein Platz war.

Walther sagte nichts, ließ sich nur vorsichtig auf das Kissen sinken.

Sie sind bestimmt gleich da, sagte Jürgen und starrte die kleine Uhr auf dem Wohnzimmerschrank an.

Der Nicki hat wohl ein Auto?

Die haben sich einen Leihwagen genommen.

Aber das ist doch teuer!

Eigentlich nicht.

Warum hat er denn kein Auto?

Weil es da, wo er wohnt, keine Parkplätze gibt. Außerdem fährt dort die U-Bahn.

Ah, machte Walther und sah jetzt ebenfalls auf die Uhr. Langsam ging sein Herz wieder ruhiger. Wann sind sie denn losgemacht?

Mittag rum.

Und was ist heute für ein Tag, Donnerstag?

Freitag, sagte Jürgen.

Na, jetzt zum Wochenende hin wird ein Haufen Verkehr sein.

Ja, wahrscheinlich.

Sie fahren wohl über Nürnberg, was?

Mhm.

Es war sonderbar. Mit einem Mal wurde Walther wieder ganz ruhig. Alles war ruhig. Friedlich. Als säßen sie schon seit dreißig Jahren hier im Wohnzimmer, draußen ein schöner Nachmittag, die Fenster frisch geputzt, eine neue Stickdecke auf dem Tisch, die Kaffeelöffel noch einmal poliert –

Wie oft hatte er dieses Gespräch geführt, mit Grethe, immer dann, wenn sie Besuch erwarteten? War es das, was ihm fehlte? Routine?

Jürgen, dreh doch mal das Radio an und horch, ob irgendwo Stau ist.

Auch das ein Ritual. Das Radio stand in der Küche, seit Jahren und Jahrzehnten stand es da, Grethe hatte es sich gewünscht, um hin und wieder nachmittags bei der Hausarbeit Musik hören zu können. Ansonsten hatte der Apparat diesen einen Zweck erfüllt: Horchen, ob auf der Autobahn Stau war.

Die werden schon kommen, sagte Jürgen, ohne den Blick von der Uhr zu nehmen. Die werden schon kommen.

War es das, was ihm fehlte? Ein Ereignis, auf das man sich ausrichten konnte?

Sie schwiegen, hin und wieder ging der Blick auf die Uhr, die Zeit verging nur langsam, und er war froh darum. Nach einer Weile holte Jürgen die Zeitung aus der Küche, überflog sie halb interessiert, faltete sie wieder und legte sie auf den Tisch. Walther griff nach ihr, erst jetzt fiel ihm auf, dass er schon lange nicht mehr in die Zeitung gesehen hatte, obwohl sie doch nach wie vor jeden Morgen im Briefkasten steckte. Er blätterte den Sportteil auf, die Lokalseiten, Anzeigen, er merkte, wie wenig ihn das alles interessierte.

Weißt du, Vater –

Walther sah nicht auf.

Vater, das ist alles nicht so einfach für mich, sagte er, und dann fing Walthers Herz wieder an zu rasen, Jürgen fing an, von Grethes Tod zu faseln, davon, dass er ihn nicht im Stich lassen könne, dass er sich aber so und so benehme, feindselig, das Wort benutzte er; er könnte es ihm ruhig ein bisschen leichter machen, es sei ja nicht so, dass man ihn sonst nirgends bräuchte –

Wo, wollte Walther fragen, wo braucht man dich denn, aber Jürgen redete weiter, davon, dass er sich einfach nur wünschte, er würde ein bisschen mitmachen in diesem Leben, nicht alles boykottieren –

In welchem Leben, kläffte Walther, fast hätte er sich verschluckt.

Vater, weißt du eigentlich, dass ich mein Leben lang gedacht hab, dass ich eigentlich gar keinen Vater habe?

Ach, ach.

Das ist wahr!

Jürgen.

Was?

Du weißt nicht, was es bedeutet, keinen Vater zu haben.

Ja, sagte Jürgen und schlug die Augen nieder, aber vielleicht tat er auch nur so, als sei er wieder zu Verstand gekommen.

Mein Vater ist gefallen, Junge, früh, ich habe ihn kaum gekannt, und meine Mutter war allein mit uns vier Kindern. Aber man vermisst ja nicht, was man nie hatte. Und selbst wenn, glaubst du, einer von uns hätte sich so angestellt deswegen? In meiner Generation hat man die Schnauze gehalten und weitergemacht, und wenn einer gejammert hätte, meinst du, es hätte irgendjemanden interessiert? Ich sag dir, bei uns im Dorf kam vielleicht ein Zehntel der Männer wieder, da hat man zugesehen, dass man einander hilft und die Mutter entlastet. Glaubst du, da hätte einer nach seinem Vater geplärrt oder ihm insgeheim Vorwürfe gemacht?

Ich mach dir keine Vorwürfe.

Und glaub mir eines, Junge, ich hab jeden deiner Schritte mitverfolgt, Grethe hat mir jeden neuen Schritt von dir ganz genau beschrieben, dein erstes Lachen, den ersten Schneidezahn oben links, deine Babylocken, blonde Babylocken –

Jürgen fasste sich ins Haar, das inzwischen grau war. Eine schüchterne Geste.

Und die ersten zwei Schritte, die du gemacht hast, vor dem Tisch in der Küche, und welche Farbe dein Hemdchen hatte, als du dein erstes Wort gesagt hast, Winni, das war's, und das Hemdchen war hellblau, und dein zweites Wort, das war Mama, und dein drittes –

Sie hat dich so vermisst.

Va-hi war dein drittes Wort. Jürgen, ich hätte nichts lieber gemacht, als nach Hause zu kommen, das kannst du mir glauben, und das hat mich am Leben erhalten, das kannst du mir auch glauben, du hast keine Ahnung, was um mich rum gestorben ist, und die, die zu Hause niemanden hatten, das waren die Ersten, und die, die nur gebetet haben, statt um ihr Leben zu kämpfen, die hat es als Nächstes erwischt. Als du vier Jahre alt warst, hast du deiner Mutter zum ersten Mal einen Blumenstrauß gepflückt, erinnerst du dich daran? Du warst weg, verschwunden, und deine Mutter hat sich wie verrückt gesorgt um dich, hat dich im Garten gesucht und bei den Nachbarn und ist die Straße runter bis ins Dorf, hat dich gerufen und nach dir geschrien, und dann ist sie zurückgekommen und du standst in der Küche, mit einem Strauß in der Hand aus Gänseblümchen, Löwenzahn und Margeriten, und sie ist über dich hergefallen, hat dich tausendmal umarmt –

Jürgen schüttelte ungläubig den Kopf, er erinnerte sich nicht.

– und du hast gedacht, sie freue sich nur, weil alle Blumen gelb waren.

Ihre Lieblingsfarbe.

Das Schlimmste im Krieg war, dass ich wusste, ich muss euch alleine lassen, Jürgen. Es war nicht schön. Es war nicht schön.

Ich weiß.

Du weißt nichts, Jürgen, sagte Walther.

Und, nach einer Weile: Nichts weißt du.

Dann erzähl es mir.

Im Raum war es jetzt so still, dass Walther einen Augenblick lang nicht mal mehr denken konnte. Es dauerte, bis er endlich Worte fand.

Ich hab deiner Mutter nicht geschrieben aus der Gefangenschaft. Und das mit dem Erzählen war einer der Gründe.

Dann erzähl jetzt.

Walther schüttelte den Kopf, Jürgen starrte ihn an.

Ich hab niemanden umgebracht, Jürgen.

Ich weiß.

Deine Mutter wusste das, ich hab es ihr geschworen.

Ja.

Das genügt.

Mit einem Mal hatte Walther das tiefe Bedürfnis, ins Bett zu gehen. Es war aus ihm herausgesprudelt, ohne dass er es wollte, er war leer, erschöpft, aber Jürgen schwieg ihn an, unerbittlich, als wolle er mehr erzwingen. Walther tat, als bemerke er es nicht. Er hatte genug geredet, er wollte schlafen, bis alles vorbei war. Er merkte, wie seine Lider bleiern wurden, wie sich ein Gähnen zusammenbraute, wie schwer die andere Hälfte der Wahrheit war, als Jürgen plötzlich hochfuhr und an ihm vorbei über das blanke Parkett in Richtung Haustür flitzte, er musste etwas gehört haben, und da ging auch schon die Klingel, tatsächlich, und sie gellte so laut, dass er zusammenzuckte.

Ganz kurz: Angst –

Angst vor der Welt, die jetzt einbricht von draußen.

Walther will aufstehen, ihr entgegentreten, die Rechte klammert sich an die Tischkante, die Linke greift nach, aber da spürt er schon die Hand auf der Schulter, Nickis Hand, die ihn sanft, aber bestimmt auf seinen Platz zurückdrückt, bleib sitzen, Opa, bleib sitzen, dahinter ein Mädchengesicht, eine junge Frau –

Sie sind da.

# 8

DER HOLZSTAB lehnte da, wo er immer lehnte. Nicki nahm ihn und angelte damit nach dem Riegel über seinem Kopf. Ein Schnarren, dann ging mit einem lang gezogenen Knarzen die Dachluke auf.

Was machst du da? Ruth hielt die Bettdecke an zwei Zipfeln fest und kämpfte mit dem gestärkten Bezug.

Eine rauchen, antwortete Nicki und zog vorsichtig die Teleskopleiter zur Dachluke herunter. Er bemühte sich, leise zu machen, doch die alten Stahlfedern quietschten jämmerlich.

Und hier drin geht das nicht? Sie hielt inne und sah sich auf dem Dachboden um, als erwarte sie, gleich einen Clubsessel mit Standaschenbecher zu sehen. Es gab aber nur das ausrangierte Gästebett, das alte graue Wählscheiben-Telefon, den Laufstall mit dem Häschenmuster, ein paar zusammengerollte Teppiche, leere Umzugskartons. Als Kind hatte Nicki hier oben ganze Nachmittage verbracht, hatte Ritterburg und Fort Knox gespielt, hatte seine Angst im Dunkeln ausprobiert. Jetzt sahen die Sachen nur noch armselig aus. Langsam stieg er die Leiter hinauf, drehte sich noch einmal zu Ruth um, die die Decke nun über das Bett warf.

Ich liebe dich, sagte er leise.

Sie lächelte und nickte ihm zu: Na, mach schon, so lang durchgehalten hast du noch nie!

Das kleine Glasfenster öffnete sich mit einem kaum hörbaren Quietschen. Das Feuerzeug, das aufleuchtete, die orangefarbene Glut. Er zog so fest, dass ihm ein bisschen schwindelig wurde, er hatte seine letzte Zigarette kurz vor der Ankunft geraucht. Der heiße Rauch in der Lunge, die kühle Nacht auf Wangen und Stirn, er atmete aus, zog die frische Luft tief durch die Nase ein und lehnte sich noch ein Stück weiter nach draußen. Es war dunkel und der Mond schien tatsächlich helle, ein paar Efeuspitzen hatten es über die Regenrinne geschafft, ein leises Zittern ging durch die Blätter, obwohl kein Wind war. Sie ist weg, dachte er plötzlich, zum ersten Mal begriff er, dass seine Großmutter tatsächlich weg war. Diese Leere im Haus. Die Leere, die sie hinterlassen hatte wie einen Abdruck, wie ein Nachbild, wie einen Sinuston nach einem lauten Knall.

Er war zu müde, um wirklich traurig zu sein. Und ihm ging zu viel im Kopf herum, als dass er über irgendetwas nachdenken konnte. Gedanken glommen auf, verloschen. Er dachte daran, dass er am Montag wieder im Büro sein musste. Er dachte an seinen Großvater, wie er vorhin hingefallen war, an den Duft des Streuselkuchens, den es nicht gegeben hatte, zum allerersten Mal. Er dachte an das Kantinenessen im Büro, an das Gebiss im Wasserglas, er lauschte dem Geräusch eines Wagens, der irgendwo unten im Dorf –

Er dachte an Angst.

Er dachte –

Aber selbst dieser Gedanke verschwand so schnell, wie er gekommen war. Die Rauchwolke, die er durch den offenen Mund in den Himmel stieß, stand einen Moment lang im Mondlicht, dann löste die Nacht sie auf. Der glatte Papierfilter in seiner Hand, das kalte Blech, an dem er sich festhielt, die Sprosse der Leiter unter seinen Sohlen, das komische Gefühl im Magen. Er nahm alles einzeln wahr, und plötzlich musste er daran denken, wie er an der Uni einmal in einer echofreien Kammer gewesen war, einem völlig schalltoten Raum, er war ganz allein darin gewesen, ohne sich zu rühren. Einmal in seinem Leben hatte er vollkommene Stille erleben wollen – doch nach ein paar Minuten nahm er einen sehr hellen und einen sehr dunklen Ton wahr, zwei Töne, die er nicht mehr aus dem Ohr bekam: das Sausen, das das Nervensystem produzierte, und das dumpfe Brummen der Blutzirkulation. Man wird auf sich selbst gelenkt, wenn es still ist, hatte er damals gedacht. Jetzt fügte er hinzu: Man wird auf sich selbst gelenkt, wenn jemand stirbt.

Er nahm einen letzten Zug, drückte die Zigarette auf einer Dachschindel aus und ließ sie in die Regenrinne rollen, aus der nun eine zarte, vollkommen senkrechte Rauchsäule aufstieg. Er sah noch einmal auf die Dächer der umliegenden Häuser, silbrig glänzende Schultern, kalt. Er zog den Kopf ein, schloss die Luke hinter sich und stieg mit wackeligen Knien die Holzsprossen ins Dunkel des Zimmers hinab.

Fertig?, fragte Ruth.

Er nickte, ließ Hose und Pulli auf den kalten Estrich fallen und legte sich neben sie. Sofort krabbelte Ruth in seine Arme und gab ihm einen Kuss, einen Blümchenkuss, der noch warm auf seinem rechten Ohrläppchen lag, als sie bereits fragte, ob er enttäuscht sei.

Warum?

Weil unsere große Verkündung so untergegangen ist?

Er suchte ihre Hand unter der Decke und streichelte sie. Immerhin haben sie den Sekt getrunken, den wir mitgebracht haben.

Ja.

Und du?, fragte er leise.

Blödsinn.

Ja?

Na ja.

Na ja?

Ach, es konnte ja keiner was dafür, sagte sie.

Das stimmte. Nicki drückte ihre Hand und zog sie an sein

Gesicht. Ihr Handrücken war weich, es war alles gut, wenn sie so nah bei ihm war.

Mein Engel, seufzte er. Er wollte jetzt nicht weiter an den Abend denken.

Meinst du, dass dein Großvater aufgewühlt war?

Nicki zuckte mit den Schultern. Wie kommst du darauf?

Na ja. Meinst du, es war blöd von mir, von den alten Zeiten anzufangen? Über den Krieg zu reden und all das?

Nein.

Nein?

Na ja.

Dein Opa fand es ganz schön blöd, glaube ich.

Wieso, nur weil er kaum was gesagt hat?

Hast du seinen Blick gesehen?

Jetzt musste Nicki doch daran denken. Sein Großvater, wie er am Tisch gesessen hatte. Ohne ein Wort zu sagen, obwohl er sonst immer zur Stelle gewesen war, wenn es um früher ging. Um den Krieg. Die immer gleichen Geschichten hatte er erzählt, hatte sich, dachte Nicki, mutig dabei gefühlt, tapfer, schlau, hatte es genossen, sich noch einmal zurückzureden. Aber an diesem Abend hatte sein Vater losgelegt, vom Leben auf dem Land, von Steckrüben und Hühnern und Hasen.

Und wie das gewesen sei ohne Vater, hatte Ruth mit einem entschuldigenden Blick zum Opa wissen wollen, der aber nicht reagiert hatte.

Ach ja. Man vermisst ja nicht, was man nie hatte. Man war das ja gar nicht anders gewohnt in meiner Generation, die anderen Kinder im Dorf haben ja auch keinen Vater gehabt, hatte er geantwortet, da hat man nicht gejammert, sondern zugesehen, dass man einander hilft und die Mutter entlastet. Da hat man dann eben gegenseitig aufeinander aufgepasst, die Großen auf die Kleineren und –

Floskeln, hatte Nicki gedacht. Nichts als Floskeln. Er verwendet die Worte, die man für solche Sachen verwendet hat, auf die sich alle geeinigt haben.

Man kann einen Vater ja gar nicht vermissen, wenn man nie einen hatte.

Nicki war kurz davor gewesen, einzuschreiten, er konnte es nicht glauben, dass er sie mit so etwas abspeiste, aber Ruth hatte ganz ernsthaft weitergefragt.

Und die Bombenangriffe, ob er davon etwas mitbekommen habe.

Na ja, Plauen haben sie ja weitgehend in Ruhe gelassen.

Aus Plauen komme er?

Aus einem Dorf in der Nähe, ja.

Und dort wurde nichts bombardiert?

Doch, am Ende natürlich schon, 44, 45. 14 Angriffe insgesamt. Die hatten es vor allem auf den Bahnhof abgesehen und auf die VOMAG natürlich.

Die VOMAG?, hatte Ruth gefragt.

Ja, VOMAG, kennt heute kein Mensch mehr. War aber ein großer, wichtiger Lkw-Hersteller zu der Zeit. Wir hatten auch immer einen VOMAG, ein uraltes Ding von vor dem Krieg. Waren gute Fahrzeuge, sehr gut konstruiert, was die zu diesem frühen Zeitpunkt an technischem Know-how gehabt haben, das war schon –

Was er denn aber von den Bomben mitbekommen habe?

Aus der Ferne haben wir das Feuer natürlich schon gesehen, hatte er gesagt, richtig deutlich, rot und orange, langsam wurde er aufgeregt, und das Brummen der Flieger und die Stabbrandbomben, die am Himmel eher wie Blitze aussehen.

Und wie es dann ausgesehen habe, danach, wollte Ruth wissen.

Also bei uns im Dorf, nein, nichts. Nur der Ruß. Meine Mutter hat am nächsten Tag die Fenster putzen müssen, weil so viel Ruß war.

Ob sie denn gar nicht in der Stadt gewesen seien?

Ja, doch, schon. Ein paar Mal.

Und?

Furchtbar. Schrecklich. Man kann sich das gar nicht vorstellen. Über 12 000 Einschläge. Plauen hat ja fast keine Flak gehabt, vollkommen fahrlässig, hunderttausend Einwohner und dann eine einzige Vierlingsflak auf dem Comeniusberg. Angeblich noch ein mobiles Eisenbahngeschütz. Angeblich! Verteidige damit mal eine Stadt! Das hätte man doch wissen müssen, dass die VOMAG die Bomben auf sich zieht wie ein Magnet die Eisenspäne! Die haben im Krieg doch fast nur noch Jagdpanzer produziert! Jagdpanzer IV – einer von Hitlers Lieblingspanzern! Das hätten die doch ahnen müssen! Aber nichts. Plauen lag da, um einfach ausgetreten zu werden. Wie eine Zigarette. So.

Er zeigte, wie.

Im Vergleich zu dem, was die in Plauen gemacht haben, war Dresden ein Witz. 75 Prozent der Stadt einfach in Schutt gelegt. Da war nichts mehr übrig. Paar Kirchtürme. Die Pauluskirche, geköpft. Und überall die aufgerissenen Zimmer, in die man reingucken konnte. Und man hat nichts mehr gehört, vollkommene Stille, als hätte man Watte in den Ohren. Gab ja nichts mehr. Keine Autos, keine Straßenbahnen, im ganzen Stadtgebiet kein Strom, geschweige denn Gas oder Wasser. Man hat auch fast keine Menschen gesehen, die haben sich verkrochen vor dem Elend, oder sie sind aufs Land oder in die Flüchtlingslager. Na ja. Zum Glück versteht man das als Kind noch nicht so richtig.

Ruth hatte ihn nur angesehen, ungläubig, interessiert, aufmunternd, geduldig. Jürgens Blick ging aus dem Fenster, dann zur Schrankwand, dann sah er hoch in die Lampe, blinzelte, schüttelte den Kopf.

Das Haus, in dem meine Tante gewohnt hat, war komplett zerstört. Bis auf die Grundfesten abgebrannt. Das ist erstaunlich, wie wenig von so einem Haus übrig bleibt. Im Prinzip nur ein kleiner, verkohlter Haufen. Wie ein abgebranntes Lagerfeuer. Ein paar Wochen vorher waren wir noch zum Kaffee und Kuchen da gewesen. Herrliche Kuchen, das kann ich euch sagen. Streuselkuchen mit Zimt, schön mit Butter, keine Ahnung, wie die das hingekriegt hat, dass die immerzu Butter hatte.

Kuchen, dachte Nicki, ich halt's nicht aus.

Hat zwei Kinder verloren, meine Tante, und dann auch noch ihren Mann –

Gefallen für Großdeutschland, bellte es da plötzlich, und Nicki dachte: Goebbels! Es hatte geklungen wie eine alte Tonbandaufnahme. Erst da fiel ihm auf, dass sein Großvater bis dahin kein Wort gesagt, sondern nur dagesessen hatte, die Augen ins Leere gerichtet, sodass es im einen Moment aussah, als sei er plötzlich erblindet, und im nächsten, als finge er gleich an zu weinen. Gefallen für Großdeutschland, es blieb das Einzige, was er sagte.

Das mit dem Mann hat sie zum Glück erst später erfahren. Sonst hätte sie das wahrscheinlich nicht überstanden, sagte Jürgen.

Und die Kinder, wollte Ruth wissen.

Kohlenmonoxidvergiftung. Wenn es oben brennt, bewahrt sich so ein Keller eine gewisse Kühle, und man merkt erst gar nicht, wenn das Gas kommt. War damals die häufigste Todesursache, die Leute sind viel häufiger erstickt, als dass sie verbrannt sind oder von Trümmern erschlagen wurden. Erkennt man an der kirschroten Gesichtsfarbe. Im VOMAG-Felsenkeller haben sie die feuchten Felswände abgeleckt, so wenig Sauerstoff war da drin. Meine Tante hat nur gemerkt, wie schläfrig sie auf einmal war, die Kinder hatten schon die Augen geschlossen und die Münder weit auf, aber bevor sie Angst bekommen konnte, da war sie eingeschlafen. Sie ist eine Straße weiter aufgewacht, in einem kleinen Parkstück, überall Menschen, irgendjemand muss sie dorthin getragen haben. In den Luftschutzkellern hätte man ja eigentlich nur ein paar Stunden drinbleiben dürfen. Hat einem auch keiner gesagt. Als sie zurück in den Keller ist, hat sie die Jungs gefunden, beide tot. Kohlenmonoxid.

Ihre Cousins.

Meine Cousins, ja.

Und Ruth sah ihn an –

Und sah ihn an –

Aber weil das Gesicht seines Vaters ganz bleich geworden war, fragte sie schnell weiter: Und wie war das nach Kriegsende dann?

Da war man natürlich erleichtert, dass es vorbei war. Wir hatten es verdient, dass es recht schlimm war, aber dann war's auch irgendwann mal gut. War ja ohnehin nicht mehr viel übrig vom Land.

Und wie das gewesen sei, als die Russen kamen?

Ja, da hatte man schon ein bisschen Angst.

Er sagte tatsächlich: Man. Ruths Blick, aufmunternd, interessiert, Nicki wunderte sich, wie seine Verlobte es hinbekam, so beharrlich und gleichzeitig so einfühlsam immer weiter zu fragen –

Also, sehr fein haben die sich nicht benommen, die Brüder. Von wegen deutsch-sowjetische Freundschaft. »Unsere Liebe zu Stalin, dem besten Freund des deutschen Volkes« – so einen Quatsch mussten wir nur in der Schule aufsagen. Im Chor. Als ich das der Mutter erzählt hab –

Warum sie nicht geflohen seien, als die Sowjets näher rückten? Ihnen sei doch ein Ruf vorausgeeilt? Konnte man das denn nicht ahnen?

Man war ja wie gelähmt zu der Zeit. Man konnte ja auch nicht einfach so weg, man hätte ja auch gar nicht gewusst, wohin, es war ja überall alles in Schutt und Asche, halb

Deutschland auf der Flucht, überall Flüchtlinge, die nichts hatten, wir hatten ja wenigstens noch ein Dach überm Kopf. Und dann war natürlich der Vater nicht da, meine Mutter wollte ja nicht irgendwohin ohne den Vater –

Angeblich hat es viele Vergewaltigungen gegeben in Ostdeutschland.

Stille.

Erschrocken sah Nicki Ruth an, er sah, wie sie rot wurde, wie sie am liebsten eine andere Frage stellen wollte –

Bei den Amerikanern auch. Und den Franzosen. Wenn auch nicht so schlimm.

Ruth schwieg und sah ihn an.

Und die Russen … na ja, am Anfang vor allem. In den ersten fünf, sechs Tagen der Besatzung. Ohne Gnade. Mann, Mann, Mann.

Ruth sah ihn an –

Und sah ihn an –

Und plötzlich passierte es. Sein Großvater versuchte aufzustehen. Er griff nach der Tischplatte, um sich daran hochzuziehen, aber er zog so fest, dass der Tisch ihm entgegenkam und er noch im Aufstehen vom Stuhl fiel, einfach seitlich weg. Ruth sprang sofort auf, um nach ihm zu sehen, ihr Ärztinnen-Reflex, aber er scheuchte sie nur stumm zur Seite wie eine lästige Fliege. Und als Jürgen dazukam, fing er an, um sich zu schlagen, er komme zurecht, er komme zurecht, was natürlich nicht stimmte. Gemeinsam mussten sie ihn zurück auf den Stuhl hieven.

Das peinliche Schweigen, als er wieder saß –

Die allgemeine Erleichterung, als er dann auf einmal grinste, die Hand hob und jetzt aber doch auch mal ein Glas Sekt verlangte –

Sein Vater, der plötzlich verstummte –

Ich frage mich, wie mein Vater das aushält mit Opa, sagte Nicki jetzt in die Dunkelheit des Dachbodens hinein. Plötzlich musste er daran denken, wie Walther Jürgen genannt hatte, als der ihm vom Fußboden hatte aufhelfen wollen. Blöder Saubock hatte er ihn genannt. Lass mich, du blöder Saubock.

Ja. Darüber wollte ich auch noch mit dir sprechen.

Nicki antwortete nicht.

Nicki, wenn es stimmt, was dein Vater sagt, dass er immer wieder mal hinfällt und dass das eher immer häufiger passiert … Ich meine, dein Vater ist selbst 68 Jahre, und ich wette, dass seine Rückenschmerzen schlimmer sind, als er sagt. Ich kenn diese Art und Weise, wie er sich bewegt, das ist ein typisches Symptom, sich so seltsam steif zu halten.

Soll er Opa vielleicht alleine lassen?

Nein.

Du meinst, er soll ins Pflegeheim?

Nicht unbedingt, es könnte ja auch jemand kommen. Jedenfalls solltet ihr überlegen, was wird, wenn es schlimmer wird. Dass zumindest hin und wieder jemand da ist, der ein bisschen hilft. Dass dein Vater auch mal aus dem Haus kann, ohne sich Sorgen machen zu müssen.

Nicki schwieg.

Nicki, ich könnte das arrangieren, dass mal ein Gutachter vorbeikommt, ich bin sicher, dass er zumindest Pflegestufe eins kriegt –

Nicki, das ist doch nicht weiter schlimm, es gibt mehr als zwei Millionen Pflegebedürftige in Deutschland, die die Leistungen der Kassen in Anspruch –

Ruth? Er unterbrach sie ganz leise.

Ja?

Ich bin müde, wirklich, wirklich müde.

Okay.

Lass uns morgen darüber reden.

Aber nicht drum drücken, ja?

Nein. Natürlich nicht.

Einen Augenblick lang schwiegen sie, dann beugte sich Ruth über ihn, gab ihm einen Gute-Nacht-Kuss und legte sich wieder hin.

AUF EINMAL sind die Fliegen wieder da. Sie landen auf seinen Wangen, auf seiner Nase, seiner Stirn. Sie krabbeln über die Lippen, Jürgen presst den Mund zu und schließt die Augen. Es kribbelt an den Nasenlöchern, Jürgen versucht, sie mit der Hand wegzuscheuchen, schlägt um sich, aber das Kribbeln verschwindet nicht. Er erschrickt, denkt an die Maden, er reibt die Beine aneinander, um sie abzurubbeln, er entdeckt etwas Schwarzes, das in einem Kellereingang liegt, Fliegen bedecken es fast vollständig, ein schwarzer, summender Klumpen. Es könnte eine Katze oder ein Baby sein, Jürgen bleibt stehen, zieht seine Mutter am Ärmel, zeigt mit dem Finger darauf, aber sie zerrt ihn weiter, als gäbe es nichts zu sehen. Immer wieder dreht er sich um nach dem Haufen, dann sieht er eine Ratte in den Kellereingang flitzen, ein viel zu fettes Ding. Jürgen zieht die Beine hoch, Jürgen hört das Brummen und kauert sich im Bett zusammen, das Brummen kommt gar nicht vom Himmel, sondern von überall her, aus den Mauern, aus den Dachbalken, aus der Treppe, die sie jetzt runterwetzen, komm, Jürgen, schnell, sie rennen aus der Haustür, das Brummen kommt aus dem Kies, aus dem Gras, aus den nackten Füßen, aus den Blättern der Ulme, aus den eigenen Ohren. Jürgen hockt in einem tiefen Graben, den die Nachbarn zusammen ausgeschachtet haben, weil die meisten Häuser auf dem Land keine ordentlichen Keller haben. Er sieht nur dunklen Humus, aus dem sich Steinchen lösen, weil auch der Boden vibriert, und den Himmel, der aussieht, wie wenn die Sonne untergeht, und darunter die

Bomber, dicke, schwarze Fliegen, ein Schwarm. Jürgen faltet die Hände, wie die Mutter es tut, er bewegt die Lippen, gib, dass kein böser Traum uns weckt, kein nächtlich Wahnbild uns erschreckt, er hört seine eigenen Worte nicht, er hört seinen Atem, seine Angst, sein Herz, dann hört er die Mutter, die mit gefalteten Händen und geschlossenen Augen spricht: Herr, lass es nur ordentlich schlimm werden. Herr, wir haben das nicht anders verdient. Der Himmel wird immer heller, während sie es spricht.

Jürgen reißt die Augen auf, schaltet das Licht an, es blendet, ein letztes Nachbild, das nur langsam verblasst: zwei grinsende Zahnreihen, denen die Lippen fehlen. Jürgen haut mit der Faust in die Decke, er hält es nicht mehr aus, er steht auf.

Jürgen, der durch den dunklen Flur zur Haustür tapst; Jürgen, der rausmuss, kurz raus.

Am Himmel nur der gute, alte Mond, sonst nichts.

Und jetzt? Er hatte keine Ahnung. Er ging die paar Schritte zur Gartentür, die offen stand, trat auf die Straße, er hatte keine Schuhe an, der Asphalt war warm. Mitten auf der Straße blieb er stehen. Es war vollkommen still. Er atmete aus, atmete ein, ließ die Schultern kreisen. Er sah zurück zum Haus, der Efeu schien zu leben, obwohl kein Lüftchen ging. Er blickte den schwach beleuchteten Wolfsweg hinab, in dem seltsam klar gezeichnet die Autos standen.

In Henschels Küchenfenster brannte Licht. Jürgen ging ein paar Schritte auf das Haus zu, versuchte, etwas zu erspähen. Die Küche schien leer zu sein, er sah Flaschen, die gelbe Wachstischdecke auf dem Küchentisch. Er trat noch näher ans Fenster. Dann, plötzlich: Henschels Gesicht. Direkt hinter der Scheibe tauchte es auf, aus dem Nichts, wie aus Absicht. Jürgen stand still. Er konnte nicht abschätzen, ob Henschel ihn sah. Die Nacht war zwar hell, aber war sie hell genug, um aus einem erleuchteten Zimmer hinauszusehen? Vorsichtig machte er ein paar Schritte zurück. Das Gesicht verschwand, Jürgen bewegte sich rückwärts weiter in Richtung Straße, er sehnte sich auf einmal wieder ins warme Bett zurück. Doch dann –

Die Haustür. Eine Sekunde lang starrten sie sich an. Jürgen hob die Hand und versuchte ein Winken, das ihm lächerlich vorkam. Henschel reagierte nicht. Jürgen winkte noch einmal, hilflos, dann tappte er auf Henschel zu, barfuß über den steinigen Boden, bis er vor der Stufe zur Haustür stand. Henschel verschränkte die Arme vor dem offenen Bademantel, er trug Unterhemd und Pyjamahose darunter, genau wie Jürgen.

Du kannst einen ja ganz schön erschrecken. Kommst du rein?

Jürgen schüttelte den Kopf. Henschel drehte sich um, ging ins Haus und ließ die Türe offen. Jürgen folgte ihm.

Er war schon einmal in diesem Flur gewesen. Hatte hier gestanden, auf Nicki wartend, der irgendwo hinten im Garten spielte, während Grethe drüben den Tisch mit Kaffee und Kuchen deckte. Eine dunkle Erinnerung, ewig her.

Er ging weiter zur Küche, in der Henschel verschwunden war.

Jäckchen?

Danke, nein.

Setz dich doch, sagte Henschel, ging zum Schrank und füllte zwei Gläser. Erst jetzt begriff Jürgen, dass mit Jäckchen Cognac gemeint war. Er beschloss, das Glas, das Henschel ihm hinstellte, nicht anzurühren.

Henschel brauchte ein bisschen, bis auch er am Tisch saß. Wie alt er inzwischen wohl war? Jürgen versuchte nachzurechnen, aber dann brummte der Mann etwas und prostete ihm zu. Er hob das Glas und dachte: Na gut. Henschel kippte den Cognac, Jürgen nippte nur. Trotzdem tat das sanfte Brennen im Hals gut, also nahm er doch noch einen Schluck, und noch einen großen. Er lehnte sich zurück, langsam fühlte er sich auch in der Küche wohler, die, er hatte es schon beim Reinkommen gemerkt, ziemlich verdreckt war.

Ich konnte heute irgendwie nicht schlafen, erklärte Jürgen, als hätte Henschel danach verlangt.

Wart mal ab, bis du ein paar Jährchen älter bist, antwortete Henschel und schenkte sich nach. Er hielt die Flasche hoch, Jürgen schüttelte den Kopf, Henschel stellte die Flasche vor sich hin, ohne den Deckel zu schließen. Dann nahm er einen tiefen Schluck, verzog das Gesicht, knallte das Glas auf den Tisch und wischte sich mit dem Handrücken über den Mund. Ihr habt Besuch, sagte er, rülpste leise und verzog das Gesicht noch einmal.

Mein Sohn, ja. Mit Freundin.

Hab ich gesehen. Einen prima Jungen haste da.

Jürgen nickte.

Saß neulich auch hier, sagte Henschel und deutete auf Jürgens Platz. Jürgen sah ihn unsicher an.

Hat hier darauf gewartet, dass ihr wiederkommt, Walther und du. Ist ein richtiger Mann geworden. Bisschen zart vielleicht, aber ein Mann. Der kommt klar, denke ich. Oder?

Er gibt sich Mühe. Ist bei BMW, als Akustiker. Macht da einen guten Job, soweit ich das beurteilen kann.

Bleiben die Autos wenigstens in der Familie, sagte Henschel und machte eine zufriedene Bewegung mit dem Kopf.

Hat sich verlobt, deswegen sind sie hier. Sogar Sekt haben sie mitgebracht, wahrscheinlich schlaf ich deshalb nicht. War schon immer so: Weißwein, Sekt, das bekommt mir einfach nicht.

Verlobt, sagte Henschel nachdenklich und goss Jürgen, der sich nicht wehren konnte, das Glas noch einmal voll. Er schnalzte mit der Zunge. Hätt' ich nicht gedacht, dass der Junge so weit ist. Ich dachte, er hat noch ein bisschen Schiss vor dem Leben.

Jürgen zuckte mit den Schultern. Die Ruth, das ist eine

Gute. Ärztin im Krankenhaus, Internistin. Hat ihn ganz gut im Griff, glaube ich. Ein bisschen braucht er ja so jemanden, der ihm mal sagt, wo die Katz ihren Schwanz hat.

Henschel schwieg und schlug die Augen nieder. Augenblicklich schämte Jürgen sich. Seit wie vielen Jahren lebte er nun schon alleine? Um irgendetwas zu tun, nahm er sein Glas, das leicht an der Wachstischdecke klebte.

Ich mein nur, manchmal werf ich mir vor, dem Jungen ein bisschen zu wenig Strenge … Na ja, wahrscheinlich Blödsinn, unterbrach er sich selbst. Er griff nach der Cognac-Flasche und begann, laut das Etikett vorzulesen.

Scharlachberg Meisterbrand, von Meisterhand aus Wein gebrannt … 36 Prozent! Das ist ordentlich, oder?

Wie geht es Walther?, fragte Henschel.

Jürgen stellte die Flasche wieder hin und zuckte mit den Schultern. Nicht gut, um ehrlich zu sein.

Er vermisst deine Mutter.

Wahrscheinlich.

Es bleibt einem nicht mehr viel, wenn man erst mal ganz alleine ist.

Jürgen dachte an Colette, die sich nach dem Tod seiner Mutter noch kein einziges Mal gemeldet hatte, worüber er erleichtert und enttäuscht zugleich war. Er dachte an Nicki, wie er oben neben seiner Ruth träumte, er dachte an seinen Vater, der –

Was machen eigentlich Christof und Lina?, fragte er plötzlich. Doch schon in der nächsten Sekunde fiel es ihm wieder ein: Waren sie nicht schon vor Jahren nach Hamburg gegangen oder nach Berlin? Mutter hatte ihm etwas in der Richtung erzählt. Statt zu antworten, zündete sich Henschel eine Zigarette an.

Kommen sie hin und wieder?, fragte Jürgen zaghaft.

Henschel schüttelte den Kopf, es war keine Antwort, er schüttelte die Frage ab.

Dein Vater hat Grethe geliebt, weißt du.

Jürgen lächelte höflich.

Und er hat nicht zugelassen, dass ihr irgendein Leid geschieht.

Na ja, sagte Jürgen spöttisch.

Und er hat für sie gelebt, sein ganzes Leben hat er für sie gelebt.

Das vielleicht.

Nein, nein, nein, nicht vielleicht. Keine Sekunde lang hat dein Vater sich gehen lassen, wie ein Besessener hat er gearbeitet, und keinen Urlaub, nie, der ist nicht einmal auf die Idee gekommen, einfach mal nur rumzusitzen. Seinen Gedanken nachzuhängen.

Jürgen dachte an seinen Vater, der im Wohnzimmer wahrscheinlich gerade wieder den Schrank ausräumte.

Ich wünschte, ich hätte das so hingekriegt, sagte Henschel.

Jürgen sah ihn an.

Wenn du morgens nur einmal nicht aufstehst, sondern liegen bleibst und in deine Trägheit sinkst, dann hat dich die Schwermut. Dann ist sie in dir drin. Dann frisst sie dich.

Er goss sich schon wieder nach. Jürgen hatte nicht einmal mitbekommen, dass er das Glas geleert hatte.

Und dann, sagte Henschel und zündete sich eine Zigarette an, und dann kriegst du auch keinen Schlaf mehr.

Er nahm einen Zug und zwinkerte schelmisch. Dann sank er ein bisschen in sich zusammen und schüttelte den Kopf.

Nicht lustig, eigentlich.

Jürgen wusste nicht, was sagen. Mit einem Mal fiel ihm auf, wie still die Nacht war, hier in dieser Küche, so still, dass man glauben konnte, den Faden der Glühlampe surren zu hören.

Bist ein guter Junge, Jürgen.

Jürgen blickte beschämt zu Boden.

Guter Junge.

Jürgen nahm sein Glas und schüttelte den restlichen Cognac darin.

Noch ein Schlückchen?

Nein, wirklich nicht.

Du musst deinem Vater vergeben, Jürgen.

Der Cognac hinterließ Schlieren im Glas, fast wie Öl. Mit einem Mal war der Schmerz in den Schultern zurück.

Du musst ihm vergeben, sonst schafft er es selbst nicht. Henschel sagte das mit sanfter Stimme, fast wehmütig.

Ja?

Jürgen begann, die Schultern kreisen zu lassen.

Wir haben viel Schlimmes erlebt, wir beide. Polenfeldzug, 39. Weißt du überhaupt, dass wir zusammen an der Front waren, dein Vater und ich?

Jürgen nickte, aber tatsächlich hatte er es fast vergessen. Sein Vater und Henschel hatten in den letzten Jahrzehnten kaum noch miteinander zu tun gehabt, hatten sich vermutlich auseinandergelebt wie zwei alte Schulfreunde, die sich schuldig fühlen, wenn sie einander zufällig begegnen, die jedes Mal zusammenzucken, wenn sie sich treffen, weil Zeit und Leben vergangen sind.

Dein Vater ist kein Verbrecher, sagte Henschel. Auch wenn wir natürlich alle schuldig sind. Schuldig sind wir alle, Junge.

Ja, ja, ja, machte Jürgen genervt, er hatte die Debatte satt, seit den späten Sechzigern hatte er sie satt. Was sollten die Schuldbekenntnisse schon ändern, das ewige Gejammer, das ewige Geducke, es war immer leichter, sich zu entschuldigen, als zu seinen Taten zu stehen. Auch sein Vater hatte immer von großen Fehlern getönt, davon, dass jemand diesen Irrsinn hätte verhindern müssen, und von dem Leid, den der Krieg ganz Europa gebracht hatte, nur um einen Schluck Bier später wieder seine Heldengeschichten zu erzählen. Er hatte das Gefühl, diese Küche, dieses Haus, diesen betrunkenen alten Kriegsveteranen ganz schnell verlassen zu müssen.

Schon gut, beschwichtigte Henschel. Ich weiß. Wär trotzdem gut, wenn du ihm irgendwann verzeihen könntest.

Ich wüsste nicht, was.

Henschel atmete ein, hob an und ließ die Luft leise durch die Nase entweichen. Dein Vater ist kein schlechter Mann, sagte er dann leise.

Das nicht, sagte Jürgen und griff nach seinem Glas, das schon wieder voll war. Der Alkohol brannte jetzt kaum noch, das Gefühl in der Kehle war einfach nur noch warm. Angenehm warm.

Weißt du, was ich manchmal mache? Du kennst doch die Birke bei mir im Garten unten.

Ich glaub schon, ja.

Lotte und ich haben sie zusammen gepflanzt, als Lina geboren wurde, so klein war die damals noch – er hielt sich die ausgestreckte Hand unter die Nase – die Birke, meine ich. Lotte hat sich damals gewünscht, dass wir sie pflanzen, gar nicht so sehr für Lina, sondern eher als Zeichen unserer Liebe, dass da was wächst und dass da was bleibt, auch wenn wir eines Tages nicht mehr sind. Dass es weitergeht. So was.

Und?

Manchmal geh ich runter. Und dann red ich mit ihr.

Und das bringt was?, fragte Jürgen, ohne zu wissen, ob Henschel Lotte meinte oder die Birke.

Henschel schüttelte den Kopf und starrte sein Glas an, und für einen Moment befürchtete Jürgen, er finge gleich zu weinen an. Aber als er den Ellbogen auf den Tisch stellte, den Kopf aufstützte und ihn unvermittelt ansah, bemerkte Jürgen, das seine Augen einfach nur glasig waren. Glasig mit ein paar Tränen darin, die vom Rauch kamen.

Deine Mutter war eine sehr, sehr tapfere Frau, Jürgen. Das darfst du nicht vergessen.

Das vergesse ich nicht.

Henschel schüttelte den Kopf. Sie war tapfer, Jürgen, sie hat das Leben angenommen, wie es ist, kein einziges Mal hab ich sie klagen hören.

Jürgen rutschte auf seinem Stuhl, sah seine nackten Füße, plötzlich fiel ihm auf, dass sie eiskalt waren. Als er sie vom Küchenboden anhob, fühlte es sich an, als klebten Scherben daran.

Grethe und Lotte haben viel geredet früher. Sehr viel. Haben sich alles erzählt, richtige Busenfreundinnen waren die, bis wir in den Westen gegangen sind. Lotte wollte auch, dass ich das Nachbargrundstück kaufe, sie hat gewusst, dass ihr nachkommen würdet, sobald es geht. Und als ihr dann wirklich gekommen seid und nebenan das Haus gebaut habt, da … Sie wollt's nicht kapieren. Warum es dann nicht mehr ging, warum das alles so verkrampft wurde, die Nachbarschaft, die Freundschaft, dass ihr plötzlich nicht mal mehr zum Kaffee und Kuchen kommen wolltet, so wie früher in Wellersdorf, weißt du noch?

Jürgen nickte. Er erinnerte sich dunkel. Er war noch klein gewesen, als die Henschels in den Westen gegangen waren.

Sie hat das nicht verstanden, sagte Henschel, dass man irgendwann seine alten Geschichten loswerden will. Ich hab versucht, ihr's zu erklären. Dass die Grethe nicht mehr die Frau sein wollte, über die eine Kompanie Russen drübergerollt ist.

Jürgens Augen weiteten sich.

Entschuldige. Ich wollte das nicht so sagen, so hart, meine ich. Was ich meine, ist: Deine Mutter hat das alles bei Lotte abgeladen, und als wir dann weg waren, war auch die Geschichte passé. Na ja, so weit das eben geht.

Jürgen nickte mechanisch.

Aber eines weiß ich, Jürgen. Wenn du nicht gewesen wärst, wär sie gestorben, so hat sie's der Lotte gesagt. Wörtlich. Gestorben. Sie hat das durchgestanden, weil es dich gab, Jürgen, und weil sie wusste, dass du im Schrank gesessen hast, als es passiert ist. Sie hat dich geliebt, das darfst du nicht vergessen.

Jürgen rührte sich nicht. Seine Füße fühlten sich an, als würde er in einer gefrorenen Pfütze stehen.

Swein –

Tut mir leid, sagte Henschel nach einer Weile. Er sah jetzt wirklich sehr, sehr betrunken aus. Manchmal kommt das alles wieder hoch, weißt du, und dann sitzt man da oder läuft im Haus rum oder erzählt's der Birke oder sich selbst.

Er hob die Flasche an, schüttelte sie und machte ungläubig: Ts! Die letzten Tropfen goss er in das Glas von Jürgen, der zu schwach war, um zu protestieren.

Dein Vater weiß es immer noch nicht, was? Henschel leckte den Flaschenhals ab, drehte den Deckel wieder zu und ließ die Flasche unter dem Tisch verschwinden.

Jürgen schüttelte den Kopf, obwohl ihm sein Gefühl sagte, dass das den Alten nichts anging.

Aber ich glaube, er ahnt es, sagte Henschel.

Jürgen reagierte nicht.

ES KREISCHTE. Ganz deutlich konnte er es hören. Durch das Fenster tanzte die erste Morgensonne herein, und oben im Dach kreischte es. Walther zog die Decke hoch und schloss die Augen.

Das konnte nicht sein. Walther machte die Augen wieder auf und griff sich ans Ohr. Er tastete nach dem Hörgerät auf seinem Nachtkästchen, richtete sich notdürftig auf und stopfte sich den Schallschlauch mit dem Ohrpassstück in den Gehörgang. Er fummelte sich das Gerät hinters Ohr, tastete dann nach dem Knopf und schnipste prüfend mit den Fingern. Dann legte er den Kopf in den Nacken und starrte auf die Zimmerdecke über sich, starrte durch die Zimmerdecke in den Dachboden hinein –

Nichts.

Oder doch?

Nein.

Er kniff sich in die Nasenwurzel, rieb sich die Augen. Sie brannten, es musste die Übernächtigung gewesen sein. Er wusste, was man sich alles einbilden konnte, wenn man unter Schlafentzug stand. Sie hatten es ihn schmecken lassen, damals.

Er schloss die Augen wieder. Die ganze Nacht hatte er wach gelegen. Er hatte weder schlafen wollen noch können, er hatte in seinem Bett gesessen und sich am Wegdösen gehindert, auch das hatte er gelernt: Wie man seinen Körper dazu brachte, nicht einzuschlafen. Er hatte es gelernt, als sie ohne Mantel und ohne Decke auf dem Treck nach Kuibyschew im Freien schlafen mussten, er hatte gelernt, dass man, kurz bevor es einen ins Warme zog, aufspringen und so lange auf der Stelle hüpfen musste, bis man wieder halbwegs wach und durchblutet war. Er hatte auch gelernt, was mit denen passierte, die der Schlaf trotz aller guten Vorsätze überkam. Eine schöne Raureifschicht überzog sie bis zum Morgen, mehlige Gesichter, die in der Sonne glitzerten. Man ließ sie im Schnee liegen, der Frühling würde kommen und mit ihm die Tiere.

Er kniff sich in die Wange. Obwohl er sein Gebiss nun seit bald zehn Jahren hatte, fühlte es sich immer wieder komisch an, die hohle Wange, in der keine Zähne waren.

Er hatte sich die ganze Nacht wach gehalten, um nicht schon wieder zu träumen. Er war sich sicher gewesen, dass die Träume das Schlimmere waren, aber die Halbschlafgedankenfetzen, die wie die Fliegen zum Licht immer wieder zu ihm gekommen waren, die Bilder, das Mädchen, immer wieder das Mädchen, ihr Wimmern, als er –

Walther kniff sich noch einmal: nicht schon wieder!

Er riss die Augen auf. Er wusste: Wenn er nicht einschlafen wollte, dann musste er aufstehen, jetzt gleich. Er dachte an die Mühe, die es kostete, sich zur Kante des Bettes zu drehen, einen Fuß auf den Boden zu setzen, dann den zweiten, den Körper langsam nach oben zu drücken, den Oberkörper vor, dann die Hüften –

Oben im Dachgeschoss polterte es. Schritte zweier Menschen, eilige Schritte. Walther starrte wieder an die Decke, sah die beiden da oben Haschmich spielen, er glaubte ein Lachen zu hören –

Dann wieder Stille.

Die Wahrheit war: Er hatte nicht schlafen wollen, während die beiden da oben waren. Er wollte nicht, dass sie ihn träumen hörten oder weinen oder irgendwas. Heute Mittag würden sie abreisen, bis dahin –

Walther wollte wirklich gern so tun, als wäre nichts. Aber seit dieses Mädchen, Ruth, ins Wohnzimmer getreten war –

Bleiben Sie sitzen, Herr Augustin, bitte!

Seit sie sich zu ihm heruntergebeugt hatte, um ihm die Hand zu drücken –

Ihr freundliches Lächeln –

Ihr aufmerksamer Blick –

Wie sie die Reaktionen in seinem Gesicht las –

Im Speicher lachte es schon wieder auf. Kurz entschlossen fasste er sich ans Ohr, es raschelte direkt im Gehörgang, dann riss er das Hörgerät heraus. Er rieb sich die Ohrmuschel, steckte sich den kleinen Finger hinein, wackelte ein wenig. Besser.

Oben war es jetzt still. Walther sah sich im Zimmer um. Die Front des Kleiderschranks. Die Wäschekommode, in der eine Schublade offen war. Aufgerissene Kiefer. Die weißen Wände. Die Zimmertür. Das geschlossene Fenster. Die weiße Decke. Das Zimmer baute sich wie eine Mauer vor ihm auf, er fühlte sich weggesperrt, obwohl durch das Fensterglas Sonnenlicht kam. In der Gefangenschaft hatte er wenigstens Sehnsucht nach draußen gehabt. Hier drinnen kamen die Gedanken immer nur noch auf ihn selbst zurück. Er zog die Backen zusammen, spürte den Hohlraum im Mund, dort, wo keine Zähne waren.

Er war allein mit sich, hier in diesem Zimmer, allein mit sich und dem Bett, das neben seinem stand. Eine leere Kiste. Grethe, die mit ihrem Tod ein Loch in die Welt gerissen hatte, durch das nun lauter Scheiße quoll, längst vergangene Scheiße. Die ganze Nacht hatte er sich nach seiner Frau gesehnt, sich gewünscht, dass sie wieder auf ihrem Platz läge, aber Wünschen half nicht, und erst recht nicht, wenn einer tot war. Er wusste: Die schlimmen Gedanken verschwanden mit dem Tageslicht, die Leere jedoch blieb. Mit einem Mal wurde die Müdigkeit so groß, dass ihm die Augen zuzufallen drohten, noch während seine Hand wie eine Zange an dem Hautlappen hing, der seine Wange war.

Er fuhr auf. Das Mädchen stand in der Tür. Er wollte aufspringen, aber sein Körper reagierte nicht, nur das Herz setzte einen Schlag aus. Sie riss sich erschrocken das Handtuch vor den Körper, zu spät, er hatte ihre Brüste gesehen. Beide Brüste. Er schloss die Augen, vermutlich sagte sie etwas, er drückte die Augen noch fester zu, er hörte sie nicht.

Nach einer Weile blinzelte er vorsichtig –

Die Tür war zu.

Er schloss die Lider noch einmal. Wartete. Blinzelte dann wieder. Die Tür: immer noch geschlossen. Er war verwirrt. Sie war da gewesen. Sie hatte ihm ihre Brust gezeigt, sie war es wirklich gewesen, er war doch nicht irr. Oder doch? Ruth war das, sagte er sich. Ruth! Nickis Mädchen! Seine Verlobte sogar! Ruth!

Und warum war sie in sein Zimmer gekommen?

Seine Müdigkeit war wie weggeblasen. Sein Herz schlug,

und wie es schlug, er hielt sich die Hand an die Brust, manche Schläge gingen bis in den Hals, dann kamen zwei, drei, die ganz leise waren, stolperten –

Sie kontrollierte ihn.

Er wusste, dass sie Ärztin war.

Er würde im Bett bleiben, er würde hier warten, bis sie weg waren. Er nahm das Hörgerät wieder vom Nachttisch, legte es an und schaltete es ein.

Geräusche im Bad, gleich nebenan. Die Schritte, die die Treppe vom Dachboden herunterkamen, das musste Nicki sein, die Schritte kamen an seinem Zimmer vorbei, ein Klopfen an der Badezimmertür. Die fragende Stimme des Mädchens durch die geschlossene Tür, der Schlüssel, der sich drehte, ein Rascheln, die Türe ging wieder zu, der Schlüssel, dann kicherten sie wieder.

ES WAR, ALS kenne sie sich in der Küche aus. Ruth füllte den Tank der Kaffeemaschine mit Wasser, suchte die Filtertüten und steckte die Nase in die Dose.

Hm, murrte sie unzufrieden. Ganz frisch ist der nicht mehr. Na ja.

Sie schaufelte Löffel um Löffel in den Filter, drückte den Knopf, die Maschine knackste komisch, ehe sie endlich zu gurgeln begann. Sie nahm vier Teller aus dem Schrank, vier Untertassen und Tassen, sie kramte das Besteck aus der Schublade, kleine Löffel, Messer. Sie musste nicht fragen, wo was stand, sie fand das Brot, holte Butter, Wurst und Käse aus dem Kühlschrank. Erst als sie sich eine Sekunde lang unschlüssig in der Küche umsah, wies Nicki auf den großen Vorratsschrank.

Honig ist da drinnen.

Hätt ich mir auch denken können.

Sie holte das Glas hervor, schraubte den Deckel ab,

schnüffelte, ging mit dem Finger hinein und schleckte ihn dann mit breiter Zunge ab.

Hmmm, koste mal!

Sie ging auf Nicki zu, hielt ihm den Finger mit dem gelben, glänzenden Honig hin, Nicki zögerte, sah zu, wie langsam ein Tropfen –

Schnell!

Er schleckte. Er musste lächeln, noch während ihr Finger in seinem Mund steckte.

Setz dich mal, sagte er dann.

Ruth sah sich noch einmal um, aber der Frühstückstisch war fertig. Sie zog einen Stuhl zurecht, sprang dann doch noch einmal auf – der Zucker. Stolz sah sie ihn an, als sie sich endlich niederließ. Nicki drückte ihr einen Kuss auf die Wange.

Du wirst mal eine gute Mutter, sagte er zärtlich.

Ruth kräuselte die Stirn, zog gekünstelt eine Augenbraue hoch und sah ihn skeptisch an.

Der Honig ist übrigens vom Imker.

Aha.

Hier aus der Region. Er deutete aus dem Fenster.

Eine gute Mutter. Ruth schüttelte den Kopf. Das ist es also, was du in mir siehst: eine gute Mutter! Sie sagte das nicht ernsthaft, meinte es aber irgendwie doch.

Er zog ihre Hand zu sich und wollte etwas Beschwichtigendes sagen, ein Kompliment, einen innigen Schwur –

So früh am Morgen schon am Turteln?

Nickis Vater stand in der Tür, in Schlafanzughose und Unterhemd, was Nicki ein bisschen peinlich war. Er warf einen raschen Blick auf die Küchenuhr.

Halb zehn, neckte er ihn. Was ist denn mit dir passiert!

Jürgen zog grinsend seine Hose hoch und kratzte sich am Kopf.

Als Rentner wird man doch endlich mal –

Aber der Kaffee ist längst fertig, Herr Augustin, drängte Ruth und imitierte Nickis scherzhaften Ton.

Ja, ja, ja, jetzt macht aber mal halblang.

Er war schon im Gehen begriffen, als er sich noch einmal umdrehte, die Schultern hochzog und Ruth komisch ansah. Kannst übrigens Jürgen zu mir sagen, sagte er und verschwand durch die Tür.

Er war so schnell wieder zurück, dass Nicki kurz daran zweifelte, ob sein Vater sich überhaupt gewaschen hatte. Egal, ein frisches Hemd hatte er an, und er machte ein Gesicht wie sieben Tage Sonnenschein, als er sich an den Tisch setzte.

Na, gut geschlafen?

Jürgen winkte ab. Und ihr?

Wie die Murmeltiere, sagte Ruth eifrig. Diese Dunkelheit, sobald man mal draußen ist auf dem Land, das kennt man als Großstadtmensch ja gar nicht.

Und wo bleibt jetzt mein Kaffee?, fragte Jürgen und reckte die Nase in die Höhe.

Hier!

Sie gossen sich ein, nahmen Milch und Zucker, rührten. Jürgen schnupperte demonstrativ, Nicki wunderte sich, so genussfreudig kannte er seinen Vater gar nicht.

Herrlich, so ein Bohnenkaffee. So etwas gab es früher natürlich nur ganz selten.

Das denk ich mir, sagte Nicki trocken, aber sein Vater redete weniger mit ihm als mit Ruth, die ihn anlächelte:

Schmeckt er denn? Die Packung war wohl schon ein bisschen älter, da hab ich einfach ein bisschen mehr Pulver rein –

Vorzüglich! Die Mutter hat ihn sich ja immer nur ganz dünn gemacht, meistens gab's allenfalls ein paar Gramm, über die wurde dann gewacht, dass sie nicht zu schnell weg waren. Ich durfte am Kaffee höchstens mal riechen! Er lachte auf. Wollte allerdings auch gar nichts anderes. Einmal hab ich nämlich heimlich eine Bohne geklaut und reingebissen. Jürgen machte ein Gesicht, als spucke er die zerkaute Erinnerung daran aus, dann lachte er wieder. Er wirkte wie verwandelt, Nicki fand, dass er kindisch war.

Manchmal gab's auch Eichelkaffee oder Kaffee aus Steckrüben, die die Mutter irgendwie geröstet und dann aufgebrüht hat. Na ja. Was wir damals alles gegessen haben –

Wo ist eigentlich Opa?, unterbrach ihn Nicki.

Nu? Ist der noch nicht wach?

Vorhin hat er noch im Bett gelegen, mischte sich Ruth ein. Ich hab die Tür verwechselt zum Badezimmer, stand auf einmal halb nackt bei ihm drin.

Und er?, fragte Nicki.

Hat sich ratzfatz die Augen zugehalten.

Oh weh.

Ruth musste lachen. Ich glaub, das war ihm so peinlich, dass er nicht mal meine Entschuldigung gehört hat.

Oh weh! Nicki musste grinsen. Zu genau sah er das Bild vor sich: zwischen aufgeplusterten Daunenkissen ein in Scham versinkender alter Mann.

Vielleicht entschuldige ich mich besser noch einmal, sagte Ruth.

Ich werd mal nach ihm sehen, sagte Jürgen und rutschte mit seinem Stuhl zurück.

Wollen Sie nicht erst mal frühstücken?

Er sah sie an.

Äh, du?

Jürgen schüttelte den Kopf und stand auf. Mit einem Mal sah er sehr ernst aus. Nicki blickte zu Ruth, doch die war damit beschäftigt, eine Scheibe Brot mit Butter zu bestreichen.

Wir könnten denen doch nachher noch frisches Brot besorgen, sagte sie kauend und sah endlich auf.

Die mögen das so, sagte Nicki abwesend.

Glaub ich nicht. Das ist bloß Sparsamkeit.

Faulheit, wollte Nicki erwidern, aber das stimmte nicht, sie legten einfach keinen Wert darauf. Er lauschte, ob etwas im Schlafzimmer passierte, aber er hörte nichts. Er schmierte sich ebenfalls ein Brot, es war wirklich ein bisschen zu alt. Als sein Vater nach ein paar Minuten immer noch nicht zurück war, entschuldigte er sich und stand auf. Ruth hob nur den Kopf, sah ihn an und kaute weiter.

Von außen sah es aus, als würden sie kämpfen. Die Schlafzimmertür war bloß angelehnt, und durch den offenen Spalt konnte Nicki sehen, wie sein Vater über seinem Großvater hing, seltsam mit ihm verschlungen. Der Vater stöhnte, der Großvater gab ein gurrendes Geräusch von sich, als wolle er husten und könne es nicht. Der Vater hielt seinen Brustkorb unterhalb der Schultern umfasst, während der Großvater völlig versteift aussah, wie bei einer Puppe standen die Arme zur Seite ab.

Nun mach schon!

Ja, mach ich doch, mach dich halt nicht so schwer!

Sie bemerkten ihn nicht. Er dachte daran, reinzugehen und zu helfen, aber seine Glieder schienen plötzlich erkaltet. Wie schockgefrostet stand Nicki in der Tür, als er eine warme Hand auf seiner Schulter spürte, die ihn leise zurück in den Flur zog.

ALS SEIN VATER schließlich auf den Beinen stand, in frischem Hemd und sauberen Hosen, und Jürgen ihn endlich zum Frühstückstisch bringen wollte, griff er ihn am Arm.

Lass mich noch einmal auf den Topf.

Jürgen führte ihn bis zur Schüssel und entfernte sich erst, als Walther begann, seinen Gürtel zu öffnen. Vor der Tür wartend, hörte er die Gürtelschnalle auf den Boden und den

Hintern auf die Brille fallen. Dann ein paar Tropfen, die in der Schüssel hallten. Dann lange nichts. Schließlich doch: die Spülung.

Jürgen!

Er holte Luft und ging hinein. Wie ein kleiner Junge saß sein Vater auf dem erhöhten Sitz, die Knie zusammengepresst, die Augen weit geöffnet. Er war feinfühlig genug, seinem Vater die Bitte zu ersparen, er stellte sich vor ihn, beugte sich zu ihm herunter und griff ihm unter die Arme.

Ihr wollt mich weggeben, hab ich recht?

Die Stimme seines Vaters war ganz dicht neben seinem Ohr.

Blödsinn, sagte Jürgen, hielt die Luft an und zählte:

Eins, zwei, und – drei!

So ein Unfug, sagte Jürgen noch einmal, als Walther auf beiden Beinen stand. Er trat einen Schritt zurück, ließ ihn aber noch nicht ganz los, zur Sicherheit. Wie kommst du denn auf solche Ideen?

Walther sah zu Boden, wo seine Hose immer noch zwischen den Schenkeln hing. Jürgen schüttelte den Kopf und drückte seinem Vater kurz den Oberarm, bevor er den Griff endlich löste.

Stehst du?

Als Jürgen sich nach der Hose bückte, hätte er um ein Haar mit der Stirn den Penis gestreift, Vaters Penis, er konnte mit dem Kopf gerade noch ausweichen.

Das schaffst du jetzt aber allein, sagte er und drückte ihm die beiden Enden des Gürtels in die Hand.

Weil ich dir zu anstrengend bin.

Blödsinn.

Ihr wollt mich wegsperren.

Vater! Wie kannst du so etwas –

Warum ist sie hier?

Wer? Ruth?

Das Mädchen!

Weil sie die Verlobte deines Enkels ist, deine Schwiegerenkelin, wenn du so willst.

Jürgen nahm die Gürtelschnalle, fädelte den Lederriemen ein, sein Vater hielt die Luft an, Jürgen zog, der Metalldorn fand das Loch, Jürgen schob das Ende des Riemens in die Gürtelschlaufe.

Sie fragt uns aus.

Was? Darf sie sich vielleicht nicht für ihre neue Familie interessieren?

Er bedeutete seinem Vater mit einer Handbewegung, auch noch den Reißverschluss zu schließen. Walther gehorchte, doch als Jürgen sich umdrehen wollte, um endlich in die Küche zu gehen, sagte er:

Sie beobachtet mich.

Vater.

Sie ist Ärztin!

Vater, was ist denn los mit dir! Einen Augenblick lang sah er ihm fassungslos ins Gesicht, dann schüttelte er missbilligend den Kopf. Kommst du endlich? Alle warten nur auf dich.

DAS MÄDCHEN fläzte sich bereits vollgewammst auf ihrem Stuhl, als Walther in die Küche kam. Sofort sprang es auf.

Herr Augustin, das tut mir leid, dass ich vorhin einfach so reingeplatzt bin. Es war nur, ich wollte ins Bad und hatte mich in der Tür –

Ja, ja, ja, antwortete er, das Letzte, was er wollte, war, über die Sache auch noch zu reden.

Möchten Sie vielleicht einen Kaffee?

Danke, nein.

Er zog sich einen Stuhl zurecht und platzierte sich davor. Er stützte sich mit den Händen am Esstisch ab, trotzdem fühlte er sich, als würde er sich nicht setzen, sondern sinken, ein leckgeschlagenes, vollgelaufenes Schiff. Seine Beine hatten kaum Kraft. Sein eigenes Körpergewicht drückte ihn einfach nieder.

Aber eine Scheibe Brot, Herr Augustin!

Sie hielt ihm das Körbchen hin und schüttelte es wie eine Spendenbüchse. Höflich nahm er eine Scheibe und legte sie auf dem Teller ab. Er hatte keinen Hunger, er hatte keinen Durst, er hatte keine Lust, heute noch einmal auf die Toilette zu müssen. Er hatte keine Einlagen mehr. Er hatte überhaupt nichts mehr. Das Einzige, was er noch verspürte, war ein nicht zu überwindender Widerwille dagegen, jetzt und hier an diesem Tisch zu sitzen. Und wütend auf Jürgen war er auch. Dass er ihn dazu gezwungen hatte. Was sollen die denn denken, hatte er vorhin gesagt. Was sollen die denn denken. Er hatte ihn einfach aus dem Bett gezerrt wie einen Sack Zement.

Er legte die Brotscheibe auf die andere Seite. Das Mädchen starrte ihn an. Zornig blickte er zurück und wendete die Brotscheibe noch einmal. Da fasste ihn Nicki am Arm, auch so ein Blick. Er hielt ihm den Teller mit der Wurst vor die Nase. Als könnte er die nicht selbst sehen.

Danke, sagte er gereizt. Ich kann alleine essen.

Aber dann müssen Sie das auch tun! Ein gutes Frühstück, Sie wissen doch, Herr Augustin –

Walther nahm ein Rad Leberwurst und legte es neben das Brot auf den Teller. Er nahm das Messer in die Hand und starrte die Brotscheibe an. Plötzlich fing Jürgen an, den Kindern aus heiterem Himmel eins über die Leberwurst zu erzählen, über den Metzger Moser, über Koriander und Majoran.

Ein Geschmack! Hier, riech mal!

Jürgen hielt dem Mädchen ein Stück unter die Nase. Es schnupperte, wie eine verwöhnte Hauskatze sah sie dabei aus. Hmm, machte sie höflich, aber man sah ihr an, dass sie den Geruch eher abstoßend fand. Die jungen Dinger waren nicht mehr fürs Grobe. Doch Jürgen schien nichts zu bemerken, er redete und redete, tat so, als ob nichts wäre, er erzählte von Würsten und Butter und dem Streuselkuchen, den Martha früher gebacken hatte, und Nicki gähnte, und das Mädchen nickte, es nickte und nickte und unterbrach ihn nur ein einziges Mal:

Herr Augustin, wenigstens ein Glas Wasser müssen Sie trinken!

Sie sprang auf, lief zum Hahn. Als sie ihm das Glas über den Tisch reichte, tropfte es, etwas landete auf der Brotscheibe, die immer noch unangebissen vor ihm lag, die Tropfen sickerten ein und wurden unsichtbar, Walther beobachtete sie genau, beobachtete, um –

Herr Augustin, Sie müssen trinken.

Warum mischte dieses Ding sich ein? Wie konnte sie es wagen –

Herr Augustin, zwei Liter jeden Tag, sonst dehydrieren Sie, der Körper ist wie ein Schwamm, der langsam brüchig wird, wenn Sie nicht genug trinken.

Sie klang wie eine Krankenschwester. Wie eine Todesengel-Krankenschwester, eine böse Todesengel –

Er nahm das Messer und stach langsam in das Wurstrad, genau in die Mitte, das Messer glitt ins Herz der Leberwurst hinein –

Dann war es still.

Endlich.

Vielleicht war auch nur sein Hörgerät ausgefallen. Es war ihm egal. Aus der Einstichstelle quoll graue Masse, graue, grobe Leberwurstmasse. Er drehte das Messer ein wenig, jetzt bildete sich ein kleiner Wulst, ein Wurstwulst, er sah nicht auf, er wollte nicht sehen, wie sie ihn jetzt anstarrte und den Kopf schüttelte, Herr Augustin, Herr Augustin, obwohl er nichts hörte, vernahm er ihre Stimme ganz deutlich, lieber Herr Obergefreiter Augustin, er sieht seinen Namen plötzlich in Handschrift auf dem Sanierschein stehen, Walther Augustin, er hört die Stimme des Mädchens, lieber Herr Obergefreiter, Walther, bitte nicht –

Er sticht noch einmal zu, die Wurst liegt nun geschnetzelt auf dem Porzellan, gemetzelt, und auf einmal spürt er wieder das Tier in sich, das wütende, traurige Tier, das Tier, das aus dem Bordell schleicht, an den Zimmern vorbei, in denen einst Juden wohnten, aus denen jetzt Stöhnen quillt und Kichern, das Kichern prasselt auf ihn ein, Gelächter, und er, das Tier, schleicht sich davon und traut sich kaum, zur Sanierung zu gehen: Scham, die Wunde, die keine Wunde ist, er schämt sich, und er weiß, dass er schuldig ist.

UND, HERR AUGUSTIN, sagte Ruth jetzt zu Jürgen, bitte achten Sie darauf, dass ihr Vater genügend trinkt, ja? Machen Sie ihm eine Suppe jeden Tag, mit wenig Salz und viel Gemüse, ich glaube, er bekommt zu wenig Flüssigkeit, geben Sie ruhig Fleisch hinein, Hühnchen, und Bohnen, ein paar Nudeln, schmecken soll es ja. Ja? Und setzen Sie sich fünfmal am Tag mit ihm hin und lassen Sie ihn ein großes Glas Wasser trinken, Schluck für Schluck, und passen Sie auf, dass er es auch wirklich austrinkt und nicht heimlich in die Blumen kippt. Ich will wirklich keine Nervensäge sein, aber ich mache mir Sorgen, solange ich hier war, habe ich ihn ein einziges Glas trinken sehen, ein einziges Glas, und dann Sekt, und Sie wissen ja: Alkohol dehydriert und schadet damit mehr, als er nutzt.

Jürgen betrachtete die Wegplatten zu seinen Füßen.

Herr Augustin.

Es kam schon wieder Unkraut nach, dabei war es keine vier Wochen her, dass er –

Herr Augustin, wenn Ihnen das alles zu viel ist, dann –

Ein Knall lenkte sie ab. Ihr Kopf fuhr herum, ein suchender Blick, es war Nicki, der vor dem nun geschlossenen Kofferraum stand. Er wischte sich die Hände an der Hose ab und sah zu ihnen herüber. Jürgen winkte ihm, wir sind gleich so weit, kümmere dich nicht.

Herr Augustin, ich glaube, dass es überhaupt kein Problem ist, Pflegestufe eins für ihn zu kriegen, dann könnten Sie wenigstens Pflegegeldzahlungen in Anspruch nehmen und hin und wieder eine Ersatzkraft, wenn Sie mal in Urlaub fahren möchten, oder Sie können jemanden stundenweise bestellen, einen Verhinderungspfleger –

Jürgen sah ihr ins Gesicht, sah ihren Mund, der redete. Die Lippen formten Worte, die Worte stiegen wie Blasen empor, Wohnumfeldverbesserung, plopp, Pflegehilfsmittel, plopp, Mobilitätsdienste, die Blasen zerplatzten in der Luft, Pflegekasse, plopp, Einmal-Bettschutzeinlagen, für den Fall, dass –

Was?

Für den Fall, dass er inkontinent ist.

Wie?

Wissen Sie, ob Ihr Vater das Wasser noch halten kann?

Nein, sagte er.

Nein, Sie wissen es nicht? Oder nein, kann er nicht?

Können wir?

Nicki wirkte ungeduldig, als er zu ihnen trat, er hatte sein Handy in der Hand und guckte immer wieder nervös auf die Uhr.

Ja, ja, ja. Wollen wir uns nicht noch mal kurz verabschieden?, fragte Ruth. Sie nickte in Richtung Küche, in der der Großvater immer noch saß. Nicki sah seinen Vater unschlüssig an.

Ach, verabschiedet habt ihr euch doch schon, sagte Jürgen schnell. Fahrt nur endlich, sonst landet ihr am Ende noch im Sonntagsstau.

Ja, Papa hat recht, sagte Nicki, das war ja eigentlich der Grund, warum wir so zeitig loswollten.

Also gut. Ruth sah noch einmal in Richtung Haus.

Also, sagte Nicki und drückte seinen Vater ein bisschen steif an sich.

Gute Fahrt wünsche ich.

Nicki klopfte ihm noch einmal auf die Schulter und ging zum Auto; Ruth und Jürgen standen sich nun allein gegenüber.

So, Ruth, sagte er und reichte ihr die Hand. Sie nahm sie, und als Jürgen merkte, dass ihr die Situation unangenehm war, überwand er sich. Er zog sie zu sich heran, in eine unbeholfene, fast ängstliche Umarmung. Er tätschelte ihre Schulter, weil er nicht wusste, wie es besser ging. Er bemerkte eine eigenartige Rührung in sich und hielt sie eine Sekunde länger, als es vielleicht angemessen war.

So, Ruth, sagte er noch einmal, und dann: Bist ein gutes Mädchen.

Herr Augustin, sagte sie.

Jürgen.

Bitte überlegen Sie es sich, ja, und dann rufen Sie mich an.

Jürgen.

Was?

Er musste zwinkern, weil immer noch dieses Gefühl der Rührung in ihm war, er brauchte ein bisschen, bis er das Lächeln auf die Lippen bekam.

Wir waren beim Du.

Ruth schlug sich die Hand vor den Mund.

Bitte verzeih. Jürgen! Natürlich! Es ist gar nicht so leicht, sich dran zu gewöhnen.

Schon gut, Frau Doktor, sagte er leise, es war fast ein Schluchzen, es war sonderbar. Er wusste selbst nicht so genau, was es war, vielleicht nur, dass er ihr unvermittelt so nahe gekommen war. Sie drückte ein letztes Mal seine Hand, da stupste Nicki im Auto die Hupe an.

ICH HAB'S IHM gesagt, sagte Ruth, als sie auf der Autobahn waren.

Ich weiß.

Nicki nahm den Blick nicht von der Straße. Jetzt steckten sie doch im Sonntagsverkehr, immer diese Abschiedszeremonien, die Autobahn in Richtung Süden: voll. Aufblendende Limousinen im Rückspiegel, dreckige Auspuffrohre vor der Nase, Motorradfahrer, die sich schwarz und unerbittlich ihren Weg durch den dichten Verkehr bahnten. Alles schlängelte sich, drängelte sich, der Kampf um ein kleines bisschen freie Fahrt. Immerhin, sie fuhren. Noch gab es keinen Stau.

Weißt du überhaupt, was ich meine?

Nicki setzte den linken Blinker und fädelte sich in die nächste Lücke ein, um einen Lada mit Anhänger zu überholen, der ihm ein bisschen zu gemächlich auf der mittleren Spur rollte.

Dass die überhaupt noch zugelassen sind!

Ob du weißt, was ich meine, wollte ich wissen.

Ja, klar.

Er blinkte nach rechts und wechselte zurück in die Mitte, warf noch einen Blick in den Rückspiegel. Von vorn sah der Lada wie ein verängstigtes Hündchen aus. Du stehst mir nicht mehr im Weg rum, dachte er und sagte:

Dass er Opa ins Heim geben soll.

Das habe ich nicht gemeint.

Sondern?

Ich hab ihm nahegelegt, wenigstens mal zu erwägen, einen Termin mit einem Kassengutachter zu machen.

Du willst ihn zum Pflegefall machen.

Nicki –

Ach komm. Der Opa hat vielleicht Probleme aufzustehen, aber ehrlich gesagt … ich weiß ja nicht, was du gesehen hast, aber ich hatte nicht den Eindruck, dass er jemanden braucht, der ihm mittags Breichen gibt und ihm morgens und abends den Hintern einpudert.

Nick!

Was?

Darum geht es nicht.

Sondern?

Darum, wie dein Vater klarkommt.

Ach so.

Nicki, dein Vater ist Rentner!

Und?

Das heißt, dass er erstens selbst nicht mehr gerade im Schwesternschülerinnen-Alter ist, und zweitens, dass er seine Tage wirklich schöner verbringen könnte als gemeinsam mit seinem Vater in diesem … diesem stickigen Haus. Er würde ein bisschen Hilfe kriegen, wenn er einen Antrag stellt. Geld. Er könnte wenigstens hin und wieder jemanden kommen lassen, jemanden, der mal kocht oder die Wäsche macht und der da ist, wenn er mal in den Urlaub will oder was weiß ich.

Urlaub!

Nicki trat heftig auf die Bremse, als der dunkelblaue Mercedes vor ihm plötzlich die Spur wechselte.

Arschloch! Wahnsinn, sind denn heute alle verrückt? Sorry, aber weißt du, wann mein Vater das letzte Mal Urlaub gemacht hat? Als Maman ihn dazu gezwungen hat, mit der ganzen Familie zwei Wochen an die Côte d'Azur zu fahren. Einfach mal zwei Wochen abhängen. Nicht wandern, nichts besichtigen, einfach nur Urlaub machen. Und weißt du, was mein Vater macht? Er nimmt sich einen Stapel Arbeit mit und funktioniert diesen blöden Küchentisch in diesem blöden Ferienclub-Appartment zum Schreibtisch um. Taschenrechner, Winkeldreieck, alles dabei. Vorhänge zu, Lampe an, ran an die Arbeit. Und das bei strahlendem Sonnenschein! Wir mussten ihn überreden, wenigstens hin und wieder mal mit ans Meer zu kommen. Und weißt du, was er abends essen wollte? Leberwurst. Nichts anderes.

Nicki lachte auf, ein erbittertes Lachen.

Sein einziger Ehrgeiz war es, eine Boulangerie zu finden, in der es deutsches Graubrot gibt. Graubrot in Südfrankreich! Maman ist schier durchgedreht! Manchmal sind wir abends zu zweit essen gegangen, ohne ihn, weil Papa abends partout nichts Warmes essen mag. Hat er nie gemacht, macht er nicht. Egal, ob es Gänseleber gibt. Leberwurst genügt. Kannst du dir das vorstellen? Maman und ihr kleiner Kavalier bei Kerzenschein und Gänseleber? Ich war fünf oder sechs oder so! Kannst du dir vorstellen, wie sie sich gefühlt hat?

Ruth sagte nichts. Sie sagte auch nichts, als Nicki wieder blinkte und Gas gab. Sie sagte nichts, als er immer schneller wurde, nichts, als die Innenverkleidung des Fiesta zu vibrieren begann. Sie sagte nichts, als er langsame Vordermänner bedrängte, die Lichthupe setzte, fluchte. Sie sagte nichts, und das machte ihn noch aufgewühlter, als er ohnehin schon war. Er drehte am Radio herum und verstellte die Rückspiegel, er klappte die Sonnenblende hoch, verstellte die Rückspiegel noch einmal –

Hältst du da vorne?

Erschrocken bremste Nicki ab.

Pipipause.

Ach so, sagte er erleichtert, wechselte die Spur und gab, um schneller auf die Ausfahrt zu kommen, noch einmal sanft Gas.

EINE GANZE ZEIT lang blieb Jürgen noch in der offenen Haustür stehen. Er hatte zugesehen, wie der Wagen mit den Kindern hinter den Häusern verschwand, hatte gelauscht, wie das Motorengeräusch immer leiser wurde und sich schließlich weit unten im Dorf verlor. Sein Blick ging in den Himmel, der hell war, aber ohne Sonne, eine milchige Fläche ohne Anfang und ohne Ende. Er blickte in den Himmel, als warte er auf etwas. Lange stand er so da, von einem eigenartigen Gefühl getragen, auch dann noch, als ihm längst der Nacken wehtat. Kein Geräusch aus dem Haus. Kein Knacksen, kein Husten, kein Scheppern.

Er legte sich die Hand in den Nacken, ließ den Kopf kreisen, atmete aus.

Verhinderungspfleger.

Urlaub.

Haha.

Ein Vogel landete auf dem Mispelstrauch vor ihm, ein schwarzer Vogel, keine Amsel, kein Rabe, er wusste nicht, was es war. Der Vogel hatte einen Wurm im Schnabel und sah ihn neugierig an.

Haha, machte Jürgen, diesmal so laut, dass es zu hören war. Der Vogel schnappte ein paar Mal in die Luft, dann hatte er den Wurm verschlungen. Er schluckte, streckte sein Köpfchen hierhin und dorthin und fing zu zwitschern an. Er lachte ihn aus.

Haha, machte Jürgen, jetzt drohend, tat einen Schritt nach vorne und stampfte mit dem Fuß auf. Der Vogel schimpfte und flog ab. Zufrieden steckte Jürgen die Hände in die Hosentaschen, da tauchte im Vorgarten nebenan der alte Henschel auf. Er hatte denselben Morgenmantel wie in der Nacht zuvor an und trug eine Tengelmanntüte voll Müll. Jürgen hob die Hand, aber Henschel blickte nicht auf. Erst als er an der grauen Tonne angekommen war, bemerkte er seinen Nachbarn. Er klappte den Deckel auf, ließ ihn nach hinten kippen und sah herüber. Dann legte er, ohne den Blick von Jürgen zu nehmen, seinen rechten Zeigefinger auf den Mund und ließ den Müll mit einem schelmischen Lächeln in die Tonne fallen. Es klirrte, Henschel warf den Deckel wieder zu, wischte sich die Hände am Morgenmantel ab und ging zurück zum Haus.

Jürgen schüttelte den Kopf und winkte noch einmal, aber Henschel stapfte durch die Haustür, ohne sich umzusehen.

Seine Mutter hatte das gehasst. Er musste lächeln, als er daran dachte, wie sehr seine Mutter das gehasst hatte: Altglas in der Restmülltonne. Henschel, dachte er, als er ins Haus ging, Henschel, Henschel.

Er warf einen Blick in die Küche, in der sein Vater immer noch vor seinem Teller saß, den größten Teil des Frühstücks hatte Ruth bereits abgeräumt, allein Brotkorb, Butter und Wurst, zwei verstreute Löffel, das Wasserglas und Vaters Teller standen noch da. Die Scheibe Brot: nicht einmal angelangt.

Viele Grüße, sagte Jürgen, als er zu ihm trat.

Danke, sagte Walther und sah zu ihm auf.

Kommst du hier klar?

Ja, ja.

Brauchst du noch irgendwas?

Danke.

Ich räum die Butter weg, wenn du die nicht mehr brauchst.

Er nahm sie, ging zum Kühlschrank und legte das Stück ins Butterfach. Der Kühlschrank roch noch immer. Er ließ die Tür wieder zufallen.

Was ist mit der Wurst?

Sein Vater machte eine unbestimmte Geste. Er nahm den Teller, gab die Wurst in eine Tupperware-Dose und schob sie ins unterste Kühlschrankfach. Ehe er die Küche verließ, musste er an Ruths Lippen denken, die Worte, die sie geformt hatten –

Trink wenigstens dein Wasser, ja?

Ja, ja.

Auf dem Sofa fand er ein langes Haar. Er nahm es mit zwei Fingern, wusste nicht, wohin damit, und ließ es auf den Boden fallen. Wieder dachte er an Ruth, wie sie hier gesessen hatte, Ruth mit ihren großen Augen. Ihr eindringlicher Blick, der alles zu dulden schien außer vielleicht Widerspruch gegen etwas, von dem sie dachte, dass es richtig war. Er verstand, was Nicki an ihr fand. Er warf einen Blick auf das Stuhlkissen, auf dem gestern Abend sein Vater gesessen hatte, aber da waren keine Flecken, er sah genauer hin, nein, nichts. Sein Vater war kein Pflegefall. Man musste ihm nur ein wenig helfen. Er vermisste seine Frau, das war alles. Er wurde schwach. Er ließ nach. Man konnte es ihm nicht verdenken, es war ganz normal. Er selbst hatte manchmal das Gefühl, dass –

Er ließ sich in den Sessel sinken und starrte die Fernbedienung an.

Dass was?

Dass ihm die Luft ausging wie einer Kerze unter Glas?

Sein Rücken. Seine Knie. Sein Kopf. Sein Kopf vor allem. Und die Augen auch langsam. Er hatte erst spät eine Lesebrille gebraucht, und nun wurde die, die er erst seit ein paar Monaten hatte, schon wieder zu schwach. Und seine Stirn wurde immer höher. Sein Leben lang hatte er keinen Gedanken an seinen Haarwuchs verschwendet. Keinen einzigen. Und sein Herz, auch an sein Herz hatte er nie gedacht. Es schlug und schlug, und nun spürte er es manchmal schlagen.

Wir haben keine Angst vor dem Tod, denn wir sterben doch Tag für Tag.

Schlag für Schlag.

Seine geballte Faust sauste auf sein Knie. Er stöhnte auf, massierte das Fleisch über dem Kniegelenk. Mit der anderen

Hand schnappte er sich die Fernbedienung. Wenn Ruth dachte, dass alles einfacher würde, wenn ihnen jemand half, dann nur, weil sie keine Ahnung hatte. Sie hatten zu essen, sie hatten zu trinken, sie hatten einen Balkon, von dem aus man die ganze Welt sah.

Auf dem Bildschirm war ein Zeichentrickfilm zu sehen, eine junge Frau mit christbaumkugelgroßen Augen, sie fängt zu weinen an. Ein junger Mann, der auf sie zutritt, er streicht ihr eine Haarsträhne aus dem Gesicht, nimmt mit dem Finger eine Träne von ihrer Wange. Sie lässt es geschehen, sie weicht nicht zur Seite, ihr Blick sucht seinen, Geigengejammer schwillt an, ihre Lippen öffnen sich einen Spaltbreit, dann senkt er den Kopf zu ihr –

Er schaltete den Fernseher aus und stand auf. Sie hatten alle keine Ahnung, nicht die geringste Ahnung. Was diese Generation über das Leben wusste, das hatte sie aus der Sesamstraße. Sie weinten, wann immer das Leben mal nicht lief wie nach Plan. Dabei verlangte das Leben nur eines: dass man durchhielt. So war's. Er stand auf, der Schmerz in seinem Knie ließ langsam nach. Er spürte ihm einen Moment lang nach, bis er ganz sicher war.

Wohin geht eigentlich der Schmerz, wenn er vergeht?

Im Badezimmer wusch er sich die Hände, nahm das Handtuch und trocknete sich kräftig ab. Er warf einen Blick in sein Zimmer, das Bett war nicht gemacht, also schüttelte er das Kissen auf, nahm die Decke und legte sie sorgfältig zusammen. Er klaubte ein paar herumliegende Kleidungsstücke auf und warf dabei einen Blick durch das Fenster, hinter dem sich der Dunst langsam auflöste. Dann fiel ihm sein Vater am Küchentisch wieder ein. Als Nächstes würde er mit ihm ein Glas Wasser trinken, so sah es aus.

ER NAHM einen Zug, legte den Kopf in den Nacken, sah ein Flugzeug, das auf dem Weg nach sonst wohin war. Das Nikotin machte ihn ruhiger, er lehnte sich gegen die Motorhaube und wartete darauf, dass Ruth von der Toilette kam. Er vertiefte sich in die auf- und abschwellenden Klänge der Autobahn, das vielstimmige Brummen der Motoren, lauschte dem Airpumping der Lkw-Reifen, dem aerodynamischen Sausen, das durch die Luftverwirbelungen bei hoher Geschwindigkeit entstand. Die Luft konnten sie nicht wegrechnen, sie war einfach da. Um die Antennen müssen wir uns noch besser kümmern, dachte er und sah zum Eingang der Raststätte, aus dem aber nur ein Pärchen mit Evian-Flaschen kam, die Antennen machen zu viel Krach. Und die Seitenspiegel, schafft endlich diese gottverdammten Seitenspiegel ab. An einem der Tische, die zwischen Parkplatz und Raststätte standen, aß eine Familie Stullen, der Vater mit Augenringen, die Mutter fahrig, daneben ein kleiner Junge, der seinen Kopf immer wieder auf die Tischplatte sinken ließ und dann doch noch einen Bissen von seinem Brot nahm.

Er fragte sich, warum sie sich gerade gestritten hatten, er wusste keine Antwort. In dem Gebüsch, das den Parkplatz von der Autobahn abschirmte, flatterte eine gebrauchte Windel. Er stellte sich ein Auto vor, das vollkommen lautlos war, lautlos wie ein Windhauch, wie eine Staubwolke, die auf einer einsamen Straße tanzt.

Endlich sah er sie. Ruth, die auf ihn zukam. Ihr Schritt war so leicht, sie strahlte, sie strich sich das Haar aus dem Gesicht, sie sagte nichts, sie nahm ihn bei der Hand –

Warte, rief er.

Wo willst du denn hin?, rief er.

Lass mich doch wenigstens das Auto abschließen!

Sie ließ ihn los. Sie sagte immer noch nichts. Er bückte sich über den Fahrersitz und zog den Schlüssel ab. So, sagte er, als sein Kopf wieder im Freien war. Als er mit der Fernbedienung die Türen verriegelte, klang es, als gingen alle Fallgitter einer Festung auf einmal zu. Rumms. Dabei war es nur ein Fiesta.

So. Und jetzt?

Da drin wird eins a Espresso gekocht, sagte Ruth.

Wirklich, sagte Ruth.

Na, komm schon, sagte Ruth.

Sie lachte, als hätte sie sich ihr ganzes Leben lang auf diesen Moment gefreut, sie hüpfte voraus, Nicki sah ihr nach, und dann konnte er nicht anders, als ihr nachzurennen, sie von hinten zu packen, in die Luft zu heben und mit ihr ein paar Schritte in Richtung Raststätte zu laufen, er trug sie so lange, bis sie zu quietschen und strampeln begann, dann setzte er sie sanft auf den Boden und nahm sie in den Arm.

Liebe, liebe Ruth, sagte er.

Sie fanden einen Platz am Fenster. Ruth beobachtete eine Gruppe schwatzender Lkw-Fahrer, dann blickte sie ihn an.

Warum bist du eigentlich so ungeduldig mit ihm?

Drei Kinder rannten krähend an ihrem Tisch vorbei, der Älteste vorneweg, ein kleines Mädchen, das vielleicht drei war, mit Mühe hinterher. Nicki sah ihnen nach, riss ein Zuckerpäckchen auf und kippte den Inhalt in seine Tasse.

Die Energie will ich auch mal wieder haben, sagte er.

Nicki?

Ach.

Ach?

Ach, weißt du, manchmal kann ich es einfach nicht mehr hören. Es ist immer dasselbe. Die alten Geschichten. Die Leberwurst von früher. Das Brot von früher. Die Abenteuergeschichten. Wie sie als Kinder Bergsteiger spielten oder Räuber und Gendarm in den Trümmern. Der Rübenkaffee. Die VOMAG-Laster. Der blutblutblutrote Himmel über der Stadt.

Und das langweilt dich.

Nein.

Was dann?

Nicki zuckte mit den Schultern und drehte die Tasse vor sich um 180 Grad.

Es ist so verlogen.

Ist es das? Gestern Abend hatte ich das Gefühl, dass er ziemlich bewegt von alldem war.

Er sah auf, als die dicke Frau vorbeikam. Sie hatte sich vorhin am Salatbüffet bedient, jetzt konnte er sehen, dass auf ihrem Teller nur ein großer Haufen Eiersalat und ein paar Scheiben Gewürzgurke lagen. Er lächelte, dann wurde er wieder ernst, weil Ruth mit dem Löffel gegen seine Tasse schlug.

Ruth, das mag ja stimmen. Aber hör ihm doch mal zu, wie er redet. Die Wortwahl. Alles Floskeln. Als hätten sie in der Schule »Erzählen vom Krieg« gehabt. Das sind alles so schlimme Klischees. »Furchtbar«, »schlimm«, »man vermisst ja nicht, was man nie hatte«. Was soll das denn heißen? Das ist, als würde er sich die Wahrheit mit Worten vom Leibe halten. Das ist, als würde er nur Worte verwenden, die so abgegriffen sind, dass sich da kein einziges Gefühl dran festmachen kann, dass da keine Emotion mehr mit hochkommt. So reden die auch in der Tagesschau. Und der Rest … Ich fand's ja schon erstaunlich, dass er die Geschichte mit Winfried und Georg erzählt hat.

Die Cousins?

Ja. Die Geschichte hat er mir gegenüber noch nicht ein einziges Mal erwähnt. Nie. Meine Oma hat's mir mal erzählt, aber er … Und selbst da muss er eine Heldengeschichte draus machen, das Epos von der tapferen Tante Martha. Von wegen. Willst du wissen, wie das Ganze wirklich abgelaufen ist? Ja? Also. Pass auf. Die Geschichte ging nämlich so, dass am Morgen nach einer dieser Nächte, in denen der Himmel über Wellersdorf so blutblutblutrot war, plötzlich aus blutrotem Himmel diese Tante vor der Türe stand. Einfach so. Schweigend. Mit schmutzigem Gesicht und so einem Blick, den meine Oma sofort verstanden hat, sogar mein Vater hat den verstanden, obwohl er da vielleicht fünf Jahre alt war. Er sieht seine Tante und sieht ihren Blick und fängt zu weinen an. Mein Vater heult, die Tante rührt sich nicht. Um wenigstens irgendwas zu tun, hat meine Oma sie am Arm genommen und in die Küche gebracht, zur Spüle, sie hat einen frischen Lumpen geholt und angefangen, ihr das Gesicht zu waschen, das steinerne Gesicht, genau, so hat es meine Oma gesagt, dass ihr Gesicht wie aus Stein aussah. Sie hat den Lumpen ausgespült und der Schmutz lief durch den Abfluss, ganz rosige Wangen hat sie unter dem Schmutz gehabt, und als sie schon längst sauber war, hat meine Oma sie weitergewaschen, wischt ihr immer wieder mit dem Lumpen über das Gesicht. Ich konnt nicht aufhören, sie sauber zu machen, hat sie gesagt, und ihr Gesicht ist rosiger und rosiger geworden, aber der Ausdruck darin ist nicht weggegangen, das steinerne Gesicht, das blieb, auch als es sauber war. Irgendwann hat die Tante sie am Handgelenk gepackt, ihre Hand weggetan und ist gegangen, und meine Oma hat den Lumpen fallen lassen und ihr nachgerufen: Wo willste denn hin? Aber sie hat nichts geantwortet, gar nichts. Meine Oma hat gedacht, sie muss hinterher, aber als sie endlich draußen war, war die Straße leer, irgendein Auto muss sie gleich mitgenommen haben. Die Oma also wieder rein ins Haus, sie packt meinen Vater ein, der fängt sofort wieder zu heulen an. Es muss meiner Oma das Herz gebrochen haben, das weinende Kind, aber sie hatte keine Zeit, ihn zu trösten, sie hat ihn hinter sich hergezerrt und ist vor bis zur Hauptstraße und die Hauptstraße entlang bis in den nächsten Ort, aber es kam keiner vorbei, der sie mitgenommen hat.

Ruth nickte, und Nicki nippte noch einmal an der Tasse, die inzwischen leer war.

Willst du noch einen?, fragte Ruth. Ich kann noch mal gehen.

Nein. Gleich. Ich will das noch schnell zu Ende erzählen. Also. Am nächsten Tag ist die Tante wieder da, genauso schmutzig wie beim ersten Mal und genauso stumm, aber diesmal hat mein Vater nicht gleich wieder zu heulen angefangen. Die Tante hat sich selbst gewaschen, und sie hat die Scheibe Brot genommen, die meine Oma ihr hingestellt hat, sie hat sie gegessen, und meine Oma war froh, weil sie beim Kauen fast schon wieder normal ausgesehen hat. Sie hat auch was getrunken von dem Schnaps, den die Oma eigentlich zum Tauschen auf dem Schwarzmarkt aufgehoben hatte. Meine Oma hat ihr angeboten, bei ihnen in Wellersdorf zu bleiben, es war ja Platz, weil der Opa ja, also weil seine Seite im Bett ja frei war. Aber als sie das gesagt hat, ist die Tante einfach aufgestanden und wieder aus dem Haus gelaufen, wie eine Ameise, die sich nur kurz in der Richtung geirrt hat. Diesmal ist die Oma nicht hinterher. Und am nächsten Tag kam die Tante wieder, sie ist immer wiedergekommen, hat kurz reingeschaut, schweigend, wie ein erschrecktes Tier, jeden Tag, bis der Krieg vorbei war. Sie ist gekommen, aber sie wollte nicht bleiben, nicht eine einzige Nacht, und ich glaube, ich weiß auch, wieso. Weil –

Es irritierte ihn, dass Ruth jetzt nickte. Da war wieder dieses Gesicht, mit dem sie auch seinen Vater angesehen hatte.

Weil?, fragte sie, als er nicht weitersprach.

Weil sie sich dann hätte eingestehen müssen, dass sie alles verloren hat, alles, was sie war.

Ihre beiden Söhne, sagte Ruth.

Und ihre Wohnung. Und alles. Sie war nichts mehr. Völlig zerstört. Eine ausgebombte Menschenhülle, so stell ich mir das vor. Aber sie hat nie ein Wort darüber verloren, irgendwelche Nachbarn haben später erzählt, was damals passiert war. Eine Brandbombe. Volltreffer. Muss grausam gewesen sein.

Ruth warf ihm einen Blick zu, Nicki guckte beschämt zur Seite und redete schnell weiter.

Ja, mein Gott, grausam, grauenhaft, furchtbar, die Worte hat meine Oma ja auch gebraucht. Hin und wieder sind sie reingefahren in die Stadt, um nach der Schwester zu sehen, wenn sie ein paar Tage lang nicht aufgetaucht ist.

Und dann?

Auch so ein Satz von meiner Oma: dass man sich das nicht vorstellen kann.

Ich kann's mir denken.

Wenn sie in die Stadt wollten, dann mussten sie auf der Landstraße einen Lastwagen anhalten, in der Hoffnung, dass der ungefähr in die richtige Richtung fährt. Wenn's blöd lief, mussten sie umsteigen und noch einmal hoffen, ich stell's mir irrsinnig vor, aber angeblich war das damals total gang und gäbe und gar nicht so kompliziert. Na ja, und dann sitzt man da auf der Ladefläche von irgendeinem schrottigen Lkw, lass es einen VOMAG sein, einen VOMAG, der irgendwohin fährt, und vom Straßenrand aus glotzen einen die Flüchtlinge an, die die Stadt gerade Hals über Kopf verlassen haben, manche sind barfuß, manche im Nachthemd, manche haben auch ihren besten Anzug an oder einen Pelz, so was wollten manche retten, völlig absurd. Oder irgendeine Tasse. Ein beinamputierter Arbeiter mit einer Tasse in der Hand. Ein alter Mann mit einem Bilderrahmen. Kinder, die sich an ihre Puppen klammern. Müde sind die gewesen und zugleich getrieben. Wie aus dem Leben gefallen müssen die ausgesehen haben. Völlig fremd. Nein: verfremdet, genau, so hat's meine Oma genannt. Still und stumm und starrend, nicht anklagend starrend, sondern leer. Ausgepustet. Geschämt hat man sich da als einer, der noch seinen Kopf und Schuhe mit Sohlen und eine Stulle in der Tasche hatte.

Und deine Tante?

Meine Tante. Ja. Meine Tante ist wahrscheinlich durch die Straßen gelaufen, durch das, was mal eine Stadt war. Als hätte man ihr die Seele amputiert, so stell ich mir das vor. Alle sind so rumgelaufen, dem einen fehlte ein Bein, dem anderen ein Arm, aber seelenamputiert waren die alle. Und mein Vater behauptet, dass er Räuber und Gendarm gespielt hat. Na ja. Wollen wir jetzt noch einen Kaffee?

Na ja, aber Nicki, das sind halt Belastungen, die –

Belastungen, Belastungen. Er tut einfach so, als sei überhaupt nichts –

Was ist eigentlich mit deinem Opa?

Ach, der. Bisschen Soldatenromantik und dann ein paar Hungergeschichten aus der Kriegsgefangenschaft. Der erzählt dann, mit wie wenig sie ausgekommen sind, Stroh auf Steinboden, Hirsegrütze, Nowosibirsk und all das, und ich sitz da und denk mir: Ja, ja, bist schon ein harter Hund, Opa.

Du bist gemein.

Vielleicht, ja. Aber weißt du, meine Oma war die Einzige in der ganzen Familie, bei der ich das Gefühl hatte, dass sie halbwegs, na ja, ihr Herz geöffnet hat, wenn man das so sagen kann. Obwohl, im Grunde hat ja auch sie nie viel von sich erzählt. Von anderen Leuten, von fremden Dramen. Sich selbst gegenüber war sie, glaub ich, eher hart. Aber für ihre Nachbarn und Freunde hat sie immer Mitgefühl gehabt.

Ja?

Ich weiß noch, wie ich mal vom Küchenschrank gefallen bin.

Ruth musste lachen. Wie denn das?

Hab versucht, ans Pflaumenmus zu kommen, aber das Regalbrett, an dem ich mich hochgezogen hab, lag nur lose drauf.

Mein lieber Kleiner! Ruth streichelte ihm übers Haar.

Das hat die Oma auch gesagt.

Ja? Schade, dass ich sie nicht kennengelernt hab.

Sie wäre vernarrt in dich gewesen.

Meinst du?

Na, zumindest in diesem Kleidchen. Er fasste sie am Ärmel und streichelte den Stoff zwischen zwei Fingern. Ruth hatte für den Besuch extra ihr seriösestes Kleid angezogen, grau und aus Wolle und bis übers Knie.

Meine Oma hat sich übrigens verkleidet, als die Russen kamen. Hat sich einen Haufen alter Lumpen angezogen, alle Röcke übereinander, und das Gesicht hat sie sich mit Ruß und Dreck eingeschmiert, damit die Russen sie für eine hässliche, dicke, alte Schabracke halten. Haben damals fast alle Frauen so gemacht.

Und?

Hat offensichtlich Glück gehabt. Stattdessen muss es irgendeine ihrer Nachbarinnen erwischt haben, das muss schlimm gewesen sein. Angeblich hat ihr Sohn dabei zugesehen, der sich ausgerechnet in dem Kleiderschrank versteckt hatte, vor dem die Sache dann stattgefunden hat. Vier Mann, einer nach dem anderen, die Hose runtergemacht und los.

Nicki hielt ganz still, als wären seine Worte zu schwach, um sich sonst zu entfalten. Vier Mann. Er hatte die Geschichte noch nie selbst erzählt, er hätte nicht gewusst, wer sich dafür interessieren sollte. Jetzt, da er die Worte aussprach, erschütterten sie ihn selbst, sein Magen zog sich zusammen, so, wie sich der kleine Junge zum Schutz im Schrank zusammengekauert haben musste, der kleine Junge, der –

Heftig. Ruth legte sich die Hand auf den Mund und schüttelte den Kopf. Mit so etwas klarzukommen –

Na ja, man hat dann halt geschaut, dass es weitergeht. Hätte ja nichts geholfen, hätte man da ein großes Drama draus gemacht. Ist ja dem halben Land so ergangen. Und sich zwei Wochen ins Zimmer sperren und ins Kissen heulen war da einfach auch nicht angesagt. Waren ja alle fast am Verhungern.

Ich weiß, sagte Ruth. Aber ich weiß nicht, ob es das besser macht. Willst du jetzt eigentlich noch einen Kaffee, oder wollen wir weiter?

Nicki hielt ihre Hand fest umschlossen, als sie aus der Raststätte kamen. Der Geräuschpegel verriet ihm sofort, dass der vorher nur dichte Verkehr nun zähflüssig geworden war. Bestimmt würde schon nach ein paar Kilometern der erste Stau auf sie warten. Eigentlich war es ihm jetzt egal, wie lange sie nach Hause brauchten, trotzdem blieb Nicki stehen, ließ Ruths Hand los und zog sein Handy aus der Tasche. Ruth wartete auf ihn, sie fragte nicht, was war. Er blickte auf die Uhr, seufzte, blickte über den Parkplatz, auf dem jetzt noch mehr Autos standen. An dem Tisch saß immer noch die Familie von vorhin, saß da, als hätte man sie ausgekippt und dann vergessen wegzukehren. Nicki seufzte noch einmal. Der kleine Junge konnte das nicht gehört haben, trotzdem sah er plötzlich auf, sah ihm direkt ins Gesicht und fing dämlich zu grinsen an.

JETZT HÖR SCHON AUF!

Das Wasser lief ihm übers Kinn, landete auf seinem Hemd, seiner Strickjacke, seiner Hose, aber immerhin drückte sein Sohn ihm jetzt endlich nicht mehr das Glas gegen die Lippen, sondern –

Sondern glotzte ihn nur noch an.

Willst du mich umbringen?

Vater.

Vater, Vater, Vater. Es nervte, es nervte ungeheuer. Walther machte ein wütendes Geräusch.

Vater!

Ja, Vater! Dann kapier das aber auch endlich, dass ich dein Vater bin!

Jürgen antwortete nicht, Walthers Herz fing an, laut zu klopfen, er legte die Hand auf die Stelle an der Brust, spürte den Wasserfleck, starrte seine feuchten Finger an. Jürgen stand auf und kam mit einem Geschirrtuch wieder. Aber ehe er anfangen konnte, damit an ihm herumzuwischen, nahm Walther es ihm aus der Hand und begann, die feuchten Stellen eigenhändig abzutupfen.

Trinken ist wichtig, Vater, fing Jürgen jetzt noch einmal an. Ich will doch nur –

Junge, ich weiß selbst, was gut für mich ist. Danke für deine Mühe.

Er wischte sich ein letztes Mal über die Hose und hielt ihm das Geschirrtuch hin. Du kannst jetzt gehen.

Vater, ich will doch nur –

Abmarsch.

Wie du willst.

Also.

Vater?

Was denn noch?

Willst du hier eigentlich sitzen bleiben?

Jürgen zuckte zusammen, als Walther nach dem Geschirrtuch griff, das er vor ihn auf den Tisch gelegt hatte. Aber er hatte nicht vor, damit nach ihm zu schlagen, sondern drückte es gegen die Brust, als könnte er so sein Herz beruhigen, das jetzt verrückt zu spielen schien, er drückte das Tuch gegen die Brust, kalter Schweiß trat ihm auf die Stirn, Jürgen glotzte und glotzte und wartete auf eine Antwort, aber sein Herz, sein Herz, sein Herz –

Ja, will ich.

Er hielt die Luft an, bis Jürgen weg war. Mit dem Geschirrtuch wischte er sich über die Stirn. Sein Herz beruhigte sich nur langsam, und als es so weit war, fühlte es sich an, als schlüge es überhaupt nicht mehr. Nichts. Stille. Nitschewo. Walther stützte den Kopf auf die Ellenbogen. Er wäre jetzt lieber ins Bett gegangen.

Ich will doch nur das Beste. Pah.

Wäre Grethe hier –

Er würde Jürgen nicht rufen müssen, verdammt noch mal.

Er griff nach der Kante des Esstischs. Er ließ wieder los, stellte das Wasserglas an eine sichere Stelle, griff noch einmal zu. Er spürte die Blicke des Mädchens auf sich, Ruth, diese alles registrierenden Augen. Er drehte sich noch einmal um, aber die Küchentür war geschlossen. Er wusste ganz genau, dass sie ihn ins Heim bringen würden, wenn er nicht kollaborierte. Er würde alleine aufstehen können, er würde seinen verdammten Körper ins Bett hieven, und wenn es das Letzte war. Wozu hatte er denn jahrzehntelang in der Werkstatt geschuftet, wenn das jetzt alles war.

Er griff die Esstischkante mit der anderen Hand, ging mit dem Oberkörper ein Stückchen vor, er winkelte die Oberarme an, die Reifenheber-Technik. Er hielt die Luft an, schloss die Augen und wünschte sich, Grethe wäre da. Kein Tag verging, an dem er es sich nicht wünschte. Mit Grethe zusammen hätte er das alles geschafft, doch ohne sie –

VOM BALKON AUS konnte Jürgen fast den ganzen Garten überblicken, den eigenen und den der Henschels auch. Zwei Welten, nur durch einen schmalen Streifen Gebüsch getrennt: Hier die gescheitelten Beete, der frisch frisierte Rasen, die gefegten Wege; dort der natürliche Verhau, der entsteht, wenn man mit wachsendem Unkraut in Frieden lebt. Es war nicht so gewesen, dass die Henschels sich nicht um ihren Garten gekümmert hätten, aber sie hatten ihn nie gebändigt, nie dressiert. Das war schon so gewesen, als Lotte noch lebte, und nachdem sie gestorben war, hatte Henschel den Garten so weitermachen lassen wie zuvor, hatte ihm nur hier und da Einhalt geboten wie einem übermütig tobenden Kind. Der Zimtwein wucherte, der Ruprechtsfarn genauso, die Heckenkirsche wurde erst geschnitten, wenn sie über die Wege quoll, und ganz hinten im Garten – die Birke. Wie groß sie inzwischen war.

Jürgen schlug mit den Handballen gegen das Balkongeländer, so, wie man bestimmte afrikanische Trommeln schlägt, rhythmisch, sanft, definiert. Er trommelte nach irgendeinem Takt, den ihm sein Herz vorgab oder sein Körper, es war kein Rhythmus, der in seinem Ohr war.

Der junge Henschel und seine junge Frau; er hält den jungen Baum in der Hand, sie den Spaten und das Baby.

Der alte Henschel, der müde gestikulierend vor der Birke steht, im Morgenmantel und mit offenen Schnürsenkeln, die Fersen der Schuhe heruntergetreten.

Der alte Henschel, der im Morgenmantel in seiner Küche sitzt und müde ist und alles weiß –

Er hatte nie darüber nachgedacht, warum sich seine Eltern nicht mehr mit ihren alten Nachbarn verstanden hatten. Er hatte irgendwie gedacht, dass die Abneigung eher von seinem Vater ausgegangen war, der manchmal von Henschel sprach, als seien sie nicht in einer Division gewesen, sondern als hätte Henschel Schuld am ganzen Krieg gehabt. Der manchmal so tat, als sei er im Stich gelassen worden, weil Henschel entkommen und er selbst in Gefangenschaft geraten war. Er hatte auch nie darüber nachgedacht, wie eng die beiden Ehepaare einmal miteinander gewesen waren.

Seine Mutter, die weinend durch die Hintertür in die Küche ihrer Freundin kommt.

Verdammt.

Er war so oft in dieser Küche gewesen, er war dort ein und aus gegangen, manchmal nur um zu gucken, manchmal um einen Keks zu bekommen, manchmal um zu spielen. Aber dann waren die Henschels weggegangen und die Familie des Bürgermeisters war eingezogen und hatte kein Wort darüber verloren, wieso und von wem sie das Haus bekommen hatte. Und er und seine Mutter, sie hatten die Küche nicht mehr betreten, hatten nicht mehr über den Gartenzaun gewunken, zumindest nicht mehr freiwillig, denn der Bürgermeister war ein Knallroter, wie seine Mutter es nannte; Jürgen hatte eine Gefahr gespürt, die er nicht verstand. Die Henschels hatte er so schnell vergessen, wie man als Kind auch entfernte Verwandte vergaß. Bis er ihnen dann später, als seine Eltern ebenfalls über die Grenze waren, wieder begegnet war.

Wenn er sie vor dem Haus seiner Eltern in Ebersbach traf, schüttelte er ihnen manchmal die Hand, so wie man den Bekannten der Eltern eben die Hand schüttelte. Man grüßte sich auf der Straße. Warum seine Mutter es nur mit Missmut gesehen hatte, wenn sich der kleine Nicki hinüber ins Henschel'sche Chaos zum Spielen begab – er hatte still vermutet, dass das an deren Begriff von Disziplin, Ordnung und, nun ja, Hygiene lag. Er hatte es nicht ernst genommen.

Lotte und seine Mutter am Küchentisch.

Lotte, die seiner Mutter die Zauseln aus dem Gesicht streicht, die Tränen –

Warum stellte er sich die beiden Frauen in der Szene alt vor, obwohl das alles sechzig Jahre her war?

Er hatte nicht gewusst, dass seine Mutter mit jemandem gesprochen hatte. Er hatte gedacht, er sei der Einzige, der wusste, dass unter dem festen Lächeln, das sie den Frauen im Dorf zuwarf, in Wirklichkeit wimmernde Lippen waren und in ihrem kräftigen Händedruck ein Zittern lag.

Schweine –

Hatte Henschel recht? Hatte seine Mutter die Erlebnisse hinter sich lassen wollen? Hatte sie Angst davor gehabt, dass

Lotte Henschel sie kannte? Sie hatte kein einziges Mal mit ihm darüber gesprochen, hatte so explizit nicht mehr darüber gesprochen, dass auch er es vergaß. Vergessen lernte.

Und sein Vater? Was war seine Erklärung für die Fremdheit, die Kluft, die zwischen den beiden Familien aufgerissen war?

Jürgens Handballen gingen immer schneller auf das Geländer nieder.

Und nun?

Er hatte keine Ahnung.

Der alte Henschel, der im Morgenmantel mit dem Baum sprach –

Der Sarg seiner Mutter, der ihm immer schneller davonraste, der immer kleiner wurde und kleiner und fast schon verschwand –

Sein Vater, der vor einer trockenen Scheibe Brot in der Küche saß –

Seine Handballen verpassten dem Balkongeländer einen finalen Schlag. Dann ging er hinein. Er zog die Balkontür mit Schwung zu, dass es krachte, und marschierte auf direktem Wege in die Küche. Sein Vater war nicht da.

# 9

ES WURDE DUNKEL, es wurde wieder hell, das Sonnenrechteck, das durch das Fenster ins Zimmer fiel, wanderte, es wanderte über Kommode, Teppich, Kleiderschrank, eine langsame Reise. Es verdoppelte sich, wenn es den großen Spiegel erreichte, dann wurde es schmaler, ein Streifen, ein Spalt, ein Lichtspalt, durch den niemand kam und der irgendwann einfach verschwand, um am Morgen darauf wieder zu erscheinen, jeden Tag. Es war ein schöner Sommer, ein Jahrhundertsommer, wenn er Jürgen richtig verstand.

Jürgen, der hin und wieder ins Zimmer kam und Leberwurstbrote ohne Rinde brachte, der Suppe brachte und frisches Wasser in einer Glaskaraffe, die früher mal eine Milchflasche gewesen war. Das Wasser daraus schmeckte milchig, was nicht sein konnte, weil die Flasche gut ausgespült war. Er vermied es immer noch zu trinken, wenn auch nicht mehr so vehement, seit diese Urinente auf seinem Nachttischchen stand. Er wehrte sich nicht mehr dagegen, sie zu benutzen. Er stopfte seinen Schwanz hinein, ließ es laufen, es war praktisch, es war entwürdigend, es war ihm egal. Hin und wieder spürte er, dass er zornig wurde, dann schloss er die Augen und hielt die Luft an, bis es vorbei war. Es sei denn, Jürgen war da.

Hin und wieder wollte Jürgen, dass er sich auf die andere Seite des Bettes rollte. Dann streckte er ihm den Hintern entgegen und starrte den Kleiderschrank an, hinter seinem Rücken raschelte es, bis Jürgen nach einer Weile sagte: So, und Walther sich zurück auf die dünne, knisternde Unterlage rollte, die nun das Bett sauber hielt.

Jeden Morgen schleppte Jürgen ihn ins Bad, Gebiss rein, rasieren, Ohren putzen, alle paar Tage musste er auf den Klappsitz in der Dusche, oder Jürgen fuhr ihm mit einem nassen, auf ekelhafte Weise warmen Waschlappen über Gesicht und Hals und hinter die Ohren. Er ließ es geschehen. Einmal dachte er an den Moment während der Gefangenschaft, als er auf der Latrine fertig war, sich erhob, sich wieder anziehen wollte und ihm der Schlüpfer wie ein löchriger Putzlumpen einfach vom Körper fiel. Er hatte ihn mehr als ein Jahr lang getragen, ohne ein einziges Mal die Möglichkeit gehabt zu haben, ihn irgendwo auszuwaschen. Jürgen hielt ihm nach jeder Dusche eine frische Unterhose hin, er spannte sie knapp über dem Boden auf und ließ ihn hineinsteigen wie ein kleines Kind. Wenn Jürgen ihn aufs Klo brachte, wartete er draußen und fragte hinterher, wie es gewesen war, und obwohl nur manchmal etwas kam und viel öfter nichts, antwortete er meistens: Bombe. Oder: U-Boot. Oder: Handgranate. Die Suppe, die Jürgen täglich kochte, schmeckte zwar längst nicht mehr so fad und traurig wie am Anfang. Aber der Appetit war ihm vergangen. Nur hin und wieder bekam er Lust auf etwas Bestimmtes, auf Prinzenrolle, Weintrauben oder einen Apfel, aber wenn dann der Teller auf dem Nachttisch stand, rührte er die Sachen kaum an.

Manchmal setzte sich Jürgen auf den Stuhl neben seinem Bett und leistete ihm Gesellschaft. Er hielt ihm das Hörgerät hin und wartete, bis es angezogen war.

Läuft's?, fragte er dann.

Läuft.

Und Jürgen nickte, schlug ein Bein über das andere und sah ihn an. Manchmal erzählte er irgendetwas, aber nie war es von Belang.

Ansonsten liefen die Tage ab wie ein Film ohne Ton. Das Lichtviereck, das Bad, die Suppe. Die Decke über ihm. Zwischendurch das Rascheln der Unterlage.

Zuweilen zählte er seine Finger.

Er war viel allein.

Er dachte oft an Grethe, an diese eine Nacht. Manchmal, wenn es dunkel war, hatte er das Gefühl, dass sie neben ihm lag, von ihm abgewandt, die weiße Schulter. Er holte Luft, versuchte zu sprechen, wand sich und suchte die Nacht nach Worten ab, aber dann war es, als gefröre ihm die Zunge zu Eis, und dann fühlte es sich an, als würde alles zerbrechen, wie dünnes Glas nach einem lauten Schrei, und Grethe entfernte sich immer weiter, und er konnte nichts sagen, nie hätte er etwas sagen können, das war ihm jetzt klar.

ERST KAMEN die Pfingstrosen, dann die Akeleien, dann Rittersporn und Glockenblumen, schließlich gingen auch die Köpfe der Sonnenblumen auf. Jürgen staunte, wie bunt der Garten blühte, tausend Köpfe, rot, gelb, blau, das war ihm früher nie aufgefallen. Manchmal berührte er im Vorbeigehen Blätter, Blüten, kleine, harte Äpfel, die ihm hinterhernickten, um schon einen Augenblick später wieder still in der Sonne zu hängen. Manchmal schüttelte er den Kopf über sich: Er war immerhin Ingenieur gewesen, aus Überzeugung, vielleicht, das war nicht ausgeschlossen, vielleicht sogar aus Leidenschaft. Und jetzt begann er so etwas wie Freude zu empfinden, wenn er in feuchter Erde wühlte, wenn er Gras berührte, kleine Hölzer, Stiele, die haarig waren. Er hatte keine Ahnung gehabt, dass er ein grünes Herz hatte oder einen grünen Daumen oder wie man das nannte.

Immer wenn es so warm war wie heute, ging er direkt

nach dem Aufstehen in den Garten. Heute waren die Beete dran, auf allen vieren krabbelte er zwischen Löwenmaul und Wundklee umher, lockerte mit der Jätehand den Boden und zog das Unkraut vollständig mit der Wurzel heraus. Hin und wieder unterbrach er seine Arbeit, hielt eine Besenrauke in die Sonne oder einen Löwenzahn und sah sich das Wurzelwerk genauer an, feinsinnige Konstruktionen, die er absolut erstaunlich fand. Es machte ihm Spaß, es füllte die Tage, es fühlte sich fast wie früher an, als er noch ins Büro gegangen war – nur dass er nun vor dem Zubettgehen nicht mehr die Krawatte vorknotete und in die Akten sah, sondern den alten Blaumann seines Vaters ausschüttelte und in dem großen Gartenhandbuch las. Er hatte sich sogar damit abgefunden, dass ihm nach einem langen Tag der Rücken wehtat. Es verging, das wusste er, und er wusste auch, dass das die Hauptsache war. Manchmal musste er daran denken, welches Bild er wohl aus der Vogelperspektive abgab, der kleine, grabende, blaue Mann –

Als Jürgen fertig war, klopfte er sich den Dreck von der Hose, streifte die Gummistiefel von den Füßen, spritzte mit dem Gartenschlauch Staub und Erdklumpen ab und verstaute alles ordentlich für den nächsten Tag. Erst dann nahm er eine kurze Dusche, zog sich ein frisches Hemd an und bereitete das Mittagessen vor, ein paar Stullen für sich selbst, Vaters Suppe, er achtete darauf, dass sie nicht zu heiß war, wenn er sie auf einem kleinen Tablett ins Schlafzimmer balancierte.

Vater?

Ja.

Hier.

Och, hoho, Horst-Wessel-Suppe! Fleisch und dicke Bohnen marschier'n im Geiste mit, wa? Zerkochte Kartoffeln diesmal, was für eine schöne Abwechslung! Das hab ich ja seit Kuibyschew nicht mehr gehabt!

Manchmal trat er noch hervor, der Mann, der er einmal gewesen war, blitzte auf wie ein Fisch, der kurz an die Oberfläche kam und wieder im trüben, stillen Wasser verschwand. Aber sein alter Witz kam immer seltener zum Vorschein. Die meiste Zeit wirkte er wie weggetreten, wie etwas, das langsam verwelkte. Jürgen versuchte es zu ignorieren, so gut er konnte.

Kannst auch Leitungswasser haben, wenn dir die Suppe nicht passt, sagte er halb ärgerlich, halb spaßig.

Is ja gut, is ja gut, gib schon her das Zeug, meckerte Walther, um sich anschließend mit mäkeligem Gesicht darüber herzumachen.

Und beim nächsten Mal komm wieder, wenn du weniger Zeit hast!

Jürgen blieb nie im Schlafzimmer, während sein Vater aß. Er setzte sich in die Küche, legte eine Tischdecke auf, das hatte nichts mit festlichen Gefühlen zu tun, sondern mit Würde – er brauchte solche kleinen Zeichen, jetzt, wo sein Vater nicht mehr aus dem Bett herauskam. Er deckte sich den Tisch und mümmelte seine Stullen; versuchte, sich auf den Tag zu konzentrieren, seine Pläne zu sortieren und zu überlegen, was alles zu besorgen war. Er schrieb sich Listen auf die zerrissenen Pfarrbriefe, die er immer noch in der Schublade fand. Suppengemüse und Kartoffeln, Hühnerbrühe aus dem Glas. Brot, Wurst und Käse, es war eigentlich immer dasselbe, Klopapier, Seife, Vollwaschpulver, aus dem Sanitätshaus Ein- und Unterlagen. Der Duftspender im Badezimmer fiel ihm ein, er war schon wieder leer, er schrieb »Klodings« auf den Zettel, faltete das Papier zusammen und schob ihn sich in die Gesäßtasche. Inzwischen fand er es angenehm, dass Tannenduft über den anderen Gerüchen im Badezimmer lag.

Alles sauber bei dir?, fragte er, als er zurück im Schlafzimmer war und den leeren Teller nahm.

Ja, ja, antwortete sein Vater, griff zum Nachttisch und hielt ihm die volle Ente hin: Die stinkt schon!

Was ist denn mit dem Deckel passiert?

Walther zuckte mit den Schultern und deutete vage auf den Boden. Jürgen musste sich flach auf den Bauch legen, um sich das blaue Plastikteil zu angeln, das weit unters Bett gerollt war. Als er sich ächzend aufrichtete und den Deckel triumphierend in die Luft hielt, sah sein Vater nicht auf. Der Fisch war wieder abgetaucht, irgendwohin, wo es dunkel war. Jürgen fragte sich nicht, wie lang es noch so gehen sollte. Er kippte den Urin seines Vaters ins Klo, der schlecht roch, infiziert irgendwie, er spülte die Flasche im Waschbecken aus, stellte sie auf den Nachttisch, gut sichtbar dorthin, wo zuvor der Suppenteller gestanden hatte. Er wusch sich die Hände und flüchtig das Gesicht. Er pinkelte im Stehen und wischte anschließend Spritzer und Staub von der Toilette, auch aus den Winkeln, die man eigentlich nicht sah. Danach wusch er sich die Hände noch einmal, ließ sich eiskaltes Wasser über die Handrücken laufen, verwendete gründlich Seife und Bürste, bis seine Finger rot und fast taub waren. Er ging zurück in die Küche, nahm mit dem Putzlappen ein paar Krümel vom Tisch auf, spülte ihn aus und hängte ihn zum Trocknen über den Wasserhahn. Im Wohnzimmer fuhr er mit dem Staubtuch den Fernseher und die Regale ab, die nächste Stunde brachte er damit herum, die große Scheibe in der Balkontür zu polieren. Sie war eigentlich noch gar nicht richtig schmutzig, aber genau das war der Spaß daran. Es entstand kaum noch Schmutz im Haus, seit sein Vater nicht mehr durch die Zimmer rannte. Ein paar Trommeln Wäsche mehr, das ja. Und das bisschen Dreck, das im Badezimmer entstand, erledigte er jetzt immer sofort.

Jürgen!

Jürgen!

Da war er. Der andere Vater. Der wütende Vater. Der böse

Vater. Er kam alle paar Tage zum Vorschein, zog unvorhersehbar und unerbittlich wie ein nächtliches Unwetter auf, schwarz und brüllend und Gift spritzend –

Jürgen!!

Jürgen nahm ein Sofakissen, zog die Ecken gerade und schlug mit der Handkante eine Falte hinein.

Jürgen!!!

Es klang, als würde ihm eine Tracht Prügel drohen. Er versuchte nicht hinzuhören, nahm das andere Sofakissen und wiederholte die Prozedur. Er pflückte das Deckchen vom Couchtisch und schüttelte es in der Luft, wischte mit dem weichen Lappen über die polierte Oberfläche, ließ die Decke wieder sanft auf den Tisch segeln und strich mit der flachen Hand die winzigen, irren Stickereien glatt.

Es half nicht, er hörte jedes Wort.

Du blöder Drecksack, du scheißbeschissener Pimmel, du, Jürgen, hiev deinen Arsch her, du unnützer, verweichlichter Schwanz, ihr habt doch alle keine Ahnung, ihr blöden –

Ein erbärmliches Husten unterbrach das Gebrüll, ein Hustenanfall, der nicht auszuhalten war, dann ging es weiter, Drecksäcke, Schwanzlutscher, allesamt –

Was?

Jürgen stürmte ins Zimmer und hatte noch nicht richtig abgebremst, da bemerkte er, wie etwas durch den Raum flog –

Etwas Großes –

Etwas, das spritzte –

Tropfen, die sich glitzernd im Raum drehen –

Das dumpfe Geräusch, als ihn die halb gefüllte Ente am Kinn traf, knapp unterhalb der Lippe.

WAS WOLLTE ER, fragte Nicki, als Ruth aufgelegt hatte.

Er hat's dir nicht gesagt?

Er wollte nur mit dir reden, sagte Nicki, zögerte kurz und zündete sich dann doch noch eine Zigarette an. Er hatte gerade erst zwei geraucht, hastig und direkt hintereinander, und dabei krampfhaft versucht, das wenige, das aus dem Telefonhörer zu vernehmen war, zu verstehen. Er konnte sich ungefähr vorstellen, wovon das Gespräch gehandelt hatte, aber er wollte es noch einmal aus ihrem Mund hören.

Kann ich noch ein Glas Rotwein haben?

Entschuldige. Er schenkte erst ihr nach, dann sich, lächelte sie flüchtig an. Sie feierten heute ihr einjähriges Jubiläum und hatten bereits die zweite Flasche aufgemacht. Eigentlich war es nur das Kussjubiläum, wie Nicki im Gegensatz zu Ruth fand, die davon überzeugt war, dass nach dem ersten Kuss bereits alles klar gewesen sei, während für ihn der entscheidende Moment drei Tage später gewesen war, als sie bei ihm übernachtet hatte. Feiern wir halt beides, hatte er gesagt, und so taten sie es. Ruth hatte es zwar ein bisschen albern gefunden, zwei fast aufeinanderfolgende Tage romantisch zu gestalten. Aber nachdem er ihr zu verstehen gegeben hatte, dass ihm bei allen Frauen vor ihr sentimentalistische Beziehungsnostalgie zuwider gewesen sei und sie die Erste sei, mit der er so etwas wie einen Jahrestag überhaupt zu feiern gedachte, war sie einverstanden gewesen. Heute hatte Nicki Entenbrust an Balsamicoreduktion gezaubert, in drei Tagen war ein Tisch reserviert bei diesem neuen Franzosen, von dem seit ein paar Wochen alles sprach.

Na dann, sagte Ruth, und Nicki hob automatisch das Glas.

Sie stießen an und merkten noch im selben Moment, wie unpassend die Geste war. Ruth hielt rasch ihre Hand an das Glas und das Klingen erstarb.

Nicki stellte sein Glas ab.

Also, dein Vater will mein Angebot annehmen.

Welches Angebot?, fragte Nicki, obwohl er genau wusste, was gemeint war.

Na ja. Ruth macht eine hilflose Geste.

Und?

Nicki, ich kümmere mich darum, mach dir keine Sorgen. Dein Großvater wird nicht in Abschiebehaft kommen, es geht nur darum, dass dein Vater ein bisschen Hilfe bekommt.

Und warum jetzt auf einmal?

Weil … Nicki, dein … dein Großvater wird aggressiv. Er fängt an, Dinge nach deinem Vater zu werfen, ihn zu beschimpfen, herumzubrüllen und … aber Nicki, das ist nicht schlimm, alte Leute werden öfter so, das bedeutet nichts. Was ich meine, ist, es ist ganz normal bei Leuten, die so beherrscht gelebt haben wie er, und –

Nicki starrte sie einfach nur an, und Ruth wagte nicht, aufzuhören zu reden.

Nicki, du musst dir wirklich keine Sorgen machen, vielleicht hilft da schon ein bisschen Haloperidol oder Citalopram oder Fluoxetin oder sonst irgendein Serotonin-Wiederaufnahmehemmer, oder –

Nicki?

Sein Blick war immer noch stier. Es kostete ihn Mühe, sich aus der Ausdruckslosigkeit zu reißen, sie nicht anzustarren, sondern anzusehen.

Nicki?

Er wollte die Zunge bewegen, merkte aber nur, dass irgendetwas in seinem Hals hüpfte.

Was ist los mit dir?

Er hob die Hand, wollte eine Geste machen, ließ die Hand wieder sinken. Bilder schossen ihm durch den Kopf, sie waren nicht klar, nicht deutlich, sondern rasten vorbei wie ein unscharfer Film im Schnellvorlauf.

Lass mich, du blöder Saubock.

Sorry, sagte er.

Was?

Er schüttelte den Kopf. Das kommt nur ein bisschen plötzlich, murmelte er und nahm einen Schluck, um den Kloß im Hals wegzukriegen, aber der Wein legte sich nur pelzig auf die Zunge.

Möchtest du ein Glas Wasser?

Sie wartete seine Antwort nicht ab, sondern ging zur Spüle, füllte zwei Gläser und stellte eines vor ihn hin. Gegen den Widerstand in seiner Kehle trank er es in einem großen Zug aus, dankbar. Er wollte nicht mehr reden.

Nicki –

Später. Bitte.

Ruth nickte, nahm, ohne zu fragen, die Weingläser vom Tisch und trug sie zur Spüle.

Leg dich ruhig schon mal hin, ich bin hier gleich fertig.

Im dunklen Zimmer lauschte Nicki, wie Ruth das Geschirr abspülte. Die Pfanne, der Topf, das Besteck, die Teller. Er hörte, wie Ruth an der geschlossenen Schlafzimmertür vorbei ins Badezimmer ging, hörte den Wasserhahn, die elektrische Zahnbürste, die Geräusche beruhigten ihn, und die Bilder, die ihm jetzt nur noch vereinzelt vor Augen traten, wurden klarer.

Opas Gesicht, sein schelmischer Blick –

Opas Gesicht, wie es zuckt und lachen will –

Plötzlich merkte er, wie ihm die Tränen kamen, mit einer Heftigkeit, die er nicht kannte, er schluchzte laut auf, aber kaum dass er sich mit dem, was da mit ihm geschah, abgefunden hatte, hörte das Weinen wieder auf, und als Ruth in der sich öffnenden Türe erschien, hatte er sich vollends beruhigt.

Schläfst du noch nicht?, fragte sie.

Er schüttelte den Kopf, sie setzte sich neben ihn aufs Bett, fuhr ihm mit den Fingern über die immer noch feuchten Wangen, aber sie fragte nichts, sondern sah ihn nur an.

Es geht schon wieder, sagte er lächelnd. Komm her, leg dich hin.

Sie kletterte über ihn hinweg, krabbelte unter die Decke. Er schmiegte sich an sie, sie nahm seinen Kopf, umschlang ihn sanft mit beiden Armen und streichelte ihm über die Stirn. Manchmal war er sich nicht sicher, ob er es mögen sollte, wenn sie das tat. Es verlieh ihr etwas Mütterliches, das ihn irgendwie zum Kind machte. Aber in diesem Moment genoss er die Wärme, die in ihrer Berührung lag.

Sei nicht traurig, sagte sie.

Das ist nicht mehr mein Opa, wollte er sagen, es ist egal, wenn ihr ihn ins Heim schickt, aber er sagte es nicht.

Nicht traurig sein, versprich, dass du nicht traurig bist.

Er atmete sie ein und schüttelte fest den Kopf, er spürte ihre Arme, ihren Brustkorb, ihren ganzen Körper, sogar hinter den Ohren spürte er sie, so nah war er bei ihr. Er atmete sie noch einmal ein, sie ließ ihn nicht los, er atmete aus und noch einmal ein, noch einmal und noch einmal. Dann dämmerte er weg und schlief, ruhig, gerettet, traumlos.

DAS MÄDCHEN kommt jetzt öfter. Das Mädchen kann er auch ohne den Hörschlauch hören. Es kommt nachts, manchmal morgens, seltener nachmittags, wenn das Sonnenrechteck am größten ist. Es tut ihm nichts Böses, es rächt sich nicht, es sitzt einfach nur da, auf der Kommode, dem Türsturz, der Stuhllehne, den Kopf auf die Hände gestützt. Es sieht ihn nur an. Seine Augen sind blauer als damals, es trägt auch ein anderes Kleid, ein graues Filzkleid, so schwer, als sei es aus einem alten Mantel geschneidert, darunter eine weiße Bluse mit gerüschtem Kragen, und obwohl dieser Aufzug seinen Körper fast völlig verbirgt, scheint seine schimmernde, kalte Haut weit in den Raum hineinzustrahlen. Ein blaues Licht.

Es machte ihm keine Vorwürfe.

Er weiß nicht, was er dem Mädchen sagen soll. Er hat sich entschuldigt bei ihr, bestimmt ein paar Dutzend Mal. Es hat nicht darauf reagiert, zumindest nicht auf eine Weise, die sichtbar war. Er weiß nicht, was er noch tun soll, damit es weggeht. Manchmal sitzt er da und möchte sich selbst die Augen zuhalten, damit Grethe nichts sieht. Manchmal möchte er Grethes Seite des Bettes abziehen, damit das Mädchen nicht irgendwann einmal dort Platz nimmt. Er weiß nicht, was er tun soll. Er hat das Mädchen nicht getötet, aber er weiß, dass er ihr Mörder ist.

UND WO IST ER JETZT?

Jürgen deutete hinter sich.

Können wir hinein?

Jürgen nickte.

Nur keine Angst, sagte der Mann und zwinkerte ihm mit einem Auge zu. Er hatte seinen Koffer nicht ein einziges Mal abgestellt, auch jetzt griff er ihn nur noch einmal fester und ging voraus in die Richtung, die Jürgen ihm wies.

Noch eine weiter, sagte Jürgen, als der Mann vor dem Gästezimmer stehen blieb.

Hier?, fragte er und drückte ohne anzuklopfen die Klinke hinunter.

Der Besuch dauerte keine halbe Stunde. Die Verabschiedung fiel knapp und umstandslos aus. Als der Gutachter aus der Türe war, stürzte Jürgen erst in die Küche, um sich die Hände zu waschen, dann lief er weiter ins Bad, drehte das Wasser noch einmal an und scheuerte sich die Hände mit der kleinen Bürste. Er riss die Haustür auf, blickte die Straße hinab, dann vergewisserte er sich, dass sein Vater auch wirklich im Bett lag. Schließlich griff er zum Telefon und wählte die Nummer seines Sohnes.

WAS WOLLTE ER?, fragte Nicki, als Ruth aufgelegt hatte. Es verletzte ihn, dass sein Vater schon wieder nur sie hatte sprechen wollen, aber gleichzeitig war ihm auch klar: Er hatte ihm nie so zuhören können wie sie und würde es wahrscheinlich auch niemals können. Außerdem war er zu neugierig, um jetzt wegen dieser Sache einen Aufstand zu machen.

Na, sag schon!

Ruth bewegte den Kopf leicht nach links und nach rechts. Sie hob die Schultern, ließ sie wieder fallen und sah ihn fassungslos an. Dann schüttelte sie den Kopf.

Kann ich ein Glas Wein haben?

Jetzt? Es ist noch fast Vormittag.

Dann eine Zigarette.

Nicki gab Feuer, Ruth nahm einen Zug, hielt die Luft an, stieß den Rauch wieder aus. Dann kratzte sie sich an der Stirn, schüttelte wieder den Kopf und legte die Zigarette im Aschenbecher ab.

Sonderbar.

Was denn?

Sieht so aus, als hätte sich die Sache mit dem Pflegegeld erledigt.

Wieso?

Nicki schnappte sich die Zigarette und zog daran. Ruth ließ es geschehen.

Dein Vater hat angerufen, eben war der Gutachter da.

Ja, und? Nicki zog noch einmal.

Also. Dein Großvater war nicht nur friedlich, höflich und aufmerksam, er hat auch sinnvolle Antworten auf alle Fragen gegeben, ganze Sätze, sonnenklar. Na ja, und er hat behauptet, die Urinente und die Einmalunterlage habe dein Vater gerade eben erst da hingelegt, die brauche er sonst gar nicht.

Einmalunterlage?

Ja.

Einmalunterlage?

Nicki, dein Opa ist 95, in dem Alter geht es nicht immer, wie man will.

Einmalunterlage? Und warum erfahr ich das jetzt erst?

Wolltest du es denn wissen?

Na, entschuldige mal, immerhin bin ich sein –

Darf ich jetzt weiterreden?

Nicki stieß den letzten Zug mit einem langen Pfff aus, dann zerdrückte er die Glut im Aschenbecher und sah Ruth unsicher an.

MANCHMAL HIELT ER die Luft an, so lange er konnte, nur um an diesen Punkt zu kommen, an dem er wusste: gleich. Gleich würde er es nicht länger aushalten, gleich würde er den Mund aufreißen, nach Sauerstoff schnappen, gleich. Es war ein Moment, in dem er leer und erfüllt zugleich war.

Manchmal kniff er sich, so fest, dass es wehtat. Der Effekt war ganz ähnlich, er war ganz bei sich und zugleich dort, wo nichts als kontrollierter Schmerz war.

Manchmal dachte er, es sei egal, was jetzt mit ihm passierte, Grethe war tot, die alten Bekannten, Kollegen, Freunde, Kunden. Es gab nichts mehr, was ein Grund war, ein Grund für irgendwas, es war egal, was er jetzt noch tat, ob er etwas tat. Alles hätte ihm egal sein können, alles, aber da war dieses Schuldgefühl, dem er nicht entkam. Manchmal dachte er, es wäre besser gewesen, er wäre nie zurückgekehrt aus dem Krieg.

Er nahm viel Aspirin, obwohl er wusste, dass es keine Kopfschmerzen waren. Er hätte gern auch ein Schlafmittel gehabt, aber er wagte es nicht, Jürgen darum zu bitten. Er wollte nicht noch einmal einen Doktor im Zimmer haben. Er träumte wieder, es waren Träume, die in Wirklichkeit

Erinnerungen waren, zu scharf kontrastierte Bilder, und es war nicht mehr nur das Mädchen, nicht mehr nur das Blut, das ihr dunkel aus der blassen Lippe rann, und es war auch nicht mehr nur der Krieg, nicht mehr nur der Hunger, es war nicht mehr nur Klaus, den er aus der Schusslinie zog, nicht mehr nur das Bild der verwesenden Frau im Straßengraben –

Es war –

Es war so viel in seinem Kopf jetzt, und die Erinnerungen vermischten sich mit irgendwas, sie tanzten in dem Schatten, den die Vergangenheit warf, sie tanzten in seinen Träumen, tanzten ihm auf der Nase herum, und er selbst lag im Bett und bewegte sich nicht und starrte mit aufgerissener Seele die Bilder an, die sein Kopf in die Nacht warf, und ihm wurde klar, dass das keine Träume, keine Ängste mehr waren, die sich ihm nun zeigten, sondern dass das sein Leben war. Sein verpfuschtes Leben. Er lag in dem Haus, das er gebaut hatte, und wusste, dass er eine Ruine war.

ER SCHIMPFTE seinen Vater einen Simulanten, Diversanten, einen Deserteur, er riss ihm das Federbett vom Körper, lachend.

Auf geht's, raus mit dir, eine Runde Fußball, eins gegen eins!

Er lachte und bemühte sich, nicht zu genau hinzusehen: der zusammengeklappte Körper mit den großen, verkrampften Zehen, die angezogenen Beine, die spitzen Knie, die knochigen Glieder unter dem Pyjama aus Baumwollflanell, die Fäuste, die sich ballten und wieder lösten wie bei einem träumenden Säugling.

Was ist los, keine Lust heute? Training schwänzen? Na gut, aber nur ausnahmsweise. Und damit du nicht so dick wirst, gibt's heute mal nur ein kleines Stück Buttercreme, sagte er und ließ die Decke zurück auf den dürren Körper segeln. Bin gleich wieder da, sagte er und ergriff die leere Flasche. Er ließ die Türe angelehnt, obwohl er wusste, sein Vater würde nicht rufen. Kaum vorstellbar, dass dieses Bündelchen Knochen vor ein paar Tagen aus dem Bett gesprungen war wie ein junges Reh. Aber so war es gewesen. Der Gutachter hatte ihn darum gebeten, doch einmal zu versuchen aufzustehen, und sein Vater warf die Decke zurück, stellte erst den linken Fuß auf den Boden, dann den rechten, er erhob sich, machte zum Beweis ein paar Schritte, er grinste und verbeugte sich leicht, wie ein Zirkusakrobat mit ausgebreiteten Armen: Schulmeister am Reck, 1926! Der Gutachter nahm sein Klemmbrett und machte nickend ein paar Notizen, Walther legte sich mit zufriedenem Gesicht wieder hin und Jürgen stand da und glotzte blöde und kapierte: nichts.

Die Milchflasche machte ein hohles Geräusch, als er sie unter den Wasserstrahl hielt. Ein kleiner Sturm, dann setzten sich die Luftperlen an der Innenwand ab. Sie glänzten wie Quecksilber. Die Flasche war kühl und tropfte, eine unauffällige Spur von der Küche den ganzen Flur entlang.

Hier, trink!

Er hielt ihm ein Glas hin, das Walther artig nahm. Als es leer war, streckte er es Jürgen entgegen, mit einem Blick –

Seine Augen waren zugleich verschwommen und klar.

Jürgen hatte nicht gleich verstanden, was geschehen war. Als sein Vater am Tag nach dem Besuch des Gutachters nicht aufgestanden war, war er sauer geworden, am nächsten Tag dann ängstlich, verwirrt. Erst als er sich am folgenden Tag immer noch nicht gerührt hatte, hatte er langsam angefangen zu begreifen: Der Auftritt vor dem Gutachter war sein letzter Kampf gewesen. Sein Vater wollte hierbleiben, hier bei seinem Sohn, bei ihm.

MANCHMAL saß Nicki einfach nur da und starrte den Monitor an. Er wartete, bis das Leuchten erlosch, der Bildschirmschoner aktiviert wurde und der Monitor schwarz war, schwarz bis auf die rote Schrift: *Where do you want to go today?* Er sah durch die Zeile hindurch ins Schwarze, sah sein Gesicht, seine Augen, sah, dass er müde war.

Es war nicht so, dass ihn die Arbeit nicht mehr interessierte, interessant war sie, zweifelsohne, dennoch hatte er keine Freude mehr daran. Schon morgens, wenn er aus der Haustür trat, sehnte er sich zu Ruth zurück. Er war schon froh, wenn er die Motivation aufbrachte, die übelsten Fehlklänge zu eliminieren. Die Freude am schönen Sound kam ihm auf einmal albern vor.

Sein ganzes Leben lang hatte er versucht, etwas zu beweisen, und in dieser Beweiskette war sein Job nur ein Glied von vielen. Er wollte beweisen, dass alles im Leben, auch die Liebe, so analysierbar wie zum Beispiel alles Chemische war, wo sich die Moleküle ja auch nicht sexy fanden, sondern sich bestimmten Gesetzen folgend abstießen und verbanden. Genauso war es in der Musik: Es gab bestimmte in der Frühkindheit und durch Sozialisation sich verdichtende Hörmuster, auf die dann ein neuer Klang traf, der Klang selbst war nicht schön, das Gefühl der Schönheit entstand dadurch, dass die neuen Muster zu den bereits vorhandenen passten. Das war auch der Grund, warum die meisten Menschen fremdartige Musik nicht einfach nur als exotisch, sondern als disharmonisch empfanden, es ging nur um Muster, sonst nichts, das Ganze ließ sich unendlich weiterführen. Man konnte Klänge zu einem Mehrklang verschmelzen, der als harmonisch wahrgenommen wurde, aber genauso gut konnte ein Mehrklang dissonant klingen, rau, wie es Akustiker nannten, eine Rauigkeit, die ihren Ursprung darin hatte, dass zu große Anteile der Schallwellen in kritischen Bändern zusammentrafen. Rauigkeit:

Spaltklang. Keine Rauigkeit: Ein Verschmelzungsklang entstand.

Und jetzt saß er da und sehnte sich danach, sich in ihrem Leben aufzulösen wie ein Eiswürfel in einem Drink, eine Legierung zu bilden, so wie Kupfer und Zinn zu Bronze werden konnten, nicht mehr zu spüren, dass sie verschieden waren. Er wusste, dass das Quatsch war, irrational und esoterisch, und dennoch –

Er hatte sein Leben lang nicht bemerkt, dass es diese Sehnsucht in ihm gab. Als Kind vielleicht, aber dann hatte er es vergessen, irgendwo unterwegs. Er hatte Filme gesehen und sie interpretiert. Er hatte Bücher gelesen und sie zerlegt. Er hatte sich verliebt und sein Herz schon am nächsten Morgen einer Inquisition unterzogen. Wollte er nicht nur dieses und jenes von ihr? Und sie nicht nur das und das von ihm? Hatte er es nicht ohnehin nur auf ihr Leben abgesehen? Menschen sind Säugetiere, sie saugen andere Leben aus, um ihr eigenes zu mehren. Das hatte er kapiert, und das hatte es ihm unmöglich gemacht, sich in jenen Zustand der Vorbehaltlosigkeit zu versetzen, der für die Liebe nötig war. Er hatte alles, was er von der Liebe wusste, herangezogen, um seine eigenen Motive zu analysieren, seine Gefühle zu sezieren, noch ehe er mit einer Frau wirklich zusammengekommen war. Vielleicht, aber das war ein Gedanke, den er erst kürzlich gehabt hatte, vielleicht hatte er dieses Spiel auch nur gespielt, um besser zu verstehen, warum die Ehe seiner Eltern zerbrochen war.

Und dann hatte er Ruth getroffen. Er wusste nicht, wieso, aber sie hatte dieses Gefühl in ihm geweckt, diese Sehnsucht nach etwas, das stärker ist als alles, was Menschen auseinandertreibt, und zwingender als alle Argumente, eine Sehnsucht nach einem Zentrum, um das sich die Welt dreht, das selbst aber still steht.

Seine Sehnsucht: dass nichts noch so Kleines zwischen

ihnen war, dass es kein Du, kein Ich mehr gab, sondern ein Wir, einen nicht spaltbaren Nukleus, einen Kern, der hart blieb, ganz egal, was ringsherum geschah, der hielt, weil sie beide das wollten. Ganz so, wie es bei seinen Großeltern gewesen war.

Ruth?

Hey.

Ihre Stimme im Hörer klang, als sei sie gerade aufgestanden. Auch davon wollte er ihr Leben gern befreien: die Schichten im Krankenhaus, die den ruhigen Rhythmus ihres Lebens immer wieder durcheinanderbrachten.

Bist du müde, Schatz?

Ruth machte ein lang gezogenes Geräusch, das wie ein Ja klang.

Ich komme bald.

Hm?

Soll ich etwas zu essen einkaufen oder gehen wir raus?

Ruth seufzte noch einmal, und mit einem Mal hatte Nicki kein anderes Bedürfnis mehr, als in die Müdigkeit einzutauchen, in der sie bereits versunken war.

Im Supermarkt kaufte er Tomaten, Sardellen, Oliven für eine schnelle Pasta. Die Schlange an der Kasse machte ihn nervös, dabei war sie nicht lang. Er war unkonzentriert, fahrig, trotzdem hatte er das Gefühl, ganz bei sich zu sein.

Ruth saß mit angezogenen Beinen am Küchentisch, das Kinn auf den Knien, während er nacheinander Olivenöl, Zwiebeln, Sardellen und Tomaten in die Pfanne gab.

Meinst du, ich soll es noch einmal versuchen?, fragte sie.

Was?, fragte Nicki und warf eine Handvoll Linguine ins kochende Wasser.

Na ja, dass noch ein zweiter Gutachter kommt.

Aber Ruth, warum denn!

Das Thema ging ihr nicht aus dem Kopf. Er hatte versucht, ihr die Schuldgefühle auszureden, es war ihm nicht gelungen, sie fühlte sich verantwortlich.

Weißt du, ich saß heute Nachmittag alleine hier rum, ich war müde und hab gelesen, ich bin eingeschlafen und wieder aufgewacht und wieder eingeschlafen, und auf einmal tat mir das so leid mit deinem Vater. Den ganzen Tag allein zu sein mit einem alten Mann.

Nicki rührte die Nudeln um und stellte die Flamme kleiner, dann drehte er sich um und sah Ruth an. Sie musste wirklich übermüdet sein, ihre Augen waren gerötet, sie selbst war blass.

Ruth.

Ja?

Es ist besser so.

Warum denn?

Na ja, so hat er wenigstens ein bisschen was zu tun.

Also, Nicki, als hätte dein Vater –

Ruth?

Sie verstummte und sah ihn an, ein leiser Vorwurf, zwei stille Seen.

Ruth, er hat doch sonst niemanden.

DAS MÄDCHEN kommt nicht mehr, seit Jürgen immerzu da ist. Er setzt sich zu ihm ans Bett, zwingt ihn, das Hörgerät zu tragen, was lächerlich ist, denn sie reden nicht, fast nicht, und wenn, dann ist es Jürgen, der etwas erzählt, von den Tomaten, von den Himbeersträuchern, von den Apfelbäumen, an denen die ersten Früchte reiften. Er hört nicht zu, wenn Jürgen redet, er sieht ihn nur an, sieht dieses Gesicht, diesen Sohn, der so nah bei ihm sitzt, der in die Luft blickt und gestikuliert und die Augen schließt und wieder aufreißt und ihn ansieht, mal ernst, mal lächelnd, aber Walther reagiert nicht oder nur kaum, hin und wieder möchte er es, aber es gelingt ihm nicht.

Jürgen ist oft in seinem Zimmer, viel öfter als am Anfang. Immerzu kommt er herein und bringt etwas oder räumt etwas ab, er wechselt die Betten, die Ente, schüttelt das Kissen auf, zieht die Vorhänge zu und öffnet sie dann doch wieder.

Lass das doch, murmelte Walther, als Jürgen mit Sidolin und Fensterleder ankam. Lass das doch, murmelte er, das lohnt sich doch nicht mehr. Aber Jürgen hörte ihn nicht. Er sprühte und wischte, hauchte und polierte, es erinnerte ihn an –

Weißt du, was das Erste war, was Mutter gemacht hat, als der Ruß aus der Stadt zu uns herübergeweht kam?, fragte Jürgen. Sie hat die Fenster geputzt, im ganzen Haus, jedes einzelne, sogar die kleine Luke auf dem Dachboden, unter der ich geschlafen hab.

Walther machte eine Bewegung unter der Decke, es machte ihn nervös, wenn sein Sohn so unruhig durch das Zimmer schwirrte. Jürgen lachte auf, es war ein Lachen, das für ihn wie ein Weinen klang.

Das muss man sich mal vorstellen: Noch in der Nacht davor hab ich ihr helfen müssen, in die Socken zu schlüpfen, so sehr hat sie gezittert vor Angst, und schon am nächsten Morgen hat sie dafür gesorgt, dass die Sonne wieder ins Haus kann. Ich hab ihr beim Putzen geholfen, weißt du? Sie die Feinarbeit mit dem Leder, ich das Grobe mit dem nassen Schwamm.

Jürgen warf das Fensterleder in die Luft, fing es wieder auf, dann hauchte er seinen Atem auf die Scheibe.

Hier, sagte er und polierte den Fleck weg. Siehst du? Kleine Kreise machen. Er gluckste, polierte noch einmal. Kleine Kreise, hier! Gelernt ist eben gelernt, was?

Walther bewegte sich wieder, Jürgen legte den Lappen aufs Fensterbrett und stellte die Plastiksprühflasche ab.

Sogar die Frau Henschel hat beim Putzen geholfen. Alle haben einander geholfen, weißt du, alle haben alles dafür getan, dass sich der Schmutz gar nicht erst festsetzen konnte. Das ist überhaupt der Witz beim Putzen, sagte Jürgen, ließ sich auf den Stuhl sinken und sah ihn an. Nicht aufhören, immer weitermachen, verstehst du?

Jürgen ließ den Kopf kreisen, dehnte erst die linke Schulter, dann die rechte. Er griff sich in den Nacken, dann setzte er sich und beugte sich nach vorne. Er war jetzt ganz nah.

Als die Tante Martha nach der Bombennacht vor der Türe stand, weißt du, was ich da gedacht hab?

Walther drehte den Kopf beiseite. Grethes Schwester. Er hatte vergessen, wann genau sie gestorben war, aber immer wenn ihr Name fiel oder das ihrer Kinder, war ihr Gesicht wieder da. Sie und Grethe hatten einander so ähnlich gesehen, dieselben frechen Äuglein, dieselben kleinen Nasen, dieselbe Putzwolle auf dem Schädel.

Ich dachte, dass diese ganzen verfluchten Bombergeschwader, der ganze Feuerregen, das Brummen und Prasseln, dass das alles nur dazu da war, um Tante Marthas Haus zu zerstören. Ich hab irgendwie gedacht, sie hätten nur ihr Haus treffen wollen und dass es tatsächlich auch nur ihr Haus war, das sie getroffen haben. Idiotisch, was? Aber bei uns da draußen in Wellersdorf, da war ja nichts passiert. Wir haben ja so gut wie nichts mitgekriegt auf dem Land. Erst als wir in die Stadt sind, Mutti und ich, da hab ich gesehen, dass alles in Schutt und Asche war. Alles. Wie übern Mond gelaufen ist man da. Und ich hab mir nichts anderes vorstellen können, als dass das jetzt die Welt war. Das ist jetzt die Welt, hab ich gedacht. Dass man das alles jemals wieder aufbauen könnte, das hat ja damals keiner gedacht, und wenn's einer behauptet hätte … Ich weiß nicht, ob man da angefangen hätte zu heulen oder lieber zu lachen.

Jürgen war inzwischen weit nach vorn auf die Stuhlkante

gerutscht. Walther konnte seinen Atem fast spüren. Er verzog unmerklich das Gesicht und drehte den Kopf noch weiter weg. Er roch alt, dieser Atem.

Ich hab gedacht, das ist jetzt die Welt, Vater. Grau und schwarz und platt. Und als die Russen kamen und Mutter und alle anderen Frauen im Dorf sich auf einmal Schicht für Schicht einen Rock über den anderen angezogen haben und alle auf einmal ausgesehen haben, als seien sie über sechzig und fett wie Maden, da hab ich's auch gedacht, dass es das jetzt war. Dass das jetzt so bleibt. Und diesmal war's sogar noch schlimmer. Vorher war nur Krieg, weißt du, aber als der Krieg vorbei war, da hab ich gedacht, dass das jetzt die *Welt* war.

Wärt ihr doch abgehauen, sagte Walther und erschrak über seine Stimme, sie klang hohl und krächzend wie bei einem sehr alten Mann. Er hustete umständlich, aber es lag nicht daran.

Ihr hättet das doch wissen müssen, als die Russen gekommen sind, sagte er. Er hatte die Geschichten gehört von den Russen, natürlich hatte er das, er wusste viel mehr, als der Junge dachte, aber Jürgen reagierte nicht auf das, was er sagte, sah ihn nur an, ein langer, stummer Blick. Dann fing er an zu reden.

Es hat in Plauen diesen Lehrer gegeben, Vater, ich weiß nicht mehr, wie der geheißen hat, der hat irgendeine Krankheit gehabt, Fettsucht oder Wasser oder ich weiß nicht, was, auf alle Fälle war er fett, so breit wie lang, Fricke hieß er, genau, der dicke Fricke, Winfried und Georg haben ihn in der Schule gehabt. Irgendwann hat es sein Haus erwischt, Stabbrandbombe, mitten rein, es hat Feuer gegeben und massig Rauch und der Rauch ist dicker geworden und alle sind durchs Fenster, und er versucht es auch, aber das Fenster ist zu schmal, draußen zerren sie an seinen Armen, hinter ihm schieben sie und hieven, werden langsam drängelig, dass der Dicke endlich den Weg frei macht.

Walther versuchte, nicht hinzuhören. Er kannte die Geschichte. Der dicke Lehrer hatte irgendwann den Weg frei gemacht.

Irgendwann hat er sich in eine Ecke gesetzt, die Hände vor dem Bauch verschränkt und die Augen zugemacht.

Was willst du damit sagen?

Er hat nicht durchgepasst.

Jürgen –

Die Mutter konnte nicht einfach so weg, Vater, sagte Jürgen.

Walther verstand nicht, was das mit der Geschichte zu tun haben sollte.

Quatsch, sagte er. Quatsch.

Vater, sie hatte Angst, wie gelähmt war sie vor Angst, und es wurde schlimmer, je näher die Russen kamen.

Quatsch.

Jürgen starrte ihn an und schüttelte den Kopf.

Sie konnte nicht anders, sie musste auf dich warten, Vater. Weißt du, wie lange sie auf dich gewartet hat? Und dann bist du wiedergekommen und warst so –

Du hast doch keine Ahnung.

Hart warst du, Vater, hart.

Pfff, machte Walther und ließ die Augen nach oben rollen, mit einem Mal fühlte er sich sehr, sehr unwohl, er dachte daran, sich das Hörgerät aus den Ohren zu reißen, aber –

Weißt du, was sie alles erlebt hat?

Weißt du, was *ich* alles erlebt hab?

Vater, sagte Jürgen mit einer Ruhe, die bedrohlich war.

Weißt du, was ich alles erlebt hab?

Vater, weißt du, was *sie* alles erlebt hat? *Wir?*

Natürlich weiß ich das.

So?

Jürgen fuhr vom Stuhl auf, ging an die Kommode, riss erst die unterste, dann die Schublade darüber auf, er zog ein Stück Stoff hervor, kam zurück, hielt es ihm vor die Nase, so nah, dass alles verschwommen war.

Hör schon auf! Walther fühlte sich, als würde er schreien, dabei wurde seine Stimme immer leiser. Jürgen blieb ganz ruhig und warf ihm den Stoff achtlos hin.

Weißt du, was das ist?

Walther griff nicht zur Lesebrille, er rührte sich überhaupt nicht. Zum ersten Mal hatte er das Gefühl, weinen zu müssen, sein Hals tat plötzlich weh, und in seinen Augen –

Weißt du, was das ist?, fragte Jürgen noch einmal.

Hat Grethe gestickt, sagte Walther mit leiser Stimme. Noch weinte er nicht.

Ja, hat sie, sagte Jürgen hart, stand auf und ging aus dem Zimmer.

Für einen Moment musste Walther die Augen schließen. Sein Leben lang hatte er Grethes Stickdeckchen gesehen, sie lagen auf dem Fernseher, auf der Kommode, unter jeder einzelnen Vase im Haus, er kannte sie gut, die kleinen, roten Blüten, die sich in einem heiteren Band den Stoffrand entlangschlangen. Doch als er nun die Augen öffnete, das Tuch auseinanderfaltete und eine Armlänge von sich hielt, war ihm, als betrachte er es zum allerersten Mal. Und zum allerersten Mal erkannte Walther, dass die zarten, verspielten Blümchen Dornen hatten und die Blütenblätter rote Tränen waren.

RUF AN!

Nicki wählte die Nummer, ließ es klingeln, zweimal, dreimal –

Es geht niemand dran, sagte er über den Hörer hinweg. Triumph in der Stimme.

Du hast es doch noch gar nicht klingeln lassen!

Es klingelt doch!

Fünfmal, sechsmal, –

Siehst du?

Gib mir mal den Hörer, sagte Ruth und riss ihn ihm aus der Hand.

Neunmal, zehnmal, –

Sonderbar, sagte Ruth nach dem elften Mal und legte auf.

Sie werden spazieren gegangen sein.

Ruth runzelte die Stirn, blickte ihn an. Wir sollten hinfahren, Nick, wer weiß, was da los ist.

Ach, Ruth, ich weiß nicht.

Dein Vater würde sich freuen!

Wenn mein Vater sich über Gesellschaft freuen würde, würde er auch ans Telefon gehen. Er macht das manchmal, geht einfach nicht ran, weil er meint, er müsse mal wieder seine Ruhe haben.

Wieder ihr Stirnrunzeln.

Die Art und Weise, wie du es manchmal schaffst, die Realität zu verbiegen –

Ich liebe dich, wollte er sagen, ich liebe dich, immer wieder, aber er spürte, dass das diesmal nicht genügen würde.

JÜRGEN BLIEB mit starrem Blick auf dem Sofa sitzen, bis der Apparat wieder still war. Nebel hing über dem Dorf, dem Tal, ein trüber Ausblick, den er kaum wahrnahm. Er war müde oder traurig, das beklommene Gefühl im Brustkorb konnte beides sein, und am Ende war es ja auch egal, so oder so: Er war mit seiner Kraft am Ende. Wie gelähmt. Der Tag: eine zähe Masse, jede Bewegung fiel ihm schwer. Das Haus: ein Tropfen Bernstein. Walther und er: die Einschlüsse darin.

Mann, reiß dich zusammen.

Er atmete tief durch die Nase ein, hielt die Luft eine Sekunde lang an. Ausatmen, langsam. Warme Luft an den Nasenhaaren. Er griff zur Fernbedienung, schaltete den Fernseher ein, aber noch bevor sich das Bild ganz aufgebaut hatte, drückte er den Knopf noch einmal, und das Bild zog sich schwarz zusammen. Es war ohnehin klar, was kam. Krisen, Kriege, Katastrophen, jeden Tag, tausendfach.

Er erinnerte sich daran, früher jeden Morgen die Zeitung gelesen zu haben, Nachrichten, Leitartikel, Kommentare. Er erinnerte sich, mit seinem Vater über Plisch und Plum, über Brandt und Schmidt, über Gorbatschow und den Mauerfall diskutiert zu haben. Er erinnerte sich, dass es Jahre gegeben hatte, in denen er an keinem einzigen Abend die Tagesschau verpasst hatte. Aber er hatte keine Ahnung mehr, was er dabei gedacht oder gefühlt hatte. Das Interesse war erloschen. Eine dumpf pulsierende Stelle im Hirn. Wenn er jetzt in die Zeitung blickte, war ihm, als läse er eine Sprache, deren Worte er kannte, die er aber nicht mehr verstand.

Vor ihm auf dem Tisch lag das Buch, in dem er in den letzten Wochen immer wieder geblättert hatte: *Kleine Geschichte von Wellersdorf,* er schlug es auf und las die erste Seite:

*Den Lebenden zum Verstehen der eigenen Zeit*
*Den Vorfahren zum Gedächtnis in Dankbarkeit*
*Den Nachkommen zum Wissen um die Vergangenheit*

Die Zeilen standen unter einer Federzeichnung, die den Marktplatz zeigte, wie er damals ausgesehen hatte. Der alte Dorfbrunnen, die Kirche, das Wirtshaus Zum Grünen Baum. Er blätterte weiter. Er hatte es in letzter Zeit wieder und wieder durchgeblättert, immer unruhig, unbefriedigt –

Es war nicht so, dass die Bilder verfremdet gewesen wären, ganz im Gegenteil, die Details stimmten, die Relationen, die Perspektive, alles war vollkommen realistisch dargestellt, bis hin zu den einzelnen Steinen, aus denen der Brunnen gemauert war, klare Konturen, schwarz in die vergilbte Seite geritzt, als wolle die Tusche das Papier durchdringen. Und doch hatten die Zeichnungen in dem Buch nichts mit den Bildern zu tun, die in seinem Kopf waren. Seine Erinnerungen fand er darin nicht wieder.

Er schlug das Buch zu, enttäuscht, wie er so oft enttäuscht gewesen war, wenn er Geschichten über die Geschichte las, wenn er in Bildbänden blätterte oder Guido-Knopp-Sendungen sah. Kein Satz, kein Bild handelte von ihm und dem, was er erlebt hatte.

Vielleicht war er sogar froh gewesen, dass es so war. Vielleicht hatte er in Wirklichkeit gar nichts davon hören wollen und sich darauf ausgeruht, dass ihn niemand verstand.

Du hast doch keine Ahnung –

Dieser Satz. Sein Vater hatte ihn oft gesagt, er hatte ihn dahingesagt, so wie manche Leute aus dem Urlaub kamen und sagten: Du kannst dir nicht vorstellen, was wir geschwitzt haben.

Nein, er hatte keine Ahnung. Er hatte keine Ahnung haben wollen. Er hat seinem Vater ein schlechtes Gewissen machen wollen, weil er zurück nach Hause gekommen war und so getan hatte, als sei der Krieg nur ein kräftiges Unwetter gewesen, das ein paar Ziegel aus dem Dach geschlagen hatte. Was mit Mutter gewesen war, was mit ihm gewesen war, danach hatte Walther nie gefragt. Er hatte sich mit ein paar Anekdoten zufrieden gegeben und so getan, als glaubte er tatsächlich, dass das alles war. Jedes Mal, wenn das Gespräch später doch noch einmal auf die Kriegs- und Nachkriegsjahre kam, hatte er nichts anderes als diese Geschichtchen abgefragt.

Grethe, wie war das noch mal, als du dir an der Kochsalami den Zahn ausgebissen hast, weil der Fleischer mit Schrot getrickst hat?

Kein einziges Mal hatte Jürgen darüber nachgedacht, dass er nicht anders war. Auch er hatte sich mit Anekdoten zufrieden gegeben. Sie hatten zusammen gesessen, mit Nicki und Volli, Colette und Onkel Albert, bei Äpfeln, bei Kuchen, bei Keksen, und die immergleichen Geschichten eingefordert wie einen traditionellen Sonntagsbraten.

Erzähl noch mal, wie das war, als du mitten in der Steppe Thüringer Rostbratwürstchen gerochen hast!

Und die Geschichte, als ihr die Handgranate in den Karpfenteich geworfen habt?

Und wie war das noch mal, als ihr in dem geplünderten Haus wart, in dem alles kaputt war bis auf die sechs Gläser und die Flasche Niederlausitzer Vogelbeerenschnaps im Küchenschrank?

Immer dieselben alten Geschichten, immer ein bisschen anders und immer ganz genau gleich. Sie lachten über Hungerfantasien und Knackwurstlieder, und wenn sein Vater dann noch einmal den Bratwürstchengeruch beschrieb, schmunzelte sogar Colette, die die ollen Heldengeschichten eigentlich nicht ausstehen konnte, aber die Vorstellung fand selbst sie zu komisch: ein ausgehungerter Mann mitten in der Kasachensteppe und dann Bratwürstchen, und sein Vater schwor bei Gott, dass es Thüringer waren.

Weißt du noch, wie –

Und wie war das noch mal, als –

Sie hatten nur die Fragen gestellt, deren Antworten sie längst kannten. Aufarbeitung, das war etwas für Leute gewesen, die unschuldig waren, für die Opfer, die das Recht dazu hatten. Sie selbst hatten sich an den Wiederaufbau gehalten und aus dem Krieg eine Geschichte gemacht, eine für sie alle, sodass sie Krieg sagen konnten und wussten, was gemeint war. Dabei gab es in ihrer Familie nicht diesen einen Krieg, sondern drei Kriege, den seiner Mutter, den seines Vaters und den, den er miterlebt hatte und an den er sich immer deutlicher erinnerte, seit er hier in diesem Haus war. Es gab den Krieg des alten Henschel, den seiner Tante Martha, den von Winni, den von Georg und den Krieg, in dem deren Vater gefallen war. Eigentlich waren es ein paar Millionen Kriege, einer für jeden, der gefallen war, und noch ein paar Millionen obendrauf für all jene, an denen die Geschichte vorbeierzählt worden war.

Sechs Millionen Juden.

Sechzig Millionen Menschenleben.

Millionen Kriege – und nur eine Geschichte, die es dafür gab, eine Weltgeschichte, die wie eine schwere Decke über den Lebenden lag, die Decke der Geschichte, unter der geträumt wurde, unter der man schwitzte und die die Schreie erstickte von denen, die noch am Leben waren.

Die Schreie seines Vaters in der Nacht.

Nein, er hatte es nicht genauer wissen wollen. Er hatte die Schreie gehört und seine eigenen Ängste gehabt.

Nichts anderes als sein Vater hatte er gemacht.

Walthers Gesicht trat ihm jetzt wieder vor Augen, in dem Augenblick, als er das Stickdeckchen erblickt hatte. Jürgen wusste, dass er verstanden hatte, was er da sah. Seine Züge waren von einer Welle des Entsetzens überspült worden, wie eine Zeichnung im Sand.

Es tat ihm leid. Zum ersten Mal seit Jürgen im Frühling in dieses Haus gezogen war, hatte er das Gefühl, etwas getan zu haben, was unrecht gewesen war. Er hatte ihm die Wahrheit vor den Latz knallen wollen. Aber hatte er das verdient gehabt? Er war ein sehr, sehr alter Mann. 95 Jahre.

Jürgen wusste noch, wie er als kleiner Junge das Foto betrachtet hatte, das auf dem Nachtkästchen seiner Mutter stand. Er erinnerte sich an das dunkle Holz, das helle Passepartout, manchmal waren Fingertapser darauf gewesen, obwohl er es nie in die Hand genommen hatte. Die breiten Schultern unter der Uniformjacke, der stolze Blick, der über den Betrachter hinwegging, die kantigen, kräftigen Wangen –

Es tat ihm wirklich leid. Mehr noch: Es tat ihm in der Seele weh. Sein einst so starker Vater war nicht einmal mehr in der Lage, ohne Hilfe das Hörgerät anzulegen.

ICH HAB ES doch gerade eben versucht.

Versuch es noch einmal.

Gleich.

Nicki!

Er stöhnte genervt, warf die Zeitschrift auf den Tisch und verschwand im Schlafzimmer.

Nicki, du hast Angst, rief sie ihm noch nach. Er schloss die Tür hinter sich und warf sich aufs Bett, sprang dann aber wieder auf und kniete sich vor die Stereoanlage. Die Stimme von Lou Reed erklang, er hatte die CD nicht eingelegt, ließ sie aber laufen. Er drehte die Musik ein bisschen lauter, um Ruth klarzumachen, dass er eine Pause brauchte, aber nicht so laut, dass es nach entrüstetem Teenager klang. Seit Wochen ließ sie ihm keine Ruhe damit.

Nicki, komm, versuch es doch jetzt mal, gleich kommt die Tagesschau!

Dabei hatte er es immer wieder probiert, widerwillig, manchmal morgens, manchmal abends, doch nie war jemand rangegangen. Er bohrte die Füße unter die Bettdecke und starrte trotzig den Faltenwurf seines Kopfkissens an. Ruth hatte ein völlig anderes Verhältnis zu ihren Eltern als er. Fast wöchentlich telefonierte sie mit ihrer Mutter. Wenn ihr Vater anrief, zuckte sie nicht zusammen, begann nicht mit dem Kugelschreiber schwarze Wolkenmassen auf der Tageszeitung zu verteilen, riss auch nicht sämtliche Flaschenetiketten ab, die in Reichweite waren. Nein, Ruth lachte und plauderte und plapperte, wie sie es immer tat.

Ach, Ruth, was soll ich denn mit ihm reden?

Na, du musst doch mal hören, wie es deinem Opa geht, ob dein Vater etwas braucht, ob alles in Ordnung ist.

Wenn irgendetwas nicht in Ordnung wäre, dann hätte er doch schon längst angerufen.

Nicki, ich würde es ja machen, aber du bist sein Sohn, nicht ich.

Natürlich wusste Nicki ganz genau, dass sein Vater niemals freiwillig anrufen würde, wenn etwas wäre. Er hatte es einmal getan, dann hatte Ruth ihm geholfen, diesen Gutachter kommen zu lassen, und der war ohne Resultat wieder abgedampft. Er würde kein zweites Mal um Hilfe bitten.

Nicki, vielleicht solltest du einfach mal hinfahren. Oder wir. Nächstes Wochenende.

Nicki, sie würden sich bestimmt freuen!

Nicki, du musst ihnen doch auch erzählen, dass wir einen Termin auf dem Standesamt haben!

Ja, er hatte Angst. Er hatte Angst, seinen Großvater auf dem Fußboden zu sehen, ihm dabei zuzusehen, wie er kaum aufstehen konnte, er hatte Angst, und er konnte nicht verstehen, warum Ruth ihn nicht einfach Angst haben lassen konnte, warum er nicht fühlen durfte, was er fühlte, und schweigen, wenn ihm nach Schweigen war. Er kam auch ohne Hilfe mit seinen Gefühlen klar, er brauchte niemanden, der ihm –

Es klopfte. Nicki reagierte nicht. Es klopfte, diesmal kräftiger, er wälzte sich auf die Seite. Er spürte, wie hinter ihm die Tür aufging, sie im Rahmen stand, er spürte ihren Blick auf sich, ruhig, nachdenklich, er drehte sich nicht um. Dann wurde Lou Reed leise gedreht, erst jetzt fiel ihm die Musik wieder auf, sie war ihm kaum ins Bewusstsein gedrungen. Ihre nackten Füße auf den Dielen, das Geräusch der Matratze, als sie sich zu ihm setzte. Sie legte ihm eine Hand auf die Schulter, und obwohl er es nicht wollte, blieb er ganz starr liegen.

Es tut mir leid, Nicki.

Er rührte sich immer noch nicht. Er brauchte niemanden, der ihm die Beichte abnahm, seine Gefühle würden sich nicht verändern, nur weil er über sie sprach. Wenn es etwas zu bereden gäbe, würde er den Mund schon aufmachen. Er würde reden, sobald Reden dazu geeignet wäre, irgendetwas zu verändern, irgendetwas besser zu machen.

Es tut mir leid, dass ich so bevormundend und besserwisserisch war.

Sie fing an, ihn zu streicheln. Nicki hielt den Atem an. Ruth streichelte ihn weiter, erst an der Schulter, dann am Arm, wieder hinauf zum Nacken, schließlich in ruhigen, kräftigen Bewegungen die Wirbelsäule hinab. Sehr langsam und kontrolliert ließ er die Luft durch den halb geöffneten Mund entweichen, er war froh, dass dabei kein Ächzen erklang. Sein Rücken entspannte sich langsam, gleichzeitig spürte er, wie sehr er sich gegen diesen Mechanismus wehrte. So einfach war es schließlich nicht.

Doch Ruth ließ nicht von ihm ab. Sie streichelte und streichelte und vor dem Fenster bewegten sich Blätter, dahinter der Himmel, sie bewegten sich auf und ab. Der Widerstand in ihm ließ nach, in seinem Kopf blieb ein leises Rauschen, das langsam –

Nicki schloss die Augen und spürte, wie lautlos etwas Hartes in ihm zerbrach.

Mann, Nicki, warum kannst du dich nicht einfach mal zeigen?

Ruths Hand ließ von ihm ab, er wollte sich noch umdrehen, nach ihr greifen, aber da hörte er schon die Tür zufallen, Schritte im Flur, die Wohnungstür –

Ruth!

Verdammt.

Ruth!

Er rief ihren Namen nur leise. Er lief ihr nicht nach. Was blieb, war ein Gefühl in seiner Brust, ein stilles Weinen, und er, der allein damit war.

ER SCHLIEF. Jürgen zog Walthers Bettdecke hoch und drückte sie über den Schultern ein bisschen herunter, sodass sein Körper wie in einen Kokon gehüllt war. Sein Gesicht war faltig, aus dem Kinn stachen einzelne Bartstoppeln hervor. Nur über den Wangenknochen war die Haut seltsam glatt, fast rosig. Jürgen strich noch einmal über die Decke und ließ sich auf den Stuhl sinken, seinen Platz am Rande dieses Abgrunds. Er ließ sich auf den Stuhl sinken und sah ihn an.

Dieser alte Mann war sein Vater.

Er bemerkte die Hand, die seitlich unter der Decke hervorschaute, eine fremdartige, fleckige Kralle. Die Nägel waren zu lang, viel zu lang, Jürgen konnte nicht anders, als die Fingerkuppen darübergleiten zu lassen. Er spürte die tiefen Längsrillen ganz deutlich, sah die schwarzen Ränder darunter. Die Hand zuckte, und Jürgen fuhr zurück.

Walthers Lider öffneten sich. Jürgen legte sich ein zuversichtliches Lächeln ins Gesicht, aber die Augen fixierten ihn nicht. Sie schlossen sich genauso langsam, wie sie aufgegangen waren.

Vater?

Er schien ihn nicht zu hören.

Vater, wir müssen mal wieder Nägel schneiden.

Vielleicht zeigte er es bloß nicht?

Ich hol mal eben die Schere, bin sofort wieder zurück.

Schon bei seinen eigenen Nägeln stellte Jürgen sich ungeschickt an. Bei Nicki war es früher auch nicht ganz unkompliziert gewesen, aber ihn hatte er wenigstens auf den Schoß nehmen können, und die kleinen Nägelchen waren viel leichter abzuknipsen gewesen als diese dicken, gelben

Krallen. Er fing mit der rechten Hand an, bei der es einfacher war, die Schere im richtigen Winkel anzulegen, es war schwierig, aber es ging, auch wenn seine Schulter anderer Meinung war. Und dennoch, es war ein schönes Gefühl: die Hand in seinen Händen. Die alte Hand.

Das ist der Daumen, der schüttelt die Pflaumen –

Er nahm den Mittelfinger und spähte zum Gesicht seines Vaters, dessen Augen aber immer noch geschlossen waren.

Der hebt sie auf, der bringt sie nach Haus, und der kleine –

SCHRITTE. Jürgen? Sie kommen näher. Stiefel. Scharren im Sand. Es ist dunkel. Es kommt näher. Die Tür geht auf, ein helles Viereck, der schwarze Umriss darin, eine Faust. Und Paulsen, der neben ihm sitzt, droht plötzlich umzukippen, er hält ihn an der Schulter fest, die Wache zählt, auf russisch, odín, dwa, tri, tschetýre, keiner wagt sich zu bewegen, die ganze Baracke hält den Atem an, 19, 20, 21 –

Die Tür fällt ins Schloss, Walther öffnet die Augen, und auch die Männer fangen an, sich wieder zu rühren. Alle bis auf Paulsen. Und Arthur, der das Brot verteilen soll, sitzt immer noch still, er hat eine Ration zu viel in den Händen, die Wache hat Paulsen als Nummer 14 mitgezählt. Arthur starrt einen Moment auf das Brot, dann in die dunklen Gesichter der Männer, aus deren Augen der Hunger leuchtet, starrt wieder auf das Brot, dann gibt er das Essen weiter. Als Walther sich nach vorne beugt und nach dem Brot greift, fällt Paulsen langsam um. Blitzschnell lehnt Walther sich wieder zurück, spürt das zerzauste Haar am Hals, den Kopf schwer auf der Schulter und dann auf einmal Grethes kalte Hand, die auf seiner Hand ruht, und er schließt die Augen, Ameisenbär, und er schließt die Augen noch fester, denn sie atmet, leicht und flach schwappt ihr Atem gegen seinen Körper, ein warmer Weiher, sie hat sich zu ihm umgedreht, sie zeigt sich, und endlich erkennt er sie, die Angst in ihren Augen, erkennt er sie wirklich. Und dann, plötzlich, verändert sich ihr Gesicht, es ist das Gesicht, das zwischen den Schläuchen liegt, das Gesicht, aus dem etwas gewichen ist, und er weiß jetzt, dass es diese Angst ist, und Walther drückt die Augen so fest zu, dass ihm eine Träne übers Gesicht rinnt, er hält sich die Hände vor die Augen und weint, weint, bis es im Kopf wieder schwarz wird, leer und weit und schwarz wie das All über ihm, dem sein Schicksal egal ist.

IN DER KÜCHE schmierte er Stullen fürs Mittagessen. Anfangs hatte Jürgen seinem Vater die Rinde noch in kleinen, regelmäßigen Abständen eingeschnitten, inzwischen entfernte er sie vollständig – nicht, weil Walther sich das so wünschte, das nicht, aber manchmal bildete Jürgen sich ein, das Gebiss beim Kauen leise knirschen zu hören. Er hatte die einzelnen Zähne zwar auf ihre Stabilität hin geprüft und keine Risse im Kunststoff entdeckt, aber sicher war sicher. Außerdem hatte sein Vater sich nicht beschwert, obwohl er die Rinde am liebsten mochte. Also war es vermutlich in Ordnung. Andererseits: Sein Vater beschwerte sich ohnehin nicht mehr.

Er trug den Teller mit den Broten ins Schlafzimmer.

Mittagessen!

Walther öffnete den Mund, Jürgen bugsierte ein Brotstück hinein.

Ist Lyoner.

Walther kaute.

Vom Metzger Moser.

Walther sperrte den Mund wieder auf.

Schmeckt gut, was?

Jürgen parkte das nächste Stück auf der Zunge, dann

steckte er sich selbst eines in den Mund. Das Telefon klingelte, Jürgen kaute und beachtete es nicht.

Hm, köstlich, findest du nicht?

Walthers Mund öffnete sich wieder, fast konnte Jürgen den Gaumen sehen.

Wir müssten dir mal wieder die Ohrhaare trimmen, sagte Jürgen, nachdem er den leeren Teller in die Küche gebracht hatte.

Sind Äpfel da?

Diese Stimme. Er wusste noch, wie sie einmal geklungen hatte: fest, laut, tief. Bestimmend.

Die Äpfel hab ich noch nicht geerntet, Vater. Ich wollt's aber morgen machen.

Walther reagierte nicht.

Soll ich dir einen holen?

Keine Miene.

Also, deine Ohren solltest du sehen, da wächst ein halbes Gemüsebeet raus.

Nichts. Es war kein Gespräch mehr möglich. Sosehr Jürgen sich auch bemühte – die Sätze, die hin und wieder aus Walthers Mund kamen, rollten wie Bälle ins Aus. Jürgen versuchte, trotzdem mit ihm zu reden, ihm vom Garten zu erzählen, Witze zu machen, aber irgendwann fiel auch ihm nichts mehr ein. Schweigend beugte er sich über Walthers Kopf, erst über das linke, dann über das rechte Ohr.

War mal wieder nötig, was?

Er hielt ihm das Wattestäbchen vors Gesicht. Dicke, bräunlich gelbe Batzen. Sein Vater nickte, ohne richtig hinzusehen. Jürgen wickelte das Stäbchen in ein Stück Klopapier und nahm Walthers Hand.

Vater?

Sein Vater bewegte den Kopf, die Augen, und blickte ihm plötzlich direkt ins Gesicht, nur ein, zwei Sekunden lang, und doch überfiel Jürgen ein warmer Schauder. Und obwohl Walthers Blick gleich wieder stumpf wurde und ins Nirgendwo glitt, hielt Jürgen weiter diese Hand, er hielt sie und konnte nicht anders, als den Handrücken mit dem Daumen zu streicheln, ganz sanft.

Er hatte sich nie nach einem solchen Moment gesehnt, und doch begriff er in diesem Augenblick, dass es das war, was er immer vermisst hatte: Er hatte in Walthers Augen Zärtlichkeit gesehen.

EINEN MOMENT LANG war ihm, als hätte er unten im Haus die Eingangstür gehört, er wartete darauf, Ruths Schlüssel im Schloss zu hören, aber als nach ein paar Minuten immer noch nichts passierte, stellte Nicki erleichtert fest, dass er sich getäuscht hatte. Er warf noch einmal einen Blick auf das Telefon, wusste aber, dass noch ein Anruf in Ebersbach wahrscheinlich auch nichts brachte. Er fuhr den Computer hoch, suchte die nächste Zugverbindung heraus, riss die Reisetasche aus dem Schrank, stopfte wahllos ein paar Sachen hinein und verließ die Wohnung, ohne sich noch einmal umzudrehen.

DIE GEDANKEN kommen jetzt immer schneller, wie Wind, ein Sturm, der ihm die Bilder durch den Kopf fegt –

Grethe. Ihr Haar. Henschel, der, statt sich einen Heimatschuss zu verpassen, eine Entzündung vortäuschen will, der sich grinsend Seifenkrümel in die Harnröhre schiebt und sein Ding massiert, bis die Seife aufgelöst ist. Jürgen, der seinen Ball packt und in Richtung Wald rennt, als sein Vater aus der Haustür tritt und mit ihm spielen will. Die Kiste im Keller fällt ihm ein, in die Grethe die Äpfel für den Winter legt, er denkt an einen Film, von dem er nicht weiß, was darin passiert ist. Dann geht die grelle Wintersonne auf, die alles kalt macht, er kann den Frost am ganzen Körper spüren. Er schmeckt das Brot, das feucht und lehmig im trockenen Mund liegt, während Paulsens Kopf tot und schwer auf seine Schulter drückt. Dann wieder die Trümmer, die Gedärme der Dörfer, das Blut, das die Straßen wie eine Kruste überzieht.

Einmal fällt ihm sein Sanierschein ein, seine Hände suchen die Hosentaschen ab, aber die Taschen sind weg, und er hat keine Ahnung mehr, wo er ihn verloren hat, fieberhaft denkt er nach, aber er kommt nicht darauf. Gestochen scharf kann er ihn jetzt vor sich sehen:

*Berechtigung zum Eintritt ins Wehrmachtsbordell*

*Verkehr nur mit Gummischutz!*

*Nach Bordellbesuch sofortige Sanierung!*

*Abholung der Erkennungsmarke!*

*Bordell, Name und Kontrollnummer der Partnerin, Ort, Datum.*

*Dieser Ausweis ist zwei Monate lang aufzubewahren.*

Und jetzt weiß er auch wieder, wie das Mädchen hieß, Christel, so hat sie sich genannt, offiziell zumindest, in Wirklichkeit war ihr Name wahrscheinlich Krystyna, und er erinnert sich daran, wie er im Sanierraum Schlange steht, eine Reihe prahlender Soldaten, wie er still sein Ding erst in ein rotes, dann in ein blaues Blechschüsselchen hält, wie er es wäscht, hart, gründlich, panisch, wie ihm der Sani anzüglich grinsend das Targesinstäbchen in die Harnröhre schiebt, wie er zu Boden blickt, sich schämt, er hatte den Gummischutz einfach –

Seine Hand, wie er dem Mädchen den Mund zuhält, obwohl er weiß, dass sie es nicht wagen würde zu schreien –

Sein Herz pocht, setzt aus, pocht weiter.

Paulsens Augen, die er nacheinander mit dem Zeigefinger schließt.

MANCHMAL dachte Jürgen das Wort: Arzt. Hin und wieder stieg es wie eine Blase in seinem Kopf auf, aber er ließ sie zerplatzen und rief niemanden an. Es war richtig, das wusste er. Und genau genommen war ja gar nichts. Sein Vater sperrte den Mund auf, kaute, schluckte. Er gehorchte, wenn er ihm die Schnabeltasse gab. Er ließ sich waschen, er ließ sich zur Seite rollen, er versuchte die Arme zu heben, wenn er mit dem Waschlappen kam. Er ließ sich die Haare kämmen, Wangen und Kinn rasieren. Er entzog seine Hand nicht, wenn er sie hielt. Manchmal hatte er den Eindruck, dass sein Gesicht friedlicher aussah, wenn er seinen Handrücken streichelte. Es sah nicht so aus, als würde er bald sterben. Eigentlich war alles in Ordnung. Er war nur nicht mehr ganz da.

Jürgen spürte, dass er über eine Grenze gegangen war. Er war seinem Vater ganz nah.

Manchmal sagte er sich: Natürlich ist es einfach, jemanden zu lieben, der nur annehmen kann und nichts entgegensetzen.

Manchmal sagte er sich: Es ist einfach, jemanden zu lieben, der auf einen angewiesen ist. Es ist einfach, ein Kind zu lieben.

Manchmal fragte er sich, ob das der Grund war, warum sein Vater ihn nie geliebt hatte: weil er immer ohne ihn konnte, immer allein auskam.

DIE BÄUME, Häuser, Strommasten preschten vorbei wie im Schnellvorlauf, hektisch, nervös, stockend –

Er sah nicht hinaus. Er zog ein Buch aus der Tasche, versuchte darin zu lesen, aber die Buchstaben ratterten, rasten, er blätterte, fast forward, er schlug das Buch zu, klappte das Tischchen hoch, atmete aus. Vor dem Fenster die panische Landschaft. Nicki stand auf, warf die Jacke auf den Sitz und kämpfte sich durch bis zum Bordbistro.

Eine *Süddeutsche* bitte und eine Cola.

Er trank die Plastikflasche noch im Stehen aus. Die Zeitung unter den Arm geklemmt, wankte er zurück und starrte die Leute, die vor den Toiletten den Gang blockierten, stumm an. Wieder auf seinem Platz, stopfte er das Bündel Papier in das kleine Netz auf der Rückseite des Sitzes vor ihm, ohne einen Blick darauf geworfen zu haben.

# 10

VON MEISTERHAND aus Wein gebrannt!

Jürgen hatte die Flasche extra bei Tengelmann gekauft, aber als er sie Henschel entgegenhielt, starrte der sie nur ausdruckslos an.

Na dann, sagte er schließlich und bat ihn mit einer Kopfbewegung herein. Wie geht's, fragte er, als sie in der Küche waren, und deutete auf einen der Stühle.

Ach ja, sagte Jürgen und ließ sich ächzend sinken. Na ja, der Rücken eben.

Kenn ich, kenn ich. Henschel lehnte sich gegen die Spüle.

Also, man denkt das ja nicht, begann Jürgen, aber die wirklich hundsgemeinste Arbeit von allen ist, die Äpfel zu holen, ich sag dir. Wenn man mal eine halbe Stunde lang mit den Händen überm Kopf gearbeitet hat, verdammich, verdammich, ich frag mich, wie meine Mutter das so lange –

Und wie geht's ihm?

Jürgen sah auf, überrascht, ein bisschen erschreckt auch und skeptisch.

Ach, so weit ganz gut, denk ich.

Was soll das heißen?

Henschel verschränkte abwartend die Arme. Jürgen senkte den Kopf unter seinem Blick und begann, den Scharlachberg, den er immer noch in der Hand hatte, vorsichtig hin und her zu wiegen.

Na?

Ist nicht mehr viel.

Und was sagen die Ärzte?

Nichts.

Hab ich mir gedacht.

Hm, machte Jürgen, griff die Flasche wie einen Baseballschläger und ließ sie prüfend in die linke Hand sausen. Er überlegte noch, was Henschel damit meinte, das hab ich mir gedacht, als der einfach sagte: Komm, und aus der Küche ging.

Es war sonderbar, mit Henschel hinüberzugehen, die Haustür aufzuschließen, die Schlafzimmertür zu öffnen, zu sehen, wie Henschel sich auf den Stuhl neben dem Bett niederließ –

He, machte Henschel, nachdem er eine Weile still dagesessen hatte. He, Walther!

Er fasste ihn an die Schulter, rüttelte ihn sanft und ließ ihn wieder los. Sein Blick ging zu Jürgen, ein Hilfe suchender Blick, aber Jürgen machte nur eine Handbewegung, wasweiß-ich. Es war ihm unangenehm, Henschel hier in diesem Zimmer zu sehen, das in den vergangenen Wochen nur er betreten hatte, er allein und sonst niemand.

Mensch, Walther, ich bin's, der Henschelfritz, du wirst mich doch nicht vergessen haben?

Walthers Gesichtsausdruck veränderte sich, seine Augen gingen einen Spaltbreit auf und schlossen sich wieder.

Jürgen?

Diese Stimme!

Ich bin hier, Vater, ich hab den Fritz Henschel mitgebracht.

Keine Reaktion.

Mensch, Walther, was machste denn für Sachen, sagte Henschel, aber der schien schon wieder abgetaucht.

Walther, sagte er noch einmal und nahm seine Hand.

Jürgen sah beschämt in eine Ecke. Er konnte kaum hinsehen, aber Henschel schien nicht einmal daran zu denken, gleich wieder zu gehen.

Walther, Mensch, wir müssen doch mal wieder miteinander reden!

Jürgen schloss die Tür so lautlos wie möglich hinter sich. Im Wohnzimmer sank er aufs Sofa und nahm die Fernbedienung in die Hand. Wahllos drückte er irgendeine Taste, es war ihm egal, was lief, Hauptsache, es lief irgendetwas.

Ich hab die Tür nur angelehnt, sagte Henschel leise, als er endlich ins Wohnzimmer kam.

Jürgen nickte, ohne aufzusehen.

Was läuft?, fragte Henschel und setzte sich neben ihn aufs Sofa.

Keine Ahnung, sagte Jürgen und sah genauer hin. Ist egal.

Trinken wir was?

Ich weiß nicht, wir haben leider nichts im Haus, glaube ich. Außer vielleicht –

Er stand auf und ging zum Wohnzimmerschrank. Ganz hinten, da musste es doch –

Underberg!, rief er, drehte sich um und präsentierte zwei in Packpapier gewickelte Fläschchen. Aber Henschel saß nicht mehr auf dem Sofa.

Fritz?

Hab ich's doch gewusst, hörte Jürgen es aus dem Flur rufen, Tärä!

Henschel kam zurück ins Wohnzimmer und schwenkte siegessicher den Scharlachberg in der Hand.

Guck nicht so entgeistert, den hattest du wieder mitgenommen und dann auf der Kommode im Flur abgestellt.

Oh, sagte Jürgen, das hab ich gar nicht –

Komm, Junge, raus hier. Wir gehen zu mir rüber.

EIN PAAR MINUTEN bevor der Zug in Fassenrath war, versuchte Nicki es noch einmal. Er ließ es lange klingeln diesmal, sehr lange, aber es ging niemand ran.

Am Bahnsteig sah er nach links und nach rechts, aber da stand nur der Schaffner. Es war nicht kalt, trotzdem schloss er den Reißverschluss seiner Jacke. Ganz kurz dachte er daran, einfach zum anderen Gleis zu gehen und den nächsten Zug zurück zu nehmen, niemand wusste, dass er hier war, nicht einmal Ruth hatte er Bescheid gesagt. Als der Zug sich wieder in Bewegung setzte, drehte er sich noch einmal um. Der Bahnsteig war leer. Er war der Einzige, der hier ausgestiegen war.

Nach Ebersbach bitte, Wolfsweg Nummer 18.

Der Taxifahrer nickte und ließ den Motor an.

Na, mal wieder zu Besuch?

Einen Moment lang war Nicki verwirrt, dann kapierte er, dass er in demselben Wagen wie beim letzten Mal saß.

Ja, mal wieder.

Sie haben nichts verpasst in der Zwischenzeit, sagte er, alles beim Alten. Lachend bog er auf die Hauptstraße ab.

Gut zu wissen.

Manchmal würde man sich wünschen, es wäre anders.

Ja, sagte Nicki, manchmal würde man sich das wünschen.

Hin und wieder machte Nicki die Augen zu, doch auch wenn er sie geschlossen hatte, war es, als seien sie offen. Häuser, Zäune, Bäume, die Strecke nach Ebersbach weckte ein vertrautes Gefühl in ihm, beruhigte ihn, viel stärker, als es die Wege taten, die er zu Hause in München jeden Tag zurücklegte. Er lehnte den Kopf an die Stütze, sah die alten Schilder, Läden, Seitenstraßen. Nur einmal merkte er auf, weil in der Dicken Marie Lichter brannten.

Hat 'ne neue Pächterin, sagte der Fahrer. Blutjung und so dürr, als hätt ich sie höchstpersönlich abgenagt.

Er klopfte sich auf den Bauch, unter dem der Gurt völlig verschwand, und lachte herzhaft.

Janine, heißt sie, sagte er. Scha-ni-nö. Die Rippchen sind

nicht schlecht, aber die Musik ist nicht mehr zu ertragen. Na ja, es ist, wie es ist, oder wie man so sagt.

Genau, sagte Nicki und schloss die Augen.

DA, NIMM!

Diesmal zierte sich Jürgen nicht, sondern leerte das Glas mit einem Zug. Sosehr ihm der Gedanke an jede Form von Kontrollverlust sonst zuwider war, sosehr war es ihm heute egal.

Schnuppe, sagte er.

Was?

Ach –

Jürgen schüttelte den Kopf und hielt ihm das leere Glas hin.

Fleißig, sagte Henschel anerkennend und schenkte nach. Jürgen hob die Schultern.

Na ja.

Und?

Was?

Wie geht es dir?, fragte Henschel und zündete sich gemächlich eine Zigarette an.

Jürgen ließ die Luft langsam durch die Lippen entweichen und spielte mit dem Glas. Inzwischen spürte er, wie ihn der Alkohol weich machte, weich und so etwas Ähnliches wie müde.

Eigentlich ist es gut.

Ist es das?

Ja.

Henschel nahm einen Schluck, ohne ihn aus den Augen zu lassen. Jürgen hatte gar keine andere Möglichkeit, als weiterzureden.

Es tut gut, hier sein zu können, da sein zu können, für ihn.

Henschel machte eine Bewegung mit dem Kopf, die alles

bedeuten konnte. Jürgen redete weiter, er war erstaunt, wie schleppend ihm die Worte über die Lippen kamen.

Weißt du, andere Leute wären schon froh, wenn der liebe Gott ihnen die Chance gäbe, ihre Eltern noch mal im Krankenhaus zu besuchen. So war es ja mit Mutter und mir. Ich bin gerade noch rechtzeitig gekommen, sie ein letztes Mal zu sehen, aber eigentlich war es da schon zu spät. Die Asche!

Was?

Jürgen nickte in die Richtung der Zigarette, die sich bereits zur Hälfte in eine graue Säule verwandelt hatte.

Ah, machte Henschel, klopfte die Asche in die hohle Hand und ließ sie von dort in die Spüle fallen.

Danke, sagte er und sah ihn wieder an, genauso ruhig wie vorher. Jürgen fragte sich, ob Walther und er vorhin geredet hatten. Henschel hatte nichts erzählt.

Na ja, ich konnte ja nicht einmal mehr richtig mit ihr sprechen, weißt du? Und dass ich jetzt noch so viel Zeit mit Vater verbringen kann, das ist schon –

Er sah Henschel an, Henschel sah zurück.

Ich bin dankbar, sagte er leise.

Henschel nickte langsam und sah ihn eindringlich an.

Er ist ein guter Mann, sagte er, wandte sich zur Spüle und drehte den Hahn auf, die Zigarette erlosch mit einem kurzen Zischen. Jürgen blickte auf die gefalteten Hände in seinem Schoß und nickte unmerklich. Aber da stand Henschel schon wieder vor ihm und lächelte aufmunternd und hielt ihm ein volles Glas hin.

HIER, STOPP, anhalten bitte!

Das ist doch erst die 16, sagte der Fahrer.

Ja, trotzdem, sagte Nicki hastig und kramte in seinem Portemonnaie.

Schon im Vorbeifahren hatte er das Licht in der Küche gesehen, die beiden Schatten, den Hinterkopf seines Vaters.

Stimmt so. Wiedersehen!

Er achtete nicht mehr auf das, was der Fahrer ihm hinterherrief. Er warf die Tür hinter sich zu und blieb auf dem Gehsteig stehen. Im Küchenfenster erschien ein Gesicht, dann noch eines. Nicki hob die Hand, die beiden Männer verschwanden, um einen Augenblick später in der Türe zu stehen.

Das haste jetzt davon, dass du nicht ans Telefon gehst, sagte Nicki, erleichtert darüber, dass sein Vater nur blöde grinste. Offensichtlich war nichts Schlimmes passiert. Er schüttelte erst Henschel die Hand, dann drückte er Jürgens Schulter.

Was macht ihr denn hier?

Komm rein, antwortete Henschel.

Oh nein, rief Nicki, als er in der Küche die Flasche sah. Oh nein, sagte er noch einmal und ließ sich schicksalsergeben auf einen Stuhl sinken. Schon hielt Henschel ihm ein Glas hin.

Jäckchen?

Na gut, her damit.

Das warme Licht, der Zigarettenrauch, das Klirren der Gläser – Nicki brachte es nicht über sich, zu fragen, was eigentlich mit Opa war. Die sanften Züge in den Gesichtern der Männer, ihr Lächeln, der wohlige Rausch auf ihren Wangen und dann Henschel, der ihm zur Verlobung gratulierte –

Ruth, wie es ihr wohl gerade ging?

Skol, rief Henschel, und Jürgen lächelte ihn von der Seite an, Skol, Nicki, Junge, was sind denn nun die Pläne?

Welche Pläne?

Na, Hochzeit, Kinder, was jetzt eben so ansteht, junger Mann.

Ach so, geheiratet wird nächstes Jahr im April. Ich hoffe, Sie kommen, Herr Henschel?

Na, was, und ich werde nicht eingeladen, fragte Jürgen mit gespielter Entrüstung.

Na, du kommst doch wohl eh.

Und ob ich komme! Jürgen stach mit dem Finger in die Luft. Und ob!

Darauf noch einen, rief Henschel. Auf die Liebe!

Nickis Zunge fühlte sich schon nach dem ersten Schnaps fremdartig an. Aber er hob das Glas, sah Henschel an, der etwas von Liebe brabbelte, von einer Liebe, die wie ein Haus war –

Aber ein Haus, das man nicht fertig beziehen kann, man muss es aufbauen, einrichten, erst dann kann man es bewohnen, und man darf auch nicht aufhören, es in Schuss zu halten, und ich sage dir, Junge, irgendwo gibt es immer eine Schraube, die nachzuziehen ist –

Muss man eigentlich, unterbrach ihn Nicki, denn er hatte den Sinn der Rede verstanden, muss man eigentlich, oder anders: Glaubt ihr, dass die Leute heute weniger dazu in der Lage sind, lang zusammenzubleiben, weil es keine Krisen, keine Nöte mehr gibt, die einen, also, zusammenschweißen?

Nicki hatte schon öfter darüber nachgedacht. Bedurfte es nicht eines sehr heftigen Reizes, einer fundamentalen Verunsicherung, die alle bestehenden Denkmuster über den Haufen warf, damit sich zwei erwachsene Hirne derart formatierten, dass sie völlig aufeinander ausgerichtet waren? Natürlich war er sich darüber im Klaren, dass es für die Sache mit der hohen Scheidungsrate auch andere Gründe gab, die Emanzipation, materielle Unabhängigkeit, den Sozialstaat, et cetera, aber wenn er sich manche alten Paare so ansah, hatte er nicht das Gefühl, dass es zwangsläufig Rosenkriege gegeben hätte, wenn die Frauen berufstätig geworden wären oder so etwas. Nein, was er sah, war Liebe.

Quatsch, sagte Jürgen.

Was, Quatsch?

Es gibt Menschen, die lassen sich schon scheiden, wenn das Kind in der Schule einen Fünfer schreibt. Die würde auch kein Krieg zusammenschweißen.

Moment, aber so ein Krieg, das sind doch existenzielle Erfahrungen, die man da gemeinsam durchsteht.

Nicki, dein Großvater war an der Front und in Gefangenschaft, deine Großmutter saß auf dem Land und hat zugesehen, dass sie was zu essen ranschafft. Die haben nichts gemeinsam durchgestanden, da hat jeder sein eigenes Leid gehabt.

Umso enger warst du mit der Grethe, mischte Henschel sich ein.

Na ja. Ja.

Die Trümmerfrauen und ihre Söhne. Henschel zwinkerte Nicki zu. Das ist Treue, wie sie in keinem Buche steht.

Na ja, sagte Jürgen noch einmal. Ja, das war nicht immer einfach.

Nicki wartete darauf, dass noch etwas kam, und ganz kurz sah es so aus, als würde er tatsächlich loslegen oder in Tränen ausbrechen oder irgendwas. Zeig dich doch endlich, dachte Nicki, zeig dich. Aber Jürgen schwieg. Er schwieg, obwohl Nicki ihn ansah, interessiert, aufmunternd, geduldig, er schwieg, als Henschel auf dem Klo verschwand. Erst dann sagte er leise:

Man vermisst ja nicht, was man nie hatte, weißt du?

Man vermisst ja nicht, was man nie hatte –

Nicki sah ihn an und spürte, wie das Bedürfnis, ihm zu widersprechen, langsam verglühte. Er suchte seine Zigaretten und zündete sich eine an. Mit einem Mal hatte er das Gefühl, keine Worte mehr zu haben.

Nicki –

Sein Vater sah ihn an, mit den alten Augen eines alten Mannes. Mit diesen Augen, die nicht einmal bei der Beerdigung seiner Mutter in der Lage gewesen waren, Tränen zu produzieren. Mit Augen, in denen nichts Böses war. Nicki hätte nicht sagen können, ob es an diesen Augen lag oder am Schnaps oder daran, dass er müde war, aber mit einem Mal wurde ihm klar, dass sein Vater sich nicht öffnen würde, nie, dass seine Sätze und Worte Haltegriffe waren, dass er diesen Nebel aus Floskeln produzierte, weil das, was eigentlich zu sagen wäre, zu groß, zu komplex, zu undurchdringlich war und keine Verbindung hatte zu den Worten, aus denen ihre Sprache bestand.

Und er selbst? Was sagte er immer, wenn er seine eigenen Gefühle nicht in Sätze gepackt bekam? Ich liebe dich, das sagte er, weil es stimmte und weil es einfacher war.

Er nahm noch einen Zug und drückte die Zigarette aus, sie fühlte sich mit einem Mal so schwer an. Sein Vater sah ihn immer noch an, ein alter Mann, ein kleiner Junge, der alleine war.

Nicki –

Sein Vater sprach nicht weiter, etwas im Raum zerbrach und etwas anderes entstand, Mitgefühl vielleicht; es war ganz still in der Küche, und auf einmal war alles, was sein Vater ihm nie erzählt hatte, da.

JÜRGEN ZUCKTE zusammen, als er die Haustür öffnete. War da jemand? Starb da jemand?

Er blieb einen Moment lang stehen, lauschte, aber nichts war zu hören. Nur der schwarze Flur und der schmale Streifen Licht, der weiter hinten durch die angelehnte Tür des Schlafzimmers fiel.

Komm rein, flüsterte er seinem Sohn über die Schulter zu.

Der Opa schläft wohl?

Er nickte, dabei wusste er es nicht. Er wusste überhaupt nichts, außer dass er betrunken war. Er musste sich am Türrahmen festhalten, als sie ins Haus gingen. Die Dunkelheit ließ ihn schwindeln.

Er steht nicht mehr auf. Er steht überhaupt nicht mehr auf.

Er erschrak vor seiner eigenen Stimme. Obwohl er Nicki nicht anblickte, glaubte er, seinen Sohn blass werden zu sehen. Er schloss die Augen und öffnete sie wieder.

Kommst du mit?, fragte er, und es machte ihm nichts aus, das Flehen in seiner eigenen Stimme zu hören, er hatte das Gefühl, dass seinem Sohn genauso schlecht war wie ihm. Mit einem Mal wusste er, dass sein Vater tot war, tot im Bett, die weiße Decke, das stille Licht der Nachttischlampe –

Langsam öffnete er die Türe, langsam.

Der Kopf auf dem Kissen bewegte sich nicht.

Er trat einen Schritt näher, noch einen –

Vater, flüsterte er.

Nichts.

Nickis Hand auf seiner Schulter, sein Sohn war jetzt ganz dicht hinter ihm. Ihm war, als würde er ihn streicheln, aber nein, die Hand auf der Schulter ruhte still. Jürgen wagte es trotzdem nicht, sich zu ihm umzudrehen.

Ihr riecht ja wie ein russisches Infanteriebataillon!

Der Satz, die Stimme, wie eine knarrende Tür in der Stille. Jürgen erschrak, aber Nicki lachte. Es war ein Lachen, aus dem eine große Erleichterung klang.

Opa!

Er wusste nicht, was er denken sollte. Die Stimme seines Vaters war fast gespenstisch schwach, gleichzeitig blitzten seine Augen so schelmisch, wie sie es seit Wochen nicht mehr getan hatten.

Na, kommt doch mal näher!

Nicki setzte sich auf den Stuhl neben dem Bett und lächelte ihn über die Schulter hinweg an. Er sah glücklich aus, fand Jürgen, so glücklich, dass ihm unwohl war. Und was nur plötzlich wieder in seinen Vater gefahren war?

Guck nicht so dämlich, Junge, schaff mir lieber auch einen Schluck ran!

Jürgen wollte protestieren, aber als Nicki ebenfalls Alkohol verlangte, gab er nach.

Er machte kein Licht an, als er ins Wohnzimmer kam. Er tastete sich vor zum Schrank und öffnete ihn, ein Geruch nach alten Kerzen und Staub. Die beiden Fläschchen standen noch ganz vorne, er suchte ein drittes, ertastete das Packpapier, in das es eingewickelt war, das Gefühl an den Fingern trocknete ihn innerlich aus. Er schloss den Schrank wieder und lehnte den Kopf an die Tür. Aus dem Schlafzimmer tönte Nickis Lachen. Er hätte jetzt losheulen können, aber –

Hier, da hast du deinen Schnaps, sagte Jürgen, als er wieder im Schlafzimmer war, und schraubte ungeschickt die kleine Plastikkappe ab.

Und was ist mit euch?

Er hielt die anderen beiden Fläschchen hoch. Eigentlich wusste er, dass er eindeutig genug getrunken hatte, aber als sein Vater endlich die rechte Hand unter der dicken Decke hervorgezogen hatte, überwand er die Übelkeit, die ihm im Magen hing, und stieß erst mit seinem Vater, dann mit seinem Sohn an.

ER HAT etwas gelernt über sich: Alles wird besser, wenn er es fliegen lässt, fließen lässt, so wie der Himmel, wie das Meer, das alles überspült.

Grethe taucht auf, verschwindet.

Wenn er bei seinem Körper bleibt, in dem es mal pocht und bebt und der manchmal still und taub ist, dann geht es. Wenn er die Bilder vorüberziehen lässt. Sie bleiben dann nicht mehr so lang.

Sie tauchen auf und verschwinden.

Er ist ganz ruhig.

Grethe liegt neben ihm, sie wacht auf und dreht sich schmatzend um zu ihm. Grethe, die sich die Augen reibt und das Mädchen auf der Kommode sitzen sieht und nichts sagt und nickt und alles versteht.

DEN EINEN oder anderen Kater hatte Jürgen in seinem Leben gehabt, aber als er an diesem Morgen aufwachte, taten ihm sogar die Zähne weh. Er zog die Decke über das Gesicht, in seinem Kopf stieg ein Schwarm Krähen auf, eine hämisch kreischende Wolke. Schmerz. Er dachte daran, einfach weiterzuschlafen, und wälzte sich auf die andere Seite. Der Schmerz blieb. Er versuchte, ganz still zu liegen, doch da kam eine plötzliche Unruhe in ihm auf, er drehte sich noch einmal, aber dann glaubte er, seine Nervenbahnen knistern zu hören, und ein Kribbeln kroch durch seinen Körper.

Einmal links, einmal rechts: Auf dem Weg zum Badezimmer torkelte er zweimal gegen die Wand. Als er sich übers Klo beugte, erbrach er etwas, das sauer schmeckte und wie eine grünlich gelbe Nachgeburt aussah.

Auf das Waschbecken gestützt, spülte er den Mund aus. Er spritzte sich Wasser ins Gesicht, was nichts brachte. Er wusch sich die kribbelnden Fingerspitzen, die Unruhe blieb. Er schrubbte sich die Finger, rubbelte sie mit dem harten Handtuch ab, es wurde nicht besser. Dann hielt er es nicht mehr aus und stürzte aus dem Bad ins Schlafzimmer. Er wusste nicht, was passierte, als er es sah. Es fühlte sich wie Schmerz und Frieden auf einmal an.

# 11

WILLST DU mir nicht erzählen, wie es war?

Nicki drehte sich um, müde, warum wollte sie schon wieder reden? Er war doch gerade erst heimgekommen, er hatte sich doch gerade erst hingelegt.

Doch, sagte er leise.

Und?

Es war schön.

Er dachte an das Loch, das sie direkt neben dem Grab seiner Großmutter aus der Erde gerissen hatten, an den Sarg, der langsam in den Schacht sank, die Luft, die wie eisiges Wasser war, den ersten Herbstwind im Haar.

Es war schön, ja. Traurig.

Und wer war alles da?

Henschel, Papa und ich, das hab ich dir doch schon vorher gesagt.

Schade, dass ich nicht dabei sein konnte.

Ja.

Es war sicher traurig?

Ja.

Und wie geht es deinem Vater?

Der kommt nach München zurück.

Nicki –

Was.

Warum sprichst du nicht mit mir?

Ich spreche doch.

Nicki!

Ruth –

Er ergriff ihre Hand, drückte sie, hielt sie fest, hielt sich an ihr.

Ruth, ich will immer bei dir bleiben, ich *bin* bei dir, und wenn ich mich mal zurückziehe, dann entferne ich mich dabei nicht, weißt du, ich bleibe bei dir. Bitte geh dann auch du nicht.

Sie reagierte nicht.

Ruth?

Sie sah auf, sah ihn an, es war ein Blick, der voller Liebe war. Sie nahm seine Hand und küsste sie, dann sprang sie auf.

Komm, ich mach uns Tee.

JÜRGEN SETZTE SICH an den Küchentisch und aß eine Scheibe Brot. Er kaute langsam, er hatte keine Eile. Er spülte das Messer, den Teller, trocknete sie ab, räumte auf. Die Sachen aus dem Kühlschrank packte er in eine Plastiktüte und brachte sie in den Flur, wo schon seine Taschen standen.

Einen Moment lang zögerte er, dann ging er ein letztes Mal durch das Haus. Er sah ins Bad, in dem alles sauber war, ins Gästeklo, das glänzte, ins Wohnzimmer, wo der Stuhl, auf dem sein Vater so lange gesessen hatte, wieder am Esstisch stand. Alles sah genauso aus, wie es immer ausgesehen hatte, wie es ausgesehen hatte, als seine Mutter noch da gewesen war. Nur im Schlafzimmer seiner Eltern waren die Betten abgezogen, und die Teppiche lagen immer noch auf dem Dachboden, eingerollt. Er würde das Haus ohnehin ausräumen lassen, irgendwann, sobald er die Kraft dafür finden würde, es zu verkaufen.

Er wollte nichts behalten, nicht einmal die Stickdeckchen seiner Mutter, die überall lagen.

Einen Moment lang blieb er vor der Balkontür stehen, links oben der Wald, rechts unten das Dorf, der winterfest gemachte Garten. Er trat nicht hinaus.

Er ging zurück in sein Zimmer, eigentlich nur, um sich zu vergewissern, dass er nichts vergessen hatte. Er sah sich um, das Bett, das Regal, das Klavier. Das Klavier. Er ließ sich auf den Hocker sinken, drehte den Schlüssel, klappte den Deckel auf.

Fast musste er sich überwinden, die Tasten anzuschlagen, und als er es tat, erschrak er ein wenig ob des lauten Klangs. Er probierte ein paar Akkorde, dann setzte er zum Flohwalzer an.

Er musste mehrmals von vorn beginnen, aber danach ging es, und er ließ die Hände über die Klaviatur springen, erst langsam, dann immer schneller, bis er zu schnell war und sich bremsen musste. Er hätte nicht sagen können, was er empfand, als er dort saß und spielte.

Er klappte den Deckel wieder zu, drehte den Schlüssel, wollte aufstehen, doch die Bilder auf dem Klavier nahmen seinen Blick gefangen. Wieder zögerte er, schließlich holte er eine weitere Tüte aus der Küche und steckte die Bilder hinein, ohne sie einzeln anzusehen.

NICKI STIEG nicht ein, als der Bus endlich kam, sondern blieb an der Haltestelle sitzen, er roch die Abgaswolke, hielt sein Gesicht in die warme Luft und atmete ein. Er fühlte sich wie in eine weiche Hülle eingepackt und zugleich ganz wach.

Warum sprichst du nicht mit mir?

Er wusste, was Ruth meinte, natürlich wusste er es. Sie redeten ohne Unterlass, doch worüber sprachen sie im Grunde? Er erzählte ihr von Plänen, Sorgen und Gefühlen – und doch war es, als fehlte etwas, als würde er gewisse Themen meiden, Momente, in denen er sich selbst zu nahe kam. Aber musste das zwangsläufig schlimm sein?

Der Spaziergang tat gut, die Schellingstraße hinab, an der

Uni vorbei, durch den Englischen Garten, wo einige Zweige schon völlig nackt in den Himmel ragten. Der Eisbach bibberte in seinem Bett, die Wiesen waren vom Laub gesprenkelt, gelb und orange und braun. Auf der anderen Seite des Parks wurde es feuchter, dunkler, die Bäume standen dichter, dann hatte er das schmale Waldstück durchkreuzt. Die Paradiesstraße, die Oettingenstraße, eine ruhige Gegend, die er mochte, die er auf eine Weise friedlich fand. Er fragte sich, warum er bis heute immer mit Bus und U-Bahn zu seinem Vater gefahren war. Nur keine Sekunde verlieren, dachte er, wie dumm man doch manchmal war.

Als er in die Reitmorstraße bog, sah er den A2 seines Vaters, fast hätte er gelacht, als er daran dachte, wie stolz er auf den Kauf gewesen war. Ein Spritsparwunder mit großem Kofferraum, dabei kürzer als ein Golf, er hatte ihn billig bekommen, ein Jahreswagen. Nicki berührte das Blech mit dem Finger, dann sah er hinauf. Er wusste nicht genau, hinter welchem der Fenster das Wohnzimmer lag, er hatte seinen Vater lange nicht mehr besucht dort oben in der kleinen Dachgeschosswohnung, in der er alleine lebte, seit er und Maman geschieden waren.

Die Gegensprechanlage, das Summen der Haustür. Er nahm die Treppe, ihm war danach.

Hey, sagte Nicki ein bisschen außer Atem und drückte seinem Vater zur Begrüßung den Oberarm.

Hey, lächelte Jürgen müde, sagt man das neuerdings so, hey?

Nicki trat ein und spürte, wie Jürgen ihm im Vorbeigehen die Hand auf den Rücken legte. Sie war warm.

Die Wohnung sah aus, wie sie immer ausgesehen hatte. Ein bisschen zu klein, ein bisschen zu unaufgeräumt, der Schreibtisch in der Ecke wirkte immer noch, als würde an ihm gearbeitet, nur dass jetzt ein paar alte Zeitungen über den Aktenbergen lagen.

Hast du das mit den Apfelbaumstämmen noch hingekriegt?

Jürgen nickte. Hab Pappe drumgewickelt, im Keller lag noch welche, wahrscheinlich vom letzten Jahr.

Nach der Beerdigung hatte Nicki seinem Vater geholfen, den Garten winterfest zu machen, es war das erste Mal gewesen, dass er einen Sack Humus in der Hand gehalten hatte. Sie hatten gemeinsam die Regentonne geleert, die Geranien gekürzt, die Knollen ausgegraben und in den Keller getragen, sie hatten Laub gerecht und den Rasen gemäht und gemeinsam eine dicke Schicht Mulch über den Gemüsebeeten verteilt.

Und der Efeu?

Jürgen zuckte mit den Schultern.

Ich werde ihn wohl erst mal lassen.

Ich hab im Zug zurück einen Artikel gelesen, in dem stand, es sei ein alter Irrglaube, dass Efeu Fassaden kaputt macht.

Hab ich auch gelesen.

Sein Vater machte eine Handbewegung und grinste ihn seltsam an.

Wie sollte er Ruth erklären, was zwischen ihnen passiert war? Wie dieses Gefühl erklären, das schweigende Einverständnis, die stille Trauer, als sie zusammen mit schwarzen Fingernägeln die Blumenkübel ins Haus getragen hatten? Sie hatten nichts besprochen, gar nichts, aber das war nicht der Grund, warum er keine Worte dafür fand.

Und was wird jetzt mit dem Haus?

Ich weiß es nicht, sagte Jürgen schwach. Keine Ahnung.

Na, muss ja nicht immer alles sofort geschehen.

Einfach keine Ahnung.

Hast du ein Bier?

Jürgen schüttelte den Kopf und deutete auf den Wasserhahn, doch Nicki winkte ab.

Und jetzt?, fragte Nicki leise. Er sah seinen Vater nicht an, sondern beobachtete seinen Finger, der eine glänzende Spur durch die Staubschicht auf der Esstischplatte zog.

Ich werde hier wohl erst mal wieder putzen müssen.

Wenn du Hilfe brauchst –

Quatsch.

Kein Quatsch, sagte Nicki, ging zum Spülschrank und öffnete die Tür. Ist das der Putzlappen hier?

Jürgen nickte.

Eimer?

Dort drüben, antwortete er, ohne sich zu rühren.

Okay, sagte Nicki, der mit einem Schlag wusste, was zu tun war. Also, pass auf, ich fang hier in der Küche an, du im Bad.

Sie sahen sich an, und mit einem Mal wurde Nicki ganz warm.

Nein, schüttelte Jürgen den Kopf. Nein. Als Erstes sollten wir uns an die Fenster machen.

Schau hin, sagte er und zeigte nach draußen, wo die Sonne schien.

Katharina Hagena. Der Geschmack von Apfelkernen.
Roman. KiWi 1120. Verfügbar auch als eBook

Katharina Hagena erzählt von den Frauen einer Familie und mischt die Schicksale dreier Generationen. Ein Roman über das Erinnern und das Vergessen, die Liebe und den Tod – bewegend, herrlich komisch und klug.

»Ich habe selten ein Buch erlebt, bei dem ich so gefühlt und gespürt, gerochen und geschmeckt habe.«

*Christine Westermann*

»›Der Geschmack von Apfelkernen‹ ist ein Genuss.«

*Martin Walser*